# Seelenverkäufer
# Ein Mallorca-Krimi

# Seelenverkäufer

## Ein Mallorca-Krimi

T.F. Düchting

neobooks

Impressum


Bilder: nanisimova/clipdealer.de;
plampy/clipdealer.de;
exsodus/clipdealer.de;
Plus69/clipdealer.de
Verlag: T.F. Düchting
60316 Frankfurt
seelenverkaeufer@email.de
Druck: epubli - ein Service der neopubli GmbH,
Berlin

## Mittwoch, 14. Mai, kurz vor Mitternacht

Mit schlafwandlerischer Sicherheit setzte er einen Schritt vor den anderen und stieg den Hügel hinauf. Während er lief, schaute er immer wieder hoch in den Nachthimmel und betrachtete die Bewegungen der Wolken, die ihr Spiel mit dem Mond trieben: Die meiste Zeit verdeckten sie ihn, aber dann und wann gaben sie ihn für einen kurzen Moment frei. In diesen Augenblicken ließ der Halbmond die Landschaft und die kargen Kalkfelsen silbrig aufleuchten. Schon im nächsten Moment aber, schoben sich die Wolken wieder vor den Mond und tauchten das Land und die Felsen erneut in Dunkelheit.

Trotz dieses Wechselspiels des Lichts fand Xavier den Weg ohne Probleme. Schritt für Schritt setzte er seine Füße auf den steinigen Untergrund der Insel – seiner Insel. Mallorca war sein Leben. Seit seiner Geburt vor nicht ganz sechzehn Jahren lebte er hier und für ihn war es unvorstellbar, dieses Stück Erde jemals zu verlassen. Er liebte das Land, seine Menschen sowie das Meer, das er in der Ferne sehen konnte.

Seit einigen Monaten ging Xavier die Strecke fast täglich. Während ihm auf dem Hinweg meist die Abendsonne ins Gesicht schien, legte er den Rückweg stets bei Nacht und in Dunkelheit zurück. Manches Mal empfand er die Auf- und Abstiege, den Weg und das Laufen auf dem unebenen Untergrund als mühselig. Stets war aber die Belohnung, die auf ihn wartete, alle Mühen wert. Mit Freude nahm er den abendlichen Weg auf sich, nur um Letizia zu sehen und er war bereit, sogar bis ans Ende der Welt zu gehen, um sie zu berühren, ihren einzigartigen Duft einzuatmen oder sich in ihren Augen zu verlieren. Xavier liebte sie mit der Unerschütterlichkeit der ersten großen Liebe und war sich sicher, dass ihr unbeschreibliches Glück für immer andauern würde.

Auch wenn sie beide noch sehr jung waren und Letizia seine erste Freundin war, so war er sich sicher, dass sie beide nichts, aber auch gar nichts entzweien konnte und er sie eines Tages heiraten würde. Sie würde seine Frau, die Mutter seiner Kinder werden. Daran konnten auch seine Eltern nichts ändern – und Xavier war sich sicher, dass sie es versuchen würden. Aus ihrer Sicht war Letizia für einen Conde de Góngora, dessen Familie über Jahrhunderte die Geschicke der Insel mitbestimmt hatte, unter Stand. Daran änderte auch nichts, dass der spanische König eine Bürgerliche geheiratet hatte, die auch noch denselben Namen wie seine Freundin trug. In einigen Wochen feierte er seinen sechzehnten Geburtstag und er war fest entschlossen, seine große Liebe an diesem Tag seinen Eltern vorzustellen.

Als Xavier die höchste Erhebung auf seinem Heimweg erreichte, riss er sich aus seinen Gedanken und hielt einen Moment inne. Tief atmete er durch. Auch wenn er schlank und gut trainiert war, so strengte ihn dieser Anstieg jedes Mal an. Zudem war es für ihn auch zu einem Ritual geworden, dass er an dieser Stelle immer eine kurze Pause einlegte und seinen Blick über die Insel schweifen ließ.

Während sich im Westen die Hügel weiter erhoben und sich auf ihren Rücken einzelne Pinien vom Nachthimmel abhoben, liefen die Erhebungen im Nordosten in langsamen weichen Bewegungen zum Meer hin aus. In einiger Entfernung konnte er die ruhige See erkennen und er sah, wie sich der Mond auf der Oberfläche des Mittelmeeres spiegelte. Eine leichte Brise trug die jodhaltige Luft und den Geruch der See von der Küste zu ihm herüber. Wie jede Nacht genoss er diesen Moment: Der Anblick der Hügel und des Meeres sowie der Geruch ließen ihm das Herz aufgehen und gaben ihm das wohlige Gefühl von Heimat.

Nachdem Xavier einen Moment inne gehalten hatte, drehte er sich um und ging weiter. Er konzentrierte sich, denn er war sich der Anstrengung des Abstiegs bewusst, die oftmals ärger als die des Aufstiegs war. Zudem spürte er allmählich Müdigkeit in sich aufsteigen, schließlich war es schon kurz vor Mitternacht.

Er blickte den Hügel hinab und folgte mit seinen Augen dem Weg, der vor ihm lag. Etwas unterhalb sah er den dunklen, mächtigen Schatten des alten Gehöfts, das er passieren musste. Seitdem der alte Albiol vor etwa zehn Jahren gestorben war, stand das Gebäude leer und verfiel zusehends. Xaviers Vater, dem das Gebäude und das Land gehörten, hatte in den vergangenen Jahren immer wieder versucht, beides zu verpachten. Aber niemand wollte es mieten und die harte Arbeit eines Bauern auf sich nehmen. Der Grundbesitz war nicht sehr groß und der Boden zu karg für ein gutes Auskommen. Auch war der Olivenbaumbestand zu klein, um damit ein ausreichendes Zubrot zu erhalten. Lieber verdienten die jungen Menschen ihr Geld in der Touristikbranche – in Hotels, Bars und Clubs – oder in den Gewerbebetrieben rund um Palma oder Manacor.

Für Xaviers Vater wäre es ein Leichtes, das Gebäude umzubauen und an gestresste Großstädter vom spanischen Festland, aus Deutschland, den Niederlanden, England oder Russland zu vermieten. Viele wünschten sich die Ruhe und Abgeschiedenheit, die hier weitab von den Touristenhochburgen zu finden waren. Sein Vater aber wollte sein Land und somit auch das alte Gehöft nicht dem Tourismus preisgeben. Nach Ansicht des Condes hatten die Fremden bereits genug von der Insel in Besitz genommen und er wollte nicht, dass dies nun auch mit seinem Grund und Boden geschah.

Xaviers Blick wanderte von dem alten Bauernhaus weiter herunter zu dem Weg, der das Gut mit der Landstraße verband. Nur schemenhaft konnte er erkennen, wie sich dieser einem Wurm gleich durch die Landschaft und um die Felsen herum schlängelte.

Doch plötzlich war es Xavier, als bewegte sich etwas. Er kniff die Augen zusammen, um die Konturen der Landschaft besser ausmachen zu können. Als er nichts Auffälliges erkennen konnte, verwarf er den Gedanken wieder – es war kurz vor Mitternacht und wer sollte um diese Zeit in dieser Abgeschiedenheit unterwegs sein. Aber als die Wolken erneut den vollen Mond freigaben, erkannte er, dass er sich nicht getäuscht hatte. Mehrere Schatten bewegten sich einer hinter dem anderen den gewundenen Weg zum Gehöft hinauf. Ihre Bewegungen waren gleichmäßig, wie aufeinander ausgerichtet, und ihr Gang erinnerte Xavier unweigerlich an die Prozessionen anlässlich Corpus Christi, die jedes Jahr im Juni stattfanden. Was zum Teufel ist das, was machen die um diese Uhrzeit hier, fragte er sich. Neugier mischte sich mit Unsicherheit und kribbelnd erfüllte Nervosität seinen Magen.

Wieder schob sich eine große Wolke vor den Mond, so dass die Schatten von der Umgebung aufgesogen wurden und verschwanden. Von Neugier gepackt lief Xavier im Schutz der Dunkelheit den Hang hinunter. Zunächst versuchte er sich vorsichtig und leise zu bewegen, aufgrund des Gefälles wurde er aber schneller und schneller. Seine Schritte überschlugen sich, bis einer seiner Füße auf dem Untergrund keinen sicheren Halt mehr fand und wegrutschte. Instinktiv fing Xavier sich ab und sprang weiter über Büsche und Felsen hinweg dem Gut entgegen.

Als er etwa die Hälfte der Entfernung zurückgelegt hatte, schlug sein rechter Fuß gegen einen Stein. Sein Körper befand sich in der Vorwärtsbewegung, so dass er ihn dieses Mal nicht abfangen konnte. Xavier stolperte und schlug im nächsten Moment mit den Knien voran auf den harten Boden. Er spürte, wie die Haut über den rauen Untergrund rutschte und riss. Wie in Zeitlupe sah er sich nach vorne stützen, bevor sein Oberkörper mit enormer Wucht auf einen hervorstehenden Felsen schlug. Augenblicklich nahm der Aufprall ihm den Atem. Xavier rutschte zur Seite, rollte auf den Rücken und einen kurzen Moment dachte er, dass der Schmerz ihn ohnmächtig werden ließ. Er spürte, wie sein Kreislauf wegsackte und hatte das Gefühl, dass das Blut aus seinem Körper wich.

Bewusst, aber nur mit großer Mühe, atmete Xavier gegen den Schmerz an. Langsam und Atemzug für Atemzug spürte er, wie sich dieser auflöste und sich sein Kreislauf wieder stabilisierte. Zögerlich hob er seine Hände und konnte sehen, wie sich zarte blutige Rinnsale ihren Weg auf den Innenseiten suchten.

Einen Moment lang lag er einfach nur da, spürte das Brennen an Knien und Händen und ärgerte sich über die Situation sowie seine Ungeschicktheit. Plötzlich durchzuckte ihn ein Gedanke wie ein Blitz: Ob sein Sturz wohl gesehen und er entdeckt worden war? Vorsichtig richtete er sich auf und schob die Zweige eines Buschs beiseite, der den Blick auf den Weg zum Gebäude verdeckte. Über Steine und weitere Pflanzen hinweg konnte er sehen, wie die Personen unverändert weiter gingen. Erleichtert stellte er fest, dass sein Sturz offensichtlich nicht bemerkt worden war.

Von seinem neuen Platz aus hatte Xavier nun einen deutlich besseren Blick. Der Menschenzug bewegte sich weiter und passierte etwa fünfzig Meter unterhalb den Busch, hinter dem er sich versteckt hielt. Als sich die Gestalten etwa auf gleicher Höhe befanden, trug der Nachtwind leise Töne zu ihm herüber. War es ein Gebet? War es Gesang? Xavier versuchte etwas zu verstehen, doch er hörte nur ein gleichmäßiges Gemurmel – eintönig und monoton. Plötzlich gaben die Wolken erneut den Mond frei und sein Licht erhellte die gesamte Umgebung. Blitzschnell presste sich Xavier auf den Boden, um nicht gesehen zu werden. Seine Nerven waren zum Zerreißen gespannt und er hörte sein Blut in den Ohren rauschen.

Nach wenigen Minuten, in denen nichts geschah, hob er vorsichtig wieder den Kopf. Im silbrigen Licht konnte er erkennen, dass die vorbeischreitenden Gestalten ihren Weg unbeirrt fortsetzten. Sie trugen ausladende Gewänder, die ihre Körper ganz verhüllten und am Kopf in große Kapuzen ausliefen, welche die Gesichter verdeckten. Die Kleidungsstücke waren aus einem schwarzen oder nachtblauen Material und ihr Stoff glänzte im Mondlicht.

Nachdem die Gruppe ihn passiert hatte, entspannte Xavier sich wieder etwas. Er war nicht entdeckt worden, fragte sich aber erneut, was er gerade gesehen hatte: Wer waren diese Personen? Und was machten sie kurz vor Mitternacht an diesem verlassenen Ort, weit entfernt von der nächsten Stadt und anderen bewohnten Gebäuden?

Langsam bewegte sich die Gruppe weg von ihm in Richtung des Gehöfts. Als sie das alte Gemäuer erreichte, stellte Xavier erstaunt fest, dass sich die Haustür wie von Geisterhand öffnete und Licht nach außen drang. Es war nicht der strahlende Schein einer elektrischen Lampe – es wirkte mehr wie das Flackern von Kerzen oder Fackeln. Erneut spürte Xavier, wie sein Herz bis zum Hals schlug.

Aus sicherer Entfernung sah er, wie eine Gestalt nach der anderen durch die Tür schritt und im Gebäude verschwand. Es war, als wenn Hermes die Auserwählten dem Hades zuführen würde, oder war es doch vielleicht Tartaros. Xavier musste grinsen. Herr Martinez, sein Geschichtslehrer, wäre stolz auf ihn, dass ihm gerade jetzt Themen der griechischen Mythologie einfielen. Als die letzte Person die Pforte durchschritten hatte, schloss sich die Tür erneut wie von Geisterhand. Absolute Dunkelheit machte sich breit und nicht der kleinste Lichtschein drang durch die Tür oder die verschlossenen Fensterläden. Es war, als hätte es das Schauspiel, das Xavier beobachtet hatte, nie gegeben.

Verstört sprang er auf. Statt wie sonst den Hang hinunter, lief er nun parallel zu diesem. Er rannte weg – weg von dem alten Gehöft, weg von dem Ort des bizarren Geschehens. Etwas ging auf dem Anwesen vor; Xavier konnte nur nicht sagen, was es war. Instinktiv spürte er aber, dass er gerade etwas gesehen hatte, was nicht für seine Augen bestimmt war. Er lief so schnell er konnte – den Schmerz seiner aufgeschlagenen Knie und seiner blutenden Hände vergessend. Er wollte nur weg – weit weg. Keiner der Gruppe hatte ihn gesehen – doch ein Augenpaar folgte ihm, bis ihn die Nacht verschluckte.

## Donnerstag, 15. Mai, 07:30 Uhr

Er spürte, wie die Helligkeit langsam in sein Bewusstsein vordrang. Gnadenlos bahnte sie sich ihren Weg durch den Vorhang aus Alkohol und Müdigkeit. Jans Gehirn nahm das Signal auf und begann langsam zu arbeiten – er wurde wach.

Seitlich und mit angezogenen Beinen lag er auf dem Bett, nur die Schenkel und Hüfte mit einem dünnen Laken bedeckt, während sein sehniger, durchtrainierter Oberkörper frei lag. Er fühlte die Sonnenstrahlen auf seinem Gesicht und öffnete ein Auge. Als er merkte, dass dies ein Fehler war, war es schon zu spät: Mit einem stechenden Schmerz bohrte sich die Helligkeit in seinen Kopf. Augenblicklich verzog Jan das Gesicht und ein kehliges Grunzen entfuhr seinem Mund. Ganz schön abgewrackte Stimme hast du, dachte er bei sich. Er schluckte und schmeckte das bittere Aroma einer langen Nacht mit zu viel Alkohol.

Nachdem Jan eine Weile regungslos dagelegen und gehofft hatte, dass sich der Nebel in seinem Kopf etwas lichtete, vernahm er die ruhigen und gleichmäßigen Atemzüge hinter sich. Langsam wurde ihm wieder bewusst, dass er nicht alleine war und sie sich in ihrem Hotelzimmer befanden. Vorsichtig drehte er sich um und sah, dass sie ihm den Rücken zugewandt hatte. Sie hatte ihr Laken hochgezogen, so dass nur ihr Nacken und ihre Schultern zu sehen waren, während sich die Strähnen ihres blonden Haares golden auf dem Kissen ausbreiteten. Er liebte diese Körperpartie einer Frau – sie war wunderschön und Lebenszeit konnte ihr nahezu nichts anhaben.

An Mariannes Atem erkannte Jan, dass sie noch tief schlief. Er schaute sie an und erinnerte sich daran, wie er sie vor drei Jahren das erste Mal gesehen hatte. Sie hatte mit einer Freundin die Clubanlage besucht, in der er als Chefanimateur arbeitete. Marianne hatte Urlaub von ihrer Familie machen wollen, wie sie ihm damals gesagt hatte und beide waren sich auf Anhieb sympathisch gewesen. Sie liebte seine positive Ausstrahlung und seinen Humor – und sein durchtrainierter, gebräunter Körper erregte sie, wie sie ihm einmal gestanden hatte. Und er mochte ihr Lächeln und das in ihren Augen häufig der Schalk aufblitzte.

Marianne hatte ihm von Beginn an signalisiert, dass sie ihn attraktiv fand und einem Urlaubsflirt gegenüber nicht abgeneigt war. Dass er mit seinen damals einunddreißig Jahren fast ihr Sohn hätte sein können, hatte sie nicht gestört – wahrscheinlich hatte sie es sogar als reizvoll empfunden, den jüngeren Mann zu verführen.

Die unbeschwerte Urlaubsstimmung, Sonne und Alkohol hatten dann dazu geführt, dass passiert war, was sich von Anfang an angedeutet hatte: Nach einem längeren Abend an der Bar waren sie sich nähergekommen und zwischen Jan und Marianne hatte sich eine leidenschaftliche Affäre entwickelt. Sie hatten schöne Stunden miteinander verbracht; am Ende des Urlaubs war sie dann aber wieder in die Arme ihres Mannes zurückgekehrt. Das war das übliche Spiel: Die Gäste kamen in den Club, um eine unbeschwerte, besondere Zeit zu verbringen und etwas zu erleben. Weil für viele ein Flirt oder mehr zu einem gelungenen Urlaub dazu gehörte, entwickelten sich diese Geschichten stets sehr schnell und wie von selbst. Manchmal fragte sich Jan, ob die Urlauber bewusst ihren Verstand abschalteten und ihre Moralvorstellungen zuhause ließen oder einfach rosarote Brillen auf hatten.

Nur eines war bei Marianne anders: Während Jan die Frauen in der Regel nicht wieder sah, war sie die letzten Jahre immer Mitte Mai wieder nach Cala Rajada und zu ihm zurückgekehrt. Ihrem Mann sagte sie stets, dass sie Urlaub vom Familienleben sowie Sonne, Meer und Entspannung benötige, um zu sich zu finden und Kraft für den Alltag zu schöpfen. Ob ihr Gatte das glaubte oder nicht, Jan hatte keine Ahnung. Eigentlich war es ihm aber gleich, ob Marianne mit ihm ihren Mann betrog. Sie wollte es so, schließlich kam sie jedes Jahr zu ihm zurück.

In dieser einen Woche bekam sie die Illusion von Unbeschwertheit und Glück, das Gefühl, eine begehrenswerte sowie wundervolle Frau zu sein. Stets fuhr sie entspannt und erholt nach Hause und Jan wandte sich der nächsten Touristin zu, die etwas mehr erleben wollte. Wahrscheinlich war Mariannes Ehe nach ihren Ausflügen besser als vorher, weil sie gut gelaunt und ausgeglichen in die Arme ihres Mannes zurückkehrte. Also hatte eigentlich auch dieser etwas davon, wenn Jan sich ihrer eine Woche annahm.

Komische Vorstellung, dachte er, während er vorsichtig Mariannes Laken anhob und unter dieses schlüpfte. Zärtlich legte er seinen Arm um ihre Hüfte. Als er sich an sie schmiegte, spürte er ihre Nacktheit und den Körper einer Frau, die ihr Leben lang auf diesen und ihre Figur geachtet hatte. Langsam schob er seinen Unterleib nach vorne und spürte ihr festes Gesäß, als er sich an sie drückte.

Schlaftrunken begann Marianne sich zu räkeln und ihre Arme über den Kopf zu strecken. Jan ließ seine Hand über ihren Bauch nach oben gleiten und umgriff ihre Brust, was sie mit einem leisen lustvollen Seufzer honorierte. Langsam schob sie ihr Gesäß nach hinten, um so den Druck seines Beckens erwidern zu können. Jan spürte, dass es ihm gefiel und wie ihm das Blut in den Unterleib schoss.

„Na, ist mein kleiner Freund schon wach?", fragte Marianne mit einer Stimme, die ebenfalls den vergangenen Abend in sich trug. Dabei bewegte sie ihren Unterleib rhythmisch gegen seinen.

„Wen von uns beiden meinst du?", fragte er neckend, während er ihre Haare aus dem Nacken strich und diesen zärtlich küsste.

„So wie es sich anfühlt, sind ja beide schon recht fit."

Auch wenn Jan ihre Nähe gefiel, so war er nicht in der Lage, jetzt mit ihr zu schlafen. Sein Kopf war bleischwer und er fühlte sich immer noch benebelt. Außerdem hatte er einen pelzigen Geschmack im Mund und sein Magen rebellierte. Er drehte sich auf den Rücken und zog Marianne zu sich herüber. Als sie ihren Kopf auf seine Schulter und die Hand auf seinen Bauch legte, antwortete er abwehrend: „Entschuldige, ich bin echt nicht fit. Ganz im Gegenteil!"

Während beide schweigend dalagen, begannen sich Jans Gedanken wieder zu verselbstständigen. Über die Jahre hatte er viele Frauen geliebt. Liebe, ein Wort, das in diesem Zusammenhang irgendwie fehl am Platze ist, dachte er bei sich. Er hatte diese Frauen nicht geliebt, er hatte sie gevögelt – und die meisten waren ihm ziemlich gleichgültig. Es war ihm auch egal, dass er diesen Frauen wahrscheinlich genauso wenig bedeutete. Am Ende wollten sie im Urlaub keine Liebe und keine großen Gefühle finden. Allenfalls wollten sie eine Illusion davon, um ihren Spaß mit einem Zuckerguss aus Romantik verhüllen zu können. Was ihn dabei immer wieder erstaunte, war, dass die Frauen meist noch nicht einmal sonderlich wählerisch waren. Selbst seine hässlichsten und dümmsten Kollegen hatten regelmäßig Erfolg.

Jan legte seinen Unterarm über seine Augen, um diese vor der Helligkeit zu schützen. Gedanken schossen wie Blitze durch seinen Kopf. Er wusste, dass die Nacht für ihn vorüber war und er nicht mehr einschlafen würde, auch wenn er total übernächtigt war.

Langsam schälte er sich unter dem Laken hervor, schwang die Beine aus dem Bett und stand auf.

„Was machst du?“, fragte Marianne überrascht.

„Tut mir leid, aber ich muss gleich arbeiten“, sagte Jan und verschwand im Bad. Nachdem er kurz geduscht hatte, trat er wieder heraus und setzte sich aufs Bett. Während er nach seiner Hose griff, die in einem Knäuel auf dem Boden lag, kniete Marianne sich hin und rückte näher an ihn heran. Sie schmiegte sich an ihn, schlang ihre Arme von hinten um ihn und Jan konnte ihre weichen Brüste an seinem Rücken spüren.

„Sehen wir uns heute Abend wieder?“, hauchte sie ihm ins Ohr.

„Ich weiß noch nicht. … Ich muss erst einmal arbeiten und bin gerade ziemlich ausgepowert.“ Während er das sagte, stand er vom Bett auf und zog sich sein T-Shirt an.

„Da weiß ich eine Therapie, die dich schnell wieder zu Kräften kommen lässt“, antwortete sie ihm lächelnd.

„Mal sehen.“ Jan schlüpfte in seine Schuhe, ging dann zu Marianne herüber, küsste sie auf die Stirn und verließ anschließend ohne ein weiteres Wort das Zimmer.

*

Während Jan die Treppe hinunterging, wurde ihm bewusst, dass es für ihn und Marianne kein Heute und kein Morgen mehr geben würde. Zügig verließ er das Gebäude. Als er nach draußen trat, trafen ihn die Sonnenstrahlen mit voller Wucht. Reflexartig kniff er die Augen zusammen und bildete mit seiner rechten Hand einen Schirm, um seine Augen vor der Helligkeit zu schützen. Es war kurz nach sieben Uhr am Morgen und die Sonne stand noch tief.

Jan hielt einen Moment inne und schaute sich um. Er stand auf einem der Wege, welche die zweistöckigen Häuser für die Gäste und das Hauptgebäude des Hotelkomplexes miteinander verbanden. Die Außengebäude waren in einem weitläufigen Rund um die Pool-Anlage gruppiert, während vor Kopf der vierstöckige Hauptkomplex lag, in dem sich die Infrastruktur des Hotels wie Speisesaal, Bar, Küche, Verwaltung und Rezeption befanden.

Jan hatte das Gefühl, dass er einen starken Kaffee brauchte. Auch wenn er vermutete, dass dieser ihm nicht wirklich helfen würde, so bestand doch zumindest die Hoffnung. Er durchquerte die Hotelanlage, die aufgrund der frühen Stunde noch ruhig dalag. Nur wenige Geräusche wie das Zwitschern der Vögel oder das Zischen und Gurgeln der Rasensprenger unterbrachen die Ruhe. Zudem trug der Wind hin und wieder das leise Klappern von Tellern und Töpfen aus der Küche zu ihm hinüber.

Jan ging auf das Hauptgebäude zu und genoss die Ruhe. In etwa dreißig Minuten würden die ersten Hotelgäste in leichten Sommerkleidern oder T-Shirts und Shorts ihre Zimmer verlassen und sich auf dem Weg zum Frühstück machen. Meist legten sie dabei noch einen Zwischenstopp am Schwimmbecken ein, um mit Badehandtüchern ihre „Pool-Position“ zu sichern. Nach und nach würden sie der Anlage buntes Leben einhauchen. Die Geräuschkulisse würde langsam aufbranden und sich anschließend für etwa zehn Stunden wie eine Glocke über den gesamten Pool-Bereich legen. Eltern würden ihre Kinder gegen deren lautstarken Widerspruch mit Sonnenschutz eincremen. Andere wiederum würden ihren lieben Kleinen hinterher rufen, dass sie aufpassen sollten oder dies oder das nicht tun sollten, während die Rotzlöffel laut schreiend und mit großem Getöse in den Pool sprangen.

Der jetzt so friedlich daliegende Ort würde sich in einen Ameisenhaufen verwandeln, in dem absolutes Chaos herrschte und der die Dezibel-Stärke eines startenden Flugzeugs erreichte. Und er, Jan, mitten drin – tapfer lächelnd. Fremde Männerhände würden freundschaftlich auf seine Schultern klopfen, während ihre Besitzer bereits das erste Bier des Tages in der anderen Hand hielten. Gleichzeitig würden ihm weibliche Gäste vielsagend zulächeln, deren Kinder an ihm rumzerrten, um mit ihm Tischtennis oder Volleyball zu spielen oder sich anderweitig ablenken zu lassen.

Jan liebte dieses Chaos, die Abwechslung und die vielen Kontakte zu unterschiedlichen Menschen aus verschiedenen Ländern. Und er hatte in der Regel sehr viel Spaß und lachte oft mit seinen Gästen. Er liebte seine Arbeit – zumindest meistens. Aus Erfahrung wusste er aber auch, dass sein Job nach Nächten mit zu viel Alkohol und zu wenig Schlaf die Hölle sein konnte.

Jan betrat das Hauptgebäude durch den Seiteneingang und durchquerte die Lobby in Richtung Hotelbar. Auf der rechten Seite der Halle befand sich die Rezeption, hinter der er den Nachtportier erkennen konnte. Dieser stand vornübergebeugt hinter der Theke und schaute nach unten. Es war das Ritual des Portiers, mit seinen zwanzig Jahren Unternehmenszugehörigkeit eines der Urgesteine des Hotels, morgens nach Arbeitsende in Ruhe einen Café au Lait zu trinken und die Zeitung zu lesen. Normalerweise tat er dies im Raum hinter der Rezeption. Jan ging davon aus, dass der Portier nicht begeistert war, dass er seinen Kaffee diesmal im Empfangsbereich trinken musste, denn er ließ sich dabei nur ungern von den Gästen stören.

„Hola Pepe!", rief Jan ihm zu.

Der Portier schaute auf und grüßte freundlich: „Bon dia Jan, com està? … du siehst nicht gut aus, wieder eine anstrengende Nacht gehabt?"

„Hör auf, ich fühle mich hundeelend."

„Oh, da trifft es sich ja gut, dass Señor Arrivira bereits nach dir gefragt hat", sagte der alte Mann und rollte dabei mit den Augen. „Er möchte dich sprechen und hat mich gebeten, dich umgehend zu ihm zu schicken, wenn du auftauchst."

Jan lächelte den anderen an, winkte kurz und änderte dann abrupt seine Gehrichtung. Schnellen Schrittes ging er auf den Haupteingang zu. Wenn ihn sein Chef suchte, dann würde er im Hotel keine Ruhe finden, um seinen Kaffee genießen und etwas regenerieren zu können. Früher oder später würde ihn ‚der Giftzwerg', wie ihn die meisten Mitarbeiter aufgrund seiner Größe und seines aufbrausenden Temperaments nannten, entdecken.

Und Jan wusste, wie diese Gespräche abliefen: Arrivira würde ihn wieder fragen, warum die Bereiche, für die Jan und seine Kollegen verantwortlich waren, nicht aufgeräumt waren. Wieder würde er ihn fragen, warum nicht sämtliche Kostüme für die Abendveranstaltungen aufgebügelt waren und sich die Bälle und Spiele nicht an den Stellen befanden, an die sie seiner Ansicht nach gehörten. Und wieder würde er ihn fragen, warum die Türen der Schränke nicht verschlossen waren und ob er glaubte, dass es sich um Regale handelte. Anschließend würde er sich nach dem Gästeprogramm für die nächsten Tage erkundigen und ihn darauf aufmerksam machen, dass Jan als Chefanimateur für den ordnungsgemäßen Zustand der Ausrüstung und die Unterhaltung der Gäste verantwortlich war. Abschließend würde er ihn dann nochmals darauf hinweisen, dass er sein Team führen müsste, dieses aber ein undisziplinierter Haufen sei und dass sie alle da wären, um zu arbeiten und nicht um Urlaub zu machen.

Jan kannte den Sermon und war noch nicht bereit, sich das anzutun. Wie bei einem angeschlagenen Boxer hing seine Deckung derzeit tief und er war noch nicht in der Lage, eine Attacke seines Chefs zu parieren. Jan zog es daher vor, seinen Kaffee außerhalb zu sich zu nehmen.

Zügig verließ er das Hotel und hielt sich rechts in Richtung Carrer de l'Agulla, der Straße, die den Hafen von Cala Rajada mit dem Strand der Cala Agulla verband. Als er die Straße erreichte, wandte er sich in Richtung Hafen. Auch wenn noch wenig Leben in der Stadt war, schoben manche Händler bereits die Rolltore hoch oder die Gitter vor den Türen der Geschäfte beiseite. Vor den kleinen Supermärkten fuhren Mitarbeiter Ständer mit Postkarten oder Sonnenmilch vor die Tür oder hängten aufblasbare Gummitiere auf. An anderen Stellen deckten Cafe- und Restaurantbesitzer die Tische auf ihren Terrassen ein, um die ersten Gäste des Tages willkommen heißen zu können.

Allerdings waren es um diese Uhrzeit häufig noch die Gestrandeten der Nacht, die nach ausgiebigem Feiern den Bars oder Diskotheken wie ‚Bolero' oder ‚Physical' entstiegen waren. Jan wusste aus eigener Erfahrung nur zu gut, wie man dort das Gefühl für Zeit und Raum verlieren konnte. Doch während er in jüngeren Jahren als Tourist noch im ‚Physical' gefeiert und die Nacht zum Tage gemacht hatte, bevorzugter er heute das ‚Bolero'. Und das, obwohl der Laden in die Jahre gekommen war und ihm die dort täglich spielende Band ‚Géminis' zunehmend auf die Nerven ging.

Im ‚Bolero' war aber eher seine Altersklasse zu Hause und er mochte die Dachterrasse, auf der man wundervoll entspannt sitzen oder feiern konnte.

Als Jan fast am Hafen angekommen war, bog er links in Richtung der Placa dels Mariners ab und konnte sein Ziel schon fast sehen: Das ‚Bon Vivant', sein Lieblingslokal in Cala Rajada. Jan mochte das Café mit der langen Theke, die sich auf der einen Längsseite des Lokals fast durch den ganzen Raum zog und vor der einige Tische standen. Er genoss es, dass das ‚Bon Vivant' etwas im toten Winkel der Touristen lag und daher entsprechend ruhiger war und auch von Mallorquinern besucht wurde. Jan hatte das Café noch nie voll erlebt und es herrschte stets eine entspannte Atmosphäre. Wenn er aber ehrlich zu sich selber war, dann gab es einen anderen Grund, der den Ausschlag dafür gab, dass er so oft dort war: Das war die Besitzerin der Bar – Inés.

Als er das Café erreichte, stand die in einem gläsernen Rundbogen eingelassene Tür bereits offen. Wie so oft zog sich sein Magen vor Aufregung zusammen, als er den Raum betrat und Inés sah. Sie stand hinter der Theke an der Espressomaschine und schaute konzentriert auf die kleine Metallkanne in ihrer Hand, während sie mit der anderen den Druck regulierte, mit dem die heiße Luft zischend und gurgelnd in das Gefäß und die Milch gepresst wurde. Mit gleichmäßigen Bewegungen schob Inés die Kanne nach oben und unten und verwandelte so die Milch in Schaum. Kurz schaute sie auf, um sich dann wieder der Zubereitung des Kaffees oder Cappuccino zu widmen.

Wie beiläufig sagte sie: „Hola Jan! Du siehst nicht gut aus. Wieder eine anstrengende Nacht gehabt?“ Ein spöttisches Lächeln umspielte ihre Lippen.

„Hi Inés, ging so – es war einfach spät. … Kann ich bitte einen Café con Leche haben.“ Jan ging an der Theke entlang bis zu der Stelle, wo diese in einem nahezu rechten Winkel in Richtung Wand auslief. In dieser Ecke setzte er sich auf einen Barhocker. Es war sein Lieblingsplatz, denn von hier aus konnte er in Richtung Tür schauen und sehen, wer das Lokal betrat. Und er hatte einen freien Blick auf die Bar und – was noch wichtiger war – auf Inés.

Während sie den Kaffee weiter zubereitete, schaute sie ihn mit dem bezauberndsten Lächeln der Welt an. Seit ihrem ersten Treffen vor drei Jahren und den ersten Worten, die sie gewechselt hatten, riefen ihr Anblick und ihre Nähe einen emotionalen Sturm in Jan hervor. Inés war damals mit einer Freundin im ‚Bolero‘ gewesen und die beiden hatten mit ihren Getränken auf der Dachterrasse an einem der Stehtische gestanden und etwas getrunken. Jan hatte sich zu ihnen gestellt und als sie ins Gespräch gekommen waren, die beiden Frauen mit seinem Mallorquinisch beeindruckt. Nachdem ihre Freundin tanzen gegangen war, hatte Jan den Blick nicht mehr von Inés abwenden können. Ihre fast schwarzen Augen hatten ihn fasziniert und er hatte sich in diesen verlieren wollen.

Aber Inés hatte seinen intensiven Blick nicht erwidert und war auch nicht auf seine Flirtversuche eingegangen. Das hatte sich auch nicht geändert, als Jan sie in der Folgezeit regelmäßig im ‚Bon Vivant‘ besucht hatte. Zunächst hatte er gedacht, dass ihre neutrale und manchmal fast abweisende Art auf ihn einen besonderen Reiz ausübte und er sie daher so interessant fand. Irgendwann musste er sich aber eingestehen, dass er sich unsterblich in Inés verliebt hatte.

Nie zuvor hatte er eine Frau kennengelernt, die ihn so beeindruckt hatte. Inés war voller Leben und positiver Energie. Sie war immer guter Laune, stets ausgeglichen und bei ihr war das Glas immer halb voll. Außerdem konnte Jan über ihren Humor und mit ihr ausgiebig lachen. Inés konnte aber auch sehr ernsthaft sein und er genoss die stundenlangen Gespräche über dies und das. Er hatte das Gefühl, dass zwischen ihnen eine Seelenverwandtschaft bestand und ihre Herzen im Gleichklang schlugen.

Und Inés war für Jan das Schönste, was er je gesehen hatte. Natürlich war auch sie nicht makellos, aber für ihn machten diese kleinen Besonderheiten sie nur noch interessanter und schöner.

Dennoch hatte er sich immer wieder gefragt, woher die besondere Zuneigung kam. Kannte er nicht auch andere Frauen, die Ausstrahlung hatten und schön und charmant waren? Kannte er nicht auch andere, die positiv waren und mit denen er lachen konnte? Und dennoch hatte er immer Flugzeuge im Bauch, wenn er sie sah – warum? Irgendwann, als er morgens wieder neben einer Frau aus dem Hotel aufgewacht war und sich das falsch angefühlt hatte, wusste er es: Inés war das Ende einer langen Suche. Jan hatte einen Weg mit vielen Windungen hinter sich, der ihn auch immer wieder in Sackgassen geführt hatte – und dieser Weg endete bei Inés. Jan fühlte sich bei ihr angekommen.

Wenn sie Zeit miteinander verbrachten, dachte er manches Mal, dass seine Liebe so offensichtlich war, dass Inés diese erkennen musste. Aber er hatte dann dennoch immer den Eindruck, dass sie seine Gefühle nicht wahrnahm. Sie erkannte in ihm nicht den Seelenverwandten – scheinbar war er als Partner für sie außerhalb jeder Vorstellungskraft. Sie sah in ihm stets nur einen guten Freund, aber nie den Mann, mit dem sie ihr Leben verbringen wollte.

Jan wusste natürlich, woran es auch lag, dass sie immer so unverbindlich blieb: An Rubén, ihrem Mann, den sie jung kennengelernt und mit Anfang Zwanzig geheiratet hatte. Dieser war ganz offensichtlich ihre große Liebe und der Gedanke brach Jan immer wieder aufs Neue das Herz. Er hatte Angst vor dem Tag, an dem Inés schwanger werden würde. Dann, das wusste er, würde es gar keine Chance mehr für eine gemeinsame Zukunft geben. Inés würde mit der Familie nach Palma ziehen, wo Rubén als Polizist arbeitete, und er würde sie kaum noch sehen – eine Vorstellung, die ihn jedes Mal unendlich traurig machte.

Jäh wurde Jan aus seinen Gedanken gerissen, als Inés hinter der Theke ein kurzes Stück auf ihn zu kam. Er betrachtete sie bewundernd – ihren eleganten Gang, die Farbe ihrer Haut und die langen schlanken Finger. An ihr ist einfach alles schön, dachte er bei sich. Ihre Blicke trafen sich einen kurzen Moment und Inés lächelte ihn an. Wieder hatte Jan dieses unbeschreibliche Gefühl, dass in diesem Moment alles perfekt und die Welt im Gleichgewicht war.

## Donnerstag, 15. Mai, 10:00 Uhr

Nur mit Mühe fand der Fahrer der Limousine eine Lücke im morgendlichen Berufsverkehr der Frankfurter Innenstadt. Schnell stieß er in diese vor, fuhr an den linken Rand der Einbahnstraße und stellte sich in die Tiefgarageneinfahrt des Hochhauses.

Er schaltete den Motor aus, schaute in den Rückspiegel und wartete darauf, dass sich sein Chef im Fond des Wagens bewegte. Normalerweise reagierte Carl Friedrich von Lauenburg sofort, wenn sie ihr Ziel erreichten. Schnell raffte dieser dann seine Sachen zusammen, warf ihm eine kurze Anweisung zu und verließ zügig das Fahrzeug, um keine Sekunde seiner wertvollen Zeit zu vergeuden. Doch diesmal geschah sekundenlang nichts, gar nichts.

Der Chauffeur blickte in den Spiegel, aber Carl Friedrich von Lauenburg – wie immer tadellos gekleidet und das graumelierte kurzgeschnittene Haar mit einem Scheitel akkurat zur Seite gekämmt – saß regungslos auf der Rückbank. Der Manager war förmlich in sich zusammengesackt und starrte vor sich hin.

„Herr von Lauenburg, wir sind da“, sagte der Fahrer knapp. Aber wieder reagierte sein Chef nicht. Etwas stimmte mit dem sonst so geschäftigen Mann nicht. Üblicherweise sprühte er vor Energie und Vitalität und nutzte jede Minute auf der Fahrt, um Dokumente sowie E-Mails zu bearbeiten oder zu telefonieren. Stattdessen saß er jetzt zusammengesunken da, und das, obwohl Haltung Ausdruck seines preußisch protestantischen Selbstverständnisses und seiner Stellung war.

Der Chauffeur drehte sich auf seinem Sitz um und blickte nach hinten. „Herr von Lauenburg, soll ich Ihnen die Tür öffnen?"

Langsam hob sein Chef den Kopf und schaute ihn für einen kurzen Moment mit leeren ausdruckslosen Augen an – dann begannen diese ihn zu fixieren und von Lauenburg kehrte ins Jetzt zurück.

„Nein, natürlich nicht." Der Manager drehte sich kurz um und beobachtete den Verkehr. Als dieser eine kleine Lücke freigab, öffnete er die Wagentür, stieg aus und schlug diese, ohne ein weiteres Wort zu sagen, wieder zu. Zügig ging er um den Wagen herum, öffnete die andere Tür und nahm sein Sakko heraus. Geübt schlüpfte er in dieses, strich seine Krawatte glatt und schloss die beiden Knöpfe seines dunklen Einreihers. Als er die Tür ins Schloss gleiten ließ, fiel sein Blick auf sein Ebenbild, das sich in der Scheibe des Wagens spiegelte. Er erkannte sich kaum und hatte den Eindruck, dass ihn, obwohl er gerade mal Ende fünfzig war, ein alter Mann anschaute. Der Anblick erschreckte ihn.

Von Lauenburg drehte sich um und ging auf den Haupteingang des Gebäudes zu. Als er den gepflasterten Weg entlangschritt, hatte er das Gefühl, dass ein zentnerschweres Gewicht auf ihm lastete und er seine Füße kaum voreinander setzen konnte. Durch eine Drehtür betrat er den ‚Sky-Tower', derzeit das höchste Gebäude in der Bankenmetropole. In diesem hatte neben Investmentgesellschaften, Beratungsunternehmen und großen Anwaltskanzleien auch der auf Wirtschaftsthemen ausgerichtete Fernsehsender ‚Business-TV' seinen Sitz.

Der Manager ging auf den Empfang zu, der sich auf der linken Seite der Halle befand und mit einer Dame im blauen Kostüm besetzt war.

„Guten Morgen, Lauenburg mein Name, ich habe einen Termin bei ‚b-tv'."

Nachdem sie ihn freundlich begrüßt hatte, beugte sich die Empfangsmitarbeiterin vor und durchsuchte eine Art Karteikasten, in dem sich offensichtlich die Besucher-ausweise befanden. Ungeduldig schaute Lauenburg zu, wie sie nervös die Karten durchblätterte. Er hasste es zu warten – und er hasste das Gefühl, dass andere Menschen seine wertvolle Zeit stahlen. Zudem fragte er sich, warum man im 21. Jahrhundert noch mit Besucherausweisen aus Kunststoff und Karteikästen arbeiten musste. Und er ärgerte sich, dass er seinem persönlichen Assistenten heute Morgen gesagt hatte, dass er ihn nicht brauche. Dieser begleitete ihn in der Regel und nahm ihm solche lästigen Dinge ab.

„Rauenberg, …", flüsterte die Empfangsmitarbeiterin leise und suchte weiterhin hektisch in ihrem Kasten.

„Nein, Lauenburg. Carl Friedrich von Lauenburg. Schauen Sie doch einfach mal unter ‚V'. So schwer kann das ja nicht sein, Ihr Kasten hat ja nicht die Ausmaße eines Containers", herrschte er sie an.

„Oh ja, hier haben wir Ihren Ausweis." Erleichtert reichte die Dame ihm seine Karte hinüber. „Sie müssen durch die Drehkreuze, dann links zum Aufzug und dann in den …"

Bevor sie den Satz zu Ende bringen konnte, unterbrach Lauenburg sie kalt: „Danke, ich kenne den Weg. Ich bin ja nicht das erste Mal hier.“ Er drehte sich um, ging zu einem offenen Fahrstuhl und drückte, nachdem er ihn betreten hatte, den Knopf mit der richtigen Etagennummer. Als sich die Tür schloss, lehnte er sich mit dem Rücken an die Wand, schloss die Augen und atmete tief durch. Er spürte, wie sich der Lift in Bewegung setzte und ihn zügig auf 195 Meter hoch zur 46. Etage katapultierte.

Oben angekommen, wandte er sich dem Eingang des Fernsehsenders zu. Nachdem er einen Wachmann passiert hatte, stand er am Empfang von ‚b-tv deutschland‘. Von dem Studio aus versorgte der Sender seine Zuschauer mit aktuellen Informationen aus der Wirtschaft, der Finanzwelt und vom Börsenparkett.

„Hallo Herr von Lauenburg!“, begrüßte ihn die Dame am Empfang und lächelte ihm zu.

„Guten Morgen.“

„Es tut mir Leid, Herr Schwarz ist noch nicht da.“

„Kein Problem, dann warte ich eine Sekunde auf ihn.“

„Wenn Sie hier vorne Platz nehmen wollen“, antwortete die Mitarbeiterin des Senders und deutet an, sich von ihrem Stuhl zu erheben.

„Bleiben Sie sitzen. Ich weiß ja wo es hingeht.“

Lauenburg ging rechts am Empfang vorbei und betrat einen kleinen Wartebereich, der nur durch ein großes Salzwasseraquarium vom Empfang getrennt war. Er mochte dieses

Becken mit den bunten Fischen, Korallen und Seeigeln. Der Anblick der friedlich dahingleitenden Fische hatte eine sehr beruhigende und entschleunigende Wirkung auf ihn und während er dem bunten Treiben zuschaute, verlor er sich wieder in seinen Gedanken.

„Herr von Lauenburg."

Jäh wurde er in die Gegenwart zurückgeholt und fragte sich, wie lange er wohl schon dagestanden und in das Aquarium gestarrt hatte. Er wandte sich der Stimme zu und sah die Dame vom Empfang.

„Herr Schwarz hat gerade angerufen. Er steht im Stau und kommt etwas später. Wenn Sie mir folgen wollen. Ich bringe Sie dann rüber in unseren Barbereich, dort können Sie einen Kaffee trinken."

Auf sein Kopfnicken hin drehte sie sich um und führte ihn den Gang hinunter. Dabei passierten sie das Aufnahmestudio, das eigentlich nur ein kleiner Glaskasten mit einem Tisch vor Kopf und einer Kamera an der gegenüberliegenden Decke war. Dort würde er in Kürze mit dem Redakteur über die allgemeine wirtschaftliche Lage, die Situation am Aktienmarkt und insbesondere über das überdurchschnittliche Wachstum seines Bankhauses sprechen – sollte dieser es durch den Berufsverkehr zum Studio schaffen.

Sie betraten einen offenen Barbereich, in dem Mitarbeiter ihre Pausen verbrachten und Besucher verköstigt wurden.

„Darf ich Ihnen einen Kaffee anbieten?", fragte die Mitarbeiterin vom Empfang.

„Nein Danke, ich habe heute Morgen bereits genug Kaffee gehabt."

„Etwas anderes vielleicht?"

„Nein. Ich setze mich hier vorn ans Fenster und warte auf Herrn Schwarz." Er riss sich zusammen und lächelte.

„Gern", antwortete die Dame und verließ wieder den Raum.

Lauenburg passierte ein weiteres Salzwasseraquarium und setzte sich an einen kleinen Tisch, der sich unmittelbar an der großen Glasfront befand. Von dort aus konnte er aus dem Fenster über Frankfurt in Richtung Süden schauen. Er liebte den Blick aus großer Höhe über die Stadt und genoss diesen auch immer, wenn er sich zu Besprechungen oder Verhandlungen in einem der Bankentürme aufhielt.

In der Entfernung sah Lauenburg Flugzeuge, die sich wie auf eine Schnur gezogen dem Flughafen näherten, um kurz vor der Landung im Gewirr der Gebäude aus seinem Blick zu verschwinden. Aus dieser Distanz und Höhe wirkten die Maschinen wie kleine Insekten und es hatte den Anschein, als könne er sie mit einer Handbewegung aus der Luft holen. In wenigen Stunden würde auch er in einem dieser Flugzeuge sitzen, um hoffentlich bald mehr Informationen und Gewissheit zu erhalten. Er hoffte, dass der Alptraum bald ein Ende hatte.

Doch zunächst musste er diesen Fernsehtermin erfolgreich hinter sich bringen. Er wusste, was sein Aufsichtsrat, die Aktionäre sowie die Mitarbeiterinnen und Mitarbeiter seines Unternehmens von ihm erwarteten – und er würde diese Erwartungen erfüllen.

„Guten Morgen Herr von Lauenburg“, unterbrach eine Männerstimme seine Gedanken.

„Jetzt gilt es“, dachte er kurz bei sich. Carl Friedrich von Lauenburg nahm Haltung an und drehte sich um.

*

Als er wach wurde, spürte er das sanfte Schwanken seiner an der Mole vertäuten Yacht. Rolf drehte sich im Bett auf den Rücken, schlug die Augen auf, verschränkte die Arme hinter dem Kopf und starrte an die Decke. Aus dem Bad drang das Rauschen der Dusche an sein Ohr, das sich mit dem leisen Plätschern und Gurgeln des an der Bordwand brechenden Wassers vermischte.

Er fragte sich, welcher Wochentag war und musste einen Moment nachdenken, bis es ihm einfiel. Dienstag. Ein zufriedenes Lächeln umspielte seine Lippen, als ihm wieder bewusst wurde, wie gut es ihm ging. Vor etwa drei Jahren, kurz nach seinem fünfundfünfzigsten Geburtstag, hatte er sein Unternehmen in einem Management-Buyout an seine angestellten Geschäftsführer veräußert. Es war ihm nicht leicht gefallen, die Firma – einen mittelständischen Automobilzulieferer – abzugeben. Aber er wusste die ‚H.W. Kaltenbrenner Fahrzeugteile AG‘ bei den neuen Eigentümern gut aufgehoben.

Früher oder später hätte er das Unternehmen in fremde Hände geben müssen, da weder seine Tochter noch sein Sohn Interesse an der Leitung des Betriebs hatten. Und dennoch hatte er lange darüber nachdenken müssen, schließlich war die Firma seit fast einhundert Jahren im Besitz seiner Familie gewesen. Sein Großvater hatte das Unternehmen gegründet, dieses dann an Rolfs Vater vermacht und dieser wiederum hatte die Firma an ihn übergeben. Entsprechend schwer hatte Rolf sich mit der Entscheidung getan und es war ein Prozess, der sich über Jahre hingezogen hatte. Währenddessen hatte er sich immer wieder aufs Neue gefragt, ob es der richtige Schritt war. Und fortlaufend hatte ihn ein schlechtes Gewissen geplagt und es hatte an ihm genagt, dass er das Geschäft an einen Dritten veräußern und nicht an seine Kinder übergeben wollte.

Aber seit der Trennung von seiner Ehefrau Angelika war das Verhältnis zu seinen Kindern immer schlechter geworden. Zunächst hatte es sich nur abgekühlt, aber dann war die Situation eskaliert und es war zum Bruch gekommen.

Während sein Sohn noch verhältnismäßig nüchtern mit der Situation umging, war seine Tochter nach und nach immer aggressiver und beleidigender geworden. Beide wollten nicht akzeptieren, dass es seine freie Entscheidung gewesen war, sich von ihrer Mutter zu trennen. Auch wenn Magda, die neue Frau an seiner Seite, fünfundzwanzig Jahre jünger war als er, so war sie nicht eine von Homers Sirenen, die ihn um den Verstand brachte. Rolf lächelte, als ihm bewusst wurde, dass sie es durchaus verstand, ihm alle Sinne zu rauben. Aber die Trennung war nur zu einem Teil von ihr forciert worden und seine neue Partnerin hatten alle, auch seine Kinder, zu akzeptieren. Es war sein Leben, das er nur ein Mal lebte, und in diesem musste er glücklich werden.

Zu dem Zeitpunkt der Trennung von seiner Ehefrau war er bereits seit Längerem an ihrer Seite nicht mehr glücklich gewesen. Auf dem Weg, den sie dreiundzwanzig Jahre gemeinsam gegangen waren, waren beide irgendwann an einer Weggabelung in unterschiedliche Richtungen abgebogen. Vielleicht waren sie noch eine Zeit lang nebeneinander her gelaufen, aber ihre Wege führten sie immer weiter auseinander. Sie hatten sich unterschiedlich schnell und in verschiedene Richtungen entwickelt und so immer weiter voneinander entfernt. Als er sich dann von ihr getrennt hatte, war es bereits seit Jahren keine glückliche und erfüllte Beziehung mehr gewesen.

Rolf war der festen Überzeugung, dass dies für beide Partner und damit auch für Angelika gegolten hatte. Aber sie hatte es wohl aufgrund des Schmerzes und der Bitterkeit der Trennung nicht wahr haben wollen. Bis heute gefiel sie sich in der Rolle des Opfers, der Leidenden und der Märtyrerin, die alles für ihn aufgegeben und immer alles für ihn getan hatte, bis ihr dann eine fünfundzwanzig Jahre jüngere Frau den Mann weggeschnappt hatte.

So stellte sie es auch gegenüber den Kindern und Freunden dar, und versuchte immer noch, ihn und insbesondere Magda für das zu bestrafen, was sie ihr vermeintlich angetan hatten. Angelikas Ziel war es, alle gegen sie beide aufwiegeln und sie hatte es auch teilweise geschafft. Was seine Exfrau aber nie verstanden hatte war, dass sie sich damit gedanklich und emotional an etwas band, was längst vorbei war. Indem sie nicht verzieh und gegen diese Beziehung ankämpfte, fesselte sie sich an die Vergangenheit, riss immer wieder alte Wunden auf und konnte das Thema für sich nicht abschließen, während Rolf sein neues Leben lebte und glücklich – zumindest glücklicher als vorher – war. Er wusste, dass die Beziehung mit seiner ehemaligen Frau auch unabhängig von Magda früher oder später gescheitert wäre. Der Prozess war durch ihr Auftauchen lediglich beschleunigt worden.

Rolf erinnerte sich immer gerne daran, wie er Magda bei einem Geschäftsbesuch in Polen kennengelernt hatte. Sie hatte ihn damals vom Frederic Chopin Airport in Warschau abgeholt und ihn mit den Worten begrüßte: „Herr Kaltenbrenner? Meine Name ist Magdalena Wigura und ich bin Ihre Begleiterin in den nächsten drei Tagen." Ihre tiefe Stimme und ihr Akzent mit dem rollenden „r" hatten ihn auf Anhieb fasziniert. Zu dem Zeitpunkt hatten beide aber noch nicht geahnt, dass aus den drei Tagen inzwischen sechs Jahre und wahrscheinlich der Rest ihres Lebens – zumindest aber doch seines – werden sollten.

In ihrem roten Kostüm hatte Magda umwerfend ausgesehen, auch wenn sie für seinen Geschmack etwas zu grell geschminkt und ihre Haare etwas zu blond gefärbt gewesen waren. Er hatte sie aber – vielleicht sogar aufgrund dessen – unglaublich attraktiv gefunden und sie hatte eine erotische Anziehung auf ihn ausgeübt, wie er es weder davor noch danach erlebt hatte.

In den folgenden Tagen war sie kaum von seiner Seite gewichen. Sie war als Dolmetscherin aufgetreten, hatte für ihn Termine organisiert und ihn hinsichtlich der landesspezifischen Besonderheiten im geschäftlichen Umgang und der polnischen Kultur beraten. Und er hatte ihre Gegenwart, sowie ihre angenehme und offene Art mit Menschen umzugehen, genossen. Es war eine wundervolle Zeit gewesen und er hatte gespürt, wie er sich zunehmend zu ihr hingezogen gefühlt und sie immer mehr begehrt hatte.

Sein Herz hatte ihm bis zum Hals geschlagen, als er gemerkt hatte, dass sein Werben offensichtlich auf fruchtbaren Boden fiel. An seinem letzten Tag in Warschau hatte er sie dann in eines der teuersten Restaurants der Stadt eingeladen, um sich bei ihr zu bedanken und mit ihr den erfolgreichen Verlauf der Geschäftsreise zu feiern. An diesem Abend hatte sie ihn dann endgültig erhört und sie hatten gemeinsam die Nacht verbracht.

In der Folgezeit war er dann immer häufiger auf ‚Geschäftsreise' nach Warschau gefahren und aus der anfänglichen Affäre war eine dauerhafte Beziehung geworden. Irgendwann hatte Rolf nicht mehr Versteck spielen und Magda keine Distanzbeziehung mehr führen wollen. Also hatte er ihr kurzerhand eine kleine Wohnung in Heilbronn gekauft, seine Entscheidung der Familie verkündet und war mit Magda zusammengezogen. Nicht nur seine Kinder, sondern auch viele Freunde und Bekannte hatten sich mit dem von ihm eingeschlagenen Weg schwer getan und manche sich sogar zurückgezogen. Während sich die Gattinnen der Gesellschaft mit Angelika solidarisierten und in Magda den ‚Gold-Digger' sahen, neideten die Männer ihm wohl die junge, gutaussehende Frau.

Irgendwann war das Leben in Deutschland und die Arbeit nicht mehr zu ertragen, sodass er die Firma abgegeben hatte. Für etwas mehr als zwei Millionen Euro hatte er sich anschließend eine Sunseeker Luxusyacht gekauft, diese von

Port Adriano nach Port d'Andratx überführen lassen und verbrachte nun mit Magda den Großteil des Jahres auf Mallorca.

Abrupt wurde Rolf aus seinen Gedanken gerissen, als das Rauschen der Dusche erstarb. Er drehte sich um, schwang die Beine aus dem Bett und blieb auf dessen Kante einen Moment sitzen. Sein Blick fiel auf sein Bild, das im gegenüberliegenden Spiegel zu sehen war und ihm unangenehm die ungeschönte Wahrheit aufzeigte. Rolf saß leicht vornübergebeugt, sein Oberkörper war unbekleidet und die Rollen seines Bauches hingen über den Bund seiner Boxershort. Die Zeit und das gute Leben hatten unzweifelhaft ihre Spuren hinterlassen.

Mit seinen knapp ein Meter siebzig Körpergröße war er nie ein großer Mann gewesen, hatte dies aber immer mit viel Sport und körperlicher Fitness ausgeglichen. Von dem einst straffen und durchtrainierten Körper war aber nicht mehr viel zu erkennen. Um dem ernüchternden Anblick zu entrinnen, erhob er sich schnell vom Bett, sog die Luft tief in die Lungen, richtete sich auf und spannte die Bauchmuskeln an. Wenn ich den Bauch einziehe, geht's, dachte er schon etwas versöhnter bei sich.

Als sich die Tür zum angrenzenden Bad etwas öffnete und der Wasserdampf der heißen Dusche in seine Richtung strömte, atmete er wieder aus. Der Spalt zwischen Tür und Rahmen gab den Blick auf Magda und einen Teil ihres wunderschönen Körpers preis. Er ging in ihre Richtung, schob die Tür ganz auf und betrat den Raum.

Magda stand vor dem Badezimmerspiegel und wickelte sich ein Handtuch wie eine Art Turban um ihre nassen Haare – ansonsten war sie unbekleidet. Sein Blick fiel auf die schlanken Fesseln und wanderte an ihren schier endlos langen Beinen nach oben. An den Rundungen ihres Gesäßes hielt er kurz inne. Dann betrachtete er ihren makellos geraden Rücken und ihren zarten Nacken, auf dem der Flaum ihrer blonden Haare wie Schaumkronen in einem Strudel ineinander liefe.

Da das Handtuch nicht den gewünschten Halt fand, nahm Magda es wieder ab und startete einen erneuten Versuch. Sie hob die Arme über den Kopf und wickelte den Stoff noch etwas straffer. Im Spiegel konnte er ihre runden Brüste sehen und beobachten, wie sich diese im Takt ihrer Bewegungen hoben und senkten. Er liebte den Anblick ihres jungen Körpers und die Schönheit ihrer natürlichen Nacktheit. Rolf spürte, wie sein Blut in Wallung geriet und sich die Erregung in seinem Unterleib ausbreitete. Vorsichtig trat er hinter Magda. Er umfasste ihre Brüste, schob seinen Unterleib an ihr Gesäß und küsste sie in den Nacken. „Guten Morgen mein Schatz“, flüsterte er ihr zärtlich ins Ohr.

„Niiiecht!“, rief sie und verzog dabei das Gesicht. Schnell schälte sie sich aus seinem Griff, trat einen Schritt zu Seite und nahm ein großes Duschhandtuch aus einem Regal. Kurz tupfte sie sich damit den Schweiß vom Gesicht, der durch die heiße Dusche und die Feuchtigkeit hervorgerufen wurde, und wickelte dann ihren gesamten Körper darin ein.

Rolf spürte, wie die Erregung ihn wieder verließ. Er nahm seine Zahnbürste aus dem Becher, verstrich Zahncreme auf dieser und wandte sich seiner Morgentoilette zu.

*

Zischend schloss sich die Schiebetür der Hotellobby hinter Jan. Obwohl es gerade erst kurz nach zehn Uhr war, brannte die Sonne bereits so warm, dass sich sein Körper auf dem Weg vom ‚Bon Vivant' zurück zum Hotel deutlich aufgeheizt hatte. Aufgrund des Alkohols vom Vorabend schwitzte er besonders und empfand es als Wohltat, als sich die angenehme Kühle der klimatisierten Lobby auf seinen Körper legte.

Beim Durchqueren der Halle blickte Jan zur Rezeption hinüber, die inzwischen mit der Tagesschicht besetzt war. Maria und Jaqueline, zwei junge Frauen vom spanischen Festland, beschäftigten sich mit einer Gruppe deutscher Touristen, die gerade eincheckten. Diese waren wahrscheinlich am frühen Morgen von Frankfurt, Düsseldorf, Hannover oder wo auch immer gestartet und froh, nun bald ihr Zimmer beziehen und sich an den Pool legen zu können.

Jan ging weiter in Richtung des Büros seines Chefs und als er in den Gang zum Verwaltungsbereich des Hotels abbog, schoss ihm durch den Kopf: „Gehe direkt ins Gefängnis, gehe nicht über Los." Aber immerhin hatte der Kaffee bei Inés gut getan: Er fühlte sich bedeutend besser und gewappnet, die Standpauke entgegen zu nehmen.

Als er das Büro erreichte, war die Tür halb geöffnet und er konnte hören, wie sich Señor Arrivira lautstark am Telefon mit einem der Lebensmittellieferanten auseinandersetzte. Jan klopfte leise an, schob seinen Kopf durch die Öffnung und schaute in den Raum. Arrivira saß an seinem riesigen Schreibtisch, hinter dem der kleine Mann nahezu verschwand. Er hing förmlich in seinem Stuhl und an seinem Hemd, das sich über den voluminösen Bauch spannte, waren zwei Knöpfe aufgesprungen, sodass Jan den haarigen weißen Bauch sehen konnte. Das Gesicht des Patróns war unrasiert und sein dunkelblondes Haar hing ihm strähnig in die Stirn. Jan fragte sich immer wieder, wie man einen solch ungepflegten Mann zum Leiter eines Hotels machen konnte.

Arrivira schaute ihn an und hieß ihn mit einer Armbewegung einzutreten. Als Jan sich auf den Stuhl gegenüber des Schreibtischs zubewegte, unterbrach Arrivira kurz das Gespräch und wechselte unmittelbar von Mallorquinisch zu einem fast akzentfreien Deutsch. „Mach bitte die Tür zu“, sagte er knapp, dann wandte er sich wieder seinem Gesprächspartner am anderen Ende der Leitung zu und erklärte diesem, warum die gelieferte Ware schlecht und seine Preise viel zu überteuert waren.

Während Jan die Tür schloss, fragte er sich, was auf ihn zukommen würde. Offensichtlich sollte es eine längere Predigt werden, denn kurze Ansprachen wurden in der Regel bei offener Tür durchgeführt. Er machte es sich auf dem Stuhl gegenüber von Arriviras Schreibtisch bequem und schaute sich gelangweilt um. Zum x-ten Mal betrachtete er das Bild, das an der Wand hinter seinem Chef hing. Es war ein stark vergrößertes, mit einem Weitwinkelobjektiv aufgenommenes Foto der Cala Agulla, des großen Strands im Norden von Cala Rajada. Das Erstaunliche an dem Bild war: Die Bucht war menschenleer. Auch wenn Jan schon seit acht Jahren in Cala Rajada arbeitete, so hatte er den Strand noch nie gesehen – ein Indiz dafür, dass das Bild entweder am frühen Morgen oder außerhalb der Saison aufgenommen worden war.

Jan kannte inzwischen jedes Detail auf dem Foto. Er fragte sich, wie oft er dieses schon betrachtet hatte, während sein Chef ihm monologisierend dargelegt hatte, was Urlauber erwarteten und was Jan und sein Team zu tun hatten.

Señor Arrivira beendete das Gespräch und legte das Telefon neben sich auf den Tisch. Mit ungewohnt sanfter Stimme fragte er: „Möchtest du einen Kaffee?"

Jan konnte einen verdutzten Blick nicht vermeiden. Er war überrascht: Sein Chef hatte ihm noch nie ein Getränk angeboten, und er fragte sich, was das zu bedeuten hatte. „Nein Danke, ich habe gerade erst einen gehabt."

Langsam stand der Patrón auf, wobei er nicht wirklich größer wurde. Er drehte sich um und ging auf das Fenster zu, das sich an einer Seite des Raumes befand. Dann blickte er hinaus, verschränkte seine Hände hinter dem Rücken und schwieg. Jan sagte ebenfalls kein Wort. Er war irritiert, denn eine solche Verhaltensweise kannte er von seinem Chef nicht. Verschiedene Gedanken schossen Jan durch den Kopf: „Was kommt jetzt? … Ist er vielleicht krank? … Will er umstrukturieren? … Soll das Team verkleinert werden? … Es ist aber noch am Anfang der Saison. Das kann er nicht machen, ich brauche jeden in meinem Team. …

Möchte er vielleicht wieder einen Plan der nächsten Aktivitäten haben?"

Arrivira stand weiter einfach nur da und schwieg. Endlich begann er zu sprechen. „Jan, du weißt, ich schätze dich sehr. … Auch wenn wir in der Vergangenheit ab und an Meinungsverschiedenheiten hatten, war ich mit deiner Arbeit immer zufrieden." Während er das sagte, schaute er weiter aus dem Fenster.

Abrupt dreht er sich um, zog den Schreibtischstuhl zu sich herüber und ließ sich wieder in diesen fallen. Einen Moment lang schaute er Jan schweigend an, dann fuhr mit ernster Stimme fort: „Du hast aber wahrscheinlich auch mitbekommen, dass die schwierige wirtschaftliche Lage der vergangenen Jahre nicht spurlos an unserer Hotelkette vorbeigegangen ist. Auch wenn wir hier in den vergangenen Saisons immer einige Monate komplett ausgebucht waren, haben im Konzern die Zahlen bei den Gästen und damit bei Umsatz sowie Gewinn insgesamt immer hinter Plan und Vorjahr gelegen."

„Okay, aber die ökonomische Situation in Spanien hat sich ja insgesamt deutlich verbessert, oder? Und wenn ich das richtig sehe, hat die Wirtschaft die Talsohle schon durchschritten", unterbrach Jan seinen Chef. Er wusste noch nicht genau, in welche Richtung der Patrón dachte, aber Jan wollte alles tun, um sein Team zu schützen und ihre Jobs zu erhalten.

„Ja und nein! Das mag auf die Gesamtwirtschaft zutreffen. Für unseren Konzern haben die ersten Monate des Jahres aber noch nicht den Erfolg gebracht, den wir uns erhofft hatten. Und bei uns ist die Zimmerauslastung bisher zwar gut, der Umsatz unserer Bars ist aber nach wie vor miserabel." Arrivira hielt einen Moment inne, dann fuhr er fort: „Du siehst das doch auch – erinnere dich daran, wie es noch vor einigen Jahren war: Da war an der Poolbar immer etwas los und die Gäste bestellten schon am Nachmittag Wein, Bier oder Cocktails. Und auch die antialkoholischen Getränke gingen gut. Es wurde einfach etwas zu trinken geholt, wenn man Durst hatte und es wurde Essen bestellt, wenn man Hunger hatte. Abends waren unsere Bars auch immer voll und es wurde bis spät in die Nacht gefeiert. Und heute? Heute halten unsere Gäste ihr Geld zusammen. Sie bringen Wasser, Cola oder Bier Sixpack-weise ins Hotel. Manche versuchen den Einkauf in Plastiktüten oder Strandtaschen zu verbergen, andere transportieren die Getränke ganz offen. Statt etwas an der Bar zu trinken, nehmen sie ihre Getränke mit an den Pool. Abends werden dann Bier oder Wein auf dem Balkon getrunken. … Und ich habe letzte Woche eine Umfrage gelesen, nach der die Europäer auch in diesem Jahr ihr Geld weiter zusammenhalten und für Urlaube nicht mehr ausgeben werden, als im Jahr zuvor. Du siehst, es wird eben nicht besser."

Arriviras Hang zu monologisieren war Jan immer schon auf die Nerven gegangen, aber dieses Mal war es besonders anstrengend. Er wollte endlich wissen, worauf der Patrón hinaus wollte. Unwirsch fragte er: „Und was bedeutet das?"

Der Hotelmanager schaute ihn mit ernstem Blick an. „Unsere Konzernzentrale hat mich angewiesen, die Personalkosten zu senken. Ich muss Stellen abbauen." Er hielt kurz inne, sein Blick schweifte nervös im Zimmer umher, um Jan anschließend wieder zu fixieren. „Es tut mir leid, aber wir müssen uns von dir trennen."

Die Worte Arriviras trafen Jan wie ein Schlag in den Magen. Er spürte wie ihm die Gesichtszüge entglitten, um dann zu einer Maske zu erstarren. Trotz der Kühle der Klimaanlage begann er zu schwitzen. Jan kniff die Augen zusammen und sagt dann mit scharfer Stimme: „Das verstehe ich nicht. Die Saison läuft doch gerade erst sechs Wochen, wie können die jetzt schon deren Erfolg beurteilen? Und wie können Sie jetzt schon so eine Entscheidung treffen?" Während Jan das sagte, schaute er dem Patrón in die Augen. Dieser hielt dem Blick nicht stand, sondern drehte sich zur Seite und schaute aus dem Fenster. „Oder anders gefragt: Warum haben Sie sich das nicht vor der Eröffnung im April überlegt? Dann hätte ich noch die Chance gehabt, woanders anzuheuern", fuhr Jan fort und während er das sagte, merkte er, wie seine Mundwinkel vor Aufregung zitterten.

„Wie gesagt, es geht nicht nur um unser Haus … und die Anweisung kam aus der Zentrale. Die haben die Situation falsch eingeschätzt und gedacht oder vielleicht eher gehofft, dass das Geschäft in diesem Jahr wieder anzieht."

„Das ist doch Bullshit!", unterbrach Jan aufgebracht. „Die Zentrale hat Ihnen doch nicht gesagt: Werfen Sie Jan raus! Warum gerade ich? Die Gäste wünschen sich Entertainment und mein Team hat in den vergangenen Jahren bei den Gästebefragungen immer extrem gut abgeschnitten. Und wir beide haben doch auch immer gut zusammengearbeitet, oder?"

„Jan, das ist es nicht. Ich war mit deiner Leistung immer sehr zufrieden. Wir müssen nun aber mit einem kleineren Team auskommen. Lukas wird deinen Job mitmachen.

Aufgrund deiner Erfahrung und deines Alters bist du einfach zu teurer. … Es tut mir leid."

„Lukas kann doch nicht das Team leiten. Er ist viel zu jung und für ihn ist das erst die zweite Saison."

„Er wird das schaffen."

„Ab wann?"

„Ab sofort. Ich muss umgehend die Kosten reduzieren und dich von der Gehaltsliste streichen. Wir haben aber beschlossen, dass wir dir aufgrund unserer guten und langjährigen Zusammenarbeit noch ein Monatsgehalt zahlen werden. Und für dich hat es den Vorteil, dass du jetzt, wo die Saison noch relativ am Anfang steht, auch noch eher einen anderen Job findest." Während Arrivira das sagte, schaute er Jan mit einem gönnerhaften Blick an.

„Das ist doch Blödsinn!", brach es aus Jan heraus. „Zum einen müssen Sie mir aufgrund meines Arbeitsvertrages eh noch das Gehalt zahlen, weil ich eine Kündigungsfrist von vier Wochen habe. Und zum anderen läuft die Saison schon. Und noch mal: Ich denke, Sie sind mit mir zufrieden?"

„Die Zentrale …"

Jan verzog das Gesicht, sodass Arrivira zu sprechen aufhörte. Nach einer kurzen Pause begann der Patrón erneut: „Du kannst selbstverständlich noch in deinem Appartement wohnen bleiben, bis du etwas neues gefunden hast. Möglicherweise können wir auch eine Lösung finden, so dass du das Zimmer weiter mieten kannst."

Jan beugte sich in seinem Stuhl nach vorne und nahm eine kämpferische Haltung ein. Er spürte, wie das Blut vor Wut in seinen Adern pulsierte. In den vergangenen Jahren hatte er immer gerne für das Hotel gearbeitet, auch wenn sein Gehalt nie besonders gut gewesen war. Er hatte stets sein Bestes gegeben und hatte nie auf die Uhr geschaut. Jan war immer für seine Gäste da gewesen und diese hatten immer an erster Stelle gestanden. Und er war auch immer bereit gewesen, die berühmte Extrameile zu gehen. Auch als die Gästezahlen vor ein paar Jahren mal zurückgegangen waren und sich die Stimmung bei den Mitarbeitern verschlechtert hatte, war er derjenige gewesen, der immer wieder versucht hatte, die Kolleginnen und Kollegen zu motivieren. Manchmal hatte er sich mehr als Animateur des gesamten Hotelpersonals als der Gäste gefühlt. Dennoch hatte er nie ein adäquates Gehalt bezogen und seine Engagement war niemals wirklich honoriert worden. Ganz im Gegenteil – als Dank wurde er nun durch einen jüngeren Kollegen ersetzt, der gerade einmal die Hälfte von ihm verdiente.

Jan hätte seine Wut herausschreien können. Die Ungerechtigkeit und Hilflosigkeit ließen ihm die Tränen in die Augen steigen. Mit wutunterdrückter Stimme sagte er: „Um ehrlich zu sein, lege ich da echt keinen Wert drauf. Das Appartement ist eh eine Bruchbude. Ich ziehe heute noch aus."

Just in dem Moment, in dem er den Satz ausgesprochen hatte, wusste er, dass dies nicht vernünftig war. Aber sein

Stolz gebot ihm, das Angebot auszuschlagen. Er wollte nicht den Rest seiner Würde verlieren und von des Patróns Gnaden in einem zweitklassigen Appartement wohnen und weiterhin dessen Launen ausgesetzt sein.

„Wie du meinst“, antwortete Arrivira kühl. „Ich werde dein Nettogehalt für den Monat heute noch überweisen.“

„Ich möchte es jetzt und ich möchte es in bar haben.“

Ohne ein Wort zu sagen stand der Patrón auf und ging zum Geldschrank, der in einer Ecke des Büros stand. Mit ungelenken Bewegungen stellt er sich bewusst so, dass Jan die Tastatur nicht sehen konnte. Es war ein alberner Anblick, wie der kleine übergewichtige Mann sich leicht vorbeugte und sein Gesäß vorschob und nach links und rechts bewegte.

Jan hörte, wie die Tasten piepsten, als Arrivira den Code eingab und wie sich mit einem elektronischen Surren die Tür entriegelte. Der Manager beugte sich in den Safe. Dann trat er einen Schritt zurück, schob die Tür zu, und drehte sich um. Jan konnte sehen, dass Arrivira ein Bündel Scheine in der Hand hielt. Der Manager stellte sich seitlich an den Schreibtisch, legte die Scheine auf den Tisch und fing laut an, das Geld zu zählen: „Einhundert, zweihundert, dreihundert, … tausendvierhundert, tausendfünfhundert, tausendfünfhundertfünfzig.“ Nachdem er geendet hatte, ging er schweigend um den Tisch herum und setzte sich wieder auf seinen Stuhl. „Wohin soll ich dein Zeugnis schicken?“, fragte er kühl.

„Hinterlegen Sie es an der Rezeption, ich werde es irgendwann abholen. Gibt es sonst noch was?"

Arrivira schüttelte den Kopf.

Jan erhob sich. „Gut, dann werde ich das Appartement jetzt räumen." Er drehte sich auf dem Absatz um und verließ ohne ein weiteres Wort den Raum.

*

Rolf hatte sich ausgiebig die Zähne geputzt, der bittere Geschmack hatte aber nicht weichen wollen. Er mochte es nicht, wenn Magda ihn abwies – es kränkte ihn. Aber sie machte es immer wieder und er fühlte sich oftmals wie ein Bittsteller.

Er trat vor den Kleiderschrank und betrachtete erneut sein Bild im Spiegel der Schranktüren. Auch wenn er noch weit davon entfernt war, eine Glatze zu haben, so war sein dunkelblondes Haar über die Jahre schütterer geworden und die Geheimratsecken wuchsen. Auch seinem Gesicht sah man die Jahre an. Rolfs Augen glitten über seinen Körper, der ihm nach der Abweisung durch Magda noch älter vorkam. Der Anblick wurde ihm unerträglich und mit einer schnellen Armbewegung schob er die Schranktür und damit sein Bild beiseite.

Aus einem der unteren Schubfächer nahm er eine akkurat gebügelte Boxershorts und schlüpfte hinein. Anschließend griff er sich ein weißes T-Shirt, das auf einem auf einheitliche Größe gefalteten Stapel lag, zog es an und stieg dann in eine sandfarbene, geglättete Baumwollshorts. Als er das frisch gebügelte Hemd aus dem Schrank nahm, hielt er kurz inne. Rolf untersuchte den Stoff und hielt nach Falten oder Knicken Ausschau. Zufrieden stellte er fest, dass Martha, seine Bügelfrau, wieder hervorragende Arbeit geleistet hatte. Er liebte den Anblick, den Geruch und das Gefühl frisch gestärkter und gebügelter Hemden. Für ihn spiegelte das Ordnung und Sauberkeit wider, die er schon als Kind sehr geschätzt hatte. Er achtete sehr darauf und wusste, dass er damit sein Umfeld manches Mal zur Weißglut trieb – aber es war ihm egal, für ihn waren das Werte, die ihm wichtig waren.

Nachdem er das Hemd übergezogen und bis zum vorletzten Knopf am Kragen geschlossen hatte, schob Rolf die Tür zu und betrachtete sich erneut im Spiegel. Ordentlich gekleidet, empfand er seinen Anblick weitaus erträglicher. Rolf verließ die Kajüte, stieg ein paar Stufen hoch und erreichte den großzügigen Wohnbereich. Zügig ging er auf die getönte Glasschiebtür zu, die das Innere des Bootes von der unteren Außenterrasse trennte, dann trat er an Deck.

Magda saß auf ihrem Stammplatz auf dem Lounge-Sofa. Sie lackierte sich die Fußnägel und zwischen ihren Zehen befanden sich kleine Schaumstoffstückchen, welche die Nägel auf Distanz zueinander hielten. Rolf hatte diesen Anblick schon immer albern gefunden. Einer erwachsenen Frau dabei zuzusehen, wie sie sich Kunststoffrollen zwischen ihre Zehen schob und ihre Nägel mit der Akribie eines Künstlers bemalte – das war nicht seine Welt. Meist störte ihn der Anblick nicht, sondern war ihm gleichgültig, heute aber machte er ihn aggressiv.

Magda war jung, gesund und vor allem intelligent. Es gab also keinen Grund dafür, dass sich ihr Lebenssinn und ihr ganzes Streben auf ihr Äußeres und die Pflege ihres Körpers beschränkten. Die Pflege eines Körpers, den er zwar nach wie vor für das Schönste hielt, was er je gesehen hatte, den sie ihm aber immer häufiger vorenthielt. Nur mit Mühe konnte sich Rolf zügeln, keinen bissigen Kommentar abzugeben.

Wie immer nahm er gegenüber von Magda Platz und wie jeden Morgen nahm er die Zeitung und vergrub sich in diese. Magda schaute nur kurz auf und widmete sich dann wieder ihren Lackarbeiten. Tief im Innersten verspürte Rolf etwas wie Erleichterung und Dankbarkeit dafür, dass die Kosmetikindustrie Schaumstoffröllchen und Nagellack entwickelt hatte. Beide Erfindungen garantierten ihm mindestens dreißig Minuten Ruhe.

## Donnerstag, 15. Mai, 11:00 Uhr

Jan führte den Schlüssel ins Schloss. Mit einem metallischen Klicken bewegte sich der Riegel zur Seite und gab die Tür frei. Er ließ den Schlüssel in seine Hosentasche gleiten und betrat das Appartement, das in den vergangenen acht Jahren mehr oder weniger sein Zuhause gewesen war.

Zügig durchschritt er das Zimmer und öffnete das große Fenster sowie die sich davor befindenden Schlagläden, sodass augenblicklich Licht in den Raum fiel. Anschließend holte er flink seine große Sporttasche unter dem Bett hervor, öffnete den Kleiderschrank und blickte in den gerade einmal zur Hälfte gefüllten Stauraum. Mit zügigen Bewegungen griff er wahllos seine Kleidung und legte diese ohne jegliche Ordnung in die Tasche. Um nicht rührselig zu werden, wollte er den Raum so schnell wie möglich wieder verlassen.

Nachdem er sich eine kurze blaue Hose und ein weißes Hemd angezogen sowie den Schrankinhalt eingepackt hatte, hielt Jan kurz inne: Er wunderte sich darüber, dass er offensichtlich nicht viel Kleidung benötigte. Vor über acht Jahren hatte er in Deutschland nur das Nötigste für einen Sommer eingepackt und sich in ein Abenteuer aufgemacht, von dem er nicht wusste wohin es ihn führen würde. Er war mit seiner Sporttasche nach Mallorca gefahren und in dieses Appartement gezogen. Nun zog er mit derselben Tasche wieder aus und machte sich erneut auf einen Weg, von dem er nicht wusste, wohin er ihn führen würde.

Jan ging ins Bad, wo er sich die Waschutensilien griff und sie in seinen Kulturbeutel steckte. Nachdem er sich kurz umgeschaut hatte, um sicher zu gehen, dass er nichts vergessen hatte, ging er zurück in den Wohnraum. Er setzte sich auf die Bettkante, nahm die Tasche und verstaute den Kulturbeutel darin. Anschließend beugte er sich zum Nachttisch hinüber und öffnete dessen oberste Schublade. Mit einem Griff hob er den gesamten Inhalt heraus und legte ihn auf das Bett. Es war nicht viel: Sein Ausweis, etwas Kleingeld, ein paar Fotos seiner Familie, seine Armbanduhr und ein Buch. Er nahm die Gegenstände und verstaute alles in der Tasche. Als er gerade deren Reisverschluss schließen wollte, fiel sein Blick auf die Uhr. Achtsam nahm er diese noch mal heraus und betrachtete sie. Sie war golden mit einem schlichten perlmuttfarbenen Zifferblatt sowie schmalen, filigranen Zahlen und Zeigern. Vorsichtig rieb er mit seinem rechten Daumen den Staub vom Glas und von dem schwarzen Krokodillederarmband. Er drehte die Uhr um und schaute auf die Gravur auf der Rückseite: ‚25 Jahre Clouth Gummiwerke Köln'.

Jans Gesichtszüge wurden weich und ein kleines Lächeln umspielte seine Lippen. Sein Großvater hatte die Uhr zu seinem fünfundzwanzigjährigen Firmenjubiläum erhalten und danach bis zu seinem Tod täglich getragen. Jan erinnerte sich an das allabendliche Ritual seines Großvaters, wenn dieser, bevor er ins Bad ging, die Uhr abnahm, sie aufdrehte und anschließend neben seine Brille auf den Wohnzimmertisch legte.

Sein Großvater war einer der Menschen, die ihn am meisten geprägt hatten. Wenn Jan als Kind oder Jugendlicher Probleme oder Sorgen hatte, war er zu ihm gegangen. Durch sein Alter und seine Lebenserfahrung hatte der alte Mann stets große Selbstsicherheit und Ruhe ausgestrahlt. Für Jan war sein Großvater der Fels in der Brandung gewesen. Dieser hatte immer die richtigen Worte gefunden, um ihn auch in schwierigen Momenten wieder aufzubauen. Und immer wieder hatte er Jan darauf aufmerksam gemacht, dass alles im Leben seinen Zweck hat und dass auf Niederlagen wieder Erfolge kommen.

Sein Großvater war immer stolz auf ihn gewesen und hatte große Hoffnungen in seinen Enkel gesetzt. Jan fragte sich, was dieser wohl heute von ihm denken würde. Er war vierunddreißig Jahre, hatte keinen Job, keine Familie, einen dreizehn Jahre alten Fiat, knapp 1.600 Euro in der Tasche und kaum Ersparnisse auf dem Konto. Jan erfasste tiefe Traurigkeit. Sein Großvater hatte ihn ohne Wenn und Aber geliebt, auch dann, wenn er etwas angestellt hatte. Und er war sich sicher, dass sein Großvater ihn auch heute mit vierunddreißig und ohne Perspektive lieben würde. Wie oft hatte er den alten Mann sagen hören: „Junge, das Leben ist kein Wunschkonzert. Du solltest aber darauf achten, dass es meistens eines ist. Und sollten deine Wünsche dennoch mal nicht in Erfüllung gehen, ärger dich nicht: Viele vermeintliche Misserfolge haben sich später als großer Segen herausgestellt!"

Jan legte sich aufs Bett, betrachtete die Uhr und dachte an seinen Großvater. Irgendwann überwältigte ihn die Müdigkeit und er fiel in einen unruhigen Schlaf.

## Donnerstag, 15. Mai, 15:00 Uhr

Urplötzlich sackte das Flugzeug in ein Luftloch. Einige Passagiere schrien leise auf und Kinder johlten, als wenn sie in einem Fahrgeschäft auf der Kirmes säßen. Einen Moment später fing sich die Maschine wieder, begann aber deutlich zu schwanken, als eine Böe sie seitlich erfasste.

Lauenburg blickte gedankenverloren aus dem Fenster. Die Landschaft, die Gebäude in der Ferne und die Höhen des Tramuntana-Gebirges rasten vorbei, ohne dass er sie wirklich registrierte. Erst als die Reifen aufsetzten und Maschine sowie Passagiere durchgeschüttelt wurden, wurde ihm wieder bewusst, wo er sich befand. Kaum eine Sekunde später heulten die Turbinen auf und das Flugzeug begann unter ihrer Kraft zu vibrieren.

Lauenburg schaute die Frau neben sich an, der man die Anspannung deutlich ansah. Erst als die Maschine abbremste, das Heulen der Turbinen erstarb und das Flugzeug mit gemäßigter Geschwindigkeit die Landebahn entlang fuhr, entspannte sie sich wieder.

„Puh, war das ein unruhiger Flug. Ich bin selten so durchgeschüttelt worden. Ihnen scheint das ja alles nichts auszumachen", sprach sie ihn an.

Lauenburg schloss die Augen für einen Moment, hob einen der Mundwinkel zu einem schiefen, unechten Lächeln und schwieg. Dann blickte er wieder nach vorne und schaute sich in der Kabine um. Er konnte und wollte jetzt keinen Smalltalk halten.

Verwundert stellte er fest, wie sehr er fror. Er hatte eine Gänsehaut, war sich aber nicht sicher, ob es an der Klimaanlage lag oder die Kälte von innen kam. Interessiert schaute er die anderen Fluggäste an. Die meisten von ihnen trugen T-Shirts, Hemden oder, wie die Dame neben ihm, einfach nur ein Bluse. Sie alle schienen nicht zu frieren. Lauenburg spürte, dass die vergangenen Wochen extrem anstrengend für ihn gewesen waren und er zu wenig Schlaf bekommen hatte. Zwar schlief er nie mehr als fünf Stunden pro Nacht, weil er viel unterwegs war oder ihn die Arbeit bis in den späten Abend hinein an den Schreibtisch fesselte. Wenn er sich dann hinlegte, fiel er aber sofort in einen tiefen, erholsamen Schlaf, der die ganze Nacht anhielt. Dies war ihm nun bereits seit einiger Zeit nicht mehr vergönnt. Er schlief zwar immer noch recht schnell ein, kam aber nicht wirklich zur Ruhe. Gedanken schossen auch im Schlaf durch seinen Kopf und führten dazu, dass er sich unruhig hin und her wälzte und immer wieder wach wurde.

Der Lärm um ihn herum holte ihn in die Gegenwart zurück. Das Flugzeug war zum Stillstand gekommen und die Passagiere waren aufgestanden und holten ihr Gepäck aus den Fächern über den Sitzreihen. Obwohl er in der dritten Reihe saß, wartete er, bis fast alle Fluggäste die Maschine verlassen hatten. Dann stand er auf, trat in den Gang und griff sich sein Sakko aus dem Gepäckfach. Ursprünglich hatte er dieses fein säuberlich auf sein Handgepäck gelegt, damit keine Falten entstehen konnten. Offensichtlich war es aber von seiner Tasche heruntergerutscht und einer seiner Mitreisenden hatte anschließend sein Gepäck darauf gestellt, sodass nun deutliche Knickfalten zu sehen waren. Normalerweise hätte Lauenburg sich darüber geärgert – heute nicht. Es gab wichtigere Dinge im Leben als Falten in Sakkos. Er streifte dieses über, nahm sein Handgepäck und ging zum Ausgang. Dort angekommen konnte er sehen, wie die Flugbegleiterinnen mit den letzten Handgriffen beschäftigt waren und es sich bereits etwas bequemer machten. Eine von ihnen schaute kurz auf, brachte sich in Positur und schenkte ihm ein typisches „Stewardessenabschiedslächeln". Sie wünschte ihm einen schönen Aufenthalt und einen erholsamen Urlaub. Lauenburg zog erneut nur seinen rechten Mundwinkel leicht hoch, dann verließ er als letzter Gast das Flugzeug.

Mit etwas Mühe schritt er den Finger hoch, der die Maschine mit dem eigentlichen Flughafengebäude verband. Umgehend wurde ihm warm, da die Sommersonne die Gangway aufgeheizt hatte. Er spürte seinen trockenen Mund und hatte das Gefühl, komplett dehydriert zu sein.

Endlich erreichte er das Flughafengebäude. Lauenburg sah sich nach dem Wegweiser zur Gepäckausgabe um und bewegt sich langsam in die ausgewiesene Richtung. Nach wenigen Metern hielt er inne, legte seine Tasche ab und zog sein Sakko wieder aus. Während er sich umständlich aus diesem schälte, blickte er auf den Boden. Der glatte Stein spiegelte sich im hellen Sonnenlicht und Lauenburg dachte bei sich, dass er irgendwie feucht aussah und Kühle suggerierte. Die versprochene Abkühlung war aber nur eine Fata Morgana.

Angestrengt nahm er sein Handgepäck wieder auf und setzte sich in Bewegung, bis er nach einigen Metern eines der Laufbänder erreichte. Erleichtert ließ er sich von ihm in

Richtung Ausgang tragen. Dabei schaute er aus dem Fenster und sah in einigen Metern Entfernung Flugzeuge verschiedener Airlines stehen, angedockt an den Gangways. In der Ferne schwebte langsam eine weitere Maschine mit ausgefahrenen Landeklappen herein. Einen Moment später berührten ihre Reifen die Rollbahn, auf der die Nachmittagshitze die Luft über dem Asphalt zum flimmern brachte. Augenblicklich hört er das Aufheulen der Triebwerke bei der Schubumkehr, mit der die Piloten die Maschine abbremsten.

Nachdem Lauenburg noch einige Male die Laufbänder, die Richtungen und das Stockwerk gewechselt hatte, erreichte er endlich den Bereich der Gepäckausgabe. Er orientierte sich kurz und ging anschließend zu dem seinem Flug zugewiesenen Band mit der Nummer Zehn. Dort drängten sich bereits andere Passagiere und warteten darauf, dass endlich ihre Gepäckstücke ausgespuckt wurden. Lauenburg ließ seinen Blick über die Gruppe schweifen und erkannte den einen oder anderen Mitreisenden.

Erleichtert, dass er am richtigen Laufband stand, nahm er auf einer der Sitzgarnituren Platz. Umgehend nahm die Müdigkeit wieder Besitz von ihm und er schloss die Augen. Als sein Kopf nach vorne wegsackte, schreckte er auf. Lauenburg fragte sich, ob er wohl eingeschlafen war. Müde schaut er sich um und stellte fest, dass sich die Gruppe am Gepäckband bereits deutlich gelichtet hatte. Er musste tatsächlich einige Minuten geschlafen haben.

Um nicht erneut einzunicken, erhob er sich, ging zu dem Band und hielt nach seinem Gepäck Ausschau. Nur noch wenige Taschen und Koffer drehten ihre Runden, sodass er seinen Trolley direkt entdeckte, der sich von ihm weg bewegte. Lauenburg ließ ihn laufen und wartete darauf, dass er wieder bei ihm vorbeikam.

Seine Augen folgten dem Koffer, der nicht allzu groß war und nur das Nötigste für einige Tage enthielt. Er fragte sich, warum er ihn nicht als Handgepäck mit an Bord genommen hatte, wie er es üblicherweise bei seinen Geschäftsreisen tat, um lange Wartezeiten an den Gepäckausgaben zu vermeiden. Unter normalen Umständen wäre er schon lange aus dem Flughafengebäude heraus – aber derzeit war nichts normal.

Lauenburg spürte ein flaues Gefühl im Magen, das sich mit seiner Müdigkeit zu einem emotionalen Cocktail vermischte, der ihn zutiefst verunsicherte. Er, der immer souveräne Manager, fühlte sich unsicher und schwach – ein Gefühl, das er so bisher nicht kannte, das ihn in der letzten Zeit aber öfter ereilte. Erleichtert stellte er fest, dass sich sein Gepäck auf dem Kofferband endlich näherte und er dadurch aus seinen Gedanken gerissen wurde.

Lauenburg bewegte sich einige Schritte auf das Band zu, nahm seinen Trolley und machte sich auf den Weg in Richtung Ausgang. Als er diesen passiert hatte, geriet er in eine Gruppe Mallorquiner, die offensichtlich auf ihre Angehörigen wartete. Um sie herum standen zahlreiche Angestellte der großen Reisanbieter, die Schilder hochhielten und den Urlaubern den Weg zu den Transferbussen erklärten.

Er ging an diesen vorbei, durchschritt den Ankunftsbereich und trat nach draußen auf den großen Platz zwischen Terminal und Flughafenparkhaus. Er hielt sich rechts, während er im Vorbeigehen das geschäftige Treiben beobachtete. Reisende bewegten sich hektisch auf ihre Transferbusse zu, als wenn sie fürchteten, dass diese ohne sie aufbrechen würden. Andere Touristen sprachen mit Reiseleitern, die ihnen den Weg zu ihrem Bus zeigten, während die Fahrer mit geübten Handgriffen Gepäckstücke in den Kofferräumen ihrer Fahrzeuge verschwinden ließen.

Als Lauenburg den Taxistand erreicht hatte, ging er zum vordersten Wagen, verstaute sein Gepäck, ohne auf den Fahrer zu warten, im Kofferraum und nahm anschließend im Fond des Fahrzeuges Platz.

„Einmal nach El Arenal, in den Carrer Maria Antònia Salvà, bitte“, sagte er ohne weitere Begrüßung.

Der Fahrer nickte kurz, legte den Gang ein und lenkte seinen Wagen in Richtung der Platja de Palma.

*

Jan fuhr hoch, als er aus einem unruhigen Schlaf erwachte. Er wischte sich mit der Hand durchs Gesicht und schaute sich orientierungslos um, bis ihm bewusst wurde, dass er sich in seinem alten Appartement befand.

Sein Blick fiel auf die Uhr seines Großvaters, die neben ihm auf das Bettlaken gerutscht war. Offensichtlich hatte er mehrere Stunden geschlafen, auch wenn er sich immer noch nicht besser fühlte. Jan nahm die Uhr, legte sie um sein Handgelenk und schloss das Armband. Anschließend schwang er seine Beine aus dem Bett, stand wackelig auf und ging ins Bad. Er betrachtete sich im Spiegel und stellte fest, dass er trotz der zusätzlichen Stunden Schlaf immer noch müde und matt aussah. Um dem entgegen zu wirken, spritze er sich kaltes Wasser ins Gesicht, musste aber nach dem Abtrocknen feststellen, dass auch das nicht geholfen hatte.

Resigniert verließ Jan das Bad und kehrte in den Wohnraum zurück, griff seine Sporttasche, holte den Appartementschlüssel aus der Hose und warf ihn mit einer lässigen Bewegung auf das Bett. Er hatte keine Lust, ihn noch im Hotel vorbeizubringen und insbesondere wollte er seinen ehemaligen Chef nicht noch mal sehen.

Nachdem er das Appartement verlassen hatte, sprang er die Stufen der Treppe hinunter und trat auf die Straße. Gegenüber vom Haus stand sein ‚italienischer Sportwagen' – ein dreizehn Jahre alter Fiat Punto in Ferrari-rot. Auch wenn dieser schon in die Jahre gekommen war und zahlreiche Kratzer sowie Beulen aufwies, liebte er diesen Wagen. Daran konnte auch nichts ändern, dass der Motor nur schwerlich und manchmal auch gar nicht ansprang. Er besaß den Fiat nun fast eine Dekade und erinnerte sich immer gerne daran, wie er mit diesem vor acht Jahren von seiner Heimatstadt Köln bis nach Barcelona gefahren war, um von dort aus mit einer Fähre nach Mallorca überzusetzen.

Jan hatte auf dem Weg ein unbeschreibliches Gefühl der Freiheit verspürt, für ihn war die Fahrt ein Aufbruch in ein Abenteuer und in eine spannende, vielversprechende Zukunft gewesen. Zudem hatte er sein altes Leben, die Enttäuschungen und das daraus resultierende schlechte Gewissen seinen Eltern gegenüber hinter sich lassen können.

Sie waren so stolz auf ihn gewesen, als er nach dem Abitur mit dem Jurastudium in Bonn begonnen hatte. Für sie standen Berufe wie Richter oder Anwalt für Seriosität, Ansehen, Erfolg und finanzielle Sicherheit. Und seine Eltern hatten sich mehr als alles andere gewünscht, dass es ihm und seinen Geschwistern irgendwann mal besser als ihnen gehen würde.

Jan wusste, dass es ihnen finanziell nicht leicht gefallen war, ihm sein Zimmer und die Ausbildung zu finanzieren. Entsprechend hatte er sich schwer damit getan, das Studium abzubrechen, obwohl er schon nach wenigen Semestern gewusst hatte, dass dies nicht seine Berufung war und ihm keinen Spaß machte. Die juristische Wortklauberei war ihm auf die Nerven gegangen und die Arbeit mit Gesetzen und Texten hatte ihn gelangweilt. Um dem zu entkommen, hatte er sehr viel Zeit im Fitnessstudio sowie beim Hochschulsport verbracht und war so seiner eigentlichen Passion nachgegangen. Nachdem er nach dem vierten Semester erst seinen ersten ‚kleinen Schein' gehabt hatte, hatte er die Entscheidung gefällt, das Studium zu beenden.

Seine Mutter hatte Tränen in den Augen, als er seinen Eltern den Entschluss mitgeteilt hatte. Und sie hatte verzweifelt versucht, ihn zur Fortsetzung des Studiums zu bewegen. Schlimmer war allerdings, dass sein Vater kein Wort gesagt hatte. Schweigend war dieser aufgestanden, hatte ihm auf die Schulter geklopft und war dann ohne ein weiteres Wort nach draußen in den Garten gegangen. Es hatte Jan fast das Herz gebrochen, zu spüren, wie sehr er seinen Vater enttäuscht hatte. Nie wieder hatten sie danach über seine berufliche Situation gesprochen und er hatte seine Eltern auch nie wieder um finanzielle Unterstützung gebeten.

Nach der Beendigung des Jurastudiums war er zurück nach Köln gezogen und hatte ein Sportstudium begonnen. Um dieses finanzieren zu können, hatte er tagsüber als Fitnesstrainer in einem Studio und an den Wochenenden in einer Kneipe auf der Zülpicher Straße, einer von Kölns Feiermeilen, gearbeitet. Aufgrund dessen hatte er erneut sein Studium vernachlässigt und war, da er die geforderten Leistungen nicht erbracht hatte, nach sechs Semestern zwangsexmatrikuliert worden.

Damals hatte er vor der Entscheidung gestanden, entweder als Fitnesstrainer oder als Kellner weiterzuarbeiten oder etwas ganz anderes zu machen. Jan hatte sich kurzentschlossen für das Abenteuer und einen neuen Weg entschieden: Direkt nach der Exmatrikulation hatte er sich als Animateur beworben und war, nachdem er die Zusage erhalten hatte, mit seinem Fiat in sein neues Leben aufgebrochen.

Mit den Gedanken im Kopf ging Jan zu seinem Wagen, öffnete den Kofferraum und warf seine Tasche hinein. Er ließ die Klappe ins Schloss fallen und machte sich erneut zu Fuß auf den Weg zu Inés.

*

„Da bin ich wieder“, rief Jan, als er erneut das ‚Bon Vivant‘ betrat. Die Bar war immer noch nahezu leer und neben ein paar Gästen auf der Terrasse, saßen nur Inés und ihre vier Jahre jüngere Schwerster Maria an einem der Tische im inneren. Die beiden Frauen schauten ihn an und begrüßten ihn mit einem freundlichen ‚Hola‘.

„Du siehst aber nicht gut aus, geht es dir nicht gut?“, fragte Maria.

„Er hat einfach wieder zu lange gefeiert, das hinterlässt selbst beim schönen Jan irgendwann Spuren“, warf Inés mit einem schelmischen Lächeln ein.

Jan hatte keine Lust auf den Seitenhieb einzugehen, geschweige denn zu berichten, was er in der vergangenen Nacht getrieben hatte. „Kann ich bitte ein Bier haben?“

„Oh, du fängst heute aber früh an. Klar, bediene dich einfach. Du weißt ja, wie es geht“, antwortete Inés und wandte sich dann wieder ihrer Schwester zu. Die beiden Frauen waren schnell wieder in ihrem Gespräch vertieft und sprachen Mallorquin in einer Geschwindigkeit, der Jan kaum folgen konnte. Und da er immer noch nicht richtig fit war, hatte er auch keine Lust sich zu bemühen. Er ging um die Theke herum, griff sich einen Krug und ließ den goldenen Gerstensaft hineinlaufen. Nachdem das Glas bis zum Rand gefüllt war und sich eine schöne Schaumkrone gebildet hatte, hob er es auf Augenhöhe und betrachtete sein Meisterwerk. Jan war zufrieden, er nahm einen tiefen Schluck und betrachtete die beiden Schwestern, die inzwischen noch intensiver in ihr Gespräch vertieft waren.

Maria lachte laut auf und warf ihre Haare in den Nacken. Sie war Mitte zwanzig, hochgewachsen, schlank und hatte lange braune Haare und ein ebenmäßiges Gesicht. Objektiv betrachtet war sie eine absolute Schönheit, aber aus Jans Sicht eben ‚nur' schön.

Seine Augen wanderten zu ihrer großen Schwester und sein Blick wurde deutlich weicher. Liebevoll betrachtete er Inés. Sie hatte ihre Beine übereinander geschlagen und er konnte sehen, wie sich ihr freischwebender Fuß auf und ab bewegte. Wenn Inés sprach, dann sprach sie mit jeder Faser ihres Körpers. Mimik, Gestik und Haltung unterstrichen jeden Satz, jedes Wort, jeden Buchstaben. Jan lächelte. Plötzlich bemerkte er, dass sich Inés' Fuß nicht mehr bewegte und dass es in der Bar absolut still geworden war.

„Jan, ist da irgendetwas unter dem Tisch?", fragte Maria mit einem ironischen Unterton.

Kurz hatte er das Gefühl rot anzulaufen, was ihm eigentlich seit der Pubertät nicht mehr vorgekommen war – aber bei Inés war eben alles anders. „Ne, sorry! Ich hab gerade meinen Gedanken nachgehangen."

„Wirklich?"

„Na ja, … es wird einem ja nicht täglich gekündigt"

„Oh, pardon! Das wusste ich nicht", antwortete Maria sichtlich betroffen, während Inés aufsprang und zu Jan hinter die Theke ging. „Du bist entlassen worden? Warum das denn?", fragte sie, während sie seine Hand nahm. „Was hat dein Chef gesagt?"

„Rückgang der Buchungen im gesamten Konzern und die Notwendigkeit Kosten zu sparen. Und da ich der teuerste Animateur bin, muss ich gehen“, sagte Jan bitter.

„Nur du?“

„Ja.“

„Und wer soll jetzt die Gäste unterhalten und das Team führen?“, fragte Inés erstaunt.

„Lukas.“

„Lukas? Der ist doch noch ein Kind.“

„Ja, Lukas ist noch jung, aber auch gut. Und man wächst ja auch mit seinen Aufgaben. Er wird das schon irgendwie hinbekommen. Auch wenn es für mich blöd ist, für Lukas freut es mich.“

„Komm setz dich zu uns. Möchtest du auf den Schreck einen Brandy?“

„Lieber noch ein Bier.“

„Klar, gerne.“ Inés nahm ihn bei der Hand und führte ihn um die Bar herum zu dem Tisch an dem sie mit Maria saß. Nachdem sie sich gesetzt hatten, fragte Inés besorgt: „Und was machst du jetzt?“.

„Weiß ich nicht. … Das ist ja gerade erst ein paar Stunden her.“

„Stimmt. … Dann brauchst du auch eine neue Wohnung, oder? Du musst aus deinem Appartement raus, oder nicht?“

„Ich bin schon ausgezogen.“

„Du bist schon ausgezogen?"

„Ja. Ich hatte keine Lust auch nur eine Sekunde länger da zu bleiben."

„Und wo übernachtest du jetzt?"

„Weiß ich nicht."

„Wenn du magst, kannst du bei mir übernachten", schoss Maria hervor und während sie das sagte, lächelte sie Jan an.

„Nein, das kommt gar nicht in Frage", brach es aus Inés heraus.

„Aber warum denn nicht?"

„Weil das nicht geht."

„Und warum? Ich habe genug Platz", sagte Maria erstaunt.

„Hast du nicht, du hast nur ein kleines Appartement und da kann nicht noch ein fremder Mann einziehen."

„Jan ist kein fremder Mann. Und bei mir haben auch schon andere Männer übernachtet, und stell dir vor, manche auch schon in meinem Bett."

„Darum geht es nicht."

„Worum dann?"

„Darum, das … das … das bei dir alles zu klein ist. Jan kann bei uns im Gästezimmer übernachten. Und jetzt Schluss mit der Diskussion. Und hol ihm jetzt bitte ein Bier."

„Warum sollte ich? Ist das nicht dein Job?", fragte Maria schnippisch.

„Weil ich deine große Schwester bin, dich darum bitte und weil es unserem Freund schlecht geht. Du kannst Jan jetzt ja wohl einen Gefallen tun.“

Genervt stand Maria auf, rollte mit den Augen und ging langsam in Richtung Theke.

Erst jetzt registrierte Jan, dass Inés‘ Hand immer noch in seiner lag. Sie hatte ihn bisher noch nie berührt, sondern war immer auf Distanz geblieben. Er genoss das Gefühl und ihre Nähe und wünschte sich, dass der Moment nie vergehen würde.

## Donnerstag, 15. Mai, 17:00 Uhr

Als Xavier die Biegung des Weges hinter sich gelassen hatte, stachen ihm die Sonnenstrahlen direkt in die Augen. Er nahm die Sonnenbrille, die er sich ins Haar gesteckt hatte, und setzt diese auf. Trotz der getönten Gläser empfand er die Helligkeit immer noch als unangenehm und fragte sich, ob dies mit dem zu kurz gekommenen Schlaf der vergangenen Nacht zusammenhing.

Nachdem am Abend vorher die nächtliche Prozession in dem Bauernhaus verschwunden war, war Xavier geradewegs nach Hause gelaufen. Er hatte noch nicht einmal den Mut gehabt, sich umzuschauen, geschweige denn anzuhalten. Als er etwa zwanzig Minuten später sein Elternhaus erreicht hatte, war er völlig außer Atem. Sämtliche Lichter des Gebäudes waren bereits gelöscht, lediglich die beiden kleinen alten Außenleuchten hatten den Hof vor dem Herrenhaus in ein diffuses Licht getaucht. Im Mondschein hatte das Anwesen friedlich dagelegen, aber die Ruhe, die es ausstrahlte, hatte sich nicht auf Xavier übertragen. Ganz im Gegenteil, er hatte sie als fast bedrohlich empfunden.

Als er die Haustür erreichte, hatten die Bewegungsmelder die beiden großen Lichtstrahler eingeschaltet, die über dem Portal angebracht waren. Augenblicklich war es um ihn taghell geworden und er hatte im gleißenden Licht der Scheinwerfer gestanden. Xavier war vor Schreck fast erstarrt. Er hatte nicht mehr an die Strahler gedacht und hatte das Gefühl gehabt, dass man ihn nun kilometerweit sehen konnte. Mit nervösen Bewegungen hatte er den Haustürschlüssel aus seiner Hosentasche gezogen, war dabei aber so fahrig gewesen, dass ihm dieser aus der Hand geglitten war.

Schnell hatte sich Xavier gebückt und den Schlüssel hektisch aufgehoben, doch als er versucht hatte, diesen ins Schloss zu führen, hatte er einfach nicht passen wollen. Xavier wusste nicht mehr, wie viele Versuche er gebraucht hatte, aber irgendwann war es ihm dann endlich gelungen, die schwere Eichentür einen Spalt zu öffnen. Eilig war er ins Innere des Gebäudes geschlüpft, hatte die Tür schnell ins Schloss gedrückt und zweimal von innen verriegelt. Erst als er das metallische Geräusch des schließenden Zylinders vernommen hatte, hatte Xavier sich sicherer gefühlt.

Mit dem Rücken an die Tür gelehnt, hatte er einen Moment in die Dunkelheit gelauscht. Als er nur seinen nervösen und hektischen Atem vernommen hatte, war er an der Tür herabgeglitten und hatte sich auf den Boden sinken lassen. Sein Herz hatte wie wild geschlagen und Schweiß war ihm aus allen Poren getreten. Nachdem er eine Weile so dagesessen und sich sein Puls wieder beruhigt hatte, war Xavier aufgestanden und hatte zügig die große Eingangshalle durchquert. Anschließend war er die Treppe hinauf gestürzt und zu seinem Zimmer gelaufen. Hektisch hatte er sich entkleidet, ins Bett gelegt und die Decke bis über seinen Kopf gezogen. Xavier wusste nicht, wie lange er noch wachgelegen hatte, bis er in einen unruhigen Schlaf gefallen war. Das nächste, an das er sich erinnern konnte, war, dass ihn seine Mutter wie jeden Morgen zeitig geweckt hatte. Nach einem kurzen schweigsamen Frühstück, hatte sie ihn wie immer zur Schule gefahren.

Allerdings hatte es ihn heute große Mühe gekostet, ruhig auf seinem Stuhl zu sitzen und dem Unterricht zu folgen – das Gesehene beschäftigte ihn zu sehr. Jede Minute hatte er den Schulschluss am Nachmittag herbeigesehnt und war dann nach Unterrichtsende ohne sich von Letizia und den anderen Mitschülern zu verabschieden direkt zu Fuß in Richtung des alten Gehöfts aufgebrochen.

Während er über den gestrigen Abend nachdachte, wurde ihm bewusst, dass Cedric, der irische Wolfshund seines Vaters, nicht da gewesen war. Zumindest hatte er Xavier nicht wie sonst schwanzwedelnd begrüßt. Auch wenn Cedric mit einer Schulterhöhe von über 80 cm sehr beeindruckend war, so taugte er nicht zum Wachhund. Bisher hatte er nicht ein einziges Mal angeschlagen und gebellt, wenn Xavier spät in der Nacht nach Hause gekommen war. Vielmehr war er meist ruhig und freundlich mit dem Schwanz wedelnd an getrottet gekommen. Aber gestern war das nicht der Fall und Xavier wunderte sich warum.

Sein Blick fiel wieder auf den Weg und er bekam erneut ein flaues Gefühl im Magen: Er ging dieselbe Strecke, die wenige Stunden zuvor die seltsame Prozession lang geschritten war. Xavier verließ den Weg und ging hangaufwärts über einen schmalen Pfad quer durchs Gelände. Bei jedem Schritt spürte er die Prellungen an den Knien von seinem Sturz der vergangenen Nacht. Die Schmerzen erinnerten ihn daran, wie er in Panik den Hang hinunter gestolpert und gefallen war. Diesmal ging er erheblich langsamer und bewegte sich Schritt für Schritt auf die Stelle zu, von der aus er in der vergangenen Nacht das Geschehen beobachtete hatte.

Xavier hielt kurz inne: Er blickte den Hang hinunter und fragte sich, ob es richtig war, dass er zu dem alten Gehöft zurückkehrte. Je näher er ihm kam, desto mehr machten sich Verunsicherung und auch Angst in ihm breit, da er nicht wusste, was ihn erwartete. Auf der anderen Seite hatte ihn die Neugier gepackt und er wollte unbedingt wissen, was er in der vergangenen Nacht gesehen hatte. Die Erinnerungen waren noch frisch, sie kamen ihm aber auch sehr irreal vor. Hatte er das wirklich alles gesehen? Hatten sich tatsächlich Gestalten durch die Nacht bewegt? War das Gebäude wirklich von innen erleuchtet gewesen oder hatte es im Wechselspiel von Mond und Wolken nur so ausgesehen? Es war spät gewesen und trotz des Vollmonds hatten die Wolken nur ein diffuses Licht zugelassen. Hatte er sich vielleicht doch alles nur eingebildet? Xavier war sich plötzlich nicht mehr sicher und begann an seinen Erinnerungen zu zweifeln. Um herauszufinden, ob er sich vielleicht doch getäuscht hatte, musste er wieder zu dem alten Gehöft.

Langsam setzte er sich wieder in Bewegung. Festen und entschlossenen Schrittes ging er den Hang entlang. Nur noch wenige Schritte, das wusste er, und er würde das Gebäude sehen können. Xavier folgte dem Bogen, den der Hang machte. Als erstes erschien in der Ferne nur die Spitze des Daches und er war sich zunächst gar nicht sicher, ob dies nicht vielleicht doch ein Felsblock war. Dann kamen aber nach und nach der Giebel und die Steine des alten Gemäuers zum Vorschein, bis er schließlich das Gebäude in seiner vollen Größe sehen konnte.

Wieder hielt Xavier inne. Er betrachtete das Anwesen, das friedlich da lag. Aus der Entfernung konnte er nichts Auffälliges ausmachen. Das Gehöft sah aus wie immer – eben wie ein Gebäude, das bereits seit Jahren unbewohnt war. Xavier war erstaunt, dass es deutlich größer war, als er es in Erinnerung hatte. Es gab aber keine Anzeichen dafür, dass sich hier vor einigen Stunden etwas Ungewöhnliches abgespielt hatte. Mit seinen Augen folgte Xavier noch mal Meter für Meter dem Weg, den die Prozession genommen hatte, aber auch hier konnte er nichts Auffälliges erkennen. Er ließ seinen Blick über den Hang schweifen und blickte um sich. Nichts, er sah nichts, was außergewöhnlich war und seine Aufmerksamkeit hätte auf sich ziehen müssen. Die Gegend lag ruhig und verlassen da. Er lauschte, aber vernahm nichts Ungewöhnliches.

Langsam stieg er den Hang weiter hinab und suchte sich einen Weg zwischen den Felsen und Pflanzen hindurch. Nach einiger Zeit erreichte er einen anderen Pfad, der sich parallel zum tieferliegenden Weg auf das Gebäude zu bewegte. Seine Nerven waren zum Zerreißen gespannt, aber seine Neugier war immer noch größer als die Angst. Letztere mahnte ihn allerdings, weiterhin vorsichtig zu sein und so hielt er erneut inne. Konzentriert sah er sich um und lauschte. Die Sonne schien, der Himmel war blau und das Land um ihn herum lag friedlich da. Alles war ruhig, kein Geräusch war zu hören. Es war eine fast unnatürliche Stille. Xavier spürte, wie sich diese Ruhe beklemmend über ihn legte und die Angst in ihm anschwoll. Hektisch schaute er sich um, er lauschte noch intensiver und suchte nach dem leisesten Geräusch – immer noch nichts.

Sich auf sein Gehör konzentrierend, ging er weiter. Als er einige Schritte getan hatte, blieb er plötzlich mit einem Fuß an einem Stein hängen und geriet ins Straucheln. Seine Oberkörper zog Xavier nach vorne und sein Fuß riss den Stein mit Wucht aus dem Erdreich. Fast wie von einem Katapult geschossen schnellte dieser nach vorne. Mehrmals schlug er auf, um dann im nächsten Moment mit einem aus dem Boden hervorstehenden Fels zu kollidieren und in die Luft geschleudert zu werden. Xavier erschrak, als er sah, wie der Stein den Hang hinunter flog. Er hörte überdeutlich, wie dieser mit weiteren Felsen zusammenstieß und der klackernde Ton, als Stein auf Stein traf, kam ihm in der Ruhe noch lauter vor. Die Geräusche hielten noch einige Sekunden an, um dann plötzlich zu ersterben, als der Stein zum Liegen kam. Wieder war es totenstill.

Xavier fluchte und schüttelte den Kopf über seine Ungeschicktheit. Er nahm seinen Weg wieder auf und ging nun direkt auf das Anwesen zu, das wenige hundert Meter vor ihm lag. Diesmal konzentrierte er sich aber noch mehr auf den Untergrund, um nicht abermals zu stolpern. Gleichzeitig war er aber auch bemüht, das Gebäude nicht aus den Augen zu lassen. Es verunsicherte ihn. Auf der einen Seite lag es friedlich und verschlafen da, als wenn seit Jahren kein Leben in ihm gewesen wäre. Auf der anderen Seite fiel Xavier aber auf, dass die Schlagläden und die Türen in einem so guten Zustand und so fest verschlossen waren, dass niemand einen Blick ins Innere werfen konnte. Und Xavier konnte nicht einschätzen, ob sich nicht noch jemand in dem Gebäude befand.

Seine Schritte wurden langsamer und er musste sich zwingen, weiter zu gehen. Schließlich hatte er eine Position erreicht, die etwas oberhalb des Gehöfts lag. Er konnte auf das Gebäude und den kleinen Vorhof schauen. Xavier folgte weiter dem Pfad, der sich zunächst am Bauernhaus vorbeischob, um nach einiger Zeit eine Kehre zu machen und sich dann hangabwärts auf das Gehöft zuzubewegen.

Während er bergab ging, starrte er wie gebannt auf die Fenster und versuchte zu erkennen, ob die Schlagläden wirklich komplett geschlossen waren. Befand sich dort nicht doch eine kleine Lücke, ein Spalt zwischen Fensterrahmen und Laden? Konnte nicht doch hindurch geschaut werden?

Mit Schwung nahm Xavier die letzten Meter, er wurde schneller und lief dann auf der schmalen Seite des Gebäudes aus. Er bewegte sich parallel zur Wand auf die Ecke zu. Als er an dieser ankam, stoppte er und legte Brust und Hände auf die Wand. Langsam schob seinen Oberkörper und seinen Kopf zur Seite, so dass er mit dem Auge an der Wand vorbei auf den Vorhof des Gebäudes schauen konnte.

Auch wenn er Angst verspürte, so empfand Xavier sein Verhalten etwas albern. Er stieß sich von der Wand ab, ging um die Ecke herum und stellte sich vor die Frontseite des Gebäudes. Langsam trat er ein paar Schritte zurück, um einen besseren Blick zu erhalten. Seine Augen sprangen von einem Fenster zum nächsten. Xavier inspizierte intensiv die Fassade. Sein Blick glitt über die gesamte Breite, aber er konnte immer noch nichts Auffälliges erkennen.

Als er sich gerade abwenden wollte, stutzte er: War da nicht doch etwas, was nicht so ganz zu dem Gebäude passte? Sein Blick glitt wieder zurück und blieb über der Tür hängen. Das was er sah, war neuer und wirkte so, als wenn es nachträglich angebracht worden war. Es war eine Marmortafel, in die ein Motiv eingemeißelt worden war. Er blickte auf das Bild, das vielleicht dreißig Zentimeter hoch und zwanzig Zentimeter breit war. Xavier kniff die Augen zusammen und dachte nach. Langsam ging er auf die Tür zu, wobei er ununterbrochen auf das Bild starrte. Etwa einen Meter vor dem Eingang blieb er stehen und versuchte zu erkennen, was dort abgebildet war. Er kniff die Augen zusammen, um sich zu konzentrieren, und saugte jede Nuance in sich auf. Als er seine Augen wieder entspannte und weiter öffnete, sah er etwas aus den Augenwinkeln. Und dieses Etwas bewegte sich auf ihn zu.

*

Als Lauenburg das Polizeigebäude verließ und nach draußen trat, traf ihn die Hitze wie ein Faustschlag. Umgehend wurde ihm übel und er hatte das Gefühl, dass das Blut seinen Körper verließ. Gerade noch rechtzeitig, bevor er stürzte, konnte er die Wand erreichen und sich an dieser festhalten.

Vor etwa anderthalb Stunden hatte er den Carrer Maria Antònia Salvà in El Arenal erreicht. Als sie an der Adresse angehalten hatten, hatte er den Taxifahrer gebeten, auf ihn zu warten. Nur mühsam hatte Lauenburg die Stufen zur Haustür erklommen. Dort angelangt, hatte er die richtige Klingel gesucht und diese anschließend mehrmals betätigt. Nachdem niemand öffnete, hatte er eine kurze Notiz auf eine Visitenkarte geschrieben und diese in den Briefkasten geworfen. Anschließend war er zum wartenden Taxi zurückgekehrt und hatte den Fahrer gebeten, ihn zur Polizeihauptwache zu bringen. „Jefatura Superior de Policia de

Baleares? Carrer de Simó Ballester, 8?", hatte dieser ihn gefragt, während er ihn im Rückspiegel irritiert angeschaut hatte. Lauenburg hatte nur kurz genickt, woraufhin der Fahrer losgefahren war.

Langsam ging er die schmale Treppe vor der Polizeiwache hinunter. Als er deren Absatz nahezu erreicht hatte, klappten ihm fast die Knie weg. Schnell nahm er auf einer der Stufen Platz, dann sackte er förmlich in sich zusammen. In seinem Kopf schossen die Fetzen des Gesprächs mit dem Polizisten hin und her: *„… da können wir Ihnen nicht weiterhelfen …“, „… machen Sie sich keine Sorgen …“, „… ich wünsche Ihnen noch einen schönen Tag und genießen Sie die Zeit auf Mallorca …“*. Der Mann hatte gut reden, hatte aber eigentlich gar nichts verstanden.

Lauenburg saß einige Zeit regungslos auf den Stufen und blickte starr vor sich hin. Erst als ihn eine Hand an der Schulter berührte, schaute er auf. Vor ihm stand ein uniformierter Polizist, der offensichtlich mit ihm sprach. Nur langsam drangen dessen Worte zu seinem Gehirn vor und es dauerte einen Moment, bis er wahrnahm, dass der Mann auf Spanisch auf ihn einredete. „Bitte?“, fragte Lauenburg.

Der Polizist wechselte in ein gebrochenes, aber freundliches Deutsch: „Geht es Ihnen nicht gut, kann ich Ihnen helfen?“

„Danke, es geht schon, ich bin nur etwas erschöpft.“ Er hoffte, dass ihn der Polizist einfach in Ruhe lassen würde, dieser fuhr aber fort: „Es tut mir leid, Sie können hier nicht sitzen bleiben.“

„Auch nicht ein paar Minuten?“

„Nein, auch nicht ein paar Minuten."

Mit Mühe rappelte Lauenburg sich auf. Er nahm sein Gepäck, stieg die verbleibenden Stufen hinunter, bog rechts ab und ging einige Meter an der Wand des Polizeigebäudes entlang, das ihm jetzt noch trostloser erschien. Er empfand den Anblick inzwischen als unerträglich und wechselte daher die Straßenseite und ging langsam in Richtung Innenstadt.

„*...machen Sie sich keine Sorgen – pah ...*" Er blickte nach unten und schüttelte den Kopf. Der Mann hatte wirklich rein gar nichts verstanden. Lauenburg schaute auf das Pflaster und sah wie sich seine Füße mechanisch bewegten, er spürte sie aber nicht. Auch das Geschehen um ihn herum nahm er kaum wahr und die Geräusche der Umgebung drangen nur gedämpft an sein Ohr – ohne Höhen, ohne Tiefen, ohne Einzelgeräusche.

Seine Füße trugen ihn auf dem gepflasterten Bürgersteig einfach voran, mechanisch setzte er – einen Fuß vor den anderen. Eine Platte nach der anderen ließen sie hinter sich, aber Lauenburg nahm den Weg nicht wahr. Er nahm nicht wahr, wie sich die Platten änderten. Er nahm den Randstein nicht wahr, der den Bürgersteig von der Straße trennte. Einen Fuß vor den anderen. Er nahm nicht wahr, wie sein rechter Fuß vom Pflaster abhob, über den Randstein hinweg stieg und den Asphalt der Straße betrat. Und Lauenburg nahm auch den großen Schatten nicht wahr, der auf ihn zuraste.

## Donnerstag, 15. Mai, 18:00 Uhr

Etwas bewegte sich schnell auf Xavier zu. Im letzten Moment wollte er noch ausweichen und zur Seite springen, aber es war zu spät: Er spürte, wie eine Hand seine Schulter packte. Xavier versuchte sich loszureißen, aber es war ein Griff wie ein Schraubstock, der seine Schulter umklammerte. Mit einer kräftigen, ruckartigen Bewegung wurde er nach hinten gerissen, sodass er herum schleuderte. Der Griff löste sich, als sich seine Beine ineinander verfingen und er stolperte und zu Boden stürzte. Wieder fiel er auf seine bereits verletzten Knie und schlug vornüber mit seinem Oberkörper und seinem Gesicht auf den harten Untergrund auf. Unmittelbar durchzuckte ihn ein stechender Schmerz, der alle anderen Gefühle überlagerte.

Regungslos mit dem Gesicht nach unten blieb Xavier auf dem Boden liegen. Er traute sich nicht, sich zu bewegen oder aufzuschauen. „Was suchst du hier?“, hörte er eine tiefe unfreundliche Stimme fragen. Xavier bewegte sich vor lauter Angst und Schmerz zunächst keinen Zentimeter, drehte sich dann aber langsam ohne aufzuschauen um und setzte sich hin. Mit gesenktem Blick schaute er auf massive braune Lederstiefel, in denen die kräftigsten Beine steckten, die er je gesehen hatte. Langsam wanderten seine Augen nach oben und das, was er sah, erschreckte ihn: Der Mann war ein Hüne – Xavier schätzte ihn auf mindestens zwei Meter, vielleicht auch mehr. Er trug ein blaurot kariertes Hemd, das sich eng an seinen starken Oberkörper schmiegte und große, kräftige Muskeln erkennen ließ. Der Mann wirkt dabei aber nicht wie ein Kraftsportler, sondern mehr wie jemand, der schwere körperliche Arbeit gewohnt war und regelmäßig verrichtete.

Xavier beeindruckten insbesondere die großen Hände, deren Kraft er bereits zu spüren bekommen hatte. Zögerlich, Zentimeter für Zentimeter wanderte sein Blick nach oben, bis er in das Gesicht eines etwa sechzig jährigen Mannes schaute. Dieses war von einem dichten schwarzgrauen Vollbart umschlossen. An den haarlosen Stellen war die Haut tief braun und von Wetter und Sonne ausgetrocknet. In der Mitte des Gesichts stach eine große hakenförmige Nase bedrohlich hervor, die sich zur rechten Seite bog. Offensichtlich war sie in der Vergangenheit mehr als einmal gebrochen gewesen. Aus dem Schatten einer großen Hutkrempe heraus schauten Xavier tiefschwarze kalte Augen an. „Was du hier suchst, habe ich gefragt!“ Während der Mann ihn anherrschte, erwachten die kalten Augen zum Leben und verengten sich zu engen Schlitzen.

Xavier stockte der Atem, seine Stimme versagte ihm. In seinem Leben hatte er noch nie in ein so hartes Gesicht geblickt.

„Bist du stumm, ich will endlich wissen, was du hier machst.“ Der Mann trat einen Schritt auf ihn zu, beugte sich vor und griff den Kragen von Xaviers Hemd. Ohne Mühe zog er den Jungen an diesem hoch und stellte ihn auf die Beine. Es hatte nicht den Anschein, als wenn es den Mann auch nur ein bisschen anstrengen würde. „Das hier ist kein Spielplatz!“ Während der Hüne das hervor bellte, hielt er

Xavier weiter fest am Kragen und schaute ihn mit seinen kalten Augen an.

Obwohl es fast dreißig Grad warm war, lief es Xavier kalt den Rücken herunter. Wer war dieser Kraftprotz und was machte er hier, fragte er sich. Und was gedachte dieser jetzt mit ihm zu tun? Mit Entsetzen wurde Xavier bewusst, dass der Mann mit ihm machen konnte, was er wollte. Egal was dieser tun würde, es gab absolut keine Möglichkeit, sich dagegen zu wehren. Schreien wäre auch sinnlos, da ihn hier in der Einöde niemand hören würde. Xavier wurde sich seiner Hilflosigkeit bewusst. Ein Gefühl von Verzweiflung und Angst kroch langsam in ihm hoch.

Wie lange würde der Mann ihn noch am Kragen halten? Würde er ihn in der Finca einschließen und dort festhalten? Würde er ihn schlagen oder vielleicht noch schlimmeres?

„Jetzt platzt mir aber gleich der Kragen, sag endlich, wer du bist“, schrie ihn der Hüne an.

Xavier konnte immer noch nicht antworten, sein Mund war trocken und er hätte vor lauter Angst keinen zusammenhängenden Satz herausgebracht. Der Hüne ließ von ihm ab, drehte sich um und beugte sich vorn über, um einen dicken Ast vom Boden aufzuheben.

Xavier sah seine Chance: „Jetzt oder nie!“ Geistesgegenwärtig drehte er sich um und stolperte los. Seine Füße blieben an den Kalksteinen hängen, die auf dem Feldweg lagen, aber nach und nach nahm er Geschwindigkeit auf. Die Angst ließ ihn den Schmerz an den Knien nicht spüren und ihn immer, immer schneller laufen. Er rannte den Feldweg entlang und es war ihm egal, ob er dabei gesehen wurde. Offensichtlich hatte man ihn ja bereits entdeckt und nun wollte er nur noch ganz weit weg. Weg von dem unheimlichen Haus und weg von dem furchteinflößenden Hünen, der ihn zu Boden geworfen hatte. Xavier lief und lief.

Nach einiger Zeit – es kam ihm wie eine Ewigkeit vor – hörte er die Geräusche von fahrenden Autos. Xavier bekam kaum noch Luft und hoffte, dass er es bald geschafft hatte. Wenn er die Landstraße erreichte, dann wäre er in Sicherheit. Diese wurde stark befahren und er flehte, dass der Verkehr heute besonders dicht war. An einer stark befahrenen Straße würde sich niemand trauen, ihn anzugreifen.

Xaviers Lungen brannten und er rannte mit letzter Kraft weiter. Er konnte den Lärm der Autos bereits hören, aber sie noch nicht sehen. Der Feldweg machte noch eine leichte Biegung und Xavier wünschte sich, nein hoffte, dass hinter dieser nun endlich die Straße lag. Und tatsächlich, über die Böschung hinweg erblickte er die vorbeirauschenden Fahrzeuge. Mehr, immer mehr, konnte er von der Straße sehen. Dann erblickte er in der Einfahrt zum Grundstück ein schmiedeeisernes Tor und seine gemauerten Einfassungen. Dieses war verschlossen und trennte so den Feldweg von der Straße.

Während er lief sah er durch die Metallstangen des Tores hindurch. Was war das? Es sah aus, als wenn in der Auffahrt ein dunkelblauer Wagen stand. Ein VW Golf, ja es war ein blauer Golf 3 der dort parkte. Saß da nicht jemand drin? Nur schwer konnte er durch das spiegelnde Glas der Frontscheibe etwas erkennen. Xavier war es gleich, er schleppte sich weiter in Richtung Straße.

Als er das Tor erreichte, versuchte er es zu öffnen, aber es war verschlossen. Verzweifelt rüttelte er daran, aber nichts bewegte sich. Langsam zog er sich an den Querverstrebungen hoch, schwang erst ein Bein hinüber, dann das andere. Um Zeit zu gewinnen, drehte er sich nicht um, sondern sprang mit dem Körper nach vorne vom Tor herunter. Als er gelandet war, hatte er noch so viel Schwung, dass er einige Schritte nach vorne stolperte. Plötzlich stand er vor dem Wagen und seine Beine wurden abrupt von der Stoßstange des Fahrzeugs gebremst. Der Schwung schob ihn weiter voran, so dass er vornüber fiel. Im letzten Moment riss er seine Hände nach vorne, sodass sie mit einem lauten Knall auf die Motorhaube schlugen und ihn abbremsten.

Xavier stand still. Er fühlte sein Herz rasen, hörte seinen Puls im Ohr rauschen und spürte, wie sich sein Brustkorb atemlos hob und senkte. Er war völlig fertig und der Schweiß lief in Strömen seinen Körper hinab. Xavier blickte in den Wagen. Dieser war leer. Auf dem Fahrersitz lag eine dunkle Jacke. Jemand hatte sie offensichtlich so in den Wagen gelegt, dass ein Großteil sich auf der Rückenlehne des Sitzes befand. Dadurch hatte es so gewirkt, als wenn jemand im Auto sitzen würde.

Xavier atmete erleichtert aus. So schnell er konnte, humpelte er am Fahrzeug vorbei zur Straße. Gedanken schossen ihm dabei durch den Kopf: Was war das für ein Zeichen, das er über dem Eingang der Finca gesehen hatte? Warum hatte der Mann ihn so brutal umgerissen? Auf der anderen

Seite, was hatte Xavier auch dort verloren. Aber war das nicht der Grund und Boden seines Vaters und hatte er daher nicht auch das Recht dort zu sein? Xavier hatte nun noch mehr Fragen, auf die er noch keine Antwort wusste. Noch, dachte er bei sich. Während er langsam ruhiger wurde und die Straße in Richtung seines Elternhauses entlang humpelte, bemerkte er nicht, dass er aufmerksam beobachtet wurde.

*

Lauenburg sah den Schatten nicht, der auf ihn zuraste. Sein Blick war immer noch starr auf seine Füße gerichtet. Gedankenverloren setzte einen Schritt vor den anderen, als er die Fahrbahn betrat.

Plötzlich wurde er an der Schulter gepackt und nach hinten gerissen. Aufgrund der Drehung, die sein Körper vollführte, flog ein Arm mit solcher Wucht in die Höhe, dass ihm seine Reisetasche aus der Hand gerissen und auf den Bürgersteig geschleudert wurde. Der vierrädrige Trolley, dessen Griff er fest umklammert hielt, schoss neben ihm nach vorne und riss ihn mit sich, sodass Lauenburg zurück über die Bordsteinkante stolperte und hart aufs Pflaster des Trottoirs schlug. Just in dem Moment als er zu Boden ging, hörte er hinter sich das Horn eines LKWs. Der gellende Ton fuhr Lauenburg in die Glieder und als er sich umdrehte, sah er das Fahrzeug an der Stelle, wo er noch vor einer Sekunde gestanden hatte. Dann rauschte der LKW vorbei und verschwand im Verkehr.

Erneut spürte er eine Berührung an der Schulter. Lauenburg schaute auf und blickte in das Gesicht des Polizisten, der ihn zuvor gebeten hatte, von der Treppe vor dem Polizeipräsidium aufzustehen. Offensichtlich hatte dieser ihn nach hinten gerissen.

„Señor, ist alles in Ordnung? Geht es Ihnen gut?", fragte der Polizist besorgt.

„Ja, ja, haben Sie vielen Dank, mir geht es gut!" Lauenburg spürte, wie das Adrenalin durch seine Adern schoss. Er war plötzlich hellwach und wurde sich der Situation bewusst: Hätte der Polizist nicht eingegriffen – einen Moment später wäre er von dem LKW erfasst worden. Er hätte tot sein können. „Ich werde besser aufpassen." Während er das sagte, schenkte er dem Polizisten ein gequältes Lächeln. Dann stand er vom Boden auf.

Nachdem er sich den Schmutz von der Kleidung geklopft hatte, sammelte er seine Gepäckstücke ein und nahm seinen Weg wieder auf. Er ging über die Ampel und querte anschließend die Brücke über den Torrent de Sa Riera, Palmas vierhundert Jahre alten Kanal. Als er die andere Seite erreicht hatte, blickt er sich noch einmal um und sah, dass der Polizist immer noch an derselben Stelle stand und ihm nachschaute. Lauenburg winkte ihm noch einmal kurz zu, bog rechts ab und ging weiter seines Weges.

Er ging am Kanal entlang und sein Blick fiel hinunter in den Graben. Die grob behauenen Steine, aus denen die Kanalwände bestanden, fielen ihm ins Auge. Ihm wurde die üppige Bepflanzung und das saftige Grün bewusst, das hier und da mit einigen rötlichen Blüten gesprenkelt war. Palmen und hochaufgeschossene Zypressen streckten sich der Sonne entgegen. Sein Blick wanderte den Kanal entlang zur nächsten Brücke, welche die beiden Seiten des Passeig de Mallorca, der Hauptstraße, die den Torrent einfasste, miteinander verband.

Lauenburg hatte das Gefühl, dass er jedes Detail wahrnahm und in sich aufsog. Das muss das Adrenalin sein, dachte er, als er auf einer Parkbank Platz nahm. Eine Weile betrachtete er den Verkehr, der sich auf der anderen Seite des Kanals einen Weg durch die Stadt bahnte. Der durch ihn verursachte Lärm variierte je nachdem, wie viele Autos sich die Straße herunter schlängelten. Die eintönigen Motorengeräusche wurden regelmäßig vom lauten Röhren vorbeirasender Motorräder oder vom Hupen eines Autofahrers überlagert.

In Gedanken ging er noch mal das Geschehene durch. Du hättest tot sein können, sagte er bei sich. In einer normalen Verfassung wäre ihm so etwas niemals geschehen, doch derzeit befand er sich nicht in einer normalen Verfassung: Auch wenn er aufgrund des Adrenalins gerade hellwach war, wusste er, dass er dringend Schlaf benötigte.

Wieder schoss ihm der Satz des Polizisten durch den Kopf: „ … *Sie sollten sich keine Gedanken machen* …“ Lauenburg verzog das Gesicht. Der Mann hatte nicht die geringste Ahnung, aber ganz offensichtlich wollte dieser ihm nicht weiter helfen. Wenn dem so ist, dann musst du die Sache eben selber in die Hand nehmen, sagte er sich und spürte, wie sein alter Kampfgeist zurückkehrte.

Lauenburg hasste es, wenn er keine Kontrolle hatte oder Dinge nicht so liefen, wie er sie sich wünschte. Und hilflos zu sein und von einer Situation getrieben zu werden, das war ihm nahezu unerträglich. Solange er denken konnte, hatte er sein Leben selber gestaltet. Doch in der letzten Zeit war es ihm aus den Händen geglitten und er war von den Umständen getrieben worden. Er schüttelte den Kopf: Das war nicht der Carl Friedrich von Lauenburg, der er sein wollte. Das entsprach nicht seinem Charakter und nicht seinem Anspruch, in jeder Situation Haltung zu wahren. In seinem Beruf hatte er schon viele schwierige Situationen gemeistert – und immer hatte er die Dinge im Griff gehabt.

Die schwerste Krise hatte sein Bankhaus im Frühjahr 2009 gehabt. Es war wie viele andere aufgrund der Finanzkrise und dem Beben, das auf die Insolvenz der amerikanischen Großbank Lehman Brothers folgte, in Schieflage geraten. Damals hatten Anteilseigner – namentlich der andere Teil seiner Familie – die Bank an einen amerikanischen Investor verkaufen wollen. Lauenburg hatte sich mit aller Macht dagegen gestemmt und seinen Familienzweig sowie den dritten Großinvestor für die weitere Unabhängigkeit des Bankhauses C.P.E Loutre & Cie. AG gewinnen können. Der Bank war es zu diesem Zeitpunkt zwar nicht gut gegangen und der Preis, den der Investor hatte zahlen wollen, war in der damaligen Situation absolut in Ordnung. Aber für Lauenburg war es einfach undenkbar, das Unternehmen, das sich seit mehr als 235 Jahren in Familienbesitz befand, zu veräußern. Daher hatte er mit allen Mitteln verhindern wollen, dass unter seiner Ägide die Geschichte von C.P.E. Loutre & Cie. AG zu Ende ging.

In einer fast sechsmonatigen Abwehrschlacht hatte Lauenburg gegen die Übernahme gekämpft. Am Ende hatten sein Konzept und seine Strategie den dritten Großaktionär, der sich seit der Wirtschaftskrise 1980 bei ihnen engagierte, überzeugt. Dieser war bereit gewesen, seine Aktien zu halten, wodurch eine komplette Übernahme unmöglich und der Erwerb von Anteilen für die Amerikaner uninteressant geworden waren.

Lauenburg war die Auseinandersetzung noch sehr präsent. Zwischenzeitlich war er durchaus der Verzweiflung nahe gewesen, aber er hatte weiter gekämpft. In seinem Job hatte er niemals aufgegeben, auch wenn die Situation aussichtslos schien. Immer hatte er nach vorne geschaut und sich weiter durchgebissen. Er musste lächeln, als ihm bewusst wurde, dass er eigentlich immer am besten war, wenn er mit dem Rücken zur Wand stand.

Sein Lächeln erstarb, als er wieder an seine aktuelle Situation dachte. Seit einigen Tagen, war er wie paralysiert. Seine Sorgen schienen ihn aufzufressen und er war verzweifelt. Er hatte wieder und wieder sein Handeln hinterfragt. Die Folge war: Er hatte sich treiben lassen, statt zu kämpfen.

Lauenburg sah plötzlich klarer und fällte in diesem Moment eine Entscheidung: Er würde sich der Situation stellen und die Fäden – und damit sein Leben – wieder in die Hand nehmen. Zunächst musste er aber schlafen, auch wenn er wegen einer Aufsichtsratssitzung am nächsten Abend schon wieder zurück in Frankfurt sein musste. Er musste zur Ruhe kommen, um wieder klar denken zu können. Und er brauchte Hilfe, hier auf der Insel.

Lauenburg stand auf. Er nahm sein Gepäck, dann ging er festen Schrittes los, um sich am Passeig de Mallorca ein Taxi zu suchen, das ihn zu seinem Hotel an der Plaça Llorenç unweit der Kathedrale von Palma bringen sollte. Währenddessen nahm er sein Smartphone aus der Sakkotasche, öffnete das Adressbuch und suchte nach seinen Kontakten auf Mallorca.

## Donnerstag, 15. Mai, 20:30 Uhr

Als Xavier von der Straße abbog und die Einfahrt zu seinem Elternhaus hochging, stand die Sonne bereits tief im Westen. Trotz seiner angeschlagenen Knie hatte er wieder die gesamte Strecke von der Finca bis hierhin zu Fuß zurückgelegt. Dieses Mal war er aber den befahrenen Straßen gefolgt und nicht querfeldein gegangen. Das Zusammentreffen mit dem Hünen steckte ihm noch in den Knochen und er hatte den ganzen Weg darüber nachgedacht, was geschehen war. Er hatte sich an das Gebäude herangeschlichen, dieses inspiziert und war dann rüde zu Boden gerissen worden. Xavier fragte sich, wer der Fremde war und ob dieser ihm wirklich etwas antun wollte? Hatte der Mann etwas zu verbergen? Und wenn ja, was war das? Seine Gedanken hatten sich auf dem Heimweg ständig im Kreis gedreht und immer wieder war ihm das Bild des Mannes und vor allem dessen kalten schwarzen Augen erschienen.

Xavier versuchte sich nochmals das Gehöft in Erinnerung zu rufen. Vor seinem geistigen Auge rief er sich die Bilder des Gebäudes ins Gedächtnis und ließ in Gedanken seinen Blick noch mal über die gesamte Front gleiten. Er konnte sich an nichts Auffälliges erinnern. Das Bauernhaus hatte ruhig dagelegen, die Schlagläden waren verschlossen und er hatte kein Geräusch vernommen. Nichts war außergewöhnlich – oder doch? Xavier dachte intensiv nach. War da nicht doch etwas gewesen? Hatte er nicht gerade etwas entdeckt, bevor ihn der Hüne gepackt hatte? Wie hatte es noch ausgesehen?

Er versuchte sich zu erinnern und das Bild vor seinem geistigen Auge Stück für Stück wie bei einem Puzzle zusammenzusetzen. Die Tafel zeigte eine Person, eine sitzende Frau, die ein weites Gewand trug. Und was hatte sie in den Händen? In der einen hielt sie eine Fackel, aber was war das in der anderen? Xavier überlegte intensiv. Es war irgendwie rund, sah aber auch aus wie eine Axt.

In Gedanken versunken erreichte er das Gutshaus, zu seinem Erstaunen war auf dem Hof bereits alles ruhig. Als Xavier auf die Uhr schaute, stellte er fest, dass es schon weit nach zwanzig Uhr war und die gewerblichen Angestellten daher bereits seit längerem Feierabend hatten. Er drückte die Klinke der schweren Eichentür herunter und betrat die Halle. Während er die Tür hinter sich wieder ins Schloss fallen hörte, blickte er durch den großen Raum nach links in den langen Gang, der am Speisezimmer vorbei in den Salon führte. Noch bevor er Cedric sehen konnte, hörte er seine Krallen, die im Takt seiner Bewegungen über den harten Steinboden kratzten. Dann entdeckte Xavier das große Tier, das in schnellen Sätzen und mit wedelndem Schwanz auf ihn zugesprungen kam. Beinahe hätte der Hund ihn umgestoßen, als er versuchte auf dem glatten Boden zu stoppen und dabei weg glitt. Kurz bevor er in Xavier rutschte, kam Cedric zum Stehen, hob seinen Kopf und streckte ihn dem Jungen auffordernd entgegen.

Während Xavier den Hund begrüßte und mit ihm spielte, blickte er wieder den Gang hinunter. Eine schlanke Gestalt erschien im Türrahmen und schaute ihn an. Ana war vor etwa fünfzehn Jahren zu ihnen gekommen. Damals war sie Anfang zwanzig und hatte zunächst als sein Kindermädchen bei ihnen begonnen. Als er fünf oder sechs Jahre alt war, hatte Xavier sich unsterblich in Ana verliebt. Es war eine unschuldige, reine Liebe – ein Gefühl, dass selbst jetzt, wo Letizia in seinem Leben war, nie ganz abgeklungen war.

Seit einigen Jahren brauchte Xavier aber kein Kindermädchen mehr und Ana hatte sich zur guten Seele des Hauses entwickelt. Sie leitete das Personal an, achtete darauf, dass sich die Räumlichkeiten immer in einem tadellosen, repräsentativen Zustand befanden und kümmerte sich um den Einkauf von Lebensmitteln und was der Haushalt sonst noch benötigte. Zudem organisierte sie Empfänge und andere Veranstaltungen, zu denen Xaviers Eltern regelmäßig einluden.

Er schaute Ana an. Sie trug einen schwarzen engen Rock, der kurz oberhalb ihrer Knie endete, und ein weißes Oberteil. Er kannte die Bluse und er liebte sie. Der Stoff war so fein und dünn, dass stets Anas BHs durchschimmerten. Als sich ihre Blicke trafen, lächelte sie ihn an. Xavier fühlte sich ertappt und war froh, dass Ana zu weit entfernt war, um sehen zu können, dass sein Gesicht rot anlief. Schon öfters hatte er sich gefragt, ob sie wohl seine Gedanken lesen konnte.

„Xavier, da bist du ja endlich. deine Eltern haben bereits nach dir gefragt.“, sagte Ana freundlich.

„Wo sind sie denn?“

„Der Conde ist auf der Terrasse und die Condesa schaut nach den Pferden. Sobald sie wieder da ist, gibt es Abendessen.“

„Okay, ich werde mich noch kurz frisch machen." Zügig ging er geradeaus durch die Halle zur Treppe, die hoch zu den Privaträumen führte. Xavier war erleichtert, dass er noch Zeit hatte, sich umzuziehen. Das Letzte, was er wollte, war, dass seine Eltern seine verschmutzte Kleidung sahen und Fragen stellten, denn das Zusammentreffen mit dem Hünen hatte auf Hemd und Hose Spuren hinterlassen.

„Sag mal, humpelst du?", rief Ana ihm hinterher, als er die Treppe hochging.

„Äh, … ich bin beim Schulsport gefallen", antwortete Xavier knapp und sprang schnell die Stufen hoch, um aus ihrem Blick zu entweichen.

Nachdem er sich umgezogen, Hände sowie Gesicht in seinem Bad gewaschen und sich gekämmt hatte – seine Mutter legte großen Wert auf ein tadelloses Erscheinungsbild –, verließ er sein Zimmer und stieg die Treppe zur Halle hinab. Während er diese durchquerte und den Gang in Richtung der Repräsentationsräume ging, hörte er bereits das Klappern des Geschirrs, das Ana auf dem Esstisch ausbreitete. Als Xavier das Speisezimmer betrat, bemerkte er, dass seine Eltern bereits anwesend waren. Sein Vater saß auf einem Stuhl und studierte wie an jedem Abend die aktuelle Ausgabe von ‚El País', während seine Mutter am Tisch stand und die Teller, das Besteck und die weißen Stoffservietten neu ausrichtete. Xavier hatte noch nie verstanden, warum sie das tat. Für ihn sah das, was Ana machte, immer perfekt aus, aber für seine Mutter machte das Personal viele Dinge nicht ordentlich genug.

Wie immer, wenn er seine Eltern zum Abendessen traf, gab er ihnen zur Begrüßung einen Kuss auf die Wange. Er warf einen kurzen Blick auf Cedric, der dösend in einer Ecke lag, dann zog er seinen Stuhl zurück und setzte sich hin.

„Hola Principito, wie geht es dir? Hattest du einen schönen Tag?“ Xavier hasste es, wenn seine Mutter ihn ‚Prinzchen‘ nannte und am schlimmsten war es für ihn, wenn seine Freunde dabei waren.

Noch bevor er antworten konnte, sagte sein Vater, während er die Zeitung nachlässig zusammenlegte: „Wahrscheinlich hat er wieder den ganzen Tag vor seiner Spielekonsole gesessen oder mit seinem Handy gespielt.“

Genervt verzog Xavier die Mundwinkel. „Das ist ein iPhone“, sagte er knapp.

Der Conde ignorierte den Einwand. „Oder hast du etwa heute Nachmittag etwas für die Schule getan? Das wäre ja etwas ganz Neues. Ich bin immer noch der Meinung, dass der Junge in ein Internat gehört, da würde man ihm den Schlendrian austreiben.“

Xavier und seine Mutter schauten sich an und verdrehten die Augen. Beide konnten das Thema, das sein Vater vor einem Jahr erstmals auf den Tisch gebracht hatte, nicht mehr hören. Der Conde sprach es aber immer wieder an. „Wir haben schon oft genug darüber gesprochen. Xavier bleibt hier!“, antwortete seine Mutter energisch. „Er hat mir den ganzen Nachmittag bei den Pferden geholfen. Hier Principito, greif zu, du wirst von der Arbeit sicherlich ganz hungrig sein. Tu es dir gütlich.“ Sie lächelte Xavier verschmitzt an, während sie ihm den Korb mit dem frischen Weißbrot hinhielt.

Er lächelte ebenfalls, griff zunächst ein Stück aus dem Korb und danach einige Scheiben Sobrasada, eine Wurstspezialität der Insel, sowie etwas Schinken von einer Silberplatte, die in der Mitte des großen Tisches stand. Anschließend nahm er noch ein paar Oliven und etwas Aioli, hielt sich aber bewusst zurück, weil er wusste, dass es als Hauptgang noch gegrillten Pulpo mit Kartoffeln und Gemüse gab. Seine Eltern taten es ihm gleich und nahmen ein paar Vorspeisen, während sie eine Konversation über eine Entscheidung begannen, die das Parlament de les Illes Balears in Palma gefasst hatte.

Xavier hörte nicht zu, sondern ließ das Gespräch an sich vorbeigleiten. Er war komplett in seine Gedanken versunken und musste immer wieder an das alte Gehöft denken und daran, was dort passiert war. Irgendwann, er wusste nicht, wie oft ihn seine Mutter bereits angesprochen hatte, holten ihn ihre Worte wieder zurück in die Gegenwart. „Principito, hallo. Möchtest du noch etwas essen, sonst werde ich Ana bitten, abzuräumen und den Pulpo zu servieren."

„Ja bitte." Er richtete sich auf seinem Stuhl auf und wandte sich seinem Vater zu. Gerade als er diesen ansprechen wollte, fragte ihn seine Mutter: „Wie, ja bitte? Was soll das heißen? Ja bitte, ich möchte noch etwas essen? Oder ja bitte, sie kann abräumen?"

Xavier äußerte knapp, dass er letzteres meinte und schaute dann abermals seinen Vater an, der sich wieder seine Zeitung gegriffen hatte. Während seine Mutter aufstand und den Raum verließ, um Ana Bescheid zu geben, fragte er: „Papa, darf ich dich etwas fragen?“

„Sicher mein Junge, nur zu.“

„Das Gehöft vom alten Albiol oben in den Hügeln gehört doch uns, nicht wahr?“

„Ja, warum?“

„Nur so, ich habe letztens daran gedacht, als ich mit Mama dort vorbeigefahren bin. Ich hatte mich gefragt, ob die noch leer steht. Weißt du, was damit ist?“

„Selbstverständlich, weiß ich das.“

Als sein Vater nichts weiter ausführte, hakte Xavier zögerlich nach: „Und?“

Der Conde schaute hinter seiner Zeitung hervor und seinen Sohn aufmerksam an. „Ich habe den Hof verpachtet.“

„An wen?“, brach es aus Xavier hervor.

„An Don Alfonso de Vaca.“

„An Don Alfonso? Was macht der mit einem Gehöft? Ich dachte, er ist in Madrid und sitzt dort im Parlament?“

„Nein, er ist schon seit längerem wieder auf Mallorca. Er ist bei den letzten Wahlen ins Parlament der Balearen gewählt worden und ist nun Abgeordneter in Palma. Don Alfonso hat mir nicht gesagt, warum er den Hof haben möchte. Und ich habe ihn auch nicht danach gefragt. Neugier ist keine Zier.“

Xavier langweilten die Weisheiten seines Vaters. Er blickte zu diesem herüber, der ihn durchdringend anschaute. Xavier erschrak, er konnte sich nicht erinnern, dass ihn der Conde jemals so ernst angeguckt hatte. Streng fragte dieser: „Warum? Warum interessiert dich das Gehöft so?“

„Nur so, reine Neugier“, antwortete Xavier verunsichert. Plötzlich griff sein Vater nach seinem Arm und hielt diesen fest. Der Conde beugte sich nach vorne und schaute ihn intensiv an. Dann sagte er entschieden: „Du hast dort oben nichts verloren, hast du mich verstanden? Wir haben den Hof verpachtet und daher hast du da nichts mehr zu suchen – ist das klar?“

„Was habt ihr beide denn nun wieder?“ Augenblicklich, als der Conde die Stimme seiner Frau vernahm, ließ er von Xavier ab. Beide schauten zum Türrahmen, in dem die Condesa stand und eine Schüssel mit Trauben und Pfirsichen für den Nachtisch in den Händen hielt.

„Nichts, alles in Ordnung“, sagte der Conde, griff erneut nach seiner Zeitung und vertiefte sich in seine Tageslektüre. Xaviers Mutter betrat den Raum, gefolgt von Ana, die umgehend damit begann, den Tisch abzuräumen.

„Principito, ich habe Padre Enrique getroffen und er fragt, ob du ihm bei der Vorbereitung des Gemeindefests helfen möchtest.“

„Ja, mach ich gerne. Ich geh mal bei ihm vorbei.“

Als Pfarrer der örtlichen Gemeinde war Padre Enrique regelmäßiger Gast auf dem Gut, zumal Xaviers Eltern den Priester, so gut sie konnten, bei dessen Arbeit unterstützten.

Dieser hatte die Gemeinde jung übernommen und Xaviers Taufe war das erste große Sakrament, das er nach seiner Ankunft ausgeführt hatte. Das verband die beiden, und der Priester begleitete ihn als väterlicher Freund schon sein gesamtes Leben. Als Xavier den Namen hörte, fasste er den Entschluss, Padre Enrique auf die Prozession und auch auf das Symbol anzusprechen. Als Priester würde er vielleicht wissen, was die seltsame Figur zu bedeuten hatte. Mit seinem Vater konnte Xavier offensichtlich nicht darüber reden.

## Donnerstag, 15. Mai, 22:00 Uhr

„Kann ich bitte noch ein Bier haben?“ Als Jan sich selber hörte, musste er feststellen, dass er seine Zunge nicht mehr ganz unter Kontrolle hatte.

Inés nickte nur kurz. Gleichzeitig zapfte sie weiter und füllte mit einigen Spritzern Bier die vor ihr stehenden Krüge. Anschließend griff sie nach unten, nahm eine Flasche aus dem Kühlschrank und füllte ein Glas mit Weißwein.

Als Maria vor einigen Stunden gegangen war, hatte Jan sich auf einen der Barhocker an die Theke direkt gegenüber der Zapfanlage gesetzt. So hatte er die Möglichkeit gehabt, weiter mit Inés zu sprechen, während sie ihrer Arbeit nachging. Das ‚Bon Vivant‘ hatte sich inzwischen aber deutlich gefüllt und Inés kam kaum noch hinterher, Bestellungen aufzunehmen und die Gäste mit Getränken zu versorgen. Entsprechend war ihre Unterhaltung schon vor einiger Zeit eingeschlafen, worüber Jan nicht traurig war, da er so besser seinen Gedanken nachhängen konnte.

Er fragte sich, wie viel Bier und Hierbas er inzwischen schon intus hatte und nahm das kleine Glas, in dem die unbezahlten Bons der von ihm verzehrten Getränke aufbewahrt wurden, von der Theke. Mit ungelenken Bewegungen breitete er die Zettel vor sich aus und war überrascht, dass es so viele waren. Gut gemacht, dachte er bei sich und grinste zufrieden.

Als er die Bons in die Hand nahm, bemerkte er, dass er die Zahlen nur unscharf erkennen konnte, sie verschwammen vor seinen Augen. Jan konzentrierte sich und begann einzelne Beträge aufzuaddieren. Mehrmals geriet er ins Stocken und musste wieder von vorn beginnen. Als er abermals anfangen wollte, sah er wie Inés‘ Mann das ‚Bon Vivant‘ betrat. Och nö, … das muss jetzt wirklich nicht sein. Nicht heute und nicht jetzt, dachte Jan, schaute weg und fokussierte sich wieder auf seine Rechnung. Aus den Augenwinkeln sah er aber zu seinem Leidwesen, dass Rubén geradewegs auf ihn zukam.

„Hola Jan!“

„Hola Rubén!“, sagte Jan knapp, schaute kurz hoch und wandte sich dann wieder seinen Bons zu. Inés‘ Mann schien diesen Hinweis aber nicht zu verstehen, oder er wollte ihn nicht verstehen, jedenfalls sprach er ungerührt weiter: „Wie geht es dir?“

„Gut.“

„So siehst du aber nicht aus, … geht es dir nicht gut?“

Jan verzog aufgrund der gespielten Anteilnahme das Gesicht. Er schaute Rubén an, der ihn anlächelte, während er parallel versuchte, mit seinen Augen Kontakt zu Inés aufzunehmen. Jan wusste, dass Rubén nur freundlich zu ihm war, weil er befürchtete, dass Inés sie beobachtete. „Alles in Ordnung. Ich habe nur wahrscheinlich schon bessere Tage gehabt.“

„Ach, echt?“, Rubéns Blick fiel auf die Bons. „Ist das nicht dein normales Pensum? Ich dachte, das hätte man als Animateur schon mittags um zwölf gesoffen?“

„Weißt du Rubén, du wirst es nicht glauben, aber es gibt auch Menschen, die Spaß im Leben haben.“

„Das stimmt. Nur du siehst nicht so aus, als wenn du gerade Spaß hättest. Wobei ich mich eh schon öfter gefragt habe, ob es Spaß macht, den ganzen Tag Touristen zu unterhalten und für sie den Clown zu machen. Obwohl, … wenn man selber nicht merkt, was für ein trauriger Clown man ist, dann hat man wahrscheinlich auch Spaß.“

Jan hatte sich schon so manchen verbalen Schlagabtausch mit Inés‘ Mann geliefert. Dabei hatte er die meisten gewonnen, sodass er häufiger schon befürchtet hatte, dass Rubén handgreiflich werden könnte. Als Polizist hatte sich dieser dann aber doch immer zusammenreißen können. Aus Jans Sicht war das ein großes Glück: Mit seinen durchtrainierten 1,90 Metern und seiner Erfahrung aus diversen Auseinandersetzungen war Rubén sicherlich ein unangenehmer Gegner. Jan glaubte nicht, dass er einen Kampf gegen ihn gewinnen konnte und achtete daher stets sorgsam darauf, dass er den Bogen nicht überspannte.

Heute hatte er aber keine Lust sich zu streiten. Er wusste, dass er nicht die Kraft und zu viel getrunken hatte und daher gnadenlos unterlegen sein würde. Aber Rubén hatte offensichtlich noch nicht genug: „Wie war das noch? Neid muss man sich erarbeiten, Mitleid bekommt man geschenkt. Oder?“ Während er das sagte, schenkte er Jan weiterhin sein ‚Lämmchenlächeln‘. Dabei schaute er ihn intensiv an, um dann mit seinen Augen so zu seiner Frau zu wandern, dass Jans Blick diesen folgen musste. Es bedurft keiner Erklärung, Jan wusste wie Rubén das meinte.

Inés stand inzwischen wieder hinter der Theke, um weitere Getränke vorzubereiten. Kurz streckte sie ihrem Mann ihr Gesicht entgegen, um ihn zur Begrüßung zu küssen. Rubén nahm die Einladung dankend an: Er beugte sich vor, legte eine Hand auf ihren Hinterkopf und zog sie noch näher an sich heran, um ihr dann einen langen, intensiven Kuss zu geben. Anschließend schaute er ihr noch einen Moment tief in die Augen und sagte mit gedämpfter Stimme, aber gerade noch laut genug, dass Jan es hören musste: „Hola, Guapa! Womit habe ich es verdient, eine so schöne Ehefrau zu haben?“

Was für ein Schauspiel und wie durchschaubar: Jan hätte am liebsten demonstrativ gegähnt und gelangweilt in die Hände geklatscht.

„Ich habe mich gerade mit Jan unterhalten und musste feststellen, dass er gar nicht gut aussieht. Oder? Was meinst du, findest du nicht auch, dass der Arme ganz schlecht aussieht?“, fragte Rubén scheinheilig.

„Ja, aber wie soll man auch schon aussehen, wenn einem heute gekündigt worden ist. Dann würdest du auch nicht lachen“, antwortete Inés.

Jan zuckte innerlich zusammen. Er wusste, dass sie Rubén damit eine Steilvorlage gegeben hatte und es dauerte auch nicht lange, bis dieser den Ball aufnahm.

„Oh, dir ist gekündigt worden? Ach deswegen die dreißig Bier und zwanzig Schnäpse. … Na ja, es hat aber ja auch was Gutes, du musst jetzt nicht mehr den Clown für die Touristen spielen.“

„Rubén, lass Jan in Ruhe!“, zischte Inés ihren Mann an und ihre Augen funkelten dabei vor Ärger. „Er hat heute echt genug Probleme und muss sich nicht auch noch deine blöden Kommentare anhören.“

„Ich war ja noch nicht fertig: Er tut mir aber auch sehr, sehr leid für dich.“ Rubén schaute Jan noch einen Moment mit seinem ‚Lämmchenlächeln‘ an, dann wandte er sich wieder an seiner Frau: „Tut er dir nicht auch sehr leid?“

Wieder wusste Jan, wie das gemeint war. Noch bevor Inés antworten konnte, sagte er in ihre Richtung: „Lass mal Inés, das passt schon. Ich wollte eh jetzt mal los.“ Er nahm die Bons von der Theke und reichte sie ihr hinüber.

Während sie begann die Rechnung aufzuaddieren, fragte sie: „Wo willst du denn nun hin?“

„Ich werd mal die übliche Runde machen und ins ‚Chocolate‘ oder ins ‚Bolero‘ gehen. Mal sehen. … Was bekommst du?“

„64,80 Euro. … Und wo schläfst du heute Nacht?“

In Rubéns Nähe wollte Jan nicht nachfragen, wie viele Bier und Hierbas es nun waren, aber aufgrund der hohen Rechnung mussten es eine Menge gewesen sein.

„Siebzig bitte“, sagte er, während er Inés einen der Hunderteuroscheine gab, die er von seinem ehemaligen Chef erhalten hatte.

„Danke, und wo schläfst du jetzt heute Nacht?“

„Keine Ahnung, mal schauen.“

„Du kannst ja nicht im Auto schlafen … oder gar am Strand. Mein Angebot steht: du kannst gerne bei uns übernachten.“

Jan sah, wie Rubén kurz zusammenzuckte. Mit großer Genugtuung nahm er dieses Mal den Ball auf, während er sich langsam vom Barhocker erhob. „Oh ja, das klingt wirklich gut. Dann können wir beide morgen in Ruhe Frühstücken und es uns noch ein bisschen nett machen. … Rubèn, du bist dann ja wahrscheinlich leider schon bei der Arbeit“. Während er das sagte, lächelte er den Polizisten scheinheilig an. „Ich kann mir gut vorstellen, euer nettes Angebot anzunehmen. Wenn, dann komme ich gleich noch mal wieder. Rubén, das ist so nett von euch. Es ist schön, wenn man Freunde hat, auf die man sich verlassen kann. Danke! … Bis später.“ Jan war sich nicht sicher, aber er meinte aus den Augenwinkeln zu sehen, dass Inés lächelte. Noch bevor Rubén etwas sagen konnte, nahm Jan sein Portemonnaie von der Theke, drehte sich um und verließ das ‚Bon Vivant‘.

Als Jan hinaustrat, merkt er erst richtig, wie viel er getrunken hatte. Er hatte das Gefühl, dass die Bewegung und die Luft die Wirkung des Alkohols noch verstärkten. Im ‚Bon Vivant‘ hatte er zudem offensichtlich komplett das Gefühl für Zeit und Raum verloren, denn er war überrascht, dass es bereits dunkel war. Kurz fragte er sich, wie viel Alkohol es denn wohl wirklich gewesen sein mochte. Er konnte es nicht sagen, aber aufgrund seines schwankenden Gangs war es offensichtlich zu viel gewesen.

Jan ging über die Placa dels Mariners in Richtung Carrer d' Elionor Servera, der Hauptstraße von Cala Rajada, die parallel zum Meer durch den Ort führte. Nach nur wenigen Schritten hatte er sie erreicht. Sie war stark bevölkert: Familien schlenderten mit ihren Kindern die Straße entlang. Dazu gesellten sich noch ältere Paare und Jugendliche, hungrig nach Spaß und den Abenteuern der Nacht. Jan überquerte die Straße, hielt sich rechts und reihte sich in die Reihe der Nachtschwärmer ein. Dabei musste er feststellen, wie schwer es ihm fiel, geradeaus zu gehen. Auch wenn er noch weit davon entfernt war, die gesamte Breite des Bürgersteigs zu benötigen, hätte er auch nicht mehr auf einem Kreidestrich balancieren können.

Jan schwankte und hatte Mühe, die ihm entgegenkommenden Personen nicht zu berühren. Aber selbst, wenn er jemanden touchiert hätte, es wäre ihm egal gewesen. Nach dem Tag und der zu sich genommenen Menge Alkohol hatte er einen Punkt erreicht, an dem ihm fast alles gleichgültig war.

Nach ein paar Minuten erreichte er das ‚Chocolate', mit seinem riesigen Außenbereich seit über dreißig Jahren eine der beliebtesten Bars in Cala Rajada. Jan blickte von außenkurz in die Runde, um sich einen Überblick zu verschaffen. Wie immer war die Terrasse zum Bersten gefüllt und an den runden Stehtischen drängten sich die Gäste. Nur mit Mühe bahnten sich die Kellner den Weg durch die Menschen, die Tabletts voller Getränke. Da Jan niemanden sah, den er kannte, beschloss er, sich in die Menge zu stürzen.

Während er sich durch die Leiber schob, um den leereren hinteren Bereich zu erreichen, fühlte er sich wie eine Flipperkugel: Ständig stieß er gegen Menschen, Tische oder Barhocker, prallte von diesen ab, um sich dann in die entgegengesetzte Richtung zu bewegen. Als er endlich den etwas breiteren Teil der Terrasse erreichte, hörte er, wie einige Gäste ‚Happy Birthday' sangen. An einem Tisch einige Meter vor ihm stand inmitten ihrer Freundinnen eine Frau, deren Alter er nicht genau abschätzen konnte. Feierte sie ihren dreißigsten oder vierzigsten Geburtstag? Hatte ich mit der nicht mal was, fragte sich Jan. Allerdings hatte er an viele seiner Liebschaften keine Erinnerung mehr und mit den Jahren war für ihn auch eine Eroberung wie die andere geworden. Was soll's, dachte er bei sich und schob sich weiter durch die Menge.

Nach einigen Metern wäre er beinahe mit Juan, einem der Stammkellner, zusammengestoßen. Dieser lächelte ihn an und sagte: „Hey Jan, pass auf."

„Hi Juan!"

„Mensch, du siehst aber nicht gut aus."

„Ja, ja, du bist nicht der erste, der mir das erzählt." Während Jan das sagte, hob er einen seiner Mundwinkel zu einem gelangweilten Lächeln und ging weiter seines Weges. Endlich kam sein Ziel in sein Blickfeld: Die Bar im Außenbereich, die sich einige Meter vor ihm auf der rechten Seite befand. Schon auf diese Entfernung konnte er Carmen und Miguel hinter der Theke sehen. Wie so häufig schienen die beiden zu streiten.

Eigentlich waren sie die besten Freunde, gerieten aber häufig aneinander. Meist waren es Kleinigkeiten, die theatralisch in einem großen Streit endeten. Nach Jans Überzeugung war das darauf zurückzuführen, dass sie zu viel Zeit miteinander verbrachten. Außerdem war er sich sicher, dass sich die beiden eigentlich liebten, aber bisher nicht den Mut hatten, es dem anderen einzugestehen.

Er war weiter in seine Gedanken vertieft, als er den Tisch mit der Geburtstagsfeier erreichte. Erst im allerletzten Moment bemerkte er, dass sich die Frau, die Geburtstag hatte, in seine Richtung umdrehte und plötzlich vor ihm stand. Jan, der weiter in der Vorwärtsbewegung war, hob reflexartig und gerade noch rechtzeitig vor dem Zusammenprall seine Hände, um sich zu schützen. Ehe er sich versah, hatte er die Brüste des Geburtstagskinds in der Hand. Überrascht schauten sich beide an und Jan hatte das Gefühl, dass sich die Sekunden zu Minuten dehnten. Wahrscheinlich ging es der Frau ebenso, aber sie war die erste, die reagierte: Um ihre Brüste aus seinem Griff zu befreien, trat sie einen Schritt zurück. Gleichzeit bewegte sich ihr rechter Arm nach vorne, sodass die Sangria aus dem Glas in ihrer Hand in seine Richtung schwappte. Schon eine Sekunde später verteilte sich die rote Flüssigkeit samt Obsteinlage mit einem lauten Platschen auf seinem Gesicht und seinem weißen Hemd.

Alkohol und Fruchtsäure drangen in seine Augen. Diese begannen zu brennen und Jan konnte kaum noch etwas sehen.

„Der Typ hat meine Brüste angegrabscht“, hörte Jan die Frau aufschreien, während er versuchte, sich die Flüssigkeit aus seinen Augen zu reiben.

„Ähh, … ich, … ich hab dir nicht an die Brüste gefasst. … Also irgendwie schon, … aber es war keine Absicht. Entschuldige“, stammelte Jan, während er weiter versuchte, die Sangria aus seinen Augen heraus zu bekommen. Nur verschwommen konnte er sein Umfeld erkennen, aber seine Sicht reichte aus, um zu sehen, wie sich ein etwas kleinerer, aber deutlich kräftigerer Mann an der Frau vorbei schob. Dieser baute sich vor ihm auf, dann sagte er: „Ey Alter!“

Jan konnte erkennen, dass dieser kompakte Typ offensichtlich Bodybuilder war. Der Mann hatte den Zeigefinger gehoben und zeigte auf ihn. „Ey Alter, wat soll’n dat? Wieso packs‘e ihr anne Möpse?“

„Ich habe ihr nicht an die Brüste gepackt, ich bin nur in sie rein gerauscht.“

„Hab ich doch gesehen, dasste dran warst. Erzähl kein’ Scheiß!“

„Ne, … ja. … äh. Ich hab, aber …“, Jan wusste nicht, was er sagen sollte – er hatte sie ja tatsächlich angefasst, aber unabsichtlich.

„Ja wat denn? Hasse oder hasse etwa nich?“

„Wir sind zusammengestoßen, als sie sich plötzlich umgedreht hat.“

„Spinnst du? Jetzt bin ich es Schuld, dass du mir an die Brüste packst?“, zeterte die Frau.

Jan wurde es zunehmend zu blöd: „Okay, ich bin in dich rein gerannt. Es war keine Absicht. Und ich wollte dich auch nicht irgendwo anfassen. Sorry! Okay?“

Die Frau wandte sich ab und ihren Freundinnen zu: “Der Typ spinnt ja total.”

Immer noch stand der Bodybuilder vor ihm. „Ey Alter, wenn’e dat noch ma‘ machs, dann fängs‘e dir’n Paar. Dann gib‘s eine gesemmelt, dass die Leute denken, hier wird Applaus geklatscht. Klar?“

Jan war es nun wirklich zu blöd. Er versuchte den Mann beiseite zu schieben, um vorbei zu kommen. Sein Gegenüber bewegte sich aber keinen Zentimeter. „Ey Alter, hasse mich verstanden?“, fragte der Bodybuilder erneut.

„Hey, ich hab mich doch schon entschuldigt.“

„Ey Alter, pass bloß auf.“ In Zeitlupengeschwindigkeit machte der Bodybuilder den Weg frei und fixierte dabei Jans von Alkohol sowie Fruchtsäure gerötete Augen. Dann deutete er mit Zeige- und Mittelfinger erst auf seine Augen und dann in Jans Richtung und signalisierte ihm so, dass er ihn weiter beobachten werde.

Langsam schob sich Jan weiter und schaute dabei erstmals an sich herunter. Sein weißes Hemd war von der Brust bis zum Bauch hell- bis dunkelrot verfärbt. Der nasse Stoff hatte sich an seinen Körper gesogen und sein Gesicht und die Hände klebten.

Endlich erreichte er die Bar, an der zahlreiche Gäste standen und sich unterhielten oder versuchten, Getränke zu bestellen. Jan entdeckte eine Lücke, drängte sich schnell in diese und griff hinter die Theke, um sich mehrere Servietten zu nehmen. Während er Gesicht und Hände abtrocknete sowie versuchte sein Hemd notdürftig zu reinigen, kam Carmen in seine Nähe. Ohne ihre Arbeit zu unterbrechen, schob sich die Kellnerin eine Zigarette in den Mund und zündete diese an. Kurz schaute sie zu Jan herüber und begrüßte ihn mit einem Nicken, während er durch eine Handbewegung signalisierte, dass er ebenfalls eine Zigarette haben wollte. Schweigend nahm Carmen ihre aus dem Mund und gab ihm diese.

Jan hatte schon lange nicht mehr geraucht und die ersten Züge schmeckten widerlich. Außerdem wurde ihm sofort schwindelig. Rauchen ist wirklich ungesund, dachte er, aber nach dem Tag brauchte er dringend eine Zigarette.

„Hi Jan, was ist denn mit dir passiert? Du siehst echt scheiße aus“, rief ihm Carmen in ihrer direkten Art zu.

„Wie soll schon jemand aussehen, dem gerade ein Glas Sangria ins Gesicht gekippt worden ist. Machst mir doch bitte ein Bier?“

„Um ehrlich zu sein, du siehst aus, als wenn du schon genug gehabt hättest.“

Nach dem Zusammenprall mit dem Geburtstagskind war Jan immer noch gereizt und dass ihn alle auf sein Aussehen ansprachen, ging ihm auch zunehmend auf die Nerven: „Weißt du Carmen, die Frage ist doch eher, wer heute schon genug hatte."

Die Kellnerin schaute ihn fragend an. Sie ging zur Zapfanlage, nahm eines der schon fast gefüllten Biergläser und stellte es unter den Hahn. Mit einer gekonnten Bewegung ließ sie noch etwas Bier ins Glas laufen, so dass sich eine runde Schaumkrone bildete. Nachdem sie zwei Gläser gefüllt hatte, nahm sie diese und kam wieder zurück, um Jan eines der beiden auf die Theke zu stellen. „Was meinst du damit? Wer sollte denn schon genug haben?"

„Na ja, glaubst du nicht, dass Miguel irgendwann genug von deinen Streitattacken hat? Vielleicht solltet ihr euch irgendwann eure Liebe gestehen. Dass würde die Dinge vielleicht einfacher machen und zu einer deutlichen Entspannung führen." Erwartungsvoll schaut er Carmen an und zog an seiner Zigarette.

Die Kellnerin blickte ihn durchdringend an. Während er sich abermals die Zigarette zwischen die Lippen steckte, fragte er sich, was wohl gerade in ihr vorging. Vielleicht hatte er den Nagel auf den Kopf getroffen. Möglicherweise war dies der Auslöser, der letzte Anstoß, dass sie am Ende dieses Arbeitstages mit Miguel sprach und diesem endlich mal das sagte, was schon so lange unausgesprochen zwischen ihnen stand. In seinem alkoholisierten Hirn machte sich der Gedanke breit, dass er den beiden weitergeholfen und zu ihrem Glück beitragen hatte. Dass er seinen kleinen Beitrag zu etwas ganz Großem beigesteuert hatte, das ihm selber bisher nicht vergönnt war.

Jan gefiel sich in der Rolle des Beziehungsstifters und er lächelte Carmen überzeugt an. Ihr Gesicht zeigte immer noch keine Regung. Doch plötzlich sah er, wie sie blitzschnell den rechten Arm nach oben schnellen ließ und sich das andere, bis zum Rand gefüllte Bierglas, auf ihn zubewegte. „Nicht noch eine Dusche“, dachte er bei sich und wich nach hinten aus, wobei er mit voller Wucht mit der hinter ihm stehenden Gruppe kollidierte. Als Jan Carmen wieder ansah, konnte er erkennen, dass sie die Bewegung abgebrochen hatte. Sie hielt das Bierglas ruhig in der Hand und streckte ihm den Mittelfinger der anderen entgegen.

Noch bevor Jan sich umdrehen und bei der Person hinter sich entschuldigen konnte, spürte er, wie sich ein Arm um seine Schultern legte und sich ein Gesicht dem seinen näherte. „Was machst du denn? Das macht man auch nicht, die Kellnerin blöd anbaggern.“

Jan erblickte einen ihm fremden Mann, der ihn von seiner eigenen Witzigkeit überzeugt anlachte. Auch die umstehenden Freunde des Spaßvogels lachten laut. Jan grinste schief, bevor er sich abwand, um wieder nach Carmen Ausschau zu halten. Nach einem kurzen Moment fand er sie: Sie stand an der Zapfanlage, bereitete weitere Getränke vor und würdigte ihn keines Blickes.

Jan drehte sich erneut dem Spaßvogel zu, der ihm aber bereits wieder den Rücken zugekehrt hatte und sich mit seinen Begleitern unterhielt. Dabei gestikulierte er wild, während seine Freunde auf jeden seiner Sätze mit lautem Gelächter reagierten. Jan blieb hinter dem Mann stehen und schaute an dessen Rücken vorbei, auf einen der Fernseher, die an der Rückwand der Bar angebracht waren. Er war froh, dass er etwas hatte, auf das er seinen Blick lenken konnte, denn so musste er nicht ständig zu Carmen herüber schauen.

Er zog noch einmal an seiner Zigarette, so dass auch die letzten Krümel Tabak unter hellem Aufglimmen der Glut verbrannten. Sein Blick wanderte an seinem Hemd herunter und er fragte sich, womit er es nur verdient hatte, dass heute alles schief lief. Dermaßen mit sich selber beschäftigt, bemerkte er nicht, dass das nächste Unheil bereits auf ihn zukam.

Aus heiterem Himmel prallte der Körper des Spaßvogels gegen seinen. Jan riss den Kopf nach oben, um sehen zu können, was vor sich ging, aber es war zu spät, er konnte nicht mehr reagieren: Mit voller Wucht knallte der Hinterkopf des anderen auf Jans Nase. Er spürte, wie diese nachgab und zur Seite wegknickte. In derselben Sekunde blitzte ein stechender Schmerz in seinem Hirn auf, als wenn jemand einen Spieß in dieses gerieben hätte.

Von der Wucht des Aufpralls wurde Jan nach hinten katapultiert und von den Beinen gerissen. Trotz des stechenden Schmerzes nahm er den Fall wie in Zeitlupe wahr. In seiner Rückwärtsbewegung sah er aus den Augenwinkeln, wie seine rechte Hand, in der er noch sein Bierglas hielt, nach oben schnellte. Jan blickte zur anderen Seite und bemerkte fasziniert, dass sich der linke Arm viel schneller als der Rest seines Körpers zu bewegen schien und diesen augenscheinlich überholte. Irgendwie amüsierte ihn die Situation und während Jan in sich hinein lachte, fiel sein Blick auf die Uhr seines Großvaters. Oh nein, nicht die Uhr, dachte er noch und schon im nächsten Moment schlug sein Körper mit voller Wucht auf den ausgelegten Schotter. In Zeitlupe sah er, wie sein linker Arm weiter nach hinten flog und nur kurze Zeit später knallte dieser mit der Uhr seines Großvaters auf den Boden.

Das war das Letzte, was er wahrnahm. Der stechende Schmerz hatte sich endgültig den Weg in sein Hirn gebahnt und schien ihm alle Sinne zu rauben. Jan war kaum noch in der Lage, einen klaren Gedanken zu fassen.

Doch plötzlich griffen ihm kräftige Hände unter die Schultern und hoben ihn hoch. Als sich sein Körper wieder in der Vertikalen befand, floss Blut in einem kräftigen Rinnsal aus seiner Nase über Lippen und Kinn auf sein Hemd. Dort vermischte es sich mit den Spuren der Sangria und von seinem Bier, das sich bei dem Sturz ebenfalls auf seinem Hemd ergossen hatte.

„Oh Mann, das tut mir wirklich leid“, hörte er eine Stimme sagen. Durch den Schleier seiner Tränen, die ihm der Schmerz in die Augen getrieben hatte, konnte er schemenhaft die Silhouette des Spaßvogels erkennen.

„Wir haben nur Spaß gemacht“, hörte er diesen sagen. „… Oh Scheiße, du blutest ja wie Sau! Ey, das tut mir wirklich leid.“

Jans Nase pulsierte wie von Elektroschocks getroffen und der Schmerz führte dazu, dass er sich kaum orientieren konnte. Erneut spürte er, wie ihn eine kräftige Hand am Arm fasste. Jan ließ sich in Richtung der Begrenzungsmauer führen, die den Außenbereich des ‚Chocolate‘ einfasste. Mit sanftem Druck wurde ihm signalisiert, sich auf diese zu setzen.

Er rieb sich die Tränen aus den Augen und schaute auf sein Hemd, das inzwischen überall nass und kaum noch als weiß zu erkennen war. Da er weiter blutete, legte er den Kopf in den Nacken. Vorsichtig führte er die Hand zu seiner Nase und berührte diese sacht. Erneut brandete Schmerz in ihm auf und trieb ihm Tränen in die Augen.

„Die ist hin!"

Jan drehte den Kopf in Richtung der Stimme und erkannte Juan. Der Kellner hatte ihn offensichtlich zur Mauer geführt hatte. Wie immer hatte er ein Hemd mit dem Schriftzug ‚Chocolate' an. Und wie immer war dieses zu weit aufgeknöpft, so dass ein Großteil des Oberkörpers frei lag und die dunklen Brusthaare zu sehen waren. Kein schöner Anblick, wie Jan immer schon fand. Unter normalen Umständen hätte er für Juan auch einen Kommentar parat gehabt, in dieser Situation fragte er aber nur: „Wie, die ist hin?"

„Ja, ich glaube, die ist komplett hin."

Jan hob den Arm und konnte erkennen, dass das Glas der Armbanduhr zerborsten, das Zifferblatt zerkratzt und die Zeiger verbogen waren. Tiefe Traurigkeit erfasste Jan und verdrängte für einige Sekunden den Schmerz.

„Nein, nicht die Uhr. Deine Nase ist hin, sie ist bestimmt gebrochen."

„Ne, die ist nicht gebrochen." Jan führte abermals seine Hand zu seinem Gesicht, biss die Zähne zusammen und griff mit Zeigefinger und Daumen sein Nasenbein. Vorsichtig versuchte er den Knorpel nach links und rechts zu schieben, aber dieser ließ sich nicht mehr als normal bewegen. Offensichtlich hatte er Glück im Unglück gehabt.

Er spürte, wie das Blut wieder stärker zu fließen begann. Instinktiv beugte er sich nach vorne, um den Abfluss zu ermöglichen, doch Juan legte die Hand auf seine Stirn und drückte ihm den Kopf erneut nach hinten. „Du musst ihn in den Nacken legen. Ich habe ein paar Servietten geholt."

Aus den Augenwinkeln konnte Jan sehen, wie der Kellner eine Serviette zerriss und aus den Streifen kleine Rollen formte. Vorsichtig legte er erneut seine Hand auf Jans Stirn und schob mit der anderen langsam und mit drehenden Bewegungen Papierröllchen in beide Nasenlöcher. Grinsend schaute er Jan an. „Sieht ganz schön bescheuert aus." Juan lachte laut auf. „Lass das aber so, du musst die Rollen drin lassen, sie saugen das Blut auf und geben deiner Nase Halt. Ich hol dir mal ein neues Bier."

Während der Kellner verschwand, senkte Jan etwas den Kopf und stierte geradeaus. Sein Blick traf den einer jungen Frau. Ihr Gesichtsausdruck zeigte tiefen Ekel – Ekel vor dem vielen Blut und Ekel vor dem Anblick, den er bot. Ihr Blick wurde ihm unangenehm, denn er wusste, welch jämmerliches Bild er abgab. Jan schämte sich und schaute weg, in Richtung des Seiteneingangs. Ein Impuls des Selbstschutzes führte dazu, dass er aufstand und auf den Ausgang zuging. Als Juan sich mit dem Bier den Weg durch die Menge gebahnt hatte, sah er nur noch, wie Jan die Terrasse verließ und hinaus auf die Straße trat. Dann verschwand er.

## Donnerstag, 15. Mai, 23:00 Uhr

Der Schmerz hämmerte in Jans Kopf, als er auf dem Bürgersteig den Carrer d‘ Elionor Servera, die Hauptstraße von Cala Rajada, entlangtaumelte. Er schwankte und fragte sich, ob der Alkohol oder die Benommenheit aufgrund des Schlages auf die Nase der Grund dafür war. Nur langsam kam er voran und jeder, der ihm entgegen kam, starrte ihn an. Einige lachten und manche machten offensichtlich Witze über ihn.

Immer wieder schaute er auf sein fleckenübersätes Hemd und wusste, dass er mit diesem und den Papierrollen in der Nase wie eine Witzfigur aussah. Nur was sollte er machen? Er konnte nirgends hin: Eine Wohnung hatte er nicht mehr. Ins ‚Bonvivant‘ oder zu Inés konnte und wollte er in dem Zustand auch nicht.

Plötzlich merkte er, dass er den Weg seiner üblichen Partyroute ging und hatte die Idee ins ‚Bolero‘ zu gehen. In der Disco war es innen relativ dunkel, sodass er, wenn er sich einen Platz in einer Ecke suchte, nicht besonders auffallen würde. Ihm gefiel der Gedanke und er ging schnellen Schrittes am ‚Angels‘ vorbei zum benachbarten ‚Bolero‘.

Wie erwartet, stand Chico am Eingang. Der Türsteher und er kannten sich seit Jahren und mochten einander. Als er Jan sah, musterte er ihn überrascht. Dann fragte er neugierig: „Jan, was ist denn mit dir passiert?“

„So ein Idiot hat mir seinen Hinterkopf auf die Nase gerammt.“

„Absichtlich?“

„Nein, aber der Effekt ist der Gleiche.“

„Stimmt, du siehst nicht gut aus. Ist die Nase gebrochen?“

„Ne, ich glaube nicht.“ Während Jan das sagte, kramte er einen Zehn-Euro-Schein aus seiner Hosentasche hervor und legte diesen auf die Theke.

„Eh, … Jan, ich kann dich nicht reinlassen“, sagte der Türsteher bestimmt.

„Wie, du kannst mich nicht reinlassen?“

„Hey, hast du dich schon mal angeguckt? Du siehst aus, als wenn du dich gerade geschlagen hättest. Was sollen denn da die anderen Gäste denken.“

„Ich hab mich aber nicht geschlagen, das war ein Unfall. Komm lass mich bitte rein.“

„Das weißt du und das weiß ich, das wissen aber unsere Gäste nicht.“

„Komm, nur auf einen Gin Tonic. Nach dem Scheiß hier brauch ich echt einen Drink.“

„Nein!“ Chicos Aussage war klar und ließ keinen Raum für weitere Diskussionen. „Pass auf, du kannst hier um die Ecke gehen“, während der Türsteher das sagte, zeigte er in die angrenzende Seitenstraße. „Ich bring dir einen Gin Tonic. Stell dich aber so hin, dass dich hier vom Eingang keiner sehen kann.“

„Okay“, sagte Jan resigniert. Auch wenn er sich ärgerte, dass sein Plan nicht aufging, so war er froh, dass er immerhin einen Drink bekam. Er ging um die Ecke in die Seitenstraße und als er außerhalb der Sicht war, lehnte er sich mit dem Rücken an die Außenwand des ‚Boleros' und wartete auf Chico.

Schneller als erwartet, kam dieser mit dem Drink in der Hand um die Ecke. „Hier", er reichte Jan das Glas.

„Danke! Das ist echt klasse. Hast du noch eine Zigarette für mich?"

Der Türsteher holte eine Schachtel aus der Tasche, reichte Jan eine Zigarette und gab ihm Feuer. „Sorry, ich muss wieder rüber", schloss er.

„Klar. Dank dir!" Während Jan das sagte, hob er das Glas und die Zigarette in Chicos Richtung.

„Kein Thema! Dann machs gut. … Ich würde an deiner Stelle echt mal nach Hause gehen und mich ins Bett legen."

„Ja, mach es auch gut." Jan nahm eine tiefen Schluck. Der Kellner hatte es offensichtlich gut mit ihm gemeint und eine kräftige Mischung mit mehr Gin als Tonic ins Glas gefüllt. Chico hat gut reden, sinnierte Jan: Wohin sollte er gehen, er hatte kein Zuhause mehr.

Jan setzte die Zigarette an seine Lippen und sog den warmen Rauch in die Lungen. Gerade, als sich das Gefühl der Entspannung in seinem Körper ausbreiten wollte, merkte er, dass ihm wieder schwindelig wurde. Um nicht umzufallen, stütze er sich an die Wand. Jan atmete kurz durch und zog dann wieder an der Zigarette: Der Rauch stieg ihm erneut zu Kopf und wieder machte sich Schwindel bemerkbar. Als er abermals einen tiefen Zug nehmen wollte, spürte er, wie sich ein komisches Gefühl in seinem Magen ausbreitete. Jan wurde übel. Schnell drehte er sich mit dem Gesicht zur Wand, doch noch bevor er sich richtig positionieren konnte, krampfte sich sein Magen zusammen und Jan erbrach sich in mehreren Schüben auf die Straße.

Nachdem er seinen Magen entleert hatte, ging es ihm umgehend besser. Als er nach unten schaute, musste er allerdings feststellen, dass er nicht richtig gezielt und einen seiner Turnschuhe getroffen hatte. Jan konnte es nicht fassen: Er hatte eine lädierte Nase, ein blut- und rotweingetränktes Hemd und nun auch noch Erbrochenes auf seinem Schuh. „Was für ein unglaublicher Scheißtag“, entfuhr es ihm.

Jan wurde aus seinen Gedanken gerissen, als er hinter sich jemanden sagen hörte: „Guckt euch den mal an, der hat sich auf die Schuhe gekotzt.“ Mehrere Personen lachten auf. Langsam drehte Jan sich um, er hatte keine Lust, weiter das Gespött der Leute zu sein.

„Jan?“, fragte plötzlich einer Männer und ging direkt auf ihn zu. „Mensch, was ist denn mit dir passiert?“

Als er näher kam, erkannte Jan, dass es Alex war, ein deutsches Urgestein in der Stadt. Dieser war vor etwa zwanzig Jahren ausgewandert und hatte sich in der Nähe des Hafens von Cala Rajada eine Wohnung gekauft. Wovon er lebte oder ob er es nicht nötig hatte, zu arbeiten, wusste niemand so wirklich, aber offensichtlich war immer ausreichend Geld da. „Oooh, du siehst ja gar nicht gut aus, kann ich dir irgendwie helfen?“, während Alex das sagte, schaute er Jan mitfühlend an.

„Ich hatte einen Unfall, ist aber schon wieder okay“, gab Jan mit schwacher Stimme zurück.

„Offensichtlich aber nicht nur einen. Was machst du hier?“

„Chico wollte mich so nicht reinlassen“, er zeigte mit der Hand auf sein Hemd und stellte fest, dass er die Zigarette immer noch in der Hand hatte. Reflexartig ließ er sie aus den Fingern gleiten und trat sie aus.

„Kann ich verstehen, hätte ich auch nicht gemacht.“ Alex grinste. „Aber du kannst mit uns kommen. Wir wollen ins ‚Rocky‘. … Komm mit, Morcilla freut sich über jeden Umsatz.“

Jan kannte die Kneipe, sie befand sich in einer der hinteren Seitenstraßen in Richtung Cala Agulla. Eine üble Kaschemme, was auch darauf zurückzuführen war, dass der Besitzer nicht pingelig mit der Auswahl seiner Gäste war. Dieser war früher mal ein guter Boxer gewesen und Jan vermutete, dass er deswegen von allen ‚La Morcilla‘, auf Deutsch ‚Die Blutwurst‘, genannt wurde. Normalerweise machte Jan einen großen Bogen ums ‚Rocky‘, eben auch, weil der Besitzer bei seinen Gästen nicht besonders wählerisch war. Am heutigen Abend war das aber genau das Richtige – und wo sollte er auch hin? „Okay, ich bin dabei“, antwortete Jan.

Beide drehten sich um und gingen auf die andere Straßenseite, auf der Alex‘ Begleiter auf sie warteten. „Hey Jungs, das ist mein Kumpel Jan. Er sieht gerade ein bisschen zerstört aus, ist aber eigentlich ein netter Kerl“, stellte Alex Jan seinen Begleitern vor.

Die beiden Männer hoben nur kurz die Hand und grüßten. Offensichtlich wollten sie es vermeiden, Jan die Hand geben zu müssen.

„Und das hier sind Gerd und Pferd“, während Alex das sagte, presste er sein typisches heiseres Lachen heraus. Auf Jan wirkte es immer gekünstelt und er fragte sich, ob er Alex jemals natürlich lachen gehört hatte. Nacheinander zeigte Alex auf seine beiden Begleiter. „Gerd wohnt auf einem der Hügel bei Port d‘Andratx und Peter – oder auch Pferd – ist ein Kumpel von ihm aus Ratingen.“

Jan nickte den beiden kurz zu, dann drehten sich die Vier um und machten sich auf den Weg ins ‚Rocky‘.

*

Ring … ring … ring.

Nur langsam drang das schrille Klingelgeräusch in sein Bewusstsein vor.

Ring … ring … ring.

Klingelte es wirklich? Oder war es ein Traum? Träumte er? War er wach?

Wieder: Ring … ring … ring.

Sein Gehirn begann zu arbeiten und langsam wurde ihm bewusst, dass es kein Traum war – ein Telefon klingelte. Er wurde endgültig wach.

Ring … ring … ring.

Schnell richtete er sich auf, sprang aus dem Bett und stürzte zum Telefon: „Hola!“

„Na endlich!“, war die barsche Begrüßung. „Warum hat das so lange gedauert?“

Sofort erkannte er den Mann am anderen Ende der Leitung. Er wusste, dieser war es nicht gewohnt, zu warten. Ungeduld sprach aus seiner Stimme.

„Ich war schon im Bett“, entgegnete er beherrscht.

„Das ist ja schön, dass wenigstens einer ruhig schlafen kann.“

Die Spitze in der Formulierung war offensichtlich und er fragte sich, was sein Anrufer damit wohl bezweckte. Dennoch schwieg er.

„Konnten Sie denn gut einschlafen?“

„Ja“, antwortete er kurz und zunehmend genervt.

„Haben Sie denn etwas Schönes geträumt?“

Er spürte, wie er innerlich zu kochen begann. Doch bevor er etwas darauf sagen konnte, fuhr ihn der andere an. „Ich weiß nicht, wie man in dieser Situation überhaupt schlafen kann.“

„Wovon reden Sie überhaupt? Und was wollen Sie von mir?“, fragte er aufgebracht.

„Wir haben ein Problem – und Sie schlafen wie ein Baby. Wissen Sie, dass wir beobachtet worden sind und sich offensichtlich jemand für uns interessiert?“

Jetzt wurde ihm klar, worauf der Anrufer hinaus wollte. „Ich denke, ich weiß, wovon Sie sprechen."

„So so, der Herr weiß Bescheid, legt sich aber erst einmal in Seelenruhe ins Bett."

„Ich weiß, dass wir beobachtet worden sind. Das ist aber nicht weiter dramatisch", antwortete er zunehmend genervt.

„Wie, das ist nicht weiter dramatisch?"

„Machen Sie sich keine Sorgen, ich kümmere mich darum."

„Aha. Und wie? Was haben Sie vor?"

„Lassen Sie das meine Sorge sein, ich werde mich der Sache annehmen."

„Sie müssen das lösen. Schnell! Ich möchte nicht, dass wir wegen eines neugierigen Teenagers Probleme bekommen."

„Nein, werden wir nicht. Ich kenne den Jungen. Ich weiß, wer er ist. Ich werde mich um ihn kümmern. Es wird keine Probleme geben."

„Ich nehme Sie beim Wort und wenn Sie das nicht aus der Welt schaffen, dann haben wir alle ein Problem. Verstanden?"

„Ja!"

„Gut. Dann gute Nacht."

„Gute Nacht." Er hörte, wie das Gespräch erstarb.

Eine Weile stand er einfach nur da und starrte vor sich hin. Er dachte über das Gespräch nach und darüber, was er nun tun sollte. Der Anrufer hatte Recht, Xavier de Góngora konnte zu einem Problem werden. Der Junge war sehr neugierig und sie konnten es nicht zulassen, dass er ihre Sache in Gefahr brachte. Er musste sich kümmern, ob er wollte oder nicht.

Ihn fröstelte und er begann zu zittern. Erst jetzt bemerkte er, dass sein Pyjamaoberteil nass vor Schweiß war und er fragte sich, warum und wann er so geschwitzt hatte? War das während des Telefonats passiert oder hatte er schon vorher schlecht geträumt? Er wusste es nicht.

Zurück im Schlafzimmer zog er sich rasch ein frisches, trockenes Oberteil an und ging wieder zu Bett. Regungslos starrte er in der Dunkelheit an die Decke. Eine leichte Brise fand ihren Weg durch die Ritzen der Schlagläden und die geöffneten Fenster zu seinem Körper. Das laute Zirpen der Grillen drang von außen in das Schlafzimmer und erfüllte den Raum. Nichts davon nahm er wahr – er dachte über die nächsten Schritte nach und über das, was er tun sollte. Es dauerte, bis er wieder in einen unruhigen Schlaf fiel.

## Vergangenheit

Er wusste nicht, wie lange er geschlafen hatte. Hatte er überhaupt geschlafen? Wenn ja, dann war es nur ein unruhiger, leichter Schlaf – denn er hatte schreckliche Angst.

Jeden Abend, wenn er zu Bett ging, hatte er Angst. Angst vor dem, was kommen konnte. Und jeden Abend betete zu Gott, dass dieser seine schützende Hand über ihn hielt und ihm nichts geschehen möge. Manchmal erhörte Gott ihn, dann wurde er verschont und fiel in einen komaartigen Schlaf. Am nächsten Morgen dankte er dann stets dem Herrn dafür, dass er eine gute Nacht gehabt hatte. Aber es gab immer wieder diese Nächte, in denen er nicht verschont blieb.

Er starrte in die Dunkelheit und lauschte. Plötzlich erschrak er, als er auf dem Gang schwere Schritte und das Schlagen der Absätze auf den Steinboden hörte. Wie immer betete er, dass die Schritte vorbeigingen, wie sie es manchmal taten. Aber heute war es nicht so – sie verstummten vor der Tür. Er hörte, wie diese sich langsam öffnete. Fest kniff er die Augen zusammen, faltete die Hände und begann noch intensiver zu beten: *„Bitte lieber Gott, bitte nicht ich. Ich war die ganze Woche brav und habe nichts getan. Und ich verspreche, ein noch braveres Kindlein zu werden und immer zu gehorchen.“*

Vorsichtig öffnete er seine Augen einen Spalt. Obwohl er auf der Seite lag und der Tür den Rücken zugewandt hatte, konnte er auf dem Boden den Lichtschein der Lampe im

Gang sehen. Und er konnte den Schatten der großen kräftigen Gestalt erkennen, der sich auf den Fliesen abzeichnete.

Nachdem er einen Moment inne gehalten hatte, begann der Schatten sich zu bewegen und er hörte, wie die Schritte im Raum näher kamen. Schnell schloss er die Augen und begann erneut zu beten: *„Bitte lieber Gott, ich war die ganze Woche brav. Ich verspreche, ein noch braveres Kindlein zu sein und immer zu gehorchen."*

Seine Angst wuchs und er fühlte sich einsam und ausgeliefert, obwohl er wusste, dass er mit seiner Angst nicht alleine war. Vielen der anderen Jungen, die neben ihm im Schlafsaal in ihren Bettchen lagen, ging es genauso. Meist waren es die, die wie er besonders zart und klein waren. Und er wusste, dass auch sie gerade wach und vor Angst erstarrt waren und hofften, dass sie nicht ausgewählt werden würden.

Die Schritte bewegten sich weiter auf ihn zu und er presste die gefalteten Hände noch stärker zusammen, drückte die Augen noch fester zu und betete noch flehender – doch es half nichts. Der liebe Gott hatte ihn heute nicht erhört: Er spürte, wie sich der schwere Körper hinter ihm auf der Kante seines Bettchens niederließ und wie sich die große Hand unter seine Decke schob, um seinen Rücken zu streicheln. Leise wurde sein Name geflüstert.

Er stellte sich weiter schlafend, auch wenn er wusste, dass dies nicht helfen würde. Es hatte die zahlreichen Male vorher auch nicht geholfen. Wieder hörte er seinen Namen. Die große schwitzige Hand glitt unter sein Pyjamaoberteil und strich über seinen Rücken in Richtung seines Bauchs. Fordernd griff sie seine Seite und drehte seinen Körper herum auf den Rücken. Ängstlich öffnete er seine Augen und schaute in das ihm so vertraute freundliche Gesicht. Aber anders als am Tag war es in solchen Nächten rot und glänzte vor Schweiß.

Der andere lächelte ihn freundlich an und er wusste ja, dass dieser es nur gut meinte und dass dieser ihn ganz doll lieb hatte. Das sagte dieser ihm in solchen Nächten auch immer. Und er wusste ja auch, dass er dankbar für dessen Liebe sein musste und für das, was dieser ihm gab. Und wenn er auch schon mal Dinge machen musste, die er nicht mochte, dann sollte er diese nur machen, weil der andere ihn so lieb hatte und weil man das so macht, wenn man sich lieb hat – hatte der andere gesagt.

Aber manchmal war es auch eine Strafe, weil er nicht brav gewesen war. Er wusste ja, dass der andere ihn nicht gerne bestrafte. Das machte dieser ja nur, weil es gemacht werden musste und weil dieser ihn so lieb hatte.

Allerdings fragte er sich, wie in den zahlreichen Nächten zuvor, warum er es verdient hatte. Er fragte Gott, was er falsch gemacht hatte, dass er heute ausgewählt wurde. Und er versprach: *„Lieber Gott, ich werde mich bessern und gehorchen. Und ich werde immer ein braves Kindlein sein.“*

Die große schwitzige Hand nahm die seine, dann wurde er hochgezogen, bis er vor dem Bettchen stand. Schnell griff er sich noch sein Kuscheltier. Während sie gemeinsam zur Tür gingen, wusste er, dass viele andere im Raum erleichtert waren, dass sie heute nicht ausgewählt worden waren. Diese sahen, wie er an der Hand aus dem Schlafsaal geführt wurde. Sie sahen seinen kleinen Körper, der in einem kleinen

Pyjama steckte, und der das genaue Gegenteil zu dem großen massigen Körper des anderen war. Sie sahen seine kleinen zarten Unterschenkel, die aus der Hose stachen und sie hörten das Klatschen seiner kleinen Füßchen auf dem kalten Stein. Dann schloss sich die Tür hinter ihm und den Raum erfüllte wieder das Dunkel der Nacht. Im Schlafsaal war es totenstill – während sich die schweren Schritte und das zarte Echo der nackten Füßchen langsam entfernten.

## Freitag, 16. Mai, 06:00 Uhr

Ein lautes Schnarchen riss Jan aus seinen Gedanken. Er schaute zu Pferd hinüber, der vornübergebeugt auf seinem Stuhl saß und schlief. Bereits vor einer ganzen Weile hatte Peter, der, wie Jan inzwischen erfahren hatte, aufgrund seiner gewaltigen Schusskraft seit der Fußballjugend bei allen nur Pferd hieß, seine letzten hundert Euro eingesetzt und verspielt. Danach war er ausgestiegen und hatte auf dem Stuhl in der Ecke Platz genommen. Irgendwann war er dann offensichtlich eingeschlafen.

Jans Gedanken kehrten wieder zum Spiel zurück. Er wusste nicht, wie lange sie schon pokerten. Nachdem er mit seinen Begleitern ins ‚Rocky' gekommen war, hatten sie zunächst an der Theke gesessen und sich unterhalten. Zu Beginn waren auch noch ein paar Touristen in dem Lokal gewesen sowie ein Brite, den ihm Alex als Terrible Terry vorstellte, und Heinz, ein Deutscher, der mit Beginn der Rente nach Mallorca ausgewandert war. Letzteren kannte Jan bereits, da dieser auch regelmäßig allein im ‚Bon Vivant' an der Theke saß. Heinz fiel unter anderem dadurch auf, dass er ein schlecht sitzendes Toupet trug sowie jede seiner Unterhaltungen mit der Floskel schloss: „Ja, ja, das Leben ist voller Überraschungen." Ein Satz, der aus Jans Sicht durchaus Lebensweisheit enthielt, der aber auch dazu geführt hatte, dass Inés Heinz den „Überraschungsgast" getauft hatte.

Den Briten kannte Jan bisher nicht, worüber er aber auch nicht traurig war. Terrible Terry war ein kleiner untersetzter, vor Kraft strotzender Mann, dessen Arme komplett tätowiert waren und einen Umfang wie Jans Oberschenkel hatten. Er war der Typ Mann, mit dem man nicht gerne in Streit geriet. Das Gesicht zeigte diverse Narben und die Nase hatte er offensichtlich schon mehrfach gebrochen gehabt. Zumindest hatte es ihm Terry so berichtet, nachdem er Jan in gutem Deutsch, aber auch mit deutlichem Akzent, auf seine verletzte Nase angesprochen hatte.

Die Gestik und die Haltung des Briten wirkten auf Jan, wie die eines Raubtieres – jederzeit auf dem Sprung, die Beute zu schlagen. Offensichtlich war Terry davon ausgegangen, dass sich Jan geprügelt hatte. Darin und in der lädierten Nase hatte er scheinbar ein verbindendes Element gesehen, sodass er Jan kaum von der Seite wich. Generell machte Terry nicht viele Worte, aber das was er sagte, strahlte Dominanz und Autorität aus. Und irgendetwas verband ihn mit Alex. Jan hatte noch nicht heraufgefunden, was es war. Nur so viel wusste er: Es ging um eine Schlägerei. Ob die beiden sich geschlagen oder gemeinsam jemand anderen verprügelt hatten, konnte Jan den Erzählungen bisher nicht entnehmen.

Als die letzten Touristen gegangen waren, hatte Terry Alex gefragt, ob sie nicht ein Spielchen wagen wollten. Während Jan dies zunächst nicht hatte einordnen können, wusste Alex sofort, worauf der Brite hinaus wollte. Auch der Überraschungsgast hatte umgehend erklärt, dass er dabei wäre und nach kurzer Ansage hatte Morcilla die Sechs durch einen Gang an der Toilette vorbei in einen verschlossenen Raum im hinteren Teil der Bar geführt. Hier saßen sie nun schon eine Weile.

Auch wenn Jan sich aufgrund diverser Tassen Kaffee und viel Mineralwasser wieder deutlich nüchterner fühlte, hatte er kein Gefühl dafür, ob es noch Nacht oder schon Tag war. Die beiden Fenster des Raumes waren verschlossen und mit schwarzer Folie beklebt. Es bewegte sich kein Luftzug, was auch dazu führte, dass dicke Schwaden Zigarettenrauchs über dem Tisch standen. Diese fielen noch mehr auf, da sie durch zwei Hängelampen angestrahlt wurden, die den Spieltisch ins rechte Licht setzen sollten. Der restliche Raum lag im Halbdunkel. Ungläubig betrachtete Jan den Stapel Geldscheine, der vor ihm auf dem Tisch lag.

„Letzte Runde für heute“, knurrte Terry, während er die Spielkarten nahm und diese gewissenhaft durchmischte. Nachdem jeder den definierten Mindesteinsatz von einhundert Euro in die Mitte des Tischs gelegt hatte, begann er der Reihe nach jedem der Spieler eine Karte verdeckt hinzulegen. Anschließend wiederholte er das noch einmal. Dann positionierte Terry die verbliebenen Karten in der Mitte des Tisches.

Jan betrachtete nochmals den Stapel Scheine, der vor ihm lag. Er konnte es nicht fassen: Nachdem der Tag für ihn denkbar schlecht begonnen und sich dann katastrophal entwickelt hatte, schien er nun doch positiv enden zu wollen. Er schätzte, dass er aus seinen etwas mehr als tausendfünfhundert Euro, die ihm sein ehemaliger Chef am Morgen gegeben hatte, in den letzten Stunden etwa fünfundzwanzigtausend gemacht hatte. Es war für Jan unglaublich, welche Beträge eingesetzt wurden. Offensichtlich hatten alle mit einem Spiel gerechnet und sehr, sehr viel Geld dabei. Und scheinbar spielte für die Anderen Geld keine

Rolle oder sie waren von den Karten und der Aussicht auf Gewinn so angefixt, dass die Gier ihr Hirn fraß.

Jan hob die ihm zugewandte Seite der ersten Spielkarte etwas an und warf einen Blick darunter: Es war ein Herz-Ass. Dann wiederholte er es bei der zweiten: ein Kreuz-Ass. Augenblicklich schnellte sein Puls in die Höhe. Jetzt nicht nervös werden und die anderen merken lassen, was du für ein Blatt hast, dachte er bei sich.

Da Jan links vom kartengebenden Terry saß, musste er die Wettrunde eröffnen. Betont lässig nahm er einen tiefen Zug aus einer Zigarette. „Ich erhöhe um Hundert", sein Mund war trocken, als er das sagte und er war sich sicher, dass die anderen an seiner Stimme erkennen würden, war er für ein Blatt hatte. Doch keiner reagierte – vielmehr ging jeder der Anwesenden mit und legte einhundert Euro in die Mitte.

Terry zog nacheinander drei Karten vom Stapel und legte diese offen auf den Tisch. Jan erkannte das Pik-Ass zwischen dem Herz-König und der Pik-Dame. Da die Regeln vorsahen, dass jeder Spieler die Karten in der Mitte seinen virtuell zuordnen konnte, hatte Jan den höchsten Drilling, den es gab. Betont ruhig schaute er in die Runde und ließ seinen Blick nach und nach über Alex, Gerd, Heinz sowie Terry schweifen, wobei er keine Reaktion auf den Gesichtern der anderen ablesen konnte. Was sollte er tun? Er durfte nicht zu hoch einsteigen, damit er die anderen nicht verschreckte. Auf der anderen Seite musste er aber auch einen gewissen Betrag setzen, um den Jackpot hochzutreiben. „Ich erhöhe um tausend." Während Jan das sagte, schob er den Betrag in die Mitte und lächelte betont lässig. Er hoffte, so bei den anderen den Eindruck zu vermitteln, dass er nur bluffte, denn alle schauten ihn an.

„Ich bin raus", sagte Heinz, der als nächster mit seinem Einsatz dran gewesen wäre.

Gerd legte wortlos eintausend Euro in die Mitte, während Alex heiser lachte: „Da scheint jemand ein gutes Blatt zu haben. Ich bin dabei – und tausend von mir."

„Und von mir", sagte Terry, während er das Geld auf den Tisch legte. Anschließend nahm der Brite eine weitere Karte vom Stapel und legte sie offen hin: Es war die Karo-Neun.

Jan beobachtete die Mitspieler und überlegte, was er machen sollte. Er wollte seinen Gewinn nicht verspielen. Auf der anderen Seite, hatte er in den letzten Stunden eine fantastische Glückssträhne gehabt. Außerdem hatte er davor den ganzen Tag so viel Pech gehabt, dass es diesmal einfach passen musste. Jan nahm einige Geldnoten in die Hand und zählte ein Bündel Scheine ab. Dann legte er dieses in die Mitte: „Fünftausend."

Alex lachte erneut heiser und schmiss seine beiden Karten in die Ecke des Tisches – ein Zeichen dafür, dass er nicht mehr weiter spielte. Auch Terry stieg aus. Damit blieben nur Jan und Gerd in der Runde. Dieser nahm den Geldstapel vor sich, zählte fünftausend Euro ab und schob diese wortlos in die Mitte.

Terry zog noch eine Karte vom Stapel und legte sie auf den Tisch, sodass nun fünf offen da lagen: Das Pik-Ass, der Herz-König, die Pik-Dame, die Karo-Neun und nun die Pik-Zwei. Jan schaute Gerd an, der ohne eine Miene zu verziehen, seinen Blick erwiderte. Gefühlte Minuten sahen sie sich wortlos in die Augen und Jan begann unsicher zu werden: Sein Dreier war gut, aber nicht überragend. Zudem schrien die aufgedeckten Karten förmlich nach einer Straße und wenn Gerd eine solche hatte, dann hätte Jan verloren. Dem entgegen stand aber seine unglaubliche Glückssträhne der letzten Stunden. Außerdem, wieso sollte Gerd eine Straße haben, schoss es Jan durch den Kopf. Er fasste einen Entschluss: Er würde sein Glück zwingen.

Schnell begann er die vor ihm liegenden Scheine zu zählen und schob dann das komplette Geld in die Mitte. Jan fühlte wie seine Aufregung dabei fast ins Unerträgliche stieg, er spürte das Adrenalin in seinen Adern pulsieren als er sagte: „All in. Das sind 19.000 Euro."

Im Raum herrschte Totenstille. Nach einer gefühlten Ewigkeit erwiderte Gerd: „Ich geh mit!"

Terry schaute diesen fragend an: „Wie willst du das machen? Bei dir liegen nur noch zweihundert. … Oder hast du noch Cash dabei?"

„Ähm, äh … ich setze jetzt virtuell und gebe Jan das Geld morgen. Okay Jan?"

„Are you nuts?", fragte der Brite aufgebracht. „Wir spielen hier Poker und nicht Humpty Dumpty, es zählen nur Cash oder Wertgegenstände. Wenn du nix hast, musst du aussteigen. Hier wird nicht auf Pump gespielt. Klar?"

„Ich habe echt ein super Blatt", verzweifelt blickte Gerd um sich und schaute Alex fragend an: „Kannst du …" Noch bevor er den Satz zu Ende bringen konnte, winkte der andere ab. Dann fiel Gerds Blick auf Morcilla, der den Raum betrat, um Terry einen neuen Gin Tonic zu bringen. Der Barbesitzer lächelte nur müde und schüttelte den Kopf. „Scheiße!“, fluchte Gerd.

„Du kannst deinen Wagen einsetzen, wenn du einen hast und den Schlüssel dabei hast“, sagte der Brite, während er mit dem Strohhalm Alkohol und Tonicwater miteinander verrührte. „Hast du ein Auto dabei?“

„Nein.“

„Den Schlüssel?“

„Nein auch nicht.“

„Dann nicht, dann war es das jetzt. … Jan, ich gratuliere dir.“

Jan grinste und schickte sich an, den Jackpot an sich zu nehmen. Doch noch bevor er seine Arme um den Geldhaufen legen konnte, um ihn zu sich herüber zu ziehen, hörte er Gerd rufen: „Stopp!“

Alle Augen blickten auf ihn, während er an seiner Hosentasche herum nestelte, um schließlich einen Schlüssel heraus zu fischen. „Ich hab hier noch was.“ Triumphierend schaute er in die Runde.

„Was ist das?“, wieder ergriff Terry das Wort.

„Das sind die Schlüssel zu meiner Yacht.“

„Okay. Was ist das für ein Kutter?“

„Eine Bavaria 40.“

„Aha, … schönes Ding. Etwas mehr als zwölf Meter lang, vier Meter breit und mit drei Kojen mit jeweils zwei Schlafplätzen“, sagte der Brite und überraschte die Anwesenden mit seinem Know-how. „Und wie alt?“

„Nicht mehr ganz jung – Baujahr 2002.“

„Und in welchem Zustand?“

„Eigentlich ganz gut.“

„Was heißt eigentlich?“

„Es gibt ein kleines Problem mit dem Mast.“

„Was für ein Problem?“, bohrte Terry nach.

„Ähm, er ist gerade nicht aufgestellt.“

„Das heißt? Er ist aber da, oder?“

„Äh ja, er ist da und liegt auf dem Deck. Dafür ist der Liegeplatz für ein Jahr bezahlt.“

„Wo liegt das Boot?“

„Port d‘Andratx“

„Okay, ich würde schätzen, das Boot ist ohne Mast maximal fünfundzwanzigtausend wert.“

„Hey, spinnst du! Deutlich mehr, mindestens fünfunddreißigtausend“, protestierte Gerd.

Terrys Gesicht verfinsterte sich augenblicklich. Eiskalt starrte er Gerd sekundenlang an, ohne ein Wort zu sagen. Dann stieß er hervor: „Wenn du noch mal sagst, dass ich spinne, hast du ein Problem.“

Verunsichert schaute Gerd ihn an und antwortete kleinlaut: „Äh, … tut mir echt leid, Terry."

Ohne auf die Entschuldigung einzugehen sagte dieser: „Ich sage fünfundzwanzigtausend und entweder du akzeptierst oder du bist raus."

„Okay, dann kann ich aber fünftausend wieder aus dem Jackpot nehmen", beeilte sich Gerd zu sagen und griff beherzt in den Geldstapel.

Jan wäre bei der Diskussion beinahe wahnsinnig geworden, seine Nerven waren zum Zerreißen gespannt. Nachdem Terry schweigend genickt hatte legte Gerd den Schlüssel in die Mitte des Tisches und zählte fünftausend Euro aus dem Jackpot ab, dann schaute er Jan an.

„Okay Guys." Terry schaute langsam von einem zum anderen: „Pay-Day! Was habt ihr?"

Jan spürte alle Augen auf sich gerichtet. Er drehte langsam zunächst das Kreuz-Ass um. Alle hielten spürbar den Atem an. Dann folgte das Herz-Ass.

„Scheiiiße!", schrie Gerd. Er sprang auf und schmiss im gleichen Moment seine beiden Karten auf den Tisch.

Jan sah, dass der andere einen Kreuz-König und eine Kreuz-Dame – also nur zwei Pärchen – hatte. Erleichtert lächelte Jan. Langsam und genussvoll legte er nun wirklich beide Arme um seinen Gewinn und zog diesen zu sich hin. Gerd schlug Peter auf die Schulter, der überrascht hochschnellte. „Wir gehen!"

„Stopp!“, rief Terry. Gerd verharrte in seiner Bewegung und drehte sich langsam zum Briten um. „Was ist mit der Yacht? Wie heißt die? Und kann Jan die dann direkt übernehmen? … Was ist mit den Papieren?“

Gerd starrte Terry an, einen Moment zögerte er mit seiner Antwort – dann sagte er verkniffen: „Santa Maria. … Ich geb die Papiere beim Hafenmeister ab und kläre alles mit ihm.“ Auf dem Schuhabsatz drehte sich Gerd um und rannte wutentbrannt aus dem Raum, gefolgt von Peter, der immer noch nicht wusste, was los war.

Alex lachte heiser: „Ich geh mal mit und kümmer mich um Gerd. Kannst du die Getränke übernehmen?“

Jan lächelte: „Es ist mir ein Vergnügen.“

Nachdem Jan die Rechnung für alle bezahlt und sich bei Heinz sowie Terrible Terry verabschiedet hatte, tauschte er noch bei Morcilla seinen Gewinn gegen größere Scheine ein. Der Barbesitzer hatte offensichtlich sehr viel Geld im hinteren Teil der Bar versteckt und konnte ohne Probleme wechseln.

Als Jan wenige Minuten später das ‚Rocky‘ verließ und vor die Tür trat, stellte er fest, dass es draußen inzwischen fast taghell war und die Vögel lautstark zwitscherten. Reflexartig wollte er auf die Uhr an seiner Hand schauen, um zu sehen, wie spät es war, erblickte aber nur das zerstörte Geschenk seines Großvaters. „Was für ein Scheißtag“, dachte er. „Und was für ein geiles Ende!“ Jan grinste und zündete sich eine Zigarette an. Dann holte er den Schlüssel der Yacht aus seiner Hosentasche und warf ihn mehrmals in die Luft.

Beim letzten Mal glitt ihm dieser durch die Finger und fiel zu Boden. Der Alkohol zeigte doch noch seine Wirkung.

Er hob den Schlüssel wieder auf und schaute auf sein Smartphone: 06:43 Uhr. Langsam setzte er sich in Bewegung und erreichte nach ein paar Schlenkern den Carrer de Castellet, eine Straße, die vom Hafenbecken von Cala Rajada bis zu einem Waldstück führte und sich parallel zur Cala Agulla hinzog. Er folgte der Straße, kreuzte den Carrer Can Patilla, der an den Pferdehöfen vorbei nach Capdepera führte, und ging dann weiter geradeaus, bis er den Pinienwald erreichte. Von da stolperte er einen Trampelpfad entlang in Richtung Meer, bis er den Strand erreichte.

Jan machte noch ein paar Schritte aufs Wasser zu und ließ sich dann auf dem Rücken in den Sand fallen. Er verschränkte die Hände hinter dem Kopf und blickte in den blauen Himmel. „Wie geil, ich bin jetzt Besitzer einer Segelyacht." Jan grinste, schloss die Augen und schon im nächsten Moment schlief er mit einem Lächeln auf den Lippen ein.

## Freitag, 16. Mai, 09:30 Uhr

Xavier flog förmlich die Treppen hinunter, die den Schlaftrakt mit den Wohnräumen verband. Seine Knie schmerzten kaum noch und er hatte ruhig und traumlos geschlafen, bis er so gegen neun Uhr aufgewacht war. Da er zeitig zu Bett gegangen war, fühlte er sich gut und ausgeschlafen. Am Vorabend hatten Letizia und er noch eine Weile über ihre Smartphones miteinander gechattet und sie hatte sich gewünscht, dass er bei ihr vorbei käme. Xavier hätte es auch schön gefunden, war aber zu müde gewesen.

Die Ereignisse der letzten Tage und das gestrige Verhalten seines Vaters hatten ihn sehr aufgewühlt und erschöpft. Irgendwann war er dann während des Schreibens einer Nachricht eingeschlafen. Letizia hatte darauf sehr entspannt und belustigt reagiert, als er ihr nach dem Aufwachen direkt eine Nachricht geschrieben hatte. Dafür und für viele andere Dinge liebte er sie. Sie ist das Wundervollste, was es gibt, war er sich sicher.

Ana, die gute Seele des Hauses, kreuzte in ein paar Metern Entfernung den Gang, der zu den Repräsentationsräumen führte, und verschwand im Speisezimmer. Einen Moment später betrat auch Xavier den Raum. Ana schaute ihn an und sagte dann: „Booon diiiiaaa!“ Sie zog die Vokale und Xavier wusste, was sie ihm damit signalisieren wollte: „Na, auch schon wach.“ Er ignorierte es.

„Hola Ana.“

„Hola, hast du gut geschlafen?“

Xavier nickte nur kurz, während er sich ein Glas frischgepressten Orangensaft einschenkte. Dann setzte er sich an den Esstisch, der nur an seinem Platz eingedeckt und ansonsten leer war. „Wo sind meine Eltern?“

„Dein Vater ist nach Palma gefahren und deine Mutter ist wie jeden Mittwoch mit ihrem Damenkränzchen Golf spielen. Möchtest du eine Toastscheibe? Und lieber kalte Milch oder einen Kaffee?“

„Zwei Toast und Milch“, während er das sagte, schaufelte er sich einige Scheiben Schinken und etwas von der mallorquinischen Paprikawurst Sobrasada von der silbernen Platte auf seinen Teller. Früher hatte er immer nur ein Stück des inseltypischen Schmalzgebäcks Ensaïmada, gefüllt mit Kürbiskonfitüre, gegessen. Seit einiger Zeit hatte er morgens aber immer großen Appetit und das Gebäck reichte ihm nicht mehr.

Ana kam aus der Küche zurück und stellte die gewünschten Speisen vor ihm auf den Tisch. „Du musst dich ein bisschen beeilen. In einer Viertelstunde müssen wir los, damit du nicht zu spät in die Schule kommst“, sagte sie, während sie den Raum wieder verließ.

Xavier legte den Aufschnitt auf die Brotscheiben und biss hungrig zu. Dann griff er abwechselnd in sämtliche Hosentaschen, musste aber genervt feststellen, dass er sein Smartphone in seinem Zimmer vergessen hatte. Gelangweilt wanderten seine Augen durch den Raum und blickten auf die Ölgemälde an den Wänden. Es waren ausschließlich Portraits seiner Vorfahren, die ihn streng anschauten. Als er ein kleiner Junge war, hatte er sich vor diesen gefürchtet. Insbesondere die düsteren Bilder aus dem 16. Jahrhundert hatten ihm Angst eingeflößt.

Die aus dieser Zeit abgebildeten Männer waren komplett schwarz gekleidet und lediglich die aus seiner Sicht albernen weißen Spitzenkragen stachen hervor. Alle schauten ernst und finster drein. Xaviers Vater hatte damals nicht verstanden, warum sie ihn ängstigten, für diesen waren es die glorreichen Vorfahren, alles wichtige Männer.

Seit Jahrhunderten hatte die Familie das Schicksal der Insel mitbestimmt. Sein Vorfahr Rodrigo de Góngora war als Vasall von Pedro IV. von Aragón mit dessen Heer 1343 bei Peguera an Land gegangen. In der Schlacht bei Santa Ponça trafen sie dann erstmals auf die Truppen von Jaume III. von Mallorca, um diesen schließlich im Jahr 1349 bei Llucmajor vernichtend zu schlagen. Laut der Familiengeschichte war es Xaviers Vorfahre Rodrigo de Góngora, der dem mallorquinischen König den finalen Stoß versetzt und getötet hatte. Manche behaupteten sogar, dass er dem König das Schwert bis zum Griff in den Leib getrieben hatte. Wie auch immer, aus Dankbarkeit für seine Dienste hatte Pedro IV. seinem Ritter Rodrigo de Góngora die Güter als Lehen gegeben, welche die Familie auch heute noch teilweise bewirtschaftete.

Xavier fand die Familiengeschichte schwierig und sie war ihm sogar ein bisschen unangenehm, schließlich ging nach der Schlacht von Llucmajor die Unabhängigkeit des Königreiches Mallorca verloren. Und Jaume III. war immerhin ein legitimer Nachfolger des legendären Jaume el Conqueridor. Dieser hatte 1229 die Insel von den Mauren zurückerobert und an der Stelle der einstigen Hauptmoschee mit dem Bau der Kathedrale von Palma begonnen, die er ausdrücklich der Jungfrau Maria weihen ließ.

In den folgenden Jahrzehnten war das Königreich Mallorca unabhängig, sah sich aber ständig mit Ansprüchen des Hauses Aragón konfrontiert. Als Pedro IV. den Thron bestiegen hatte, hatte er dann erneut nach Mallorca gegriffen. 1343 hatte er seinen Vetter Jaume III. wegen Konspiration mit den Feinden Aragóns schuldig sprechen lassen, ihm seinen Besitz aberkannt und anschließend Mallorca erobert. Für Pedro IV. und für Rodrigo de Góngora war Jaume III. ein Verräter, der den Tod verdient hatte. Aus Sicht vieler Mallorquiner aber hatte die Insel damals ihre Unabhängigkeit verloren.

Xavier schämte sich, dass seine Vorfahren am Verlust der Eigenständigkeit der Insel beteiligt gewesen waren. Hinzu kam, dass er auch mit der jüngeren Geschichte seiner Familie haderte. Sein Urgroßvater Carlos de Góngora hatte in Madrid Rechtswissenschaften studiert und dort José Antonio Primo de Rivera kennengelernt. Dieser war ein Sohn des Generals und Diktators Miguel Primo de Rivera, der Spanien von 1923 bis 1930 regiert hatte. Carlos de Góngora war fasziniert von seinem Kommilitonen, der stundenlang über ein neues Spanien referieren konnte, und hatte dessen Gedankengut in sich aufgesogen. Entsprechend war er auch eines der ersten Mitglieder der faschistischen Falange geworden, die Primo de Rivera gemeinsam mit einigen Mitstreitern im Oktober 1933 gegründet hatte.

Aufgrund seiner Zugehörigkeit zur faschistischen Bewegung und der gemeinsamen Herkunft von Mallorca war Carlos de Góngora auch eng mit Juan March verbandelt gewesen. Dieser hatte ein Vermögen mit Schweinehandel, Grundstücksspekulationen sowie dem Schmuggel von Waren gemacht. Das Geld daraus war auch die Basis für die Banca March, die er 1926 gegründet hatte. Mit seinem Vermögen und seiner Zeitung ABC hatte March den Flug von General Francisco Franco von Las Palmas de Gran Canaria nach Tétouan in Marokko finanziert, wo Franco das Kommando über das spanische Afrikaheer übernommen hatte.

Dies war der Beginn des spanischen Bürgerkriegs, von dem auch Mallorca nicht verschont geblieben war. Xavier wusste, dass Carlos de Góngora an den Auseinandersetzungen auf der Insel beteiligt gewesen war. Und er hatte gehört, dass es bei den Aktionen, die sein Urgroßvater angeführt hatte, zahlreiche Opfer gegeben hatte. Auch wurde dieser mit Verbrechen wie Folter und der Ermordung politischer Gegner in Verbindung gebracht.

Es waren nur Gerüchte, aber Xavier fürchtete, dass da etwas Wahres dran war und sogar einige der Taten im Herrenhaus oder anderen Gebäuden auf ihrem Grund begangen worden waren. Er hatte seinen Großvater vor dessen Tod auf Carlos‘ Aktivitäten angesprochen, aber der hatte das als üble Nachrede von Neidern abgetan. Allerdings wusste Xavier auch, dass sein Großvater dem Franco-Regime nahe gestanden und von diesem profitiert hatte. So wie andere Großgrundbesitzer hatte er den Franquismus unterstützt und der Diktator hatte es ihnen beispielsweise mit staatlich garantierten Abnahmepreisen gedankt. Xavier war sich nicht sicher, wie sein Vater zu dem Teil der Familiengeschichte stand. Als er vor einiger Zeit ein Fotoalbum gefunden hatte, in dem Bilder seines Urgroßvaters und Großvaters mit General Franco enthalten waren, hatte der Conde es ihm wortlos aus der Hand genommen und weggelegt.

„Kommst du Xavi? Wir müssen los, sonst kommst du zu spät zur Schule.“ Xavier drehte sich um und sah Ana im Eingang des Esszimmers stehen. Sie trug eine Sonnenbrille, ihre Handtasche über der Schulter und winkte ungeduldig mit dem Autoschlüssel.

„Ja, sofort. Ich muss noch kurz hoch, meine Tasche und mein Smartphone holen.“

Ana drehte sich um und ging den Gang in Richtung Haustür. Xavier warf noch einen kurzen Blick auf die Bilder seiner Vorfahren. Er hob die rechte Hand und streckte ihnen den Mittelfinger entgegen. Dann stand er auf und folgte Ana.

*

Er spürte, wie er einen leichten Schlag in die Seite bekam, dann noch einen und noch einen. Unterbewusst griff er sich an die Stelle und legte seine Hand dort hin. Dann spürte er erneut, wie er getroffen wurde und etwas Warmes an seiner Hand entlang nach unten rieselte. Jan wurde wach.

Langsam drehte er sich von der Seite auf den Rücken und setzte sich aufrecht hin. Aufgrund der Bewegung rutschte Sand von seinem Körper nach unten auf den Boden. Jan schaute sich um und erblickte neben sich einen etwa vier

Jahre alten, mit einer Schüppe bewaffneten Jungen. Der Kleine hatte ihn offensichtlich mit Sand beworfen und sah ihn nun neugierig an. „Was hast du gemacht?", fragte er und zeigte dabei auf Jans Nase.

Unweigerlich griff Jan nach ihr, ließ aber schnell wieder ab, als der Schmerz der vergangenen Nacht erneut aufbrandete. Zögerlich führte er seine Hand wieder ans Gesicht. Er konnte die Serviettenröllchen fühlen, die immer noch aus den Nasenlöchern lugten. Vorsichtig begann er an einem zu ziehen, stoppte aber sofort wieder, als er spürte, dass es an der Innenwand der Nase festklebte.

„Pauuul, … was machst du da? Komm sofort her!"

Jan drehte sich um und schaute in das Gesicht einer Frau, die ihn angewidert anblickte. Es war offensichtlich die Mutter des Kleinen.

„Das ist ja ekelhaft, hier ist ein Familienstrand und dann liegen hier morgens schon Penner rum", sagte sie in Jans Richtung. „… Komm schon Paul … und guck bitte weg."

Schnell nahm sie den Jungen an die Hand und zog ihn hinter sich her zu ihrer Strandliege, die in etwa zehn Metern Entfernung stand.

Jan schaute an sich herunter und stellte fest, dass er immer noch das blutige rotweingetränkte Hemd trug. „Mann, war das ein Tag gestern", schoss es ihm durch den Kopf und er ließ sich nach hinten auf seine Ellenbogen fallen. Nachdem er eine Weile aufs Meer geschaut hatte, griff er in seine Hosentasche, um sein Telefon herauszuholen: Es war 11:10 Uhr. Offensichtlich hatte er etwa vier Stunden geschlafen – dafür fühlte er sich erstaunlich gut. Als er das Telefon wieder in die Tasche schieben wollte, spürte er neben sich im Sand etwas liegen. Er nahm den Gegenstand in die Hand und stellte fest, dass es ein Schlüssel war, der ihm offensichtlich aus der Tasche gerutscht war. Ach ja, ich bin jetzt ja Besitzer einer Yacht! … Und von unglaublich viel Geld. Während er das dachte, fing Jan herzhaft an zu lachen. Er versuchte sich die Bilder der vergangenen Nacht wieder ins Gedächtnis zu rufen. Da noch der Schleier des Alkohols darüber lag, dauerte es einen Moment bis er sich erinnerte und sich die Bilder wie Puzzleteile zu einem Ganzen zusammenfügten. Ungläubig schüttelte Jan den Kopf, er konnte es nicht fassen. Vor Freude über seinen Gewinn schlug er mit der flachen Hand auf den Sand.

Nachdem er noch einen Moment über den unglaublichen Verlauf des gestrigen Abends nachgedacht und das Treiben am Strand beobachtet hatte, stand er auf und ging in Richtung Meer. Auf dem Weg dorthin zog er sein Hemd aus und warf es in eine der Mülltonnen, die auf dem Strand verteilt standen. Als er fast am Wasser angekommen war, entkleidete er sich bis auf die Boxershorts, legte seine Sachen auf einem kleinen Haufen zusammen und stürzte sich in die Fluten. Mit kräftigen Kraulzügen durchpflügte er das Meer. Als er die Anstrengung in seinen Armen spürte, drehte er sich flach auf den Rücken und ließ sich vom Salzwasser tragen. Jan schaute in den blauen Himmel und genoss den Moment. Alleine dafür liebte er sein Leben: jeden Tag ins Meer springen und das kalte Nass auf der Haut spüren zu können.

Nachdem er eine Weile vor sich hingetrieben war, schwamm er wieder in Richtung Strand. Bevor er das Wasser verließ, wusch er sich noch einmal vorsichtig das Gesicht und entfernte endlich die Serviettenröllchen aus seiner Nase, dann ging er an Land.

Auf dem Weg zu seinem Kleiderstapel zog er sich die nassen Boxershorts aus und warf sie gemeinsam mit den Serviettenresten zu seinem Hemd in die Mülltonne. Anschließend schlüpfte er nass und nackt wie er war und unter dem kritischen, aber gebannten Blick von ‚Pauuuls' Mutter in seine Jeans. Er strich mit seinen Händen durch das feuchte Haar und schob es nach hinten aus seinem Gesicht. Dann nahm er seine Schuhe in die Hand, winkte ‚Pauuul' noch ein Mal freundlich zu und machte sich auf den Weg.

Jan schlenderte den Strand entlang, nahm dann die Stufen hoch in Richtung Carrer de'l Agulla, der Straße zwischen Bucht und Hafen. Er passierte den kleinen Kreisverkehr, ging weiter hangaufwärts und folgte dann der Straße. In einem der Supermärkte auf dem Weg kaufte er sich ein Schinken-Käse-Sandwich und eine Flasche Wasser. Dabei scherzte und flirtete er gut gelaunt mit der Verkäuferin.

Nach einem gemütlichen Spaziergang erreichte er nach einer Weile das ‚Bon Vivant'. Inés stand bereits wieder hinter der Theke und blickte ihn erstaunt an, als er ihr Lokal betrat.

„Hola Jan!"

„Hola Inés!"

„Was ist geschehen? Wo ist dein Hemd geblieben?"

„Das ist eine lange, kuriose, aber auch sehr coole Geschichte. Kann ich bitte einen Café con Leche haben."

„Klar, … wenn du mir die Geschichte erzählst." Sie lächelte ihn an und als sie gerade ihren Kopf der Kaffeemaschine zuwenden wollte, stutze sie. Inés schaute Jan einen Moment intensiv an, dann fragte sie: „Was ist mit deiner Nase passiert? … Und wo hast du denn nun geschlafen?"

Während Inés mit geschmeidigen Bewegungen seinen Kaffee zubereitete, berichtete Jan von seiner Nacht und von dem, was ihm so alles zugestoßen war. Nur als der Name Terrible Terry fiel, schaute sie kurz auf und Jan ernst an. Als er geendet hatte, fragte sie skeptisch: „Du willst mir also sagen, dass du gestern Abend fünfundzwanzigtausend Euro und eine Yacht beim Pokern gewonnen hast?"

„Nicht ganz, es waren ‚nur' zweiundzwanzigtausendfünfhundert Euro", während Jan das sagte, grinste er Inés an. „… Ist das nicht unglaublich geil? Zwei-und-zwan-zig-tau-send-fünf-hundert Eu-ro" Er betonte jede Silbe, um dann schneller fortzufahren: „Und eine Yacht!" Jan riss die Arme vor Freude in die Luft. Dann fragte er ernst: „Sieht meine Nase eigentlich sehr schlimm aus? Ich habe noch nicht in den Spiegel geguckt."

Erneut schaute Inés ihn intensiv an, dann antwortete sie: „Es geht, sie ist ein bisschen angeschwollen und du hast ein leichtes Veilchen unter dem rechten Auge." Während sie antwortete, vollendet Inés einen perfekten Café con Leche und stellte diesen vor Jan auf die Theke. Dann schaute sie ihn an und begann mit ernster Stimme: „Du weißt aber schon, dass Glücksspiel in Spanien verboten ist."

Jan rollte mit den Augen.

„Und weißt du eigentlich, mit wem du da gestern gespielt hast?“

„Ja klar, mit Alex, zwei Freunden von ihm, dem Überraschungsgast …“

Bevor er weiterreden konnte unterbrach Inés ihn: „Und Terrible Terry.“

„Ja, und?“

„Terrible Terry ist der Chef von Skull MC auf Mallorca.“

Jan zuckte fragend mit den Schultern.

„Das ist ein Rocker-Club aus England, der sich hier auf der Insel niedergelassen hat. Denen werden immer wieder kriminelle Machenschaften wie Schutzgelderpressung oder Drogen-, Waffen- und Menschenhandel vorgeworfen. … Und ich weiß von Rubén, dass die Polizei immer mal wieder gegen die Rocker ermittelt. Bisher konnten sie denen nur noch nichts nachweisen.“

„Cool, ich habe mit einem echten Rockerchef gepokert.“ Jan grinste. Als Inés keine Miene verzog, hob er erneut an: „Hey, … das wusste ich nicht und man hat ihm das nicht angemerkt. Außerdem mochte er mich. Er war echt nett.“

„Na ja, allein bei den Summen hättest du skeptisch werden müssen, oder?“

„Och komm, … Alex hat ja auch mit gespielt. Den kennst du wahrscheinlich länger als ich und ich glaube nicht, dass er mit kriminellen Machenschaften zu tun hat.“

Inés schwieg.

„Und das mit dem Pokern musst du vielleicht nicht Rubén erzählen“, fuhr Jan fort. „Er muss es ja nicht wissen. … Dein Mann war gestern übrigens wieder ein ziemlicher Stinkstiefel.“ Jan versuchte, das Thema zu wechseln.

Inés schaute ihn fragend an. Offensichtlich kannte sie das Wort nicht, daher fuhr Jan fort: „Sagen wir es mal freundlich: Er war nicht gerade nett zu mir.“

„Ich weiß.“ Inés schaute Jan entschuldigend an. „Er hat derzeit einfach viel zu tun. Beispielsweise hatte er gestern Frühschicht und gerade als er Feierabend machen wollte, kam noch ein arroganter Banker aus Frankfurt und hat ihn mit einer Lappalie genervt.“

„Iiih, ein Deutscher.“

Inés ignorierte seine Provokation und fuhr fort: „Er hat ihn dann zwar weggeschickt, aber weil er ja sehr gewissenhaft ist, hat Rubén dennoch einen Vermerk geschrieben. … Am Ende ist er ja immer sehr genau. Und er weiß, was Recht ist und was nicht.“ Während sie das sagte, blickte sie Jan streng an.

„Ja, ja, … aber ganz ehrlich: Keiner wurde gestern gezwungen mitzupokern, … alle haben freiwillig mitgemacht. … Außerdem hatte ich gestern den schlimmsten Tag meines Lebens. Ich habe jetzt keinen Job und keine Wohnung mehr, da kommen das Geld und die Yacht genau richtig. Beides sind für mich der Eintritt in ein neues Leben – und heute ist der erste Tag davon!“, während er das sagte, hob Jan erneut die Arme in die Höhe.

Inés schaute ihn skeptisch an: „Was willst du jetzt machen?"

„Ich werde jetzt gleich mal nach Port d'Andratx fahren und die Yacht übernehmen. … Und vielleicht mache ich dann einen Bootsführerschein, von dem Geld kann ich ja eine Zeit lang leben. Und dann biete ich Touristen Segeltörns um die Insel oder Ausflüge an. … Dafür gibt es sicherlich einen Markt. Und wenn das gut läuft, dann kann man ja expandieren."

Inés schaut Jan ernst an. Sie spürte seine Euphorie und die positive Energie, die er endlich wiedergewonnen hatte. In den letzten Monaten war es Jan nicht gut gegangen, das wusste sie. Der Job im Hotel hatte ihn schon länger nicht mehr ausgefüllt, daher war er häufig genervt und übellaunig. Von der positiven Ausstrahlung, die sie so an ihm liebte, war oftmals nichts mehr zu spüren. Somit hatte es ihrer Einschätzung nach auf der einen Seite sogar etwas Gutes, dass er seinen Job verloren hatte. Doch auf der anderen Seite wurde sie von einer unendlichen Traurigkeit übermannt, die sie selbst überraschte. In den letzten Jahren war Jan fast täglich bei ihr im Café gewesen und manchmal hatte sie mit ihm mehr Zeit als mit ihrem Mann verbracht.

Sie versuchte ihrer Stimme einen möglichst neutralen Klang zu geben, als sie weiter sprach: „Das heißt aber auch, du ziehst weg."

„Na ja, wegziehen. Ich bleibe ja auf der Insel und wenn ich will, bin in einer Stunde hier."

„Anderthalb."

„Ja, vielleicht auch anderthalb. … Aber ich bin ja nicht aus der Welt und vielleicht verlege ich mein Boot irgendwann nach Cala Rajada. Dann können wir immer gemeinsam raussegeln."

„Ja", antwortete Inés knapp.

„Ich mach mich jetzt mal auf den Weg. Ich bin neugierig auf meine neue Yacht." Jan grinste, griff in seine Hosentasche und kramte ein Bündel großer Geldscheine heraus. Er fingerte einen Hunderteuroschein hervor und hielt ihn Inés hin: „Kannst du wechseln?"

Sie verzog den Mund. „Nein, natürlich nicht. Hast du mal auf die Uhr geguckt? … Der Kaffee geht aufs Haus."

„Vielen Dank! … Ich muss jetzt los, mein neues Leben wartet", während Jan das sagte, strahlte er sie über das ganze Gesicht an.

Inés lächelte gequält: „Dann wünsche ich dir viel Erfolg und alles Gute."

Jan war zu euphorisch, um den bitteren Klang in ihrer Stimme wahrzunehmen. Er winkte noch einmal kurz, drehte sich um und verließ das ‚Bon Vivant'. Traurig blickte Inés ihm hinterher – gerne hätte sie ihn zum Abschied in den Arm genommen.

*

Als Rolf nach seiner Morgentoilette das Deck betrat, saß Magda wieder auf ihrem Platz auf dem Lounge-Sofa. Lustlos blätterte sie in einem ihrer Hochglanzmagazine und studierte den Klatsch über Schauspieler, Sänger, die europäischen Königshäuser und andere mehr oder weniger prominente Personen. Rolf verabscheute diese Zeitschriften und er konnte nicht nachvollziehen, wie man am Tun oder Leid anderer seine Neugier befriedigen konnte. Und er war immer schon der Meinung gewesen, dass Menschen Klatsch nur dann benötigten, wenn ihnen ihr eigenes Leben zu langweilig war. Seine Ablehnung Klatsch gegenüber hatte sich noch stärker verfestigt, als er damals mit Magda zusammen gekommen war und der ganze Ort über ihn gesprochen hatte.

„Guten Morgen mein Schatz“, begrüßte er sie liebevoll.

„Guten Morgen.“ Magda schaute nur kurz auf und widmete sich dann wieder ihrer Lektüre.

Rolf blickte sie verkniffen an. Ohne einen weiteren Ton zu sagen, ging er an ihr vorbei zum Heck, mit dem seine ‚Prinzessin‘ – den Namen hatte er der Yacht zu Magdas Ehren gegeben – am Kai lag. Wie jeden Morgen prüfte er die Knoten der Taue und den richtigen Sitz der Fender.

Nachdem er das Heck untersucht hatte, ging er prüfend an der Backbordseite vorbei zum Bug. Dort angekommen hielt er einen Moment inne. Er blickte den Kai entlang und betrachtete die stolzen Motoryachten und großen eleganten Segelboote, die wie seine ‚Prinzessin‘ mit dem Heck vertäut waren. Er liebte diesen Anblick, wie die Schiffe in Reihe und Glied lagen und ihre meist hellen Körper in der Sonne strahlten. Eine Brise verfing sich in den Takelagen der Segelboote und ließ die Drähte tanzen und aufheulen. Rolf sog den Anblick, die Geräusche, die Luft in sich auf und gab sich ganz dem Moment hin.

Nachdem er die Atmosphäre eine Zeit lang genossen hatte, wandte er sich der Steuerbordseite seiner Yacht zu und ging an der Reling entlang nach hinten. Beim Prüfen der Fender fiel sein Blick unweigerlich auf das neben seiner ‚Prinzessen' liegende Segelboot. Dieses war erheblich niedriger und kleiner und war mit einer Länge von etwas mehr als zwölf Metern nicht mal halb so groß wie seine Yacht. Das einstmals wunderschöne und stolze Segelboot befand sich in einem jämmerlichen Zustand und der Anblick machte Rolf aggressiv. „Dieser Seelenverkäufer geht mir unglaublich auf die Nerven, ich kann dir gar nicht sagen wie sehr!", rief er Magda zu.

„Warum?", hörte er sie gelangweilt fragen.

Rolf rollte mit den Augen und beschloss ihre Frage zu ignorieren. „Dass sich keiner um das Boot kümmert …"

„Dann sprech …"

„Das heißt sprich", unterbrach Rolf sie.

„Na dann rede doch einfach noch mal mit dem Hafenmeister."

„Das hab ich doch bereits mehrmals getan. Alles was er mir sagt, ist, dass der Liegeplatz bezahlt ist. Und er könne nichts daran ändern, dass mir der Anblick nicht gefällt."

Rolf merkte, wie er sich immer mehr aufregte und sein Blut in Wallung geriet.

„Frag ihn doch, ob wir einen anderen Liegeplatz bekommen können."

„Nein! Das sehe ich gar nicht ein. Der Liegeplatz ist perfekt, wir haben hier die beste Sicht. Und außerdem lagen wir schon vor dem Schrotthaufen hier. Ich sehe nicht ein, warum ich den Platz wechseln sollte."

„Du wolltest dich außerdem um ein Haus kümmern. Ich will nicht mehr auf einem Schiff wohnen. … Und ich will einen Pool haben. … Und du wolltest dich um einen neuen Wagen kümmern, ich habe keine Lust mehr, ständig mit dem Taxi zu fahren. Man kommt kaum von Pontius nach Pilatus."

Rolf schloss genervt die Augen. Redewendungen waren nicht Magdas Stärke. Dennoch entschied er sich dafür zu schweigen, er hatte einfach keine Lust mehr auf diese Diskussionen, zumal er die Mischung aus Abenteuer und Jet Set liebte, die er immer auf seiner ‚Prinzessin' verspürte. Entnervt betrat Rolf die Terrasse seiner Yacht und setzte sich auf das andere Lounge-Sofa gegenüber von seiner Frau. Wie jeden Morgen nahm er seine Zeitung zur Hand und wollte gerade mit dem Studium beginnen, als ein Handy klingelte. Genervt schaute er Magda an: „Ist das deins oder meins?"

„Deins", antwortete sie knapp.

Rolf klappte die Zeitung wieder zusammen, strich sie mit der rechten Hand glatt, legte sie fein säuberlich neben sich auf das Sofa, erst dann stand er auf. Er betrat das Innere des Boots und schaute sich suchend um, bis sein Handy erneut klingelte und er dieses auf dem Wohnzimmertisch liegen sah. Schnell nahm Rolf das Gerät in die Hand, drückte den Annahmeknopf und meldete sich: „Kaltenbrenner."

„Lauenburg", meldete sich die Stimme auf der anderen Seite der Leitung.

Einen Moment herrschte Stille, dann sagte Rolf voller Freude: „Carl Friedrich? … Mensch, das ist ja eine Überraschung! Wie geht es dir?"

„Gut und wie geht es euch?", fragte Lauenburg. „Wie lebt es sich auf Mallorca?"

„Prima! Wie es einem eben geht, wenn man Privatier ist. Magda und ich genießen das Leben, spielen Golf, Essen gut und lassen den lieben Gott, einen guten Mann sein. … Und bei dir? Bist du immer noch in deiner Bank aktiv?"

„Ja, ja, natürlich. Und du weißt, wie es den Banken geht: Wir hatten ein paar unangenehme Jahre. Loutre hat diese aber im Gegensatz zu manchem Wettbewerber gut gemeistert. Bei uns sieht es gut aus und aktuell besser denn je", antwortete Lauenburg. Aber selbst wenn es dem Bankhaus schlecht gehen würde, hätte er das niemals jemand anderem gegenüber eingestanden, schon gar nicht seinem alten Studienfreund Kaltenbrenner gegenüber.

„Arbeitest du immer noch so viel?", fragt Rolf.

„Quasi rund um die Uhr. … Aber das ist ja gut so, du kennst das ja: Wenn man erfolgreich ist, dann macht das ja auch viel Freude."

„Absolut! … Ich bin aber froh, dass ich den Stress nicht mehr habe. … Wann haben wir uns eigentlich das letzte Mal gesehen?", wechselte Rolf das Thema. Seitdem er nicht mehr arbeitete, redete er nicht mehr gerne über das Geschäft. Auch wenn er den Verkauf der Firma nicht bereute, so gaben ihm solche Themen immer das Gefühl, zum alten Eisen zu gehören.

„Ich glaube, bei irgendeinem Geburtstag", antwortete Lauenburg.

„Stimmt, aber das muss jetzt auch schon wieder vier oder fünf Jahre her sein."

„Ja, … absolut. Aber wir können das heute noch ändern."

„Ach was?"

„Ich bin in Palma und würde euch gleich gerne besuchen. … Ich bin neugierig auf dein neues Domizil und darauf, wie ihr so lebt."

Rolf lächelte breit. „Sehr, sehr gerne! Da freuen wir uns. Wann bist du hier?"

„So in einer Stunde?"

„Perfekt, fahre einfach zum Yachthafen in Port d'Andratx. Hast du einen Mietwagen oder nimmst du ein Taxi?"

„Ein Taxi."

„Dann lass dich einfach am Eingang vom Yachtclub absetzen und ruf noch mal kurz an. Ich hole dich dann ab."

„So machen wir es, bis gleich."

„Ich freu mich!", Rolf drückte die rote Taste, um das Gespräch zu beenden. Dann legte er sein Handy auf den Tisch, schaute aus dem Panoramafenster auf die Terrasse der Yacht und grinste. Er freute sich auf seinen alten Freund und die Abwechslung. Lauenburg und er hatten sich an ihrem ersten Studientag in Tübingen kennengelernt und gemeinsam eine intensive Zeit verlebt. Nach dem Abschluss war Lauenburg dann zurück nach Frankfurt gegangen und Rolf in den elterlichen Betrieb. Und wie bei so vielen anderen auch, wurde der Kontakt aufgrund von Karriere und Familie über die Jahre immer weniger und meist hatten sie sich nur noch bei Hochzeiten oder Geburtstagen von gemeinsamen Freunden gesehen. Dann war die Freude aber stets groß und zusammen hatte man von den alten ‚Heldentaten' geschwärmt und in Erinnerungen geschwelgt. Die Verbundenheit zwischen beiden war nach all den Jahren immer noch groß und Rolf freute sich auf ein Wiedersehen.

Er durchquerte das Wohnzimmer und trat auf die Terrasse: „Magda, wir bekommen Besuch. Du wirst nicht glauben, wer gerade angerufen hat."

## Freitag, 16. Mai, 13:00 Uhr

„Soll ich noch eine Flasche Wein bestellen? Wer weiß, wann wir uns das nächste Mal wiedersehen“, Rolf lachte, während er das sagte.

Als Lauenburg am Yachtclub in Port d‘ Andratx angekommen war, hatte er Rolf angerufen, der ihm daraufhin den Liegeplatz seiner ‚Prinzessen‘ genannt und den Weg dorthin beschrieben hatte. Beide waren sich entgegengegangen und hatten sich auf halbem Weg getroffen. Die Freude war groß und wie immer hatten sie sich zur Begrüßung herzlich in den Arm genommen. Anschließend waren sie an Bord der ‚Prinzessin‘ gegangen und Lauenburg hatte auch Magda herzlich begrüßt.

Er hatte sie bisher vielleicht zwei Mal gesehen, war aber nach den Treffen stets von ihrem Charme angetan. Und auch dieses Mal hatte sie ihn charmant angelächelt und mit ihm angeregt Konversation geführt. Als sie ihren Arm um Rolf gelegt hatte und beide eng beieinander gestanden hatten, musste Lauenburg sich eingestehen, dass sie ein sehr hübsches Paar abgaben. Er hatte es als beneidenswert empfunden, dass Rolf und Magda offensichtlich sehr glücklich miteinander waren.

Nach einer Führung durch die Yacht, die Lauenburg durchaus beeindruckt hatte, und einem gemeinsam Kaffee, hatte Rolf vorgeschlagen, dass die Männer in eines der Restaurants auf der anderen Seite der Bucht gehen. Lauenburg hatte sofort zugestimmt: Er wollte noch ein Thema mit seinem Freund alleine besprechen und war froh, sich bewegen zu können. Sie waren dann am Wasser entlanggegangen und hatten sich gegenseitig berichtet, was seit ihrem letzten Treffen geschehen war. Es war ein intensives Gespräch und die zwanzig Minuten Fußmarsch waren wie im Fluge vergangen.

Inzwischen saßen sie seit etwa einer Stunde auf der Terrasse eines der Restaurants in Port d'Andratx. Sie hatten gegrillte Garnelen als Vorspeise genossen und schauten aufs Wasser, auf dem die Sonne funkelte.

Ein nahezu perfekter Moment, dachte Lauenburg. Mit einem alten Freund, bei gutem Essen und fantastischem Wein in der Sonne sitzen, aufs Meer schauen und über alte Zeiten plaudern. Aber er konnte den Moment nicht wirklich genießen, zu sehr brannte ihm das Thema auf der Seele. Er musste mit Rolf darüber sprechen, war sich aber noch nicht sicher, wie er es angehen sollte.

„Wie sieht es denn nun aus, nehmen wir noch eine Flasche? Komm, so jung kommen wir nicht mehr zusammen. Du musst unbedingt den Roten von Macià Batle probieren. Der Weiße, den wir getrunken haben, ist schon gut, aber so richtig gut macht das mallorquinische Weingut den Rotwein. Passt zwar nicht ganz zu deiner Dorade, dafür aber perfekt zu meinem Steak." Während er das sagte, lachte Rolf und noch bevor Lauenburg reagieren konnte, winkte er den Kellner mit einer dezenten, aber bestimmenden Geste zu sich: „Bringen Sie uns bitte noch eine Flasche vom 2012er Reserva von Macià Batle."

Anschließend wandte Rolf sich wieder seinem Freund zu: „Erinnerst du dich noch als unseren Kommilitonen, … wie hieß er noch? … Rodenkirchen, oder? … Genau, Peter Rodenkirchen … Weißt du noch, als Peter Rodenkirchen nach einer durchzechten Nacht sein Weißbier mit in sein Hochbett genommen hat. Als er dann schlafen wollte, hat er noch sein Bier runterbringen wollen und war beim Herabsteigen irgendwie mit den Beinen an der Leiter hängen geblieben, sodass er Kopfüber nach unten gesegelt war."

„Stimmt", unterbrach Lauenburg ihn gequält.

„Unter Höllenschmerzen hat er sich irgendwie wieder die Leiter hochgequält und ist dann eingeschlafen. Am nächsten Tag hat sich dann herausgestellt, dass er sich bei dem Sturz Bänderdehnungen an beiden Füßen zugezogen hat. Er musste doch dann Wochen mit Krücken herumlaufen."

Rolf lachte und machte auf dem Tisch Platz, damit der Kellner die Teller mit dem Steak und der Dorade auf den Tisch stellen konnte.

„Ja, das war eine tolle Zeit und manches Mal wünsche ich mir die Unbeschwertheit zurück", begann Lauenburg nach einer kurzen Pause, in der beide zu essen begonnen hatten. „Ich habe aber noch ein wichtiges Thema, das mir auf den Nägeln brennt und das ich mit dir besprechen möchte."

Rolf bemerkte, dass sich Lauenburgs Stimme verändert hatte und jetzt noch mal deutlich ernster klang. Eindringlich schaute er seinen Freund an, als dieser weiter sprach.

„Du kennst doch meine Tochter, oder?"

„Natürlich, Friederike Luise. Wie geht es ihr? Ich glaube, ich habe sie das letzte Mal gesehen, da war sie zwölf oder dreizehn. War das bei einem Geburtstag von dir? … Ich erinnere mich, dass sie auffällig lange blonde Haare hatte."

„Die blonden Haare hat sie immer noch. Und es kann sein, dass du sie vor zehn Jahren bei meinem fünfzigsten Geburtstag gesehen hast – damals war sie dann zwölf, sie wird bald zweiundzwanzig."

„Mann, zweiundzwanzig. Wie die Zeit vergeht. … Wie geht es ihr? Was macht sie? Studiert sie?"

Lauenburg rutschte auf seinem Stuhl hin und her, dann richtete er sich auf und verschränkte die Arme vor der Brust. Er wusste immer noch nicht genau, was und wie er es sagen sollte und schwieg.

Obwohl Rolf sich inzwischen wieder intensiv seinem Steak gewidmet hatte, bemerkte er die Unterbrechung und schaute auf. Er kniff die Augen zusammen, dann fragte er: „Was ist los?"

Lauenburg schaute ihn an und holte tief Luft, dann sagte er: „Ich weiß nicht, wie es Friederike geht. … Sie ist verschwunden."

Rolf legte Messer und Gabel beiseite, nahm sein Glas Wein in die Hand und lehnte sich zurück. Seine Aufmerksamkeit gehörte nun ganz seinem Freund: „Wie, verschwunden? Ist sie untergetaucht?"

„Ich habe seit etwa fünf Wochen kein Lebenszeichen mehr von ihr." Lauenburg machte eine Pause und blickte aufs Meer. Dann fuhr er fort: „Es klingt vielleicht komisch, aber es ist bei uns normal, dass wir manchmal wochenlang nichts voneinander hören. … du weißt, wie das ist, wenn man viel arbeitet und im Stress ist, dann fliegen die Tage auch schon mal so dahin. Man hat andere Dinge im Kopf, die wichtig und dringlich sind und dann geht das manchmal unter."

Rolf nickte, er kannte das aus der Zeit, als er selber noch beruflich aktiv war, da war seine Familie auch manches Mal zu kurz gekommen.

Lauenburg fuhr fort: „Dass wir selten sprechen ist auch nicht so schlimm. Friederike lebt ihr eigenes Leben. … Nach dem Abitur hatte sie bei der hessischen Landesbank eine Ausbildung zur Bankkauffrau gemacht. Was ich gut fand und sehr unterstützt habe, weil sie damit die Grundlagen des Bankwesens kennenlernen konnte. Anschließend hatte sie studieren sollen: entweder in London oder – weil ich nicht sicher war, ob sie aus Frankfurt weg wollte – an der European Business School in Oestrich-Winkel. Nach der Ausbildung hatte sie dann aber gemeint, sich erst ein Mal eine Auszeit nehmen zu müssen. Letztes Jahr im Sommer ist sie dann nach Mallorca gegangen."

Lauenburg machte eine kurze Pause, trank etwas Wasser, dann berichtete er weiter: „Die Auszeit hätte ein Jahr dauern sollen. Und eigentlich sollte sie dann jetzt zum Sommersemester mit dem Studium beginnen. … Aber nun ist sie wie vom Erdboden verschluckt und ich habe keine Ahnung, wo sie ist." Sein Mund war trocken und er musste erneut etwas trinken.

„Du erreichst sie nicht auf dem Handy?", fragte Rolf.

„Nein, das Handy ist meist aus. SMS-Nachrichten beantwortet sie nicht. Und auf dem Festnetzanschluss erwische ich sie auch nicht."

„Warst du schon an ihrer Wohnung?"

„Ja gestern, nachdem ich angekommen bin. Ich habe geklingelt, es hat aber niemand geöffnet. Daraufhin habe ich eine kurze Nachricht, dass Friederike sich bitte melden solle, auf eine meiner Visitenkarten geschrieben und diese in den Briefkasten geworfen. Danach habe ich mich vom Taxifahrer zur Polizei bringen lassen."

„Und was sagt die Polizei?"

Lauenburgs Mine verfinsterte sich noch mehr. „Es interessiert sie nicht. … Der Polizist meinte nur, ich solle mir keine Gedanken machen. Auf Mallorca würden regelmäßig junge Touristen aus Deutschland hängenbleiben. Geblendet vom Wetter und der unbeschwerten Urlaubszeit, würden diese denken, dass das Leben auf der Insel einfach sei. Meist kämen sie dann aber schnell auf den Boden der Tatsachen zurück, wenn sie merken würden, dass das Leben hier auch nicht einfacher, sondern oftmals sogar härter als in Deutschland ist. Daher solle ich mir keine Sorgen machen, sie werde schon wieder auftauchen."

Lauenburg hielt einen kurzen Moment inne und schaute aufs Wasser, dann hob er erneut an: „Ich soll mir keine Sorgen machen: Aber wie soll das gehen? Der Polizist hat keine Ahnung. Ich weiß nicht, ob er selber Kinder hat – wahrscheinlich nicht."

Rolf schaute seinen Freund an und glaubte, hinter der Sonnenbrille Tränen erkennen zu können. „Und was hast du jetzt vor?“, fragte er vorsichtig.

„Ich weiß es nicht. … Ich weiß wirklich nicht, was ich machen soll. Das Thema hat mich in den letzten Wochen so beschäftigt, dass ich manchmal kaum einen klaren Gedanken fassen konnte. Und ich habe im Job derzeit wirklich enormen Druck. Ich muss auch heute wieder nach Frankfurt zurück, da wir morgen Aufsichtsratssitzung haben. Und nächste Woche habe ich auch noch Termine, die für Loutre wirklich wichtig sind. Ich muss wohl oder übel zurück – mein Flug geht um 16:30 Uhr.“

Rolf war besorgt um seinen Freund. So aufgewühlt hatte er diesen noch nie erlebt. Betroffen fragte er: „Kann ich irgendetwas für dich tun?“

Lauenburg schaute ihn dankbar an. Er griff mit Daumen und Zeigefinger der rechten Hand unter die Brille und rieb sich über seine Augen, dann sagte er: „Ja, bitte. Ich brauche deine Hilfe. Kannst du bei Friederikes Wohnung vorbei fahren und dich dort einmal umsehen oder vielleicht auch umhören? Möglicherweise findest du sie ja oder du bekommst etwas heraus, was uns auf ihre Spur bringt. … Ich meine, dass sie mit einem anderen Mädchen zusammenwohnt. Ich bin mir aber nicht sicher. Wenn ja, dann kann das Mädchen vielleicht helfen. Oder vielleicht der Vermieter oder die Nachbarn.“

„Selbstverständlich! Das mache ich gerne. Vielleicht ist sie ja da. Und wenn nicht, dann höre ich mich um und dann werden wir sie bestimmt schnell finden. Vielleicht hat sie einen neuen Job in einer Disco oder in einer Bar, arbeitet bis spät in die Nacht und hat keine Zeit ihren alten Herrn anzurufen. … Hat deine Exfrau mal was von ihr gehört?“

„Lori? Nein auch nicht. Das ist ja das Komische.“

„Wo wohnt Friederike? Hast du die Adresse ihrer Wohnung?“

„In El Arenal, in der Carrer Maria Antònia Salvà.“

Rolf schaute auf. Er war überrascht, dass die Tochter seines Freundes in der Hochburg der deutschen Partytouristen wohnte. Er hatte an Palma gedacht, vielleicht an einen der kleineren Orte an der Ostküste, aber nicht an El Arenal. Dennoch ließ er sich nichts anmerken: „Kannst du mir die Adresse aufschreiben oder per SMS schicken?“

„Selbstverständlich.“

Eine Weile saßen sie schweigend da. Während Rolf sich wieder seinem Steak widmete, stocherte Lauenburg eher lustlos in seinem Fisch herum. Irgendwann konnte Rolf es nicht mehr länger mit ansehen und durchbrach die Stille: „Machst du dir große Sorgen?“

„Ja. Auf der einen Seite sage ich mir, dass sie alt genug ist und sich sicherlich auch nicht unterkriegen lassen wird. Auf der anderen ist es ungewöhnlich, dass ich … das wir so lange kein Lebenszeichen von ihr erhalten haben.“

„Hm, ja das kann ich verstehen. Aber wahrscheinlich feiert sie einfach die Tage durch oder sie arbeitet vielleicht auch viel. Die Menschen auf Mallorca haben zeitlich ja einen anderen Rhythmus.“

„Ja, aber sie weiß, dass ich selber immer lange beschäftigt bin. Mich kann man auch nachts um zwei Uhr noch anrufen."

„Ja, aber wenn sie in einer der Discos arbeitet, dann wird sie noch später nach Hause kommen."

Lauenburg schwieg, dann sagte er: „Ja, aber wenn sie wirklich wollte, könnte sie mich erreichen. … Aber … vielleicht bin ich auch selbst schuld, dass sie sich von mir zurückgezogen hat …"

„Warum?", fragte Rolf, während er seinen Freund ernst anschaute.

Lauenburg wich dem Blick aus, dann antwortete er: „Wir haben uns in den letzten Monaten öfter gestritten …"

„Worüber?"

„… Ach, nichts Weltbewegendes, aber letztendlich ist es immer darauf hinausgelaufen, dass ich ihr sagte, dass ihr Lotterleben langsam mal ein Ende haben und sie endlich Verantwortung übernehmen müsse."

„Und jetzt hast du die Befürchtung, dass sie deswegen verschwunden ist?"

Zögerlich begann Lauenburg zu reden: „Nein, … ja, … vielleicht habe ich zu viel Druck ausgeübt. Man lässt sich im Job ja auch nicht auf der Nase herumtanzen. Sie sagte im letzten Gespräch zu mir, dass sie nicht meine Angestellte sei und auf meinen Befehl springe, wenn ich es denn wolle."

„So sind die jungen Leute, haben vor nichts mehr Respekt", als Rolf das sagte, dachte er kurz an seine Kinder, die sich nach der Scheidung von ihm abgewendet hatten. „Aber, es wird ihr schon nichts geschehen sein. Ich werde gleich morgen nach Arenal fahren, mich umschauen und morgen Abend meldet sie sich dann vielleicht schon bei dir."

Wieder schwiegen sie, dann wechselte Rolf das Thema: „Möchtest du noch einen Kaffee oder einen Espresso?"

„Danke, aber ich glaube, ich muss gleich mal los. Wie lange benötige ich von hier zum Flughafen? Ich muss vorher noch ins Hotel meinen Koffer abholen."

„Zwischen fünfunddreißig und vierzig Minuten – je nach Verkehr. Hast du vorhin ohne Probleme ein Taxi bekommen? Ich habe gehört die Taxifahrer streiken."

„Das war kein Problem. Mein Fahrer sagte mir, dass sie wahrscheinlich morgen streiken werden. Die Entscheidung ist aber wohl noch nicht gefallen. So wie er sagte, verhandeln ihre Vertreter mit der Stadt. Es geht irgendwie um Durchfahrtsrechte durch verkehrsberuhigte Bereiche und um Stellplätze?"

„Das ist ein Albtraum: Beide Seiten streiten sich schon seit Monaten darum und es gibt immer wieder Protestaktionen der Taxifahrer. Kürzlich sind sie einfach auf den Haupteinund -ausfallstraßen von Palma stehen geblieben und haben diese so über zwei Stunden gesperrt. Es herrschte das absolute Chaos."

„Dann werde ich mich am besten sofort auf den Weg machen. Muss ich zum Taxistand gehen oder kann der Wagen hierher kommen?"

„Kein Thema, wir bestellen ein Taxi. Ich gebe dem Kellner Bescheid."

Keine zehn Minuten später saß Carl Friedrich von Lauenburg im Fond eines Taxis und fuhr in Richtung Palma de Mallorca. Nachdem er seine ‚Angelegenheit' bei Rolf in guten Händen wusste, fühlte er sich deutlich erleichtert. Gedankenversunken schaute er aus dem Fenster und ließ die Landschaft an sich vorbeigleiten.

*

Nachdem Rolf sich von seinem Freund verabschiedet und ihm mehrmals versichert hatte, dass er sich um dessen Tochter kümmern und diese finden werde, hatte er die Rechnung bezahlt. Anschließend war er am Hafenbecken entlang zurück zum Yachtclub gegangen.

Auf dem gesamten Weg hatte er darüber nachgedacht, was ihm sein Freund beim Mittagessen erzählt hatte und sich gefragt, ob das Verschwinden von Friederike wirklich so dramatisch war. So ungewöhnlich war es ja nicht, dass sich Kinder im Erwachsenenalter schon mal längere Zeit nicht bei ihren Eltern meldeten. Rolf kannte das nur zugut von seinen Kindern. Und es war insbesondere nicht verwunderlich, wenn sich Friederike auf Mallorca befand und auf ihr Recht auf ein selbstbestimmtes Leben pochte. Auf der anderen Seite hatte Lauenburg noch nie zu Übertreibungen geneigt und Rolf freute sich, seinem alten Freund helfen zu können.

Als er den Eingang zum Yachtclub fast erreicht hatte, riss ihn laute Rockmusik aus seinen Gedanken. Er schaute nach rechts und sah, dass in einer Parkbucht ein alter roter Wagen stand. Das Fahrzeug war scheinbar gerade erst angekommen, zumindest lief der Motor noch und die Fenster waren heruntergelassen. Am Steuer konnte er einen Mann von etwa Mitte Dreißig erkennen, der offensichtlich aus vollem Hals mitsang. Was dieser sang, konnte Rolf aufgrund der lauten Musik nicht hören. Er hatte aber den Eindruck, dass es Deutsch war.

Er schaute den Mann an und schüttelte demonstrativ den Kopf, sodass der andere es sehen musste. „Was es für Proleten gibt", dachte Rolf bei sich. Er hasste es, wenn sich Deutsche auf Mallorca so verhielten, als wenn es ihre Insel wäre. Aus seiner Sicht waren alle Deutschen nur Gast. Er bog links in den Yachtclub ein und freute sich, dass hier die Welt noch in Ordnung und ohne Proleten war.

*

Nachdem Jan über Manacor und Montuiri in Richtung Palma gefahren war, hatte er die Hauptstadt passiert und war dann weiter an Palma Nova und Peguera vorbei nach Port d'Andratx gelangt. Im Ort war er am Kreisverkehr an der ersten Ausfahrt rechts abgebogen und auf dem Carrer des Saluet in Richtung Hafen gefahren.

Schon nach wenigen Metern hatte sich der Blick auf die Bucht eröffnet und Jan war überwältigt vom Anblick des türkisfarbenen Meeres und des wolkenlosen Himmels. Das

Herz war ihm aufgegangen und als just im gleichen Augenblick sein am Autoradio angeschlossener MP 3-Player eines seiner Lieblingslieder angespielt hatte, wurde die Ankunft in seinem neuen Leben erst recht zum perfekten Moment. Sofort hatte Jan das Autoradio lauter gedreht. An der nächsten Kreuzung hatte er sich rechts gehalten und war am Wasser entlang in Richtung Yachthafen gefahren. In Entfernung hatte er linker Hand bereits die ersten Boote sehen können, während er weiter lauthals mitgesungen hatte. Nach kurzer Zeit hatte Jan die ersten Ausläufer des Yachthafens erreicht. Er war daraufhin links abgebogen, auf den Parkplatz gefahren und hatte in einer der Parkbuchten gehalten.

Jan freute sich auf das neue Leben – wie auch immer es werden würde –, wollte das Lied aber erst noch zu Ende hören und sang weiter lauthals mit. Ein älterer Mann passierte den Bürgersteig vor ihm. Dieser schaute ihn ungehalten an und schüttelte demonstrativ den Kopf. Dem Aussehen und dem Kleidungsstil nach musste es ein Deutscher sein. Normalerweise hätte sich Jan über so viel deutsche Spießigkeit geärgert – er fand diese Typen schrecklich und insbesondere dann, wenn sie versuchten, ihre deutschen Ansichten und Lebensweise den Mallorquinern überzustülpen – aber heute lächelte Jan nur und sang weiter.

Im nächsten Moment verschwand der Spießer auch schon auf dem Gelände des Yachtclubs. Als das Lied zu Ende war, schaltete Jan den Motor aus, schloss die Fenster und stieg aus. Er holte seine Tasche aus dem Kofferraum und folgte dem Spießer.

Neugierig schaute Jan sich um: Das sollte also sein neues Zuhause werden. Es gefiel ihm. Gut gelaunt ging er nach rechts in Richtung einiger flacher weißer Gebäude. Als er diese fast erreicht hatte, konnte er bereits das Schild mit der Aufschrift ‚Marineria' erkennen. Jan ging auf die Hafenmeisterei zu und betrat das Büro durch die offene Tür. Gegenüber vom Eingang befand sich ein kleiner Schreibtisch, vor dem eine Frau stand, die sich angeregt mit einem Mitarbeiter unterhielt. Ein weiterer Mann saß auf einem Stuhl in der Ecke und begrüßte Jan mit einem freundlichen ‚Hola'.

Jan grüßte zurück und begann unmittelbar, seine Situation auf Mallorquin zu beschreiben, doch der Mann winkte ab. In gebrochenem Deutsch erklärte er, dass er kein Mallorquin könne und fragte, ob man nicht Deutsch oder Englisch sprechen könne. Ganz offensichtlich war es kein Einheimischer; dem Singsang nach vermutete Jan, dass der andere aus Griechenland kam. Entsprechend wechselte er ins Deutsche: „Ich habe ein Boot erworben. Das liegt hier und der Vorbesitzer hat gesagt, dass er die Papiere für mich hier bei Ihnen hinterlegen würde."

„Wie ist der Name der Schiff?"

„Santa Maria."

Der Grieche nickte. „Ja, Gerd war hier this morning und hat die Papieren abgegeben. … One Moment." Er stand auf und verschwand in einem hinteren, sich anschließenden Raum des Büros. Wenige Minuten später kam er zurück. In seiner Hand hielt er eine Din A 4-Dokumentenhülle, in der sich einige Schlüssel und die Papiere der ‚Santa Maria', befanden. Der Mann kippte den Inhalt auf die Theke. „Hier sind die Papieren und noch Ersatzschlüssel. The Boat is at the end von the Pier gegenüber von die Marineria." Während er das sagte, ging er zu einer Karte, die den Hafen zeigte und auf der sämtliche Liegeplätze eingezeichnet waren. Mit dem Zeigefinger tippte er auf die Stelle, wo das Boot liegen sollte.

Jan war aufgeregt und wollte endlich seine Yacht sehen: „Okay, wo muss ich dann lang?"

„Wenn Sie raus kommen, kurz left, am ersten Pier rechts und dann immer geradeaus." Der Hafenmitarbeiter machte eine kurze Pause, dann schloss er an: „Kommen Sie, ich fahr Sie." Zügig verließ der Mann das Büro. Eilig schnappte sich Jan seine Tasche und folgte ihm. Gegenüber der ‚Marineria' stand eines der kleinen weißen Fahrzeuge, mit denen Golfer sonst über den Platz fuhren. Mit einer lässigen Bewegung schmiss Jan seine Tasche hinten auf die Ablage und setzte sich neben den anderen Mann auf den Beifahrersitz.

Dieser trat aufs Gaspedal und unter dem Surren des Elektromotors setzte sich das Golf Cart in Bewegung. Nach ein paar Metern bogen sie rechts ab und fuhren den Pier entlang, der wie ein Finger in die Bucht von Port d'Andratx hinausragte. Sie sausten an Yachten unterschiedlicher Größe und Form vorbei. Als sie fast das Ende des Piers erreicht hatten, machte dieser einen leichten Knick nach links. Zügig passierten sie ihn, sodass Jan an der äußeren Spitze der Mole eine große Luxusyacht sehen konnte. Dahinter musste die ‚Santa Maria' liegen.

Als sie sich der Luxusyacht näherten, sah Jan auf der Terrasse des Schiffs einen Mann stehen. Der Kleidung nach zu urteilen, musste das der Spießer sein, den er vor nicht allzu langer Zeit am Eingang des Yachtclubs gesehen hatte. Neugierig schaute dieser in Richtung des Golf Carts, verschwand dann aber beim Näherkommen im Inneren seines Schiffs.

Unmittelbar hinter der Luxusyacht hielt der Hafenmitarbeiter an. „Da sind wir“, sagte er knapp.

Jan grinste. Schnell sprang er aus dem Golf Cart, nahm seine Tasche von der Ablage und ging um das Fahrzeug herum. Dann blieb er stehen. Fragend schaute er zu dem anderen Mann um. „Wo, ist es?“

„Gegenüber, in front of you.“

„Das hier?“, ungläubig zeigte Jan auf das Heck des vor ihm liegenden Bootes.

„Yes“, sagte der Grieche knapp.

Jan verschlug es die Sprache. Vor Schreck glitt ihm seine Tasche aus der Hand und schlug mit einem Knall auf den Boden. Das, was er sah, war nicht das, was er erwartet hatte. Vielmehr war es das genaue Gegenteil von dem, was er erwartet hatte. Jan hatte das Bild einer stolzen Yacht vor Augen gehabt, die weiß in der Sonne strahlte. Doch was er sah, war ein Haufen Schrott – zumindest wirkte das Boot so auf ihn.

Die ‚Santa Maria‘ lag mit dem Heck zum Pier und war mit diesem fest vertäut. Statt dass der Mast stolz in den blauen Himmel ragte, lag er quer über dem Deck des Bootes. Sein oberes Drittel ruhte auf der Metallstange des Spritzschutzes, der normalerweise Cockpit und Niedergang vor Gischt und

Sonne schützte. Offensichtlich war der Mast mit großer Wucht umgestürzt, sodass er das Rohr des Spritzschutzes mit seinem Gewicht und aufgrund der Kraft des Sturzes etwa zwanzig Zentimeter tief eingedrückt hatte. Das Segeltuch lag teils ungeordnet quer über dem Deck und teils hing es dort, wo es keine Deckberührung hatte, schlaff über dem Mast und von diesem herunter. Auf der Steuerbordseite baumelte es über der Reling und reichte dort sogar bis ins Wasser. Zudem hatten sich offensichtlich in den Falten Pfützen voller Regenwasser gesammelt. Diese waren inzwischen getrocknet, hatten aber graue, schmutzige Spuren auf dem Tuch hinterlassen. An Deck herrschte das totale Chaos. Insgesamt befand sich das Boot in einem jämmerlichen Zustand und war daher weit davon entfernt, als Yacht bezeichnet zu werden.

Regungslos stand Jan vor dem Boot und schaute dieses an. Er konnte immer noch nicht glauben, was er sah. Langsam drehte er sich zu dem Hafenmitarbeiter um und sagte ungläubig: „Das kann nicht sein."

Gleichgültig kippte der Mann seinen Kopf zur Seite, dann sagte er mit einem unterstützenden Kopfnicken: „Santa Maria." Dabei zeigte auf den Schriftzug am Heck des Bootes. „But no problem. We fix it!"

Jan drehte sich um und schaute den Mann skeptisch an.

"Hey don't worry. Easy to fix", während er das sagte, zeichnete der Grieche mit den Händen den Mast und die Querverstrebungen nach. „Ist nicht teuer. … We make a special price for you and fix it." Gemächlich ging er zu seinem Golf

Cart zurück, bestieg dieses und winkte kurz mit einer Hand. Dann wendete er das Fahrzeug und fuhr davon.

Fassungslos schaute Jan auf das Boot. Dann fluchte er lauthals. Er war wütend und am liebsten hätte er Gerd Terrible Terry und seine Rocker auf den Hals gehetzt. Nachdem Jan noch eine Weile entgeistert vor dem Boot gestanden hatte, sammelte er sich wieder, nahm seine Tasche und ging über die Gangway an Bord. An Deck schlängelte er sich durch den Cockpit-Bereich mit dem ausklappbaren Tisch, der sich in der Mitte zwischen zwei ins Deck eingelassenen Bänken befand. Nach wenigen Schritten erreichte er die unterhalb des Spritzschutzes liegende Holztür, die den Niedergang ins Bootsinnere versperrte. Jan schloss diese auf und öffnete beide Flügel. Ein leicht muffiger Geruch und starke Hitze schlugen ihm entgegen. Dennoch stieg er schnellen Schrittes die Holzstufen hinunter und erreichte eine Art Aufenthaltsraum.

Jan schaute sich um. Nach dem Chaos an Deck war er positiv überrascht. Das Innere des Bootes sah ordentlich und gepflegt aus. Es machte einen komplett anderen Eindruck als der Außenbereich. Links und rechts hinter der Holztreppe befanden sich zwei kleine Kajüten mit Schlafflächen. Linker Hand vom Niedergang war ein kleines Bad mit einer Toilette und einer kleinen Dusche. Dahinter gab es eine Kochgelegenheit. Auf der rechten Seite befanden sich zunächst der Kartentisch und einige elektronische Geräte – Jan vermutete Funkgerät und Echolot. Daran schlossen sich gegenüber von der Kochgelegenheit ein Tisch und eine Bank an. Jan ging weiter in Richtung Bootspitze und kam in eine geräumige Kajüte. Er entschied, dass das sein Schlafzimmer werden sollte und warf seine Tasche auf die Matratze. Anschließend öffnete er zunächst die Dachluke in seiner Kajüte und sodann alle weiteren Fenster, die er in dem Boot finden konnte. Danach ging er wieder die Holztreppe nach oben.

Als er sich gerade an Deck auf eine der Bänke setzen wollte, hörte er eine Stimme sagen: „Kann ich Ihnen helfen?"

Jan schaute an der massiven Bordwand, der neben ihm liegenden Luxusyacht, hoch. Zunächst erblickte er nur zwei dünne, mit stacheligen Haaren überzogene Männerbeine. Diese steckten in hellen Slippern – Schuhe, die Jan für Männer immer schon albern fand – und oben in khakifarbenen Shorts. Sein Blick wanderte über ein rosa Pique-Hemd zum Gesicht des anderen. An der Reling der Luxusyacht stand der Spießer und schaute im wahrsten Sinne des Wortes auf ihn herab.

Jan erwiderte den Blick und sagte nur knapp: „Nein, nicht nötig."

Der Mann schwieg und Jan wollte sich gerade abwenden und auf die Bank setzen, als der Spießer erneut anhob: „Was machen Sie denn da?"

Jan blickte erneut hoch und fragte dann: „Wonach sieht es denn aus?" Wieder trat ein Moment des Schweigens ein, bis Jan fortfuhr: „Ich beziehe gerade das Boot."

„Nein."

„Doch."

„Oh."

Jan setzte sich hin und drehte seinem Gesprächspartner demonstrativ den Rücken zu. Er hatte keine Lust zu reden. Offensichtlich verfehlte er aber die gewünschte Wirkung oder zumindest wollte der Spießer sich mit der Aussage noch nicht zufrieden geben. „Und warum beziehen Sie das Boot?“

„Weil es mir gehört.“

„Nein.“

„Doch.“

„Oh.“

Jan fand die Konversation albern, sie erinnerte ihn außerdem stark an einen Dialog aus einem Film. Er drehte sich um und blickte noch mal nach oben. Unweigerlich musste er grinsen – er wusste nun, woran ihn sein neuer Nachbar erinnerte. Jan entschied sich dafür, wieder unter Deck und so jeder weiteren Konversation aus dem Weg zu gehen. Er stand auf. Ohne ein weiteres Wort zu sagen, ging er zum Niedergang und stieg diesen hinab.

## Freitag, 16. Mai, 15:00 Uhr

In der großen Schulpause hatten sich Xavier und Letizia kurz getroffen. Sie waren Hand in Hand in eine Ecke des Schulhofs gegangen, hatten sich dort auf eine Bank gesetzt und dort unter den strengen Augen der Pausenaufsicht geredet und sich geküsst. Er hatte gespürt, dass Letizia die neidischen Blicke ihrer Schulkameradinnen genoss – viele der anderen Mädchen würden viel dafür geben, mit einem de Góngora zusammen zu sein. Aber Letizia war anders: Sie liebte ihn dafür, wer er war und nicht für das, was er war – auch wenn Xavier vermutete, dass die neidischen Blicke der Mitschülerinnen ihn für sie noch interessanter machten. Vielleicht war sie deswegen auch so eifersüchtig und vielleicht war das der Grund dafür, dass sie jede freie Minute mit ihm verbringen wollte.

Sie war daher sehr enttäuscht, als er ihr mitgeteilt hatte, dass er nach der Schule nicht wie geplant mit ihr ein Eis essen könne, sondern zu Padre Enrique gehen müsse. Letizia hatte geschmollt und zunächst kein Wort mit ihm gesprochen. In solchen Situationen fand er es immer wieder erschreckend, wie kalt sie auch sein konnte. Doch als er ihr versprochen hatte, dass er sie abends besuchen würde, war sie wieder etwas aufgetaut.

Nach der Schule hatte Xavier dann Lucas gebeten, einen seiner Klassenkammeraden, der von seiner Mutter mit dem Auto abgeholt wurde, ihn ein Stück in Richtung der Kirche von Padre Enrique mitzunehmen. Netterweise hatten sie ihn sogar direkt beim Pfarrhaus vorbeigefahren.

Wie bei vielen alten Häusern auf Mallorca bestanden dessen Außenmauern aus braunen Bruchsteinen und waren nur durch wenige Fenster durchbrochen, die mit Klappläden verschlossen waren. Diese hielten die Hitze außerhalb des Gebäudes, verliehen den Häusern aus Xaviers Sicht aber auch etwas wenig Einladendes.

Sein Großvater hatte immer gesagt, dass dies ein Erbe aus der Zeit der Piraten sei, die Mallorca im Mittelalter auf ihren Raubzügen immer wieder heimgesucht hatten. Damals hatten sich die Menschen verbarrikadieren müssen, um sich zu schützen. Sein Großvater hatte ihm auch berichtet, dass beispielsweise der 1237 fertiggestellte Torre de Canyamel, zwischen der gleichnamigen Stadt und Capdepera gelegen, ein Überbleibsel aus dieser Zeit war. Auch wenn seit dem 15. Jahrhundert die Zahl der Piratenüberfälle deutlich zurückgegangen war, so war die Skepsis der Mallorquiner Fremden gegenüber geblieben. Und so hielten sie ihre Häuser bis heute verschlossen.

Vom Stil her erinnerte Xavier das Pfarrhaus auch an das Gehöft des alten Albiol. Bei dem Gedanken machte sich umgehend ein flaues Gefühl in seinem Magen breit. Um diesem zu entgehen, trat er zügig an die Pforte des Pfarrhauses und drückte die Klingel: Zunächst einmal und als nichts geschah, noch ein weiteres Mal. Irgendwann hörte er, wie die schwere Eichentür von innen entriegelt wurde. Schon einen Moment später öffnete sie sich und Xavier konnte die Haushälterin von Padre Enrique erkennen. „Hola Xavier!“, begrüßte sie ihn mürrisch.

„Hola Senyoreta Maria!“ Irgendwie fand Xavier es immer etwas albern, dass eine Frau von Anfang Siebzig noch „Fräulein“ genannt wurde. Aus seiner Sicht war die Chance, dass aus der Senyoreta noch einmal eine Senyora werden würde, ziemlich gering. Wahrscheinlich würde irgendwann auf ihrem Grabstein stehen: *„Als Fräulein geboren, als Fräulein gestorben. Dem Herrn und seinen Dienern gedient.“* Xavier musste grinsen: Ihm gefiel die Formulierung, sie klang so schön pathetisch. Er war sich sicher, dass diese auch Senyoreta Maria gefallen würde – auch wenn er es nicht ernst gemeint hatte.

Ihr kleiner gedrungener Körper steckte in einer blauen Kittelschürze, auf der sich Streifen- und Rosenmuster abwechselten und aus der ihre nackten kräftigen Arme und Beine hervorlugten. Wie bei allen seiner zahlreichen Besuche bei Padre Enrique fragte sich Xavier, ob Senyoreta Maria wohl nichts unter dem Kittel trug. Wieder musste er grinsen, aber er konnte sich wahrlich etwas Schöneres vorstellen und er schob das Bild schnell wieder beiseite.

Als wenn sie seine Gedanken lesen konnte, herrschte sie ihn plötzlich an: „Xavier, was willst du?“

Er fühlte sich ertappt und antwortete schnell: „Ich möchte bitte zu Padre Enrique, ist er da?“

„Ja, aber ich glaube nicht, dass er Zeit für dich hat.“

Einen Moment standen sich beide still gegenüber, dann sagte Xavier: „Meine Mutter hat mir gesagt, dass er mit mir sprechen möchte. Können Sie ihn bitte mal fragen?“

Maria schwieg, dann nickte sie kurz, schloss die Tür und ließ Xavier draußen in der Mittagssonne stehen. Er schüttelte den Kopf – diese Frau war wirklich unglaublich.

Xavier griff in seine Hosentasche und holte sein Smartphone hervor. Bestimmt gab es wieder Messenger-Nachrichten seiner Freunde oder von Letizia. Als er auf das Telefon schaute, musste er jedoch feststellen, dass die Sonne so hoch stand und so hell strahlte, dass er auf dem Display nichts erkennen konnte. Verdrossen schob er das Gerät wieder in seine Hosentasche und wartete.

Innerlich fluchte er auf Senyoreta Maria und fragte sich, warum Padre Enrique so eine alte Schreckschraube als Haushälterin hatte. Xavier mochte den Pfarrer, auch wenn dieser bereits Anfang vierzig war, ein Alter, in dem für Xavier alle Menschen bereits uralt waren. Padre Enrique hatte sich aber irgendwie den Zugang zu den Jugendlichen erhalten. Er hörte ihnen zu und hatte immer ein offenes Ohr sowie viel Verständnis für ihre Sorgen und Nöte.

Nach einer gefühlten Ewigkeit öffnete sich die Tür wieder und Senyoreta Maria signalisierte ihm mit einer kurzen Handbewegung, dass er eintreten könne: „Padre Enrique hat Zeit für dich, er ist im Garten."

Xavier betrat das Haus. Sofort umgab ihn eine angenehme Kühle. Die dicken Mauern und die Fensterläden hatten, wie seit Jahrhunderten, die Mittagshitze draußen gehalten. Er ging den Flur entlang auf den großen Rundbogen zu, hinter dem er bereits den Garten des Pfarrhauses erkennen konnte. Dieser lag im Schatten der Kirche und einiger großer Pinien.

Als Xavier nach draußen trat, stachen ihm als erstes die weißen Kieswege ins Auge, die den Garten einfassten und diagonal durchzogen und ihm so eine geometrische Form gaben. Zwischen den Wegen waren Rasenstücke und Beete angelegt. In einer Ecke vor einem großen Oleanderbusch stand Padre Enrique und entfernte mit einer Blumenschere die verblühten rosafarbenen Blätter. Als er Xavier sah, lächelte er ihn an und winkte ihm zu: „Hola Xavier!"

„Hola Padre Enrique!" Während er auf den Pfarrer zuging, sagte er bewundernd: „Sie haben wirklich einen wunderschönen Garten, wie machen Sie das?"

Padre Enrique lächelte ihn erneut an: „Danke Xavier, aber das ist Gottes Werk. Auch Pflanzen sind Geschöpfe des Herrn und sie sprechen mit einem, man muss ihnen nur zuhören."

Xavier sagte nichts und schaute Padre Enrique an. Der Pfarrer erkannte die Skepsis in seinem Blick und grinste. „Glaubst du das nicht?"

„Um ehrlich zu sein, mit mir hat bisher noch nie eine Pflanze gesprochen."

„Na ja, sie sagt dir natürlich nicht: ‚Ey Alter, ich brauch Wasser'. Aber wenn es ihr gut geht, dann sieht sie gesund aus und strahlt mit ihrer Blütenpracht. Wenn es ihr nicht gut geht, dann lässt sie die Stiele, Blätter oder Blüten hängen. Damit sagt sie dir: \`Mir geht es nicht gut, du musst dich um mich kümmern´. Oder sie sagt: \`du kümmerst dich zwar um mich, aber du behandelst mich falsch: Ich steh am falschen Ort, … du gibst mir zu wenig Wasser, … du gibst mir zu viel Wasser´. Man muss einfach nur auf die Pflanze achten und sich fragen, was sie einem sagen will. Und wenn man darauf hört und dann entsprechend reagiert, dann geht es den Pflanzen gut und der Garten steht in voller Pracht. Alles Gottes Werk."

Padre Enrique widmete sich wieder einen Moment dem Oleander, bis er alle vertrockneten Blüten entfernt hatte, dann schaute er auf und fragte: „Aber du bist sicherlich nicht gekommen, um mit mir über meine Gartenkunst zu sprechen, oder?"

„Nein, nein. Meine Mutter sagte, dass Sie wieder Unterstützung für das Gemeindefest benötigen."

„Oh ja, sehr gerne. Komm, wir setzen uns einen Moment hin." Padre Enrique zeigte auf die Terrasse, die im Schatten des Pfarrhauses lag und auf der sich einige schmiedeeiserne Stühle und ein Tisch befanden. Auf letzterem stand eine Vase mit prachtvollen Rosen.

„Sind die auch aus ihrem Garten?", fragte Xavier, als sie die Terrasse erreichten.

„Natürlich", sagte der Pfarrer und nickte mit dem Kopf in Richtung der zahlreichen Rosen, die sich an der Wand der Kirche nach oben rankten. „Das wichtige bei Rosen ist, dass der Boden niemals austrocknen darf. … Aber was möchtest du trinken? Etwas Wasser? Eistee? Kaffee? … Nimm doch bitte Platz."

Xavier setzte sich. „Sehr gerne einen Eistee."

„Gut, ich hol den mal eben. Maria kann sich mit ihren alten Knochen nicht mehr so gut bewegen und da habe ich es schnell selber gemacht. Außerdem hört sie ja nicht mehr so gut. … Möchtest du noch etwas essen? Wir haben noch Ensaïmada. … Oder ein paar Oliven? Etwas Brot?"

„Nein danke, ich habe vorhin in der Schule zu Mittag gegessen."

Ohne ein weiteres Wort verschwand der Priester im Gebäude, um einen Moment später mit zwei Gläsern in der Hand wieder zu erscheinen. Er stellte sie auf den Tisch und setzte sich zu seinem Gast. „Wie geht es dir eigentlich, Xavier? Wir beide haben uns ja schon ewig nicht mehr gesehen? Du warst länger nicht in der Jungendgruppe und in der Messe warst du auch schon einige Wochen nicht mehr, oder?"

„Doch, in der Messe war ich kürzlich noch. Zur Jugendgruppe habe ich es leider in der letzten Zeit nicht geschafft. Irgendwie ist immer etwas dazwischen gekommen."

Padre Enrique schaute ihn skeptisch an, aber Xavier hatte keine Lust zu erklären, dass Letizia der Hauptgrund war. Wie sollte ein katholischer Priester etwas von der Liebe zu einem jungen Mädchen verstehen.

„Es wäre schön, wenn du in der nächsten Woche noch mal kommst. Ich benötige wirklich eure Unterstützung beim Gemeindefest. Wenn du mit dabei bist, werden die anderen bestimmt auch wieder mitmachen. Vielleicht kannst du deinen Freunden vorher Bescheid geben, damit mal wieder alle kommen. Padre Enrique bekam leuchtende Augen: Wir brauchen euch für das Fest, beispielsweise um die Räume umzubauen, ein paar Spiele für die Kleinen zu organisieren, vielleicht machen wir auch wieder ein Kickerturnier. Da ist vieles denkbar – ich würde das gerne mit euch besprechen."

„Ja sehr gerne. Ich schicke eine Nachricht an unsere Chat-Gruppe, damit sie nächste Woche alle zur Jugendgruppe kommen. Das hatte im vergangenen Jahr ja auch geklappt."

„Das stimmt, vielen Dank! … Und sonst, geht es dir gut?"

„Ja klar … In der Schule ist es gerade viel, das ist auch einer der Gründe, warum ich es schon länger nicht mehr zur Jugendgruppe geschafft habe."

„Kann das der Grund sein?", fragte der Pfarrer skeptisch und grinste dabei. „Was macht ihr denn gerade im Unterricht?"

„Wir schreiben überall Klausuren und Tests. Und Mathematik macht mir ziemlich zu schaffen."

„Da kann ich dir leider auch nicht helfen. In Latein bin ich aber gut", Padre Enrique zwinkerte dem Jungen zu. „… Wenn ich dir irgendwie helfen kann, dann gib mir Bescheid. Ich mache das sehr gerne. In Sprachen und Geschichte bin ich gut und natürlich in allem, was mit Religion zu tun hat."

Das war das Stichwort, auf das Xavier gewartet hatte: „In Geschichte nehmen wir gerade Geheimgesellschaften durch."

„Aha.", Padre Enrique runzelte die Stirn und schaute ihn argwöhnisch an.

„Ich muss ein Referat halten und bin bei der Vorbereitung auf ein Zeichen oder ein Bild gestoßen, bei dem ich nicht sicher bin, was es bedeutet."

„Aha, und niemand konnte es dir bisher sagen?"

„Ich habe noch mit niemandem darüber gesprochen. Ich wüsste auch nicht mit wem. Aber wenn sich jemand damit auskennt, dann sind ganz sicher Sie das."

Der Padre lächelte: „Dann schauen wir mal, ob ich dir helfen kann. Was ist es denn für ein Zeichen?"

„Es ist mehr ein Bild: Es zeigt eine Frau in einem Gewand, wie man es von griechischen oder römischen Göttern her kennt."

„Eine Tunika."

„Ja, genau. Und diese Frau sitzt auf einem Stuhl."

„Vermutlich ein Thron."

Xavier nickte nur kurz, die Unterbrechungen begannen ihn zu nerven. Er war aufgeregt und hatte das Gefühl, dem Geheimnis in wenigen Sekunden einen Schritt näher kommen zu können. Schnell fuhr er fort: „Und in der einen Hand hält sie eine Fackel und in der anderen eine Axt."

Erwartungsvoll schaute er Padre Enrique an. Dieser blickte ebenfalls zu ihm herüber, dann fragte er: „Und noch was?"

Xavier schüttelte den Kopf.

„Das ist nicht sehr viel und das könnte für alles oder nichts stehen: Eine Göttin in einer Tunika, die auf einem Thron sitzt und etwas in einer Hand hält. Klingt für mich auch nicht nach einer Geheimgesellschaft, sondern eher nach römischer oder griechischer Mythologie. Das sind Religionen, die seit Jahrtausenden nicht mehr gepflegt werden und schon lange, lange tot sind.“ Mit finsterer Miene schaute der Pfarrer Xavier an, dann fragte er streng: „Was ist das überhaupt für ein Thema für den Geschichtsunterricht? Geheimgesellschaften. Wer ist denn dein Lehrer, Pacheco? Vielleicht sollte ich mal mit ihm reden.“

Xavier rutschte nervös auf seinem Stuhl hin und her. Padre Enrique unterrichtete Religion an seiner Schule und wenn dieser mit seinem Lehrer sprechen würde, dann käme heraus, dass er gerade gelogen hatte. Und dann müsste er erklären, warum er das getan hatte. Xavier merkte, wie sich wieder das flaue Gefühl in seiner Magengrube breit machte. Dann kam ihm ein Geistesblitz und er erinnerte sich an die Geschichte mit dem Auge auf der Ein-Dollar-Note, die er im Fernsehen gesehen hatte.

„Wir nehmen gerade die Gründung der USA durch und da hatte Herr Pacheco uns erzählt, dass die Freimaurer großen Einfluss auf die Gründung der Vereinigten Staaten hatten. Zeichen dessen ist das Auge auf der Ein-Dollar-Note. Und ich soll ein Referat darüber halten, was es sonst noch für Geheimgesellschaften gibt.“

Erleichtert stellte Xavier fest, dass Padre Enrique die Geschichte zu schlucken schien. Dieser nahm sein Glas Eistee vom Tisch, lehnte sich zurück, schlug die Beine übereinander und begann zu referieren: „In der Tat befindet sich auf der Rückseite der amerikanischen Ein-Dollar-Note das Bild einer Pyramide, in deren Spitze sich ein Auge befindet. Und die Freimaurer nutzen das Auge als Symbol – das so genannte ‚Auge der Vorsehung‘. Es gibt Verschwörungstheorien, die behaupten, dass seit der amerikanischen Revolution viele Ereignisse in der Weltgeschichte durch Freimaurer gesteuert worden sind und auch heute noch werden. Ich halte das für kompletten Blödsinn, für totalen Quatsch. Es gibt keine Geheimgesellschaften, die die Welt lenken. Der Einzige, der die Fäden in der Hand hält, ist unser Herr."

Der Priester ließ seinen Blick durch den Garten wandern, dann hob er erneut an: „Allerdings ist es richtig, dass viele Gründerväter der USA Freimaurer gewesen sind. So zum Beispiel der erste Präsident Georg Washington oder Thomas Jefferson, der die Unabhängigkeitserklärung verfasst hatte. Insgesamt gehörten von den 56 Personen, die die Unabhängigkeitserklärung am 4. Juli 1776 unterzeichneten, 50 den Freimaurern an. Gleiches gilt auch für die Offiziere. Beispielsweise war Baron von Steuben, ein deutscher Offizier, der nach 1777 die revolutionären amerikanischen Truppen neu aufgestellt hatte, ein Freimaurer."

Xavier lauschte gebannt. Er mochte es, wenn Padre Enrique erzählte. Der Mann hatte ein unglaubliches Wissen – neigte aber auch schon mal zum Monologisieren.

Der Pfarrer trank einen Schluck Tee, dann fuhr er in einem belehrenden Ton fort: „Aus meiner Sicht ist die Zugehörigkeit zur Freimaurerei eine schwere Sünde. Und die alte Regelung des kanonischen Kirchenrechts, wonach ein Katholik durch den Eintritt bei den Freimaurern automatisch exkommuniziert ist, war für mich die richtige Auslegung. Als bei der Neufassung des ‚Codex Iuris Canonici' die Exkommunikation gestrichen wurde, hatte Kardinal Joseph Ratzinger, unser späterer Papst Benedikt XVI. und damals noch Präfekt der Glaubenskongregation, folgendes explizit festgestellt: Ein Katholik, der zum Freimaurer wird, begibt sich weiterhin in den Stand der schweren Sünde und ist von der Eucharistie ausgeschlossen. Ratzinger hatte betont, dass die grundsätzliche Unvereinbarkeit von Freimaurerei und katholischer Kirche ebenfalls im neuen ‚Codex Iuris Canonici' weiterbesteht."

Als der Pfarrer erneut einen Schluck Tee nahm, konnte Xavier die Anspannung des Priesters spüren. Das war die Kehrseite der Medaille, die er schon kannte: Auch wenn Padre Enrique sehr belesen war und ein riesiges Wissen hatte und spannend erzählen konnte: Man musste immer aufpassen, dass er nicht zu sehr ins Religiöse abdriftete. Der Pfarrer war dabei sehr dogmatisch; wie hatte dieser es ihm mal erklärt: „Die katholische Kirche muss nach außen offen und modern sein, aber im Kern fest in ihrem Glauben und ihrer Treue zu ihren Grundsätzen."

Padre Enrique unterbrach Xaviers Gedanken: „Entschuldige, ich bin abgeglitten. Noch etwas zu dem Auge auf der Ein-Dollar-Note: Ja, es gibt das ‚Auge der Vorsehung' der Freimaurer. Aber das Auge im Dreieck ist seit dem Barock auch ein gängiges Symbol für die christliche Dreifaltigkeit und die Wachsamkeit Gottes über die Menschen. Und damit ist die Erklärung für die Ein-Dollar-Note ganz einfach: Die unfertige Pyramide symbolisiert die Aufbauarbeit, die den USA bevorstand – und über diese wacht der Herr. Also: Mit Gottes Hilfe das Land aufbauen. … Manchmal kann alles so einfach sein. Ich hoffe, dass Pacheco euch das auch gesagt hat". Padre Enrique machte eine Pause und schaute Xavier an. Nach einem kurzen Moment begann er wieder zu sprechen: „Das alles hilft dir jetzt aber bei dem Referat nicht, oder?“

Xavier schüttelte enttäuscht den Kopf.

„Ich befürchte, dann kann ich dir nicht weiter helfen. Das sind zu wenige Informationen. Wo hast du die Frau auf dem Thron denn gefunden?“

„Bei … bei meinen Recherchen im Internet.“

„Aha. … Wie gesagt, dass klingt nach Mythologie und toten Religionen und hat nichts mit Geheimgesellschaften zu tun. Ich bin mir sicher, da bist du auf dem falschen Weg. Solltest du später noch mal Fragen haben, dann komm auf jeden Fall zu mir. Ich helfe dir immer gerne!“ Während er das sagte, erhob sich der Pfarrer. „Xavier, es tut mir leid, aber nach der Gartenarbeit muss ich mich frisch machen. Und anschließend muss ich zu Senyora Almural. Sie ist krank und liegt in Manacor im Krankenhaus.“

Der Junge stand ebenfalls auf. Sie schüttelten sich zum Abschied die Hände und besprachen noch ein Mal kurz die Vereinbarungen bezüglich des Gemeindefests. Dann verließ Xavier das Pfarrhaus. Als er die Straße betrat, schlug ihm die Hitze erneut entgegen und schon im nächsten Moment wünschte er sich die Kühle des Gebäudes und des schattigen Gartens zurück.

*

Nachdem Xavier einen Moment vor dem Pfarrhaus gestanden hatte, hatte er sich dafür entschieden weder mit dem

Bus zu fahren noch zu Fuß zu gehen – es war einfach zu heiß. Vielmehr hatte er Ana angerufen und sie gebeten, dass sie ihn abholte. Das war jetzt etwa eine Stunde her und inzwischen saß er in seinem Zimmer an seinem Schreibtisch.

Xavier war enttäuscht. Er hatte gehofft, dass Padre Enrique ihm bei der Suche nach dem Symbol und nach den Hintergründen der Prozession helfen könnte. Stattdessen hatte der Priester über Freimaurer doziert. In Xavier stieg Ärger auf: Der Besuch im Pfarrhaus hatte ihn nicht einen Schritt weiter gebracht. Sicher, er hatte Padre Enrique nicht konkret gesagt, warum er die Informationen benötigte und auch nicht, was er gesehen hatte. Er hatte aber das Bild, das er an der Finca des alten Albiol gesehen hatte, so gut er sich erinnern konnte, beschrieben.

Xavier überlegte, warum er dem Pfarrer eigentlich nichts gesagt hatte. Er dachte nach: Zum einen war er sich nicht mehr sicher, was er gesehen hatte. In seiner Erinnerung begann die Situation zunehmend surreal zu werden. Und er wollte sich nicht dem Spott ausliefern, wenn der Schein getrogen und er sich alles nur eingebildet hatte. Zum anderen hatte er auch Angst, das Gesehene mit jemandem zu teilen. Er fand die Szene, deren Zeuge er geworden war, und die Reaktion des Hünen sehr unheimlich. Sie hatten ihm Angst gemacht. Auch wenn er Padre Enrique vertraute, was wäre, wenn dieser aktiv werden und so die Aufmerksamkeit auf ihn lenken würde? Xavier entschied sich dafür, noch ein bisschen zu recherchieren, bevor er sich an jemanden wenden würde. Und warum nicht im Internet suchen, wie er es dem Pfarrer bereits vorgetäuscht hatte.

Der Junge nahm sein Tablet-PC vom Schreibtisch und gab im Browser-Fenster einige Suchbegriffe ein: Göttin – Tunika – Fackel – Axt. Aufgeregt tippte er auf das Feld ‚Suchen'. Schon einen Moment später zeigte ihm die Suchmaschine die Ergebnisse an. Er überflog die ersten dreißig Treffer und musste feststellen, dass sie ihm nicht wirklich halfen. Es waren Links auf allgemeine Seiten zur Geschichte Roms, auf Museumsseiten oder es war Werbung für Bücher mit Bezug zum Altertum.

Xavier überlegte, was er sonst noch eingeben konnte? In Gedanken rief er sich noch mal das Bild vor Augen und versuchte sich dabei an jedes Detail zu erinnern. Er scannte das Bild im Geiste noch ein Mal von oben nach unten und wiederholte gedanklich, was er sah: „Sie trug einen Lorbeerkranz – aber taten das nicht alle Götter?" Xavier ergänzte Lorbeerkranz als Suchbegriff, aber erneut erhielt er keine hilfreichen Ergebnisse. „Okay, sie sitzt auf einem Thron, hat die Axt in der Hand und eine Fackel. Aber das habe ich ja schon eingeben. Hm." Sicherheitshalber versuchte er die Begriffe noch ein Mal in einer anderen Anordnung. Aber auch das führte zu keinen besseren Ergebnissen.

Frustriert warf er sein Tablet wie eine Frisbee-Scheibe durch die Luft auf sein Bett. Er wollte gerade aufstehen und hinunter zu Ana gehen, als ihm noch etwas einfiel: „War da nicht noch etwas zu ihren Füßen? Was war da noch gewesen?" Xavier überlegte: „Blumen? Ein Bündel?" Seine Erregung stieg und es kostet ihn Mühe sich zu konzentrieren. Dann fiel es ihm ein: „Es war ein Bündel, ein Bündel Korn. Ein Bündel Kornähren."

Aufgeregt sprang er auf. Mit zwei, drei Schritten war er an seinem Bett. Er setzte sich, nahm das Tablet in die Hand und gab erneut Suchbegriffe ein: Göttin – Fackel – Axt – Kornähren. Und tatsächlich, nach wenigen Sekunden wurden ihm zigtausende Treffer angezeigt und einer der ersten war ein Link auf ‚Wikipedia' mit Informationen zu den Göttern des Olymps.

Xavier klickte auf diesen und direkt oben auf der Seite konnte er eine Übersicht der Gottheiten finden. Er ging die Liste mit den Erkennungsmerkmalen durch und fand relativ schnell das, was er suchte. In Gedanken las er sich die Attribute vor: „Goldener Ährenkranz, Fackel, Doppelaxt und Kornähren." Sein Blick wanderte zum Namen der Göttin: Demeter. Xavier schaute auf und dachte einen Moment nach, aber er hatte noch nie von ihr gehört. Er klickte auf den hinterlegten Link und fand weitere Informationen:

***Demeter*** *(griechisch Δημήτηϱ, Δήμητϱα, Δηώ) ist eine Muttergöttin in der griechischen Mythologie. Als Muttergöttin werden weibliche Gottheiten bezeichnet, die als Lebensspenderin oder Fruchtbarkeitsgöttin verehrt wurden. Sie werden auch große Göttin, große Mutter oder Mutter Erde genannt. Ihre Verehrung lässt sich bis in das 7. vorchristliche Jahrtausend verfolgen. Zu den Gottheiten der sexuellen Lust und zu Liebesgöttinnen wie der griechischen Aphrodite ist die Abgrenzung nicht eindeutig. Demeters Entsprechung in der römischen Mythologie ist Ceres, die mit weizengelbem, also goldblondem Haar dargestellt wird. Die Attribute von Demeter sind goldener Ährenkranz oder Ährengarbe, Fackel, Labrys (Doppelaxt) und Früchte oder Blumen. Dabei stehen das Korn, die Früchte und die Blumen für Fruchtbarkeit* *sowie die Fackel für das Leuchten des Weges. Die Labrys wird als Glücksbringer oder auch als Verkörperung des weiblichen Prinzips gesehen.*

Xavier klickte auf den Link, mit dem der Begriff ‚Labrys' unterlegt war. Die Seite öffnete sich in Sekundenschnelle und es wurden Erklärungstexte und Bilder angezeigt. Er legte seinen Tablet zur Seite, stand von seinem Bett auf und ging aufgeregt in seinem Zimmer auf und ab. Dann setzte er sich wieder, nahm den Rechner in die Hand und klickte zurück, sodass er wieder auf den Text von Demeter gelangte.

*Demeter ist die Tochter der Titanen Kronos und Rhea und damit die Schwester von Hestia, Poseidon, Zeus, Hera und Hades. Mit ihrem Geliebten Iasion hatte sie den Sohn Plutos, mit Zeus die Tochter Persephone. Diese wurde von Hades, mit der Duldung von Zeus, in die Unterwelt entführt und wurde dessen Frau. Demeter trauerte daraufhin um ihre Tochter und verbot den Pflanzen zu wachsen, den Bäumen Früchte zu tragen, und den Tieren, sich zu vermehren. Als die ersten Menschen daraufhin starben, zwangen die anderen Götter des Olymps Hades, Persephone freizulassen. Einen Teil jedes Jahres verbrachte Persephone nun mit ihrer Mutter auf der Erde, in der restlichen Zeit musste sie in der Unterwelt als Königin über die Toten herrschen. Aus Freude und Dankbarkeit über die Rückkehr ihrer Tochter ließ Demeter die Erde wieder fruchtbar werden.*

Xavier hielt einen Moment inne. Er fand die Geschichte mit Persephone ziemlich an den Haaren herbeigezogen. Ihm fiel die Äußerung von Padre Enrique ein, dass Verschwörungstheoretiker glauben, Ereignisse in der Weltgeschichte würden durch Freimaurer gesteuert und dass er das für kompletten Blödsinn hielt. Der Pfarrer hatte das mit einer ziemlichen Vehemenz vorgetragen. Xavier hielt die Geschichte mit Persephone auch für Quatsch. Er wand sich wieder dem Text zu und las weiter:

*Die wichtigste Kultstätte der Demeter befand sich in Eleusis, wo auch ein Eingang zur Unterwelt, dem Hades, angenommen wurde. Die sogenannten eleusinischen Mysterien fanden alljährlich zu Ehren Demeters statt und waren Initiations- und Weiheriten. Zudem fanden monatlich zur Zeit des Neumondes als Symbol der Erneuerung weitere Kulthandlungen statt. Teilnehmer der Mysterienfeiern mussten die Geschehnisse bei der Androhung der Todesstrafe geheim halten. Ziel war es, sie so zu einer eingeschworenen Gemeinschaft zusammenzuschweißen.*

Xavier legte sein Tablet beiseite. Dann ließ er sich aufs Bett fallen, machte es sich bequem und verschränkte die Hände hinter dem Kopf. Minutenlang starrte er an die Decke. Er fragte sich, was das alles zu bedeuten hatte. Wenn es sich bei der Göttin auf der Tafel an der Finca um Demeter handelte, was sollte das dann? Und wie war die Verbindung zu der Prozession, die er gesehen hatte?

Alles, was er gelesen hatte, war Bestandteil der griechischen Mythologie. Da die Griechen ihre Hochphase im Altertum vor den Römern hatten, mussten die Geschichten und der Demeter-Kult weit über 2000 Jahre alt sein – und eigentlich schon lange ausgestorben. Sollten Menschen im 21. Jahrhundert diesen noch praktizieren? Und hatte sich alles wirklich so zugetragen, wie er es in Erinnerung hatte? Xavier war sich sicher, dass er die Antwort nur an der Finca finden würde.

## Freitag, 16. Mai, 20:00 Uhr

Jan schloss die Tür zum Niedergang auf und kletterte die Holzstufen ins Bootsinnere hinab. Zufrieden stellte er fest, dass es inzwischen nicht mehr muffig roch. Das Lüften in den letzten Stunden seitdem er das Boot übernommen hatte, hatte Wirkung gezeigt. Er ging ein paar Meter in die Kajüte hinein und legte die Tüte auf den Tisch der Sitzecke. Anschließend begann er, seine Einkäufe – etwas Brot, Butter, Marmelade, Aufschnitt, Käse, Wasser und ein paar Dosen Bier – in den Küchenfächern und in dem kleinen Kühlschrank zu verstauen. Er nahm das Baguette, bestrich es mit Butter und legte anschließend ein paar Scheiben Salami darauf. Dann klappte er das Brot zusammen, griff sich eine Dose Bier und kletterte die Treppe wieder hinauf an Deck.

Oben angekommen schaute er sich um – es war Abend geworden. Die Sonne stand tief im Westen und gab der gesamten Bucht von Port d'Andratx einen goldenen Anstrich. Jan setzte sich auf das Ende einer der ins Deck eingelassenen Bänke, sodass ihm die Sonne direkt ins Gesicht schien. Er schlüpfte aus seinen Schuhen, legte die Füße auf die Sitzfläche und machte es sich bequem. Mit einem kurzen Zischen öffnete er sein Bier und nahm einen tiefen Schluck. Mann, ist das schön hier, dachte er bei sich. Das Meer lag ruhig da, die Sonne schien und bis auf die vereinzelten Schreie der Möwen war es absolut ruhig. Es war ein wundervoller Moment und die Ereignisse des gestrigen Tages rückten in weite Ferne. Auch das Chaos an Deck mit dem umgestürzten Mast und dem umherliegenden Segel nahm

Jan nicht mehr wahr. Er ließ seine Gedanken treiben, als ihn ein Räuspern wieder zurück in die Gegenwart holte.

Jan schaute an der Wand der Yacht hoch und erblickte wieder die dünnen Beine seines neuen Nachbarn. Beide schauten sich mit gegenseitiger Abneigung an, dann fragte Rolf: „Was machen Sie da?“

Jan war drauf und dran wieder eine schnippische Antwort zu geben, entschied sich aber dagegen. Während des Einkaufs hatte er beschlossen, zukünftig nett zu dem ‚Spießer‘ zu sein. Schließlich waren sie jetzt Nachbarn und mussten miteinander auskommen. So freundlich es ihm möglich war, antwortete Jan: „Ich war im Ort und habe ein paar Lebensmittel gekauft. Und jetzt esse ich zu Abend. Das ist wirklich ein phantastischer Platz hier.“

„Es gibt bessere“, antwortete Rolf knapp.

Jan verzog die Mundwinkel. Er musste sich zusammenreißen, um höflich zu bleiben. „Ja, bestimmt. Aber ich finde es extrem schön hier und es ist gerade eine besondere Atmosphäre.“ Er machte eine kurze Pause, dann fuhr er fort: „Sorry, ich habe mich noch gar nicht vorgestellt. Ich bin Jan.“ Er stand auf und ging auf die Motoryacht zu, um seinem Nachbarn die Hand zu geben. Als er vor der Bordwand stand, musste er feststellen, dass diese zu hoch war, um sich entspannt die Hände zu schütteln. Sein Nachbar blieb regungslos stehen und schaute auf ihn herab. Dann antwortete der Mann knapp: „Kaltenbrenner.“

Mann, Mann, Mann, was für ein Vollidiot, dachte Jan. Ohne ein weiteres Wort ging er wieder zurück zu seiner Bank, setzte sich und trank einen Schluck Bier. Dabei blickte er wieder aufs Meer.

Rolf schaute ihm zu, dann fragte er mit unverhohlener Neugier: „Was haben Sie denn mit Ihrer Nase gemacht?“

„Ich bin gestürzt“, antwortete Jan knapp, ohne seinen Nachbarn eines Blickes zu würdigen.

„Aha“, stieß Rolf kurz hervor. Er glaubte dem ‚Proleten‘ nicht. Vielmehr vermutete er, dass sich dieser geprügelt hatte – zumindest sah es für Rolf ganz danach aus. Er seufzte: Das hatte ihm gerade noch gefehlt: Nicht nur, dass ein Schrotthaufen neben seiner ‚Prinzessin‘ lag, jetzt wurde dieser auch noch von einem Proleten und Schläger bewohnt. Genervt fragte er: „Was haben Sie denn mit dem Boot vor?“

Jan schaute ihn betont gelangweilt an und schwieg.

„Na ja, wollen Sie das Boot auf Vordermann bringen? Oder wollen Sie es verkaufen? … Wollen Sie es bewohnen? Wollen Sie es nur ab und an für Törns nutzen?“

„Um ehrlich zu sein, ich weiß es noch nicht. Ich habe es ja gerade erst erstanden. Jetzt wohne ich erst mal hier.“

Diese Aussage hatte Rolf befürchtet und sie gefiel ihm gar nicht. Nachdrücklich erklärte er: „Seien sie aber nicht so laut. Ab zweiundzwanzig Uhr ist Nachtruhe und insbesondere laute Musik verboten.“

Jan explodierte innerlich fast, so viel Spießbürgertum brachte ihn aus der Fassung. Er verzog das Gesicht, dann schaute er wieder aufs Wasser.

Rolf merkte, dass sein neuer Nachbar offensichtlich nicht verstand, worum es ihm ging. Schnell schloss er an: „Ihr Vorgänger hat häufig sehr laute Musik gehört und immer wieder auch noch spät in der Nacht … Und immer gab es Schlager."

„Da müssen Sie sich keine Gedanken machen, bei mir gibt es wenn überhaupt laute Gitarren oder starke Bässe", antwortete Jan spöttisch.

Rolf ignorierte die Antwort, stattdessen fuhr er fort: „Was meinen Sie, warum das Boot wohl ‚Santa Maria' heißt."

„Roland Kaiser?"

„Genau."

Jan grinste, dann sagte er: „Das ist wahrlich ein schweres Los." Er machte einen Moment Pause und genoss die Anspannung, die er beim Spießer sehen konnte. Dann schob Jan nach: „Ich habe aber nicht vor, hieraus eine Party-Location zu machen. Dafür gibt es wahrlich andere und bessere Orte." Er konnte sehen, dass seine Worte nicht die erwartete Wirkung verfehlten – der Spießer schien sich etwas zu entspannen. Dann fragte Jan: „Was ist denn überhaupt mit dem Boot passiert?" Er zeigte auf den umgefallenen Mast. Noch bevor sein Gegenüber antworten konnte, fragte er schnell: „Möchten Sie eigentlich ein Bier?"

Sein Nachbar schüttelte den Kopf. „Nein danke, ich hol mir aber mal kurz ein Glas Wein." Rolf drehte sich um und ging an der Reling entlang zu seiner Terrasse. Dort angekommen schob er, ohne Magda weiter zu beachten, die Schiebetür beiseite und betrat das kühle, klimatisierte Innere seiner

Yacht. Zügig ging er in die Küche und nahm eine Flasche Rheingauer Riesling, den er regelmäßig einfliegen ließ, aus dem Kühlschrank. Dann ließ er den hellgoldenen Rebsaft genüsslich und voller Vorfreude in ein spezielles Weißweinglas laufen.

Nachdem er die Flasche wieder im Kühlschrank verstaut hatte, hielt er das Glas in eine Öffnung, die in die Tür des Gefrierfachs eingelassen war. Er drückte auf einen Knopf und wenige Sekunden später plumpsten zwei Eiswürfel in den goldenen Saft. Während er wieder in Richtung Terrasse ging, stießen diese an die Glaswand und verursachten bei jedem Schritt ein leises Klirren. Rolf liebte dieses Geräusch und vor lauter Vorfreude erhellte sich sein Gesicht.

Als er wieder auf die Terrasse heraustrat, schaute Magda ihn fragend an. „Ich norde gerade mal den Proleten von nebenan ein", sagte Rolf knapp und ging um die Ecke zu der Stelle, wo er sich zuvor mit seinem Nachbarn unterhalten hatte. Dieser lag weiter entspannt auf seiner Bank.

Ohne große Vorrede begann Rolf zu sprechen: „Das war schon eine skurrile Geschichte. Gerd Schneider, der Vorbesitzer, ist vor ein paar Monaten mit zwei Freunden rausgesegelt. An dem Tag war nicht viel Wind und daher haben sie Groß- und Vorsegel gehisst. So wie Gerd hinterher erzählt hatte, segelten sie gar nicht hart am Wind, sondern waren entspannt dahingeglitten. … Er war am Steuer und die Freunde saßen auf den beiden Bänken. … Plötzlich hatte es einen lauten Knall gegeben und Gerd hatte zuerst gedacht, dass das Segel gerissen sei. Er hatte hoch geschaut, um zu sehen, wo es eingerissen war. Doch statt in ein zerrissenes

Tuch zu blicken, hatte er gesehen, wie sich der Mast langsam auf ihn zu bewegte. Schnell hatte er gerufen, ‚Mast fällt' und seine beiden Begleiter angeschrien, dass sie sofort unter Deck springen müssten. Alle drei waren dann – teilweise mit dem Kopf zuerst – den Niedergang in die Kajüte gehechtet. Einer hatte noch gestanden, während die anderen beiden auf dem Boden lagen, als der Mast nur einen Moment später mit einem großen Knall aufs Deck und auf die Sprayhood geknallt war."

Jan schaute Rolf fragend an. Dieser nahm genüsslich einen Schluck von seinem Riesling, dann fuhr er fort: „Sprayhood ist der Spritzschutz hier, der das Cockpit vor Gischt schützt. Das Problem war dann, dass der Wind noch in die Segel blies und so noch Spannung auf diesen und insbesondere auf den Tauen war. Gerd hatte sich dann raus gewagt und diese gelöst, worauf der Mast dann noch weiter durchsackte und mit voller Wucht auf das Deck schlug. Als die Spannung weg war, hatte er gemeinsam mit den anderen den Mast an Deck fixiert. Das Ergebnis sehen Sie: Genauso ist Gerd dann mit dem Motor in den Hafen eingelaufen."

Jan unterbrach Rolf. „Wie kommt sowas? Passiert das öfter, dass der Mast kippt?"

„Nein, das passiert eigentlich nie und darf auch nicht passieren. Entsprechend war Gerd dann auch die Attraktion im Hafen. So etwas hatte bis dahin noch nie jemand gesehen. Die ganzen alten Segler kamen extra bis hierhin marschiert, um sich die ‚Santa Maria' anzuschauen. Fazit von allen war, dass sie sowas noch nie gesehen oder davon gehört hatten."

„Und was war der Grund?"

„Eine von den Salings war gebrochen – das sind die Querverstrebungen, die vom Mast abgehen und diesem gemeinsam mit den Wanten Halt geben. Der Mast wurde aufgrund dessen instabil, kippte und brach aus der Halterung heraus, mit der er am Deck befestigt war. Dann fiel er ganz einfach um." Erneut nahm Rolf einen Schluck. Jan konnte merken, dass der andere in seinem Element war und Spaß daran hatte, die Geschichte zu erzählen.

„Wenn jemand den Mast auf den Kopf bekommen hätte, dann wäre er jetzt tot", sagte Rolf, machte eine Pause und schaute Jan erwartungsvoll an.

Dieser nahm den Ball auf: „Das ist ja unglaublich."

„Ja, ist es. Oder? … Wie lange segeln Sie schon?"

„Ich bin Anfänger und war bisher nur zwei Mal segeln. Und jedes Mal, wenn der Wind in die Segel gegriffen und das Boot dann Fahrt aufgenommen und sich leicht zur Seite gelegt hatte, hab ich nur gedacht, dass man schon Vertrauen ins Material haben muss, wenn man das macht."

„Ja, muss man. Für die drei an Bord war das auch ein ziemlicher Schock. Und ich glaube, das ist auch der Grund, warum Gerd den Schaden nie repariert hat. Nach dem Erlebnis hatte er keine wirkliche Lust mehr zu segeln."

„Was meinen Sie, wird die Reparatur teuer sein?", hakte Jan ein.

Rolf freute sich, dass sein neuer Nachbar den Schrotthaufen scheinbar reparieren lassen wollte und antwortete schnell: „Nein, nein, ich glaube nicht. Nicos, das ist der griechische Mitarbeiter der Hafenmeisterei, der Sie gebracht hat, wird

Ihnen sicherlich einen guten Preis machen. Fragen Sie ihn einfach morgen mal. Das wird nicht die Welt kosten." Rolf leerte sein Weinglas, dann sagte er: „Ich will Sie aber nicht länger langweilen."

Jan glaubte, dass er bei seinem Nachbarn ein leichtes Lächeln erkennen konnte, als dieser das sagte.

„Ich wünsche Ihnen eine angenehme erste Nacht an Bord."

„Vielen Dank, ich wünsche Ihnen auch einen schönen Abend."

Als Rolf gegangen und hinter der Ecke verschwunden war, lehnte Jan sich wieder zurück. Er blickte in die untergehende Sonne und genoss die Ruhe.

## Freitag, 16. Mai, 23:00 Uhr

Nachdem er geparkt hatte, blieb er noch einen Moment im Wagen sitzen. Er atmete tief durch und hoffte, seine innere Unruhe damit in den Griff zu bekommen. Ihm war heiß und er fühlte Schweißperlen auf der Stirn, obwohl die Klimaanlage das Fahrzeuginnere stark herunter gekühlt hatte.

Worauf hast du dich hier bloß eingelassen, dachte er. Tausend Gedanken schossen ihm durch den Kopf und er fragte sich, ob er das wirklich machen oder lieber wieder fahren sollte. Letztendlich kam er aber zu dem Schluss, dass er jetzt schon zu weit gegangen war, um noch einen Rückzieher machen zu können.

Zögerlich öffnete der Mann die Fahrzeugtür und stieg aus. Er war erstaunt, wie viel Kraft es ihn kostete. Während er die Tür verriegelte, schaute er sich um. Wenige Meter neben ihm standen drei weitere Autos. Ein Audi A5, ein BMW X 8 und ein Golf 3. Aufgrund der Dunkelheit und der zahlreichen Wolken, die den abnehmenden Mond verdeckten, konnte er die Farben der Fahrzeuge kaum erkennen. Der BMW schien silbern und der VW dunkelblau zu sein. Die Farbe des Audis konnte er nicht bestimmen. Auch kannte er die Kfz-Kennzeichen nicht und er war sich sicher, dass er die Wagen vorher noch nie gesehen hatte. Suchend schaute der Mann in die Dunkelheit, und als der Wind eine Böe vom Mittelmeer übers Land trieb, begann er zu zittern. Er war sich nicht sicher, ob er fror oder die Situation ihn erschauern ließ. Noch einen kurzen Moment zögerte er, dann gab er sich einen Ruck und machte sich auf den Weg.

Er war bereits ein Stück gegangen und vom Anstieg etwas kurzatmig, als er in einiger Entfernung im fahlen Licht des abnehmenden Mondes die schwarze Silhouette eines Gebäudes erkannte. Das musste das Gehöft sein, zu dem er kommen sollte. Er war überrascht, es schien größer zu sein, als er erwartet hatte.

Es dauerte nicht lange und er hatte das Gebäude erreicht. Dieses lag in kompletter Dunkelheit; aus keinem der geschlossenen Fensterläden drang auch nur der kleinste Lichtstrahl nach außen. Die Finca schien unbewohnt zu sein und er fragte sich, ob wohl überhaupt jemand da war. Zögerlich ging er die letzten Meter bis zur Tür und hob die rechte Hand, um anzuklopfen – doch dann stoppte er mitten in der Bewegung. Ein beklemmendes Gefühl in der Brust ließ ihn innehalten. Erneut atmete er tief durch und fragte sich, ob er das wirklich tun sollte. Wenn er an diese Tür klopfen würde, gäbe es endgültig kein Zurück. Das wusste er. In Gedanken ging er noch einmal die Sätze durch, die er sagen sollte. Ein letztes Mal atmete er tief durch, dann nahm er seinen gesamten Mut zusammen und seine Faust klopfte an die schwere Eichentür.

Wie ihm gesagt worden war, schlug er dreimal fest auf das Holz. Dann wartete er. Er hörte das Blut in seinen Ohren rauschen und spürte seinen schweren Atem. Nach einer gefühlten Ewigkeit vernahm er eine tiefe Männerstimme: „Wer wünscht Einlass?“

„Ein Sünder, der in den Schoß der großen Mutter zurückkehren möchte“, antwortete er mit zittriger Stimme.

„Bereust du?“

„Ich bereue zutiefst.“

„Willst du dich säubern und von allen Sünden befreien, damit du der großen Mutter rein entgegen treten kannst?“

„Ich möchte rein wie ein Kind sein.“

„Willst du dich wieder und für immer mit der Mutter vereinigen?“

„Ich möchte zurück in ihren Schoß.“

Langsam öffnete sich die Tür und er blickte in das Innere des Gebäudes, das durch das fahle flackernde Licht von Kerzen und Fackeln erleuchtet war. Mehr war nicht zu erkennen. Zögerlich setzte er einen Fuß über die Schwelle der Tür und betrat das Haus. Als er etwa einen Meter im Gebäude war, bemerkte er aus den Augenwinkeln, wie sich neben der geöffneten Tür etwas bewegte. Instinktiv blickte er in diese Richtung und erschrak. Augenblicklich hatte er das Gefühl, dass ihm das Blut in den Adern gefror. Neben ihm stand eine Person. Sie war in ein nachtblaues seidenes Gewand gekleidet, dessen Kapuze ihren Kopf bedeckte. Aber da, wo er ein Gesicht erwartete, blickte er in eine ausdruckslose silberne Maske.

*

Zügig ging Xavier den Weg entlang, der in diffusem Licht vor ihm lag. Der abnehmende Mond stand erneut hinter zahlreichen Wolken und erleuchtete das Land nur spärlich. Gerade noch konnte er den vor ihm liegenden Weg erkennen, während die Landschaft um ihn herum schon nach wenigen Metern ihre Konturen verlor und in ein tiefes Schwarz überging. Er war die Strecke schon oft gegangen und kannte sie so gut, dass er sich nicht mehr orientieren musste. Aber etwas war anders als sonst: Während er sich früher auf dem Weg keine Gedanken gemacht und niemals Angst verspürt hatte, war da nun ein flaues Gefühl im Magen. Mehrmals war er stehen geblieben und hatte in die Dunkelheit gelauscht und gleichzeitig nach etwas Auffälligem Ausschau gehalten.

Schnellen Schrittes verließ der den Weg und bog in einen schmalen Pfad ein. Plötzlich blieb er stehen: War da nicht etwas? Hatte er nicht etwas gesehen? Langsam bewegte er sich seitwärts in Richtung der Böschung, die den Weg säumte. Er hockte sich hin und starrte in die Dunkelheit. Dann sah er es wieder: einen rötlich-gelben Punkt, der kurz aufleuchtete und dann langsam wieder dunkler wurde.

Xavier grinste erleichtert. Es war Letizias Vater, der vor seinem Haus stand und an einer Zigarette zog. Dieser rauchte nicht viel, genoss es aber gelegentlich, nach einem langen Tag auf der Terrasse seines Hauses zu stehen, auf die Natur um sich herum zu schauen und den Rauch zu inhalieren. Xavier konnte das nicht verstehen. Das Haus lag etwas außerhalb in sanfte Hügel eingebettet und von dort aus hatte man einen traumhaften Blick in ein flach auslaufendes Tal. Die Natur war ein Traum, wozu benötigte Letizias Vater da noch die berauschende Wirkung des Nikotins?

Xavier beobachtete das Haus weiter. In regelmäßigen Abständen sah er das Aufglimmen der Glut und dann nach einer Weile an der Seite des Gebäudes einen sich ausbreitenden Lichtschein, der schnell wieder erlosch. Letizias Vater war wieder ins Haus gegangen. Xavier stand auf und ging den Pfad wieder zurück bis zu dem Weg, den er gekommen war. Als er das Haus nicht mehr sehen konnte, holte er sein Smartphone aus der Tasche und schickte Letizia eine Messenger-Nachricht: „bin da."

Binnen Sekunden kam ihre Antwort: „oh wie schön! ♥♥☺☺♥ Achtung! papa ist noch wach ☺"

„weiß hab ihn gerade rauchen gesehen"

„Du musst noch kurz warten"

„☺kann ich nicht ☺ ♥♥ will zu dir" „ ich sag bescheid wenn es ruhig ist"

„kann ich nicht schon kommen"

„☺ ♥♥♥♥♥ ich sag bescheid"

Xavier setzte sich auf einen Stein am Wegesrand und starrte auf sein Smartphone. Aber es kam keine weitere Nachricht. Er wusste, was das zu bedeuten hatte: Letizia chattete parallel mit ihren Freundinnen. Er konnte das nicht verstehen: Natürlich tauschte er sich auch mit seinen Freunden aus, aber das bei weitem nicht so oft wie die Mädchen. Ständig mussten sie die banalsten Dinge kommentieren und alles war ein Drama.

Xavier hatte mit Letizia auch schon gestritten, weil sie den Alarm ihres Smartphones nicht abgestellt hatte, als er bei ihr war. Alle zwei Sekunden vibrierte das Gerät und zeigte an, dass eine neue Nachricht gekommen war. Und alle zwei Sekunden hatte Letizia dann nachgeschaut und geantwortet. Er schaute in die Nacht hinein und wartete. In der Ferne konnte er die Glöckchen hören, die ein Bauer seinen Ziegen umgebunden hatte. Ansonsten war es ruhig.

Xavier dachte an Letizia und daran, dass sie gleich ganz für sich sein würden. Er erinnerte sich voller Vorfreude daran, wie sie sich bei ihrem letzten Treffen intensiv geküsst und nahezu ganz ausgezogen hatten. Und wie er dabei ihre Brüste berührt hatte. Erstmals hatte Letizia mehr zugelassen, die Erinnerung daran erregte ihn.

Sie hatten sogar über Verhütung gesprochen und er hatte daraufhin mit klopfendem Herzen Kondome besorgt. Von diesen trug er seitdem immer eines in seinem Portemonnaie bei sich. Er war sich sicher: Bald würde es geschehen, bald würden sie miteinander schlafen – vielleicht schon heute Nacht.

Jäh wurde er aus seinen Träumen gerissen, als das Display seines Smartphones aufleuchtete und den Eingang einer Nachricht signalisierte. „ist alles ruhig du kannst kommen ♥♥♥“

Seine Finger flogen über die Tastatur auf dem Bildschirm. „♥♥♥ bin schon unterwegs – kisses“.

Xavier sprang auf und ging wieder in die Richtung von Letizias Elternhaus. Dabei spürte er bei jedem Schritt seine Erregung. Nach wenigen Metern konnte er wieder die Silhouette des Gebäudes erkennen und langsam zeichneten sich mehr und mehr Details ab. Schon bald sah er die geschlossenen Schlagläden der Wohnzimmerfenster im Erdgeschoss und über diesen im ersten Stock die Kontur von Letizias aus Bruchsteinen gemauertem Balkon. Erwartungsfroh hielt er diesen im Blick und glaubte einen kleinen Lichtstrahl zu sehen, der sich aus der fast geschlossenen Tür zu ihrem Zimmer den Weg nach draußen suchte. Und stand da nicht auch jemand auf dem Balkon? Ein Licht leuchtete auf und er konnte seine Freundin sehen, wie diese sich über das Display ihres Smartphones beugte. Schemenhaft erkannte er durch ihr nach vorne gefallenes Haar ihr Gesicht und beschleunigte nochmals seine Schritte.

Als er das Gebäude erreicht hatte, schaute er nach oben, legte seine Zunge an den Gaumen und machte ein zischendes Geräusch. Keine Sekunde später zeigte sich Letizias Gesicht über der Balkonbrüstung. „Hi!“, flüsterte sie ihm zu.

„Ist die Luft rein?“

„Ja, du kannst kommen.“

Schnell ging Xavier an die Ecke zu der gemauerten Säule, die das Dach der Terrasse trug. Er griff nach oben, während gleichzeitig sein rechter Fuß Halt auf den groben Bruchsteinen suchte. Endlich fand dieser die gesuchte Auskerbung und Xavier drückte sich ab und schob seinen Körper in die Höhe. Behände kletterte er die Säule hoch, schlich über das

Terrassendach und schwang sich flink über die Bruchsteinmauer des Balkons.

Seine Füße hatten noch nicht ganz den Boden berührt, da hatte Letizia bereits ihre Arme um seinen Hals geschlungen. Ihre Lippen suchten die seinen und er spürte, wie sich ihre Zungen berührten.

Xavier legte die Arme um sie und drückte den zarten Körper fest an sich. Er genoss das Gefühl, sie zu spüren und ganz nah bei ihr zu sein. Als seine Erektion ihren Unterleib berührte, zuckte er zurück, doch sie folgte ihm und drückte ihr Becken an seines. Einen kurzen Moment war Xavier verunsichert und er fragte sich, was er nun machen sollte. Er entschied sich dafür, mutig zu sein. Seine Hände glitten nach unten und umfassten ihr Gesäß. Sanft drückte er sie noch stärker an sich und er konnte an ihren Bewegungen spüren, dass es ihr gefiel.

Immer wieder mussten sie ihre intensiven Küsse unterbrechen, um Luft zu holen, und er konnte ihren schweren Atem hören. Dann lösten sich ihre Hände von seinem Nacken und sie nahm seinen Kopf zwischen diese. Letizia stieg auf die Zehenspitzen und gab ihm erneut einen Kuss, aber diesmal zart und sanft. Xavier wollte sie abermals in den Arm nehmen und seine Lippen auf die ihren drücken, aber sie löste sich sachte von ihm. Im fahlen Mondschein konnte er ihr Gesicht erkennen. Letizia lächelte und nahm seine Hand. Dann führte sie ihn in ihr Zimmer. Xavier war sich sicher: heute war die ersehnte Nacht.

## Samstag, 17. Mai, 08:00 Uhr

Er öffnete die Augen und schaute in den im Halbdunkel liegenden Raum. Einen kurzen Moment lang wusste er nicht, wo er war. Dann fiel sein Blick auf den Altar vor sich, der von zwei fast einen Meter hohen Kerzenständern eingefasst war und auf dem ein Bild stand: Dieses zeigte eine Frau in Tunika, die auf einem Thron saß und in einer Hand eine Fackel hielt sowie in der anderen als Zepter eine Doppelaxt. Zu ihren Füßen lag zudem ein Bund mit Kornähren.

Wie lange er meditiert hatte, wusste er nicht. Es mussten Stunden gewesen sein. Wie immer war er um 04:30 Uhr aufgestanden, hatte dann vor dem Altar auf seinem Kissen Platz genommen und sich in seine Gebete vertieft. Zunächst hatte er sich schwer getan, zur Ruhe zu kommen. Seine Gedanken waren flatterig und hatten seinen Kopf wie Blitze durchzuckt – zu sehr hatte ihn der Anruf, den er am Vorabend erhalten hatte, beschäftigt. Erst nach und nach war es ihm gelungen, sich auf seinen Atem zu konzentrieren und seine Aufmerksamkeit nach innen zu lenken. Sein Gebet, das er fortwährend rezitierte, hatte ihm dabei geholfen.

Er war sich bewusst, dass das, was er tat, für manche Sünde war. Sein Beichtvater wäre entsetzt, wenn er wüsste, dass er nicht nur zum christlichen Gott betete. Unweigerlich musste er lächeln: Sie alle hatten keine Ahnung. Keiner von ihnen war sich bewusst, dass es mehr als diesen einen Gott gab. Die Erweiterung des Bewusstseins, die er in den Meditationen und in den Ritualen erlebte, blieb ihnen allen verborgen.

Geführt durch die große Göttin und ihre Hohepriesterin drang er in Sphären vor, in die keiner der anderen jemals gelangen würde. Was hatte die Kirche aus den Menschen gemacht? Sie waren zu Schafen geworden, welche die Messen aufsuchten, um dort Erlösung zu finden. Man versprach ihnen die Vergebung ihrer Sünden, weil Jesus Christus für sie am Kreuz gestorben war. Wie bequem, sie mussten nichts weiter tun, als regelmäßig einen Rosenkranz zu beten und zur Beichte zu gehen. Was den Schafen dabei aber verborgen blieb, war ihre eigene Spiritualität.

Seine neuen Glaubensgeschwister und er hatten einen alten Weg, einen lange verschütteten Pfad, wiederentdeckt. Zu Anfang war auch er skeptisch. Nachdem er den Weg aber einmal betreten hatte und diesen eine Zeit lang gegangen war, hatte er Weisheit erfahren. Und es war für ihn ein Wunder, dass sie das Medium, die Hohepriesterin, gefunden hatten.

Nein, es war kein Wunder, es war Vorsehung, dachte er. Die große Göttin hatte sich in der Hohepriesterin materialisiert. Jahrtausendelang und teilweise auch heute noch mussten sich ihre Anhänger verstecken. Nur im Verborgenen konnten sie handeln und ihren Glauben ausleben. Die christliche Kirche hatte sie verfolgt, gefoltert und getötet, doch auslöschen konnten sie den Glauben nie. Die große Göttin hatte sich nur verborgen gehalten und ihre Anhänger hatten auf ihr Erscheinen gewartet. Nun war die Zeit gekommen: Ihre Macht war wiedererwacht und die Erweckung der Menschheit stand bevor.

Die Religionen der Ungläubigen würden vernichtet werden und die große Göttin würde die Herrschaft wiedererlangen. Ihr Triumpf war nah, da war er sich sicher. Nie hatte er etwas Schöneres, etwas Leuchtenderes gesehen. Es war Macht, aber auch Hingabe, die sich in ihr manifestierte. Sie konnte ihren Kindern die Kraft geben, ihren bisherigen Glauben zu töten, so wie Medea die Töchter des Pelias ermutigte, ihren eigenen Vater zu töteten. Und er wusste, dass sie alle, die sich ihnen in den Weg stellten, vernichten müssten. Er war sich bewusst, dass es hart werden würde, aber sie mussten es tun. Die letzten Tage der Ungläubigen waren nah und es war für ihn eine Ehre und Genugtuung, das Werkzeug der großen Göttin zu sein.

Als er meditiert hatte, hatte sie sich ihm erneut offenbart. Er hatte nun klar vor Augen, dass er die Hohepriesterin und den Glauben um jeden Preis schützen musste. Sie mussten handeln. Es galt zu verhindern, dass die Macht der großen Göttin wieder für Jahrtausende unterdrückt werden würde und sie ihren Glauben nur im Verborgenen ausüben konnten. Nein, das durfte nicht geschehen und er würde dies zu verhindern wissen. Er war bereit, alles dafür zu tun.

Er stand auf, ging in Richtung Tür und trat hinaus in den Flur. Licht brauchte er keines, obwohl das Haus noch komplett abgedunkelt war. Er schloss sogar die Augen, im Vertrauen darauf, dass ihn die Macht führen würde. Diese lenkte seine Wege und falls nötig, würde sie ihm sogar die Fähigkeit geben, alle weltlichen und physischen Grenzen aufzulösen. Er folgte dem Gang bis zu seinem Ende und erreichte nach wenigen Schritten das kleine Tischchen, auf dem sein Handy lag. Ohne die Augen zu öffnen, ergriff er es mit einer gezielten Bewegung und als er es in der Hand hielt, fühlte er sich bestätigt, dass die Macht der großen Göttin in ihm war.

Er suchte den Anrufer vom gestrigen Abend heraus und drückte die Rückruftaste. Ein lang gezogener Ton erklang als Freisignal – einmal, ein zweites Mal, dann ein drittes Mal. Dann endlich hörte er, wie sich die Geräusche änderten und wie sich jemand meldete. Die Hintergrundgeräusche am anderen Ende der Leitung waren allerdings so laut, dass er kaum etwas verstanden hatte. Es waren Straßengeräusche und vor allem das metallische, helle Knattern eines Motorrollers. Der Lärm sagte ihm aber auch, dass sein Gesprächspartner offensichtlich auf der Straße stand.

Mit ruhiger Stimme sagte er: „Ich muss Sie sprechen."

Im Hintergrund heulte erneut der Motorroller auf. „Bitte, ich versteh Sie nicht", schrie sein Gegenüber mit lauter Stimme in den Hörer.

„Ich muss umgehend mit Ihnen reden!"

„Bitte sprechen Sie lauter!"

Er spürte, wie Ungeduld und Ärger in ihm anschwollen. „Ich muss Sie sehen!", zischt er mit scharfer Stimme in das Telefon.

„Zum Bus gehen? Wer ist denn da? Sprechen Sie lauter Mann!" Im Hintergrund röhrte immer noch der Motorroller.

Wut übermannte ihn und er schrie in den Hörer: „Kommen Sie morgen um achtzehn Uhr dorthin, wo wir uns immer treffen! Haben Sie mich verstanden?“ Er spürte, wie Speicheltropfen von dem Handy abprallten und an sein Kinn spritzten.

Dann hörte er, wie sein Gesprächspartner nur kurz mit einem „Ja!“ antwortete und die Leitung wieder verstummte.

Er kochte innerlich. Einen Moment schaute er das Handy an – dann plötzlich schlug er dieses mehrmals mit voller Wucht auf die Kante des kleinen Tisches, bis das Gerät auseinander brach. Anschließend warf er die Einzelteile in die Ecke neben dem Tisch. Immer noch spürte er die Wut in sich, unbändige Wut. Die Zerstörung des Telefons hatte ihm keine Genugtuung gegeben. Sein Herz raste und schnellen Schrittes ging er zurück den Flur hinunter. Er hatte heute noch einen Dienst zu verrichten und auf diesen musste er sich vorbereiten.

## Samstag, 17. Mai, 12:00 Uhr

Wütend beendete Rolf das Telefongespräch. Er drehte sich um, ging schnellen Schrittes in Richtung Terrasse und schimpfte dabei laut vor sich hin: „Das ist doch unglaublich. Sowas habe ich noch nie erlebt." Magda saß mit ihrem Frühstück, einer Schale Obst, auf dem Loungesofa und schaute ihn fragend an. Als er hinaustrat, fragte sie ihn mehr gelangweilt als interessiert: „Was ist los?"

„Das ist eine Ungeheuerlichkeit." Während Rolf das sagte, schüttelte er seinen vor Wut hochroten Kopf.

„Was denn?", fragte Magda ihn zunehmend genervt.

„Die Taxifahrer streiken doch und daher bekomme ich kein Taxi. Also wollte ich mir einen Leihwagen nehmen. Aber wegen des Streiks sind hier im Ort alle Mietwagen entweder schon vermietet oder reserviert. Daher habe ich bei den Autovermietern am Flughafen angerufen, aber bei den meisten kommst du gar nicht erst durch. Bei World Car habe ich dann endlich jemanden erreicht. Ich hatte ihm schon alle Informationen durchgegeben und wir waren so gut wie durch, bis es darum ging, dass sie mir den Wagen bringen müssten. … Daraufhin meinte er, bei einer Mietdauer von einem Tag könne er mir den Wagen nicht bringen lassen, ich müsse zum Flughafen kommen. Ich habe ihm dann erklärt, dass ich kein Auto habe und deswegen würde ich mir ja eines bei ihm leihen wollen. Da sagt dieser hirnlose Mensch doch allen Ernstes zu mir, dann müsse ich mir ein

Taxi nehmen. Ich bin dem fast durch die Leitung gekommen.“

Rolf redete sich zunehmend in Rage. „Ich habe ihm erklärt, dass das ja genau mein Problem ist. Das hat den aber so gar nicht interessiert. Er hat mir nur gesagt, dass er mir dann leider nicht helfen könne. Was für ein Kretin.“

„Warum regst du dich so auf?“

Rolf schaute Magda entgeistert an, dann sagte er: „Das habe ich dir doch gerade erklärt.“

„Das habe ich gehört. Aber wo willst du denn überhaupt hin? Und warum machst du das nicht morgen?“

„Das habe ich dir gestern Abend auch schon erklärt, Carl Friedrich hat mich um einen Gefallen gebeten.“

„Dann erledigst du das halt morgen.“ Während Magda das sagte, schob sie sich ein Stück Melone in den Mund.

„Weiß ich denn, ob die Taxifahrer morgen nicht auch noch streiken?“

„Das kann man ja herausfinden oder du wirst es morgen sehen.“

„Ich habe Carl Friedrich versprochen, dass ich mich darum kümmere. Und du weißt, ich halte immer mein Wort.“

„Ja, aber wenn es nicht geht.“

„Es muss irgendwie gehen.“ Aufgebracht verließ Rolf die Terrasse und ging an der Reling entlang in Richtung Bug. Er konnte jetzt nicht still stehen und musste sich bewegen.

Natürlich wusste er, dass er auch an einem der nächsten Tage nach El Arenal fahren konnte. Aber Lauenburg hatte auf ihn ziemlich verzweifelt gewirkt und Rolf wollte seinem Freund helfen. Zudem war er selber neugierig, was mit Friederike geschehen war oder wo sie sich aufhielt.

Wütend darüber, dass die Dinge nicht so funktionierten, wie er es sich vorgestellt hatte, ging Rolf an der Reling entlang und kontrollierte wie jeden Morgen Taue, Leinen und Fender. Vor Wut ruckelte und zog er dieses Mal fester an ihnen als sonst. Nachdem er die Hälfte seiner Runde hinter sich hatte und sich vom Bug her wieder zurückbewegte, erreichte er die Höhe der ‚Santa Maria'. Fender für Fender ging er nach hinten, sodass er irgendwann seinen neuen Nachbarn sehen konnte. Dieser saß mit einer Tasse Kaffee auf seiner Bank an Deck und schaute dem geschäftigen Treiben in der Bucht von Port d'Andatx zu. Plötzlich schoss Rolf eine Idee durch den Kopf: Schnellen Schrittes ging er zu der Stelle, von wo aus er gestern mit seinem neuen Nachbarn geredet hatte. Ohne Gruß brach es aus ihm heraus: „Sie haben doch ein Fahrzeug, oder?"

Jan zuckte zusammen, als er ohne Vorwarnung angesprochen wurde. Langsam drehte er sich um, schaute seinen Nachbarn einen Moment an, dann sagte er bewusst gedehnt: „Guuuten Mooorgen."

„Ja, ja, … guten Morgen. Sagen Sie mal, Sie haben doch ein Fahrzeug, oder?", fragte Rolf hektisch.

„Ja, einen italienischen Sportwagen."

Verwirrt schaute Rolf seinen Nachbarn an. Er hatte nicht in Erinnerung, dass dieser in einem Sportwagen gekommen war. Aus seiner Sicht war es eher eine alte Klapperkiste gewesen. Wie auch immer, dachte er bei sich. Dann begann er wieder zu sprechen: „Können Sie mir diesen leihen?"

„Warum?"

Rolf zögerte einen kurzen Moment, dann sagte er: „Das geht Sie gar nichts an." Jan schaute seinen Nachbarn an und schwieg – schließlich wollte dieser ja etwas von ihm. Nach einem Moment merkte Rolf, dass er so nicht weiter kam. „Gut, ich muss nach El Arenal in den Carrer Maria Antònia Salvà."

„Aahaaa", antwortete Jan betont gelangweilt.

„Und ich brauche dafür ein Auto. Die Taxifahrer streiken und deswegen, gibt es auch keine Mietwagen mehr."

Jan antwortete erneut mit einem gelangweilten ‚aha', dann schwieg er wieder.

„Gut, passen Sie auf: Ich brauche Ihren Wagen!"

Jan fand nicht nur den Ton seines Nachbarn unverschämt. Dieser hatte noch nicht mal den Anstand gehabt, ihn zu begrüßen und jetzt stellte er auch noch Forderungen. Jan schaute hoch, dann sagte er: „Es wäre vielleicht angebraucht, wenn sie mal ‚Bitte' sagen würden, oder?"

Rolf blickte Jan verstört an. Er wirkte so, als wenn er nicht wüsste, was sein Nachbar von ihm wollte. Dann presste er ein ‚Ich brauche bitte Ihren Wagen' hervor.

Jan schaute über die Bucht und nahm einen Schluck aus seiner Kaffeetasse, dann sagte er: „Hm."

Rolf war kurz davor innerlich zu explodieren. Nicht nur, dass die Taxifahrer streikten, der Mitarbeiter der Autovermietung ein Kretin war und er immer noch ohne Wagen dastand – jetzt musste er den ‚Proleten' auch noch um einen Gefallen bitten. Er war hin und her gerissen: Auf der einen Seite war er drauf und dran, wieder zu gehen, denn es ging ihm unsagbar gegen den Strich, zu Kreuze zu kriechen und seinen Nachbarn, um dessen Auto anzubetteln. Auf der anderen Seite war es aber auch nicht seine Art, bei dem kleinsten Widerstand aufzugeben. Wenn er das in seiner Firma gemacht hätte, dann wäre er nie zu etwas gekommen. „Gut, passen Sie auf. Ich brauche bitte Ihren Wagen. Ich bin auch bereit dafür zu zahlen."

„Wie viel?"

„Fünfzig Euro." Jan schwieg und nahm langsam und genüsslich einen Schluck Kaffee. „Okay, siebzig Euro", sagte Rolf.

„Hundert Euro und ich fahre Sie."

„Ich brauche keinen Fahrer, ich kann selber fahren."

„Ja, aber nicht meinen Wagen. Der ist nicht mehr der Jüngste und hat einige Macken. Es kann beispielsweise sein, dass er Ihnen an der Ampel ausgeht. Und da sollte man besser die Tricks kennen, wie Sie ihn dann wieder ans Laufen bekommen …"

Rolf dachte einen Moment nach, dann antwortete er genervt: „Gut, einhundert Euro, da ist der Sprit mit drin. Und wir brechen gleich auf.“

„Okay! Ich geh eben duschen, dann können wir los.“

*

Keine dreißig Minuten später hatte Jan zusammen mit Rolf im Auto gesessen. Dieser hatte die Nase gerümpft, als der italienische Sportwagen dann doch nur ein Fiat Punto war. Außerdem hatte er moniert, dass das Wageninnere eine Müllhalde sei. Jan hatte bei vergangenen Fahrten leere Flaschen, Papier von Schokoriegeln, Servietten und anderen Dinge in den Fußraum des Beifahrersitzes geworfen. Bevor sie losgefahren waren, hatte er daher erst mal etwas aufgeräumt und den Müll entsorgt, schließlich hatte ein veritabler Spießer seinen Wagen gemietet.

Die Fahrt war einsilbig verlaufen. Jan hatte mehrmals versucht ein Gespräch zu beginnen, aber Rolf hatte nur kurz und knapp geantwortet. Jan vermutete, dass sein Beifahrer aufgrund des Gesprächsverlaufs an Bord noch pikiert war, was ihm aber gleichgültig war. Er hatte sich auf die Fahrt konzentriert und dabei Musik gehört.

Schweigend waren sie auf der Ma-1 vorbei an Andratx, Peguera und Palmanova, gefahren, waren dann kurz vor Palma auf den Autobahnring der Hauptstadt gewechselt und anschließend auf der Ma-19 in Richtung Flughafen gefahren. Sie hatten diesen gerade passiert, da erreichten sie auch schon die Ausfahrt zur Platja de Palma und verließen die Autobahn. Nachdem Jan am Ende der Ausfahrt links abgebogen war, sagte er: „Willkommen an der Platja de Palma, dem schönsten Strand der Insel."

Rolf hob die Augenbraue und schaute ihn skeptisch an. „Da dürften die Meinungen wohl auseinander gehen."

„Wieso? … Die Bucht ist toll und der Strand ist wirklich schön."

„Ja, aber die deutschen Proleten haben mit dem Trinken von Sangria aus Eimern den Ruf der Insel nachhaltig geprägt und beeinträchtigt. Das Ballermann-Image kommt ja nicht von irgendwoher."

„Na ja, die ganz harten Zeiten sind doch längst vorbei. Heute gibt es keine Sangria-Eimer mehr und das Trinken von Alkohol in der Öffentlichkeit ist generell verboten. … Ich weiß allerdings nicht, ob sich die Insel damit einen Gefallen tut."

Wieder schaute Rolf skeptisch, dann sagte er: „Diese Typen kommen doch nur hierhin, um zu feiern, zu saufen … und was weiß ich noch zu machen."

„Stimmt, aber dagegen ist ja nichts einzuwenden. Solange es nicht zu exzessiv wird. Die Leute kommen hierhin, um Spaß zu haben und eine unbeschwerte Zeit zu verbringen. Und da alle mit derselben Erwartungshaltung an die Platja fahren, beziehungsweise alle, die hierhin kommen, das wissen, stören sie auch keinen. … Wenn ich meine Ruhe haben will, dann muss ich woanders hinfahren oder halte mich in Can Pastilla auf der Palma zugewandten Seite der Bucht auf. Da ist es ruhiger. Und wenn ich feiern möchte, dann gehe ich eben ins ‚Oberbayern', in den ‚Bierkönig' oder in den ‚Megapark‘. Und das ist wie beim Karneval: Wenn man sich darauf einlässt, dann kann man eine Menge Spaß und eine gute Zeit haben. … Feiern Sie Karneval?“

„Wo denken Sie hin? Natürlich nicht. Ich finde das schrecklich.“

Jan rollte die Augen und entschied sich dafür, dass Gespräch nicht fortzuführen. Es war müßig, sein Beifahrer wollte oder konnte es einfach nicht verstehen. Jan blieb auf der Hauptstraße und fuhr weiter in Richtung El Arenal. Als sie den Stadtrand erreichten fragte Rolf: „Wissen Sie, wo Sie hinmüssen?“

„Das haben Sie doch eben gesagt, in den Carrer Maria Antònia Salvà, oder?“

„Ja, aber wissen Sie, wo das ist?“

„Ich hatte vorhin kurz im Internet nachgeschaut, das ist eine von den Stichstraßen, die senkrecht vom Hafen in Arenal abgehen.“

Rolf schwieg und ließ Jan fahren. Dieser lenkte den Wagen hinunter zum Hafen und bog dann an einem der Souvenirs-Shops links ab. Als sie die gesuchte Adresse erreichten, fuhr er rechts an den Bürgersteig und schaltete den Wagen aus.

Jan schaute durch die Windschutzscheibe und erblickte rechter Hand ein mehrgeschossiges Haus. Es wirkte etwas heruntergekommen. Einige Stufen führten hoch zu einer Terrasse, auf deren rechten Seite sich ein leeres Ladenlokal befand, in dessen Fenstern einige ‚Zu-Vermieten‘-Schilder prangten. Diese sahen aus, als wenn sie sich dort schon seit Jahren befanden und hatten definitiv schon bessere Tage gesehen. Auf der linken Seite war der Eingang zum Wohnhaus. Jan konnte neben diesem ein Klingelbrett mit zahlreichen Namen und einer Sprechanlage erkennen.

„Sie bleiben hier drin und warten“, sagte Rolf, während er die Beifahrertüre öffnete.

„Warum sollte ich das tun?“, entgegnete Jan.

„Weil ich Sie bezahle. Und noch dazu geht Sie das hier alles nichts an.“

„Ich weiß ja nicht genau, was Sie hier machen und was Sie hier wollen. Aber mein Gefühl sagt mir, dass Sie nicht wissen, was Sie hier erwartet.“

Rolf dachte nach: Sein Nachbar hatte Recht. Carl Friedrich hatte ihn hier hingeschickt, ohne ihm mehr zu verraten, als dass seine Tochter verschwunden war. Und warum war sein Freund nicht selbst hier hingefahren? Was wäre, wenn Friederike Drogen nähme und er in eine Drogenhöhle gelangen und dort auf eine Gruppe zugedröhnter Junkies stoßen würde? Oder wenn Verbrecher, die Friederike entführt hatten, dort auf ihn warten würden? Oder wenn er sie tot in der Wohnung finden würde? Rolf entschied sich dafür, dass es in jedem Fall besser wäre, einen trainierten jungen Mann an seiner Seite zu haben. „Gut. Aber ich rede. Und wenn ich Sie bitte zu gehen, dann gehen Sie ohne Diskussion.“

„Schauen wir mal.“ Jan grinste.

Rolf blickte ihn an und sagte bestimmend: „Sie sind mein Fahrer und ich bezahle Sie dafür. Daher machen Sie das, was ich Ihnen sage.“

Jan verdrehte die Augen. Ohne ein Wort zu sagen, öffnete er ebenfalls die Fahrzeugtür und beide Männer verließen den Wagen. Sie stiegen die Treppen hoch und als sie das Klingelbrett erreichten, drückte Rolf den Knopf, neben dem Lauenburg und ein weiterer Name stand. Nichts geschah. Er betätigte erneut die Klingel, aber dieses Mal mehrmals hintereinander. Nach einem weiteren Versuch, knackte es in der Sprechanlage und ein knisterndes ‚Si' erklang.

„Hallo, Friederike? … Hier ist Rolf. Ich bin ein Freund deines Vaters, wir hatten uns vor Jahren auf seinem fünfzigsten Geburtstag kennengelernt." Die Gegenseite schwieg. Dann knackte es erneut in der Sprechanlage, als wenn diese abgeschaltet worden war. Rolf wartete einen Moment, dann drückte erneut mehrmals die Klingel. „Das gibt es doch nicht", schimpfte er vor sich hin.

Plötzlich erklang das surrende Geräusch des Türöffners. Rolf sprang vor und drückte die Tür auf, gerade noch rechtzeitig bevor das Surren im nächsten Moment wieder verstummte. Er betrat das Gebäude, dicht gefolgt von Jan. Direkt fiel sein Blick auf die Tür zum Aufzug, an der ein Schild mit der Aufschrift ‚Defekt' hing. Rolf seufzte kurz auf, dann gingen die Männer zur Treppe und stiegen diese bis in den vierten Stock hinauf, in dem sie die Wohnung entsprechend der Lage des Namens am Klingelbrett vermuteten. Nachdem sie die Etage erreichten, betraten sie einen dunklen Gang, der zu vier Wohnungen führte. Eine der Türen stand ein wenig offen, sodass etwas Licht in den Gang fiel.

Als sie diese erreichten fragte Rolf: „Friederike?“ Langsam drückte er die Tür weiter auf und betrat zögerlich die Wohnung. Ein überraschendes Bild eröffnete sich ihnen: Während das Haus heruntergekommen wirkte, war die Wohnung sehr ansprechend, modern und geschmackvoll eingerichtet. Beim Betreten gelangte man direkt in einen großen, lichtdurchfluteten Wohnraum, der mit hellbraunen Bodenplatten ausgelegt war. Auf der linken Seite befand sich ein riesiges cremefarbenes Loungesofa, vor dem ein großer kniehoher, etwa ein Meter achtzig langer Glastisch stand. Das Ensemble war eingerahmt von zwei Türen, die, wie Jan vermutete, wahrscheinlich zu den Schlafräumen führten. Rechts der Wohnungstür ging ein kleiner Gang ab, der, wie er sehen konnte, zum Bad und zu einer kleinen, aber sehr schick eingerichteten Küche führte.

Gegenüber der Eingangstür befand sich eine große Glasfront: Vor dieser stand eine Frau und beobachtete sie schweigend. Sie war vielleicht Anfang zwanzig, etwa 1,75 cm groß, sehr schlank und hatte kupferfarbenes Haar. Ihre Arme hielt sie vor der Brust verschränkt. Mit dieser Körperhaltung sowie dem Kontrast zwischen dem roten Haar und ihrer schneeweißen Haut wirkte sie auf Jan sehr zerbrechlich – aber auch sehr anziehend. Während er hinter sich die Tür schloss, blieb Rolf mitten im Raum stehen und betrachtete die junge Frau. Dann fragte er zögerlich: „Sie sind nicht Friederike, oder?“

„Nein“, antwortete sie. Nachdem sie einen Moment geschwiegen hatte, ergänzte sie: „Hi, ich bin Candy.“

„Natürlich bist du das“, entfuhr es Jan und er konnte sich dabei ein breites Grinsen nicht verkneifen.

Irritiert drehte Rolf sich um und fragte erstaunt: „Ach, Sie kennen sich?“

„Nein, nein – schon gut“, antwortete Jan mit einer abwinkenden Handbewegung. „Das ist ein Zitat aus einem Film.“

Rolf schüttelte den Kopf. Nachdem er sich wieder gesammelt hatte, fuhr er fort: „Gut Candy, ich freue mich, Sie kennenzulernen. Ich würde gerne mit Friederike von Lauenburg sprechen, ist sie da?“

„Nein“, antwortet die junge Frau knapp, dann schwieg sie wieder.

„Sie wohnt aber hier?“

„Ja …“

„Wo ist sie dann?“

„Weiß ich nicht …“

„Wann kommt sie denn wieder?“

„Weiß ich nicht …“

„Wann haben Sie sie das letzte Mal gesehen?“

„Weiß ich nicht …“

„Was wissen Sie denn überhaupt?“

Die Rothaarige schwieg.

„Fräulein Candy, Sie sind keine große Hilfe. Wie machen wir jetzt weiter? Wollen Sie uns bei der Suche nach Friederike helfen oder nicht?“, fragte Rolf unwirsch.

Als Jan die Anrede hörte, hätte er fast angefangen laut aufzulachen. Aus seiner Sicht, machte sein Begleiter es vollkommen falsch, um aus dieser schüchternen, verängstigt wirkenden jungen Frau etwas herauszubekommen. Doch als er gerade die Stimme anheben wollte, signalisierte ihm Rolf mit einer Handbewegung, das zu unterlassen. Vielmehr sagte dieser: „Gut Fräulein Candy, sollte Friederike nach Hause kommen, so sagen Sie ihr doch bitte, dass sie ihren Vater oder mich unter dieser Nummer hier anrufen soll.“ Während er das sagte, übergab er der jungen Frau eine Visitenkarte. Ohne sie näher zu betrachten, nahm Candy diese schweigend entgegen.

„Vielen Dank!“, sagte Rolf, drehte sich um und signalisierte Jan, dass sie beide die Wohnung verlassen sollten.

Als die Männer wenige Minuten später den Wagen erreicht und im Fahrzeug Platz genommen hatten, sagte Jan: „Um ehrlich zu sein, ich glaube, das war der komplett falsche Ansatz, um aus dem eingeschüchterten Mädchen etwas herauszubekommen.“

„Ach halten Sie doch den Mund! Ich habe Sie nicht um Ihre Meinung gebeten. Bringen Sie mich einfach wieder zurück nach Port d'Andratx“, herrschte Rolf ihn an.

Jan verdrehte die Augen, dann ließ er den Wagen an. Er wusste, dass das eine genauso kommunikative Fahrt wie auf dem Hinweg werden würde. Diesmal hatte er aber keine Lust, etwas daran zu ändern.

## Samstag, 17. Mai, 17:00 Uhr

Es war später Nachmittag, als Xavier die Auffahrt zu seinem Elternhaus hochging, wobei er mehr das Gefühl hatte, zu fliegen. Gestern hatte er den wundervollsten Abend seines Lebens erlebt. Seitdem fuhren seine Emotionen Achterbahn und er fühlte sich großartig. Nachdem er spät in der Nacht nach Hause gekommen war, hatte er zunächst nicht einschlafen können. Er war aufgewühlt und hatte sich nach Letizia gesehnt, obwohl er sie nur eine Stunde vorher noch in den Armen gehalten hatte. Xavier hatte es nicht erwarten können, sie bald wieder zu berühren. Am Mittag hatten sie sich dann in Artà getroffen und waren ein Eis essen gegangen. Dabei mussten sie aufgrund ihres Geheimnisses immer wieder grinsen. Bei dem anschließenden Spaziergang hatten sie sich verstohlen geküsst und er hatte das Gefühl, dass diese Küsse intensiver als alle waren, die er zuvor von ihr bekommen hatte.

Xavier erreichte den Platz vor dem Herrenhaus und erblickte eine schwarze Limousine. Vor dem Fahrzeug stand ein Mann in einem dunklen Anzug und lehnte lässig an einem der vorderen Kotflügel. Als der Junge ihm ein freundliches ‚Hola' zu rief, nickte der Mann nur kurz und schaute ihm dann mit ausdruckslosen Blick hinterher.

Xavier betrat die Halle und gab laut Bescheid, dass er wieder da sei. Er warf seinen Rucksack mit den Schulsachen in die Ecke und bog dann in Richtung des Wohntrakts ab. Als er den Salon betrat, sah er, dass sein Vater sich mit einem ihm fremden Mann unterhielt. Dieser saß auf dem schweren

Chesterfield-Sofa, während sein Vater mit Cedric zu seinen Füßen auf einem Sessel gegenüber Platz genommen hatte. Der Fremde trug einen schwarzen gepflegten Vollbart, der den Großteil seines Gesichts ausfüllte. Die verbliebenen haarlosen Partien waren weitestgehend mit einer großen Pilotenbrille bedeckt. Sie hatte feine goldene Metallbügel, die gewaltige, leicht blau getönte Gläser einfassten. Die dunklen Haare, die mit grauen Strähnen durchzogen waren und ihnen so einen silbernen Glanz gaben, waren streng nach hinten gekämmt. Er saß entspannt, den rechten Arm lässig auf die Rückenlehne gelegt, auf dem Sofa und strahlte Souveränität aus.

Xavier konnte nicht hören, was die beiden Männer besprachen, aber er konnte sehen, dass der Gast ruhig und überlegt redete. Sein Vater wirkte hingegen geradezu wie ein Schuljunge. Er saß vorgebeugt auf dem vorderen Eck des Sessels, hielt die Hände gefaltet vor sich und lauschte andächtig. Xavier hatte seinen Vater noch nie so erlebt – er wirkte seltsam verspannt. Als der Conde ihn entdeckte, winkte er ihn zu sich und stand auf. Offensichtlich für Cedric das Signal, sich ebenfalls zu erheben. Das Tier reckte sich kurz und ging dann schwanzwedelnd einige Schritte auf den Jungen zu. Während Xavier den großen Raum durchquerte, sagte sein Vater: „Don Alfonso, darf ich Ihnen meinen Sohn vorstellen."

Xavier ging auf ihren Gast zu und lächelte diesen freundlich an: „Guten Tag Don Alfonso, es ist mir eine Ehre."

Der Mann blieb auf dem Sofa sitzen und bewegte sich nicht. Einen Moment schaute er Xavier regungslos an, dann streckte er dem Jungen die Hand entgegen. Als er diese nahm, spürte Xavier einen sehr kräftigen Händedruck. Don Alfonso hielt die Hand fest. Er schaute den Jungen durchdringend an und verzog dabei keine Miene.

Xavier spürte, wie sich Verunsicherung in ihm breitmachte. Unter dem Blick des Mannes fühlte er sich zunehmend unwohl. Nach einer gefühlten Ewigkeit ließ dieser seine Hand los und sagte mit einer tiefen sonoren Stimme: „Ich habe schon viel von dir gehört."

Xavier drehte den Kopf und schaute seinen Vater, der ihn ernst beobachtete, ängstlich an. Dann nahm er seinen ganzen Mut zusammen und sagte: „Ich hoffe, nur Gutes." Dabei lächelte er verlegen. „Was führt Sie zu uns?"

„Don Alfonso und ich haben beruflich etwas zu besprechen", antwortete sein Vater schnell.

„Und so habe ich die Gelegenheit, dich auch kennenzulernen", sagte dieser ruhig und schaute Xavier weiter durchdringend an.

„Don Alfonso, lassen Sie uns nach draußen gehen. Von der Terrasse, die bereits mein Großvater hatte anlegen lassen, hat man einen wundervollen Blick auf die Ebene und auf die Ausläufer des Tramontana-Gebirges. Es gibt für mich auf dieser Welt keinen schöneren Flecken Erde." Während Xaviers Vater das sagte, nahm er sowohl sein Glas als auch das von Don Alfonso in die Hand. Der Politiker erhob sich ebenfalls und ließ den Jungen dabei nicht aus den Augen. Dann drehte er sich um und folgte ohne ein weiteres Wort dem Conde nach draußen, während Cedric hinterher trottete.

Xavier schaute den beiden Männern nach, dann machte er auf dem Absatz kehrt und verließ schnellen Schrittes den Salon. Wenige Sekunden später erreichte er das Esszimmer, in dem seine Mutter saß. In der Regel nahmen sie um diese Zeit nur eine Kleinigkeit zu sich und alle kamen leger gekleidet zusammen. Heute war es anders: Die Condesa trug ein tiefrotes Businesskostüm sowie Schuhe mit hohen Absätzen und dazu eine schneeweiße Bluse, um deren Kragen sich ihre penibel frisierten langen braunen Haare legten. Sie saß am Tisch und schrieb etwas in ein schwarzes Notizbuch.

Ana, die etwa zeitgleich mit Xavier den Raum betreten hatte, stellte Wassergläser auf den Tisch. Sie trug ein leichtes Sommerkleid, das eng anlag und so ihre Figur betonte. Früher hätte Xavier sie heimlich und bewundernd betrachtet, doch nun nahm er ihre Schönheit kaum noch wahr. Freundlich begrüßte er Ana, anschließend ging er auf seine Mutter zu und gab dieser einen Kuss auf die Wange – dann platze es aus ihm heraus: „Was ist das denn für ein Arschloch?“

„Na! Das sagt man nicht“, erwiderte seine Mutter umgehend und schaute ihn streng an.

Xavier sah, dass Ana große Mühe hatte, ein Grinsen zu unterdrücken. Erneut begann er: „Ich habe selten so ein Arsch …“

„Xaaavier!“, unterbrach ihn seine Mutter.

„ … einen so unsympathischen Mann kennengelernt“, fuhr er fort.

„Das ist Don Alfonso de Vaca. Er gehört zu einer der ältesten Familien auf der Insel …"

„Na und? Wir auch."

Seine Mutter ignorierte den Einwand. „Er ist Abgeordneter im Inselparlament und er ist ein Geschäftspartner deines Vaters. Und er ist sehr, sehr wichtig für uns. Er hat von deinem Vater Land gepachtet, das brach liegt. Und er plant noch mehr zu pachten. Ich verlange, dass du dich benimmst und freundlich zu ihm bist." Verärgert wandte sich wieder ihren Notizen zu.

Xavier schwieg. Er holte sein Smartphone heraus und überprüfte die zahlreichen Messenger-Nachrichten, die er in der vergangenen Stunde von seinen Klassenkameraden erhalten hatte. Als er eine Nachricht von Letizia entdeckte, fing sein Herz wie wild an zu schlagen. Schnell öffnete er diese: „♥♥♥ I O U ♥♥♥" Umgehend tippte er: „♥♥ I O U 2 – 1000 Besitos"

Xavier hatte gerade auf ‚Senden' gedrückt, als sein Vater den Raum betrat, sich an den Tisch setzte und sich die Stoffserviette auf den Schoß legte. Dann schwieg er.

Die Condesa legte ihren Stift beiseite und schaute ihren Mann erstaunt an: „Wo ist denn Don Alfonso?"

„Er musste zurück nach Palma", antwortete der Conde knapp.

„Ach, wie schade. Ich hätte es schön gefunden, wenn er gemeinsam mit uns eine Kleinigkeit zu sich genommen hätte."

„Ich hatte ihm gesagt, dass es uns eine Ehre wäre, aber er musste weiter – dringende Geschäfte."

„Xavier." Als der Junge aufblickte, konnte er sehen, dass sein Vater ihn streng anschaute. Noch bevor er etwas sagen konnte, fuhr der Conde fort: „Don Alfonso hat sich über dich beschwert."

„Oh, mein Gott! Warum?", entfuhr es Xaviers Mutter.

„Er hat mir berichtet, dass sein Gutsverwalter dich an der Finca des alten Albiol erwischt hat. Stimmt das?"

Jetzt wusste Xavier, wer der Hüne war und was er an dem alten Gehöft zu suchen hatte. Schweigend nickte er.

„Ich hatte dir gesagt, dass ich nicht möchte, dass du dich an der Finca herumtreibst. Wir haben das Land verpachtet und du hast da nichts mehr zu suchen. … Wenn du nicht hören möchtest, dann musst du es eben spüren. Du wirst das Haus ein Woche nicht mehr verlassen."

„Aber das war, bevor wir darüber gesprochen hatten …", versuchte Xavier sich zu verteidigen.

Sein Vater ignorierte den Einwand und fuhr fort: „Du wirst eine Woche zuhause bleiben. Basta! Einzige Ausnahmen: Die Schule, die Messe und wenn du zu Padre Enrique gehst. Dieser war heute hier und hat mir am Ende des Gesprächs noch mal gesagt, wie sehr er deine Unterstützung beim Gemeindesfest braucht."

„Aber das ist unfair", versuchte Xavier dagegen zu halten.

„Du hast mich verstanden. Dabei bleibt es!"

# Montag, 19. Mai, 09:00 Uhr

Es war neun Uhr morgens und er war schon wieder müde – oder immer noch? Er hatte unruhig geschlafen und war mehr als einmal wach geworden. Zweifel hatten ihn erfasst, ob er wirklich alles tun würde, um die große Mutter zu schützen. Irgendwann hatte er nicht mehr einschlafen können, war aufgestanden und hatte sich vor seinen Altar gesetzt. Das Rezitieren der Gebete und die Meditation hatten ihn zur Ruhe kommen und seine innere Mitte finden lassen. Und sie hatten ihn darin bestärkt, dass er alles notwendige tun würde, um die große Mutter zu schützen – tun musste.

Er wusste, dass dies nicht leicht für ihn werden würde. Und er war sich auch bewusst, dass die Dinge möglicherweise nicht spurlos an ihm vorübergehen und sich in seine Seele einbrennen würden. Aber er würde das Opfer bringen, denn irgendjemand musste auch die unangenehmen Dinge tun. Wenn die Vorsehung ihn dazu auserkoren hatte, dann wäre er bereit. Es wäre sein Schicksal und er würde es erfüllen. In diesem Bewusstsein war er wieder zu Bett gegangen und nach wenigen Minuten ruhig eingeschlafen.

Dennoch hatte die unruhige Nacht Spuren hinterlassen. Nur mühsam war er in der Früh aus dem Bett gekommen, um seine Morgenzeremonie abzuhalten. Und die Müdigkeit hatte dazu beigetragen, dass er seine Gedanken kaum hatte bändigen können. Sobald sie gerade etwas zur Ruhe gekommen waren, schossen ihm die Sorgen über die Zukunft ihres Glaubens durch den Kopf. Seine Gedanken galoppierten los, wie ein Pferd, das nach einem lauten Knall mit seinem Reiter durchging. Nur schwer hatte er sie wieder einfangen können.

Nach der Meditation hatte er geduscht und sich angezogen. Dann war er in die Küche gegangen, hatte sich einen Kaffee gemacht und etwas Obst geholt. Mehr frühstückte er in der Regel nicht. Er hatte im Esszimmer Platz genommen, ohne das Getränk oder das Essen anzurühren. So saß er nun schon eine Weile da und hing seinen Gedanken nach.

Die Geräusche eines vorbeifahrenden Fahrzeugs holten ihn wieder ins Jetzt zurück. Müde erhob er sich von seinem Stuhl und in den angrenzenden Wohnraum. Er schaltete seine Lieblingsmusik ein und wenige Sekunden später erklangen die ersten Takte des Konzerts für Flöte, Harfe und Orchester von Wolfgang Amadeus Mozart. Insbesondere das erste Stück mochte er, das Allegro, aber noch mehr liebte er das Andantino. Er wählte dieses aus und drückte die Wiederholungsfunktion, sodass es nun endlos durchlief. Langsam schritt er wieder zurück an den Esstisch, setzte sich und lauschte still der Musik.

Wenn er die Klänge des Andantino hörte, dann ging ihm das Herz auf. Dieses Stück berührte ihn so sehr, dass ihm manchmal Tränen die Wangen hinunterliefen. Heute nicht. Heute war er nicht in der Lage, die Musik ganz an sich heranzulassen. Aber er spürte ihre beruhigende Wirkung.

Zudem faszinierte ihn immer wieder, dass Mozart die Flötenstimmen des Stücks wahrscheinlich für einen Amateur komponiert hatte. Es war während seines Aufenthaltes in Paris im Sommer 1778 entstanden. In dieser Zeit hatte Mozart mit Adrien-Louis Bonnières de Souastre, Comte de

Guines, verkehrt und dessen Tochter Kompositionsunterricht gegeben. Der Comte war offensichtlich ein hervorragender Flötenspieler, aber eben doch ein Laie. Ein perfektes Musikstück zu komponieren und dann waren Teile davon so einfach arrangiert, dass ein Amateur sie spielen konnte – faszinierend.

Als er den ersten Schluck seines Kaffees trank, war dieser inzwischen nur noch lauwarm. Beschämt dachte er daran, dass er am Vortag sein Handy auf dem kleinen Tisch zerschmettert hatte.

Er war schon als Kind sehr impulsiv und jähzornig gewesen. Seine Zimmergenossen hatten sich vor seinen Stimmungsschwankungen und Wutausbrüchen gefürchtet. In solchen Situationen begann sein Blut in den Adern zu pulsieren und er konnte nicht mehr klar denken. Er hatte sich dann nicht unter Kontrolle. Manches Mal hatte er schon Dinge getan, die er später bitterlich bereute. So hatte er Mateo, zu dieser Zeit sein bester Freund, einmal während des Unterrichts im Streit den frisch angespitzten Bleistift in den Oberarm gerammt. Dafür hatte es von den Padres zehn Hiebe mit dem Rohrstock auf das nackte Gesäß gegeben und sie hatten ihn anschließend für zwei Tage in den Keller gesperrt. Auf der einen Seite hatte er es bereut – nicht wegen der Strafe, sondern weil er seinen besten Freund verletzt hatte. Auf der anderen Seite hatte er in der Zeit aber auch nachts nicht geholt werden können.

In den folgenden Jahren hatte er gelernt, sich zu beherrschen. In der Regel hatte er seine Emotionen jetzt im Griff, musste aber feststellen, dass seine Stimmungsschwankungen und der damit einhergehende Zorn in der letzten Zeit wieder häufiger in ihm aufbrandeten. Er dachte an das Telefonat vom gestrigen Morgen und wieder spürte er, wie Ärger in ihm hochkroch. Sein Gesprächspartner machte ihn wütend. Einerseits wollte dieser eine Führungsrolle einnehmen und die Richtung vorgeben, andererseits war dieser aber nicht bereit, die finale Verantwortung zu übernehmen und die notwendigen Dinge zu tun.

Seine Wut steigerte sich. Er hasste Inkonsequenz. Wenn sie eine neue Zeit einläuten wollten, dann mussten sie den Weg auch konsequent und radikal gehen und die Dinge umsetzen, die dafür nötig waren. Und wenn dabei Ungläubige zurückblieben oder zu Schaden kamen, dann war es eben so. Diese hatten ja die Wahl, zu konvertieren und nach den Maßgaben der großen Göttin zu leben. Er war sich aber nicht sicher, ob sein Glaubensbruder das auch so sah. „Schwächling", schoss es ihm durch den Kopf.

Er dachte an das gestrige kurze Telefonat und daran, dass er sein Handy zerschlagen hatte. Plötzlich wurde ihm wieder bewusst, dass er nicht sicher sein konnte, dass sein Vorschlag überhaupt verstanden worden war. Wütend stand er auf und ging ins Wohnzimmer zu seinem Festnetztelefon. Er nahm es aus der Ladestation und wählte die Nummer, die er inzwischen auswendig kannte. „Nach einem kurzen Moment meldet sich sein Gegenüber mit einem knappen ‚Ja'.

Er atmete tief durch, um sich zu beruhigen und antwortete dann mit betont ruhiger Stimme: „Ich bin es."

„Was wünschen Sie. Ich kann nicht lange telefonieren."

Er wusste, dass der andere über den Anruf nicht erfreut war, aber es war ihm gleich, er konnte und wollte darauf keine Rücksicht mehr nehmen. „Haben Sie mich gestern verstanden? Wir müssen uns treffen."

„Ja, natürlich habe ich Sie verstanden. Und ich habe gesagt, dass ich kommen werde."

„Gut", er machte eine Pause, um sich wieder zu beruhigen. Die Arroganz seines Gesprächspartners ärgerte ihn maßlos. Dann hob er wieder an: „Wir treffen uns um achtzehn Uhr da, wo wir uns immer treffen."

„Ja, ich werde da sein."

Noch bevor er antworten konnte, hatte sein Gegenüber wieder aufgelegt. Er kochte – diese Arroganz, er hasste diese Arroganz. Er frage sich, woher dieser Mann das Recht nahm, ihn so zu behandeln. Es würde der Tag kommen, da würde dieser zu ihm aufschauen und ihn mit dem nötigen Respekt behandeln müssen. Mehrmals atmete er tief durch, aber erst nach einiger Zeit fand er seine Fassung wieder. Anschließend stellte er das Telefon langsam in die Ladestation und ging wieder zurück ins Esszimmer. Er setzte sich und lauschte still Mozarts Andantino.

## Montag, 19. Mai, 18:15 Uhr

Als sich der Mann auf die alte Bank setzte, ächzte das Holz unter seinem Gewicht. Der Wartende, neben den er sich gesetzt hatte, drehte langsam seinen Kopf zu ihm und blickte ihn einen Moment schweigend an. Dann sagte dieser schneidend: „Da sind Sie ja endlich."

„Der Verkehr", antwortete der Mann gelassen, auch wenn er genau wusste, dass der andere es ihm nicht glauben würde, schließlich konnte er von seinem Büro aus zu Fuß herübergehen. Es war ihm aber gleich, er hatte nicht vor, sich zu rechtfertigen. Zudem war er immer noch verärgert, dass der andere ihn in den letzten Tagen zweimal zu unpassenden Zeiten kontaktiert hatte.

Das Gesicht seines Gesprächspartners verfinsterte sich und dieser schaute ihn streng an. Er hielt dem Blick stand, bis beide fast gleichzeitig den Kopf abwandten.

Schweigend saßen sie nebeneinander. In das große Kirchenschiff fiel nur etwas Sonnenlicht und die kleinen Lampen an den Säulen hatten nicht die Kraft, den großen Raum zu erhellen. Sie wirkten verloren und ohne Zweck. Insgesamt erschien das Innere der Kathedrale kühl und dunkel.

Der Mann ließ seinen Blick schweifen. Auf der rechten Seite lag neben ihnen die ‚Kapelle der Aufnahme Marien in den Himmel'. Es war offensichtlich, dass sein Gesprächspartner den Platz sehr bewusst ausgewählt hatte: Dieser liebte die Kapelle. Zudem konnte man von hier aus die gesamte Kathedrale und den Eingang überblicken. Er wandte sich nach links und sah einige Touristen vom Eingang kommend das Kirchenschiff entlanggehen. Eine andere Gruppe saß einige Meter von ihnen entfernt und lauschte gebannt dem Vortrag ihrer Reiseleiterin. Als diese geendet hatte und weiterging, stand die Gruppe auf und einige begannen zu sprechen. Eine Frau lachte laut auf. Sein Gesprächspartner schloss die Augen und schüttelte den Kopf, dann stieß er hervor: „Wenn das wieder der Tempel der großen Göttin ist, dann hat das alles ein Ende. Die Besucher, die Touristen, die Unruhe … Dann wird es wieder ein wahrer Ort des Glaubens und der Erkenntnis sein.“

„Ein großes Ziel, die Kathedrale von Palma de Mallorca der großen Göttin zu widmen“, antwortete der Mann spöttisch.

Sein Gesprächspartner schaute ihn verärgert an. „Zweifeln Sie etwa an ihrer Macht und an unserem Glauben?“ Während er das fragte, funkelten seine Augen zornig.

„Nein“, antwortete der Mann betont gelassen. Dabei versuchte er zu verbergen, dass er es mit Skepsis betrachtete, wie sich der andere mehr und mehr in den neuen Glauben und in seine Rolle hineinsteigerte. Er hatte das Gefühl, dass dieser sich zunehmend zu einem fanatischen Eiferer entwickelte.

„Wissen Sie“, fuhr der andere fort – offensichtlich hatte er sich ein wenig beruhigt. „Das hier ist ein heiliger Ort. Jaume I. hatte die Kathedrale bewusst der Jungfrau Maria gewidmet. Auch er war ein Wissender, ein Anhänger des weiblichen Prinzips. Er hatte seine Initiation bei den Templern erhalten, bei denen er aufgewachsen ist.“

„Aha? Ich dachte, die Templer waren ein christlicher Orden."

„Unsinn!" Sein Gesprächspartner spuckte das Wort förmlich aus. Wütend funkelte dieser ihn an. „Der Orden wurde von Hugo de Bagá gegründet – wie wir ein Spanier. Die Franzosen haben daraus Hugues de Payens gemacht.

De Bagá und die Templer verehrten uneingeschränkt die Jungfrau Maria, das weibliche Prinzip und die große Göttin. Nicht ohne Grund hatten sie ihre Kirchen rund gebaut. Das war Ausdruck des Mutterkultes und ein Zeichen in Zeiten, in denen unsere Geschwister ihren Glauben verbergen mussten, weil die katholische Kirche sie gnadenlos verfolgte. Als die Menschen vor Tausenden von Jahren Erkenntnis erlangten, da verehrten sie das weibliche Prinzip. Fünfundzwanzigtausend Jahre lang galt die große Göttin als Quelle allen Lebens. Erst etwa 3000 vor Christus kamen männliche Götter auf. Das Christentum hatte dann später unsere Geschwister und den alten, wahren Glauben gnadenlos verfolgt und ihn so nach und nach verdrängt."

Der Mann wurde zunehmend unruhig. Er kannte die Monologe seines Gegenübers und sie langweilten ihn. Zudem spiegelten sie dessen wachsenden Fanatismus wieder. Ungeduldig fragt er: „Warum wollten Sie mich eigentlich so dringend sprechen?"

Er merkte, dass der andere sich ärgerte, weil er ihn unterbrochen hatte. Wütend entfuhr es ihm: „Wir müssen etwas unternehmen. Wir müssen alles Erdenkliche tun, um unseren Glauben zu schützen."

„Sie wollten sich um den Jungen kümmern", antwortete der Mann kühl.

Erneut schaute ihn sein Gesprächspartner wütend an. Die Augen funkelten und er konnte spüren, wie dieser mit sich rang, um seinen Zorn zu unterdrücken: „Der Junge ist unser gemeinsames Problem. Wir sollten schauen, dass wir das gemeinsam lösen. … Ich bin bereit, alles Nötige zu tun. Sind Sie es auch?" Er machte eine kurze Pause, dann sagte er: „Es ist bald Neumond."

„Sie haben gesagt, dass Sie sich um den Jungen kümmern, also tun sie das auch", sagte der Mann unnachgiebig. „Wenn unsere Gemeinschaft verraten wird, haben wir alle ein Problem."

„Gut, ich kümmere mich um den Jungen. … Sind Sie auch bereit alles zu tun?"

„Was soll das? Sagen Sie mir einfach was Sie wollen?" Der Mann spürte wie Ärger in ihm aufkam.

„Es gibt noch eine andere Person, die vielleicht mehr weiß, als uns lieb sein kann und die uns möglicherweise auch gefährlich wird."

Der Mann dachte kurz nach, dann sagte er: „Ich weiß, wen Sie meinen. … Ich werde mich um das Mädchen kümmern. Ich muss los." Er hatte den Satz noch nicht ganz zu Ende gesprochen, da erhob er sich und ging ohne ein weiteres Wort zu sagen in Richtung Ausgang.

Sein Gesprächspartner bebte vor Zorn. Diese Arroganz … Was glaubt er, wer er ist? … Mich einfach hier sitzen zu lassen. … Ich bin der Hohepriester. Es wird die Zeit kommen, da wird er sich vor mir in den Dreck werfen. Wütend verfolge er den Mann mit den Augen, bis dieser hinter einer Säule verschwand.

## Dienstag, 20. Mai, 15:00 Uhr

Rubén setzte den Blinker und verließ die Hauptstraße, die nach El Arenal führte. Keine hundert Meter weiter erreichte er die Strandpromenade der Platja de Palma, welche die gesamte Bucht säumte. Dann bog er links ab in die Carretera de l'Arenal, die komplett leer war, da hier ausschließlich Polizeifahrzeugen die Durchfahrt erlaubt war.

Rubén mochte die Platja. Er mochte ihren langen Sandstrand, der das gleißende Licht der Nachmittagssonne widerspiegelte, und er mochte das Himmelblau des Meeres. Was Rubén allerdings weniger mochte, waren die deutschen Touristen, die hier im Rudel auftraten und sich benahmen, als wäre es ihre Insel.

Es verletzte seinen Stolz, wenn er hörte, dass es Diskussionen in Deutschland gab, Mallorca zum 17. Bundesland zu machen – selbst wenn diese nur scherzhaft geführt wurden. Und es widerte ihn an, wenn in den Kneipen an der Platja ein deutscher Sänger auftrat, der sich ‚König von Mallorca' nannte. Was maß sich dieser Clown an? Es gab nur einen König in Spanien und das war König Felipe VI. Und was maßen sich die Deutschen an, schließlich war Mallorca ein Teil des Königreichs Spanien.

Die Arroganz der Touristen konnte ihn zur Weißglut bringen. Und ihr unwürdiges Verhalten, wenn sie sich an der Platja bis zum Umfallen betranken, ekelte ihn an. Er war froh, dass die Inselregierung endlich reagiert hatte und das

Trinken in der Öffentlichkeit verboten sowie die Polizeipräsenz erhöht hatte. Für ihn war es ein überfälliger Schritt.

Und nun musste er sich auch noch um eine Deutsche kümmern, die laut ihrem Vater verschwunden war. Rubén war genervt. Er hatte keine Lust eine junge Frau zu suchen, die wahrscheinlich gerade betrunken in irgendeinem fremden Bett wach wurde. Auf der anderen Seite: Es war Samstagnachmittag und er und sein Partner hatten Bereitschaftsdienst. Sie hatten nicht viel zu tun und da konnte man mal ein bisschen recherchieren. Außerdem war er Polizist und nahm seinen Job sehr ernst. Und wenn jemand seit längerem vermisst wurde, dann musste sich die Polizei darum kümmern.

Mit einem surrenden Geräusch fuhr das Beifahrerfenster herunter. Rubén wusste, was jetzt kam: In wenigen Sekunden würde sich sein Beifahrer eine Zigarette anzünden. Seit Dienstbeginn um vierzehn Uhr, jetzt war es kurz vor drei, hatte sein Partner mindestens vier oder fünf Zigaretten geraucht. Rubén hatte es aufgegeben, mit ihm darüber zu diskutieren. Josep war Kettenraucher und er musste das akzeptieren – auch wenn der starke Nikotinkonsum immer mehr seine Spuren hinterließ. Rubén hatte das Gefühl, dass die Haut seines Partners zunehmend grau wurde. Auch die Zähne, die noch nie besonders schön waren und deutlich hervorstanden, wurden zunehmend in Mitleidenschaft gezogen und ähnelten farblich immer mehr den Filtern von Joseps Zigaretten.

Rubéns Partner war etwa 1.70 Meter groß und untersetzt. Haare hatte er auf dem Kopf zu wenig und dafür am Körper zu viel. Das führte dazu, dass seine Rückenhaare in einem tief dunklen Streifen den Nacken hochliefen und aus den meist durchgeschwitzten Hemden herauswucherten. Josep war hinsichtlich seines Aussehens von der Natur wahrlich nicht gesegnet. Das führte dazu, dass die Kollegen ihn ironisch ‚El Guapo' also ‚Den Schönen' nannten.

Aber Josep war ein hervorragender Polizist. Aufgrund seines Äußeren wurde er häufig unterschätzt, insbesondere auch von Kriminellen. Er hatte aber einen messerscharfen Verstand und konnte, falls nötig, auch entschlossen zupacken. Rubén gab es stets ein gutes Gefühl, Josep an seiner Seite zu wissen, da er sich auf seinen Partner immer verlassen konnte.

Sie fuhren weiter am Meer entlang und passierten einige Kollegen von der Policía Local, die darauf achteten, dass die Touristen die Ordnungsregeln einhielten. Nachdem Rubén und Josep aufgrund einiger Einbahnstraßen ein paar Mal abgebogen waren, erreichten sie El Arenal und bogen auf Höhe des Hafens in den Carrer Maria Antònia Salvà ab. Als Rubén sich dafür entschieden hatte, dem Verschwinden von Friederike von Lauenburg nachzugehen, war es für ihn ein Leichtes gewesen, ihre Adresse herauszubekommen. Zudem hatte eine kurze Internetrecherche ergeben, dass ihr Vater der Chef der größten deutschen Privatbank war. Der Banker schien verzweifelt gewesen zu sein und er machte sich offensichtlich wirklich große Sorgen um seine Tochter.

Rubén setzte den Blinker, fuhr rechts heran und schaltete den Motor aus. Dann sprangen die beiden Polizisten aus dem Wagen. Während sie die Stufen zur Haustür hochgingen, nestelte Josep an der Hemdtasche herum.

„Ey Josep, jetzt nicht“, sagte Rubén genervt.

„Ja was? … Ich werde doch kurz eine rauchen können.“

„Hey, wir sind jetzt da. Lass uns kurz schauen, ob jemand zu Hause ist. Wenn ja, dann gehen wir hoch. Wenn niemand da ist, dann kannst du ja rauchen. Okay?“

Mürrisch ließ El Guapo die Zigarettenschachtel wieder in seiner Hemdtasche verschwinden und folgte Rubén zum Treppenabsatz. Dieser drückte mehrmals eine Klingel, bis sich unter Knacken der Sprechanlage eine weibliche Stimme mit einem kurzen ‚Si‘ meldete.

„Policia Judicial! Wir würden gerne mit Ihnen sprechen“, sagte Rubén bestimmend. Einen kurzen Moment später summte der Öffner und die beiden Polizisten schlüpften durch die Eingangstür hinein. Als sie im vierten Stock angekommen waren, sahen sie, dass eine Tür in einer Ecke des Flures geöffnet war. Sie gingen den Gang entlang und betraten kurze Zeit später eine sehr geschmackvoll eingerichtete Wohnung. Vor der Fensterfront des Wohnraums stand eine rothaarige schlanke Frau und schaute sie unsicher an.

„Bon Dia“, begann Rubén das Gespräch. „Ich bin Inspector Tejada und das ist Inspector Yuste. Sind Sie Friederike von Lauenburg?“ Während er das fragte, zeigte er der Frau seinen Dienstausweis.

„Nein, ich bin Candy“

Rubén schaute sie verwundert an, dann fragte er streng: „Ist das Ihr richtiger Name? Ich würde gerne einmal Ihren Ausweis sehen."

„Mein richtiger Name ist Caroline Borchart."

„Das ist schön, dürfte ich dennoch Ihren Ausweis sehen."

Die junge Frau ging zu ihrer Handtasche, die auf dem Sofa stand, und nestelte nervös an dieser herum. Dann gab sie Rubén ihren Personalausweis.

„Okay Frau Borchart: Wohnt Friederike von Lauenburg ebenfalls in dieser Wohnung?"

„Ja …"

„Ist sie hier."

„Nein …"

„Wann kommt sie wieder?"

„Weiß ich nicht …"

„Wann haben Sie sie das letzte Mal gesehen?"

„Vor einer Weile …"

„Was heißt eine Weile?"

„Das kann ich Ihnen nicht sagen."

Bevor Rubén eine weitere Frage stellen konnte, unterbrach El Guapo das Gespräch. Er trat zwischen sie beide, hob den Zeigefinger in Candys Richtung und hielt ihr diesen vors Gesicht – dann fuhr er sie an: „Pass mal auf Mädchen: du spielst jetzt mit und beantwortest unsere Fragen und erzählst uns, was du weißt. Wenn du das nicht machst, dann nehmen wir dich mit aufs Präsidium und befragen dich dort. … Mein Kollege und ich haben nicht mehr so viel Zeit bis zum Feierabend und wir müssen pünktlich nach Hause. Dann musst du wohl die Nacht in einer Sammelzelle mit Junkies, Nutten, Besoffenen und anderen Schlampen verbringen." Josep hielt einen Moment inne, dann sagte er: „Und ich verspreche dir, dass möchtest du nicht, denn diese Nacht würdest du nie wieder vergessen."

El Guapo machte erneut eine kurze Pause, dann trat er an die bereits verschüchterte Frau heran, sodass sein Gesicht nur etwa zwanzig Zentimeter von ihrem entfernt war – plötzlich schrie er sie an: „Möchtest du das?"

Rubén lachte innerlich: Im ersten Moment hatte er Angst gehabt, dass die zarte Person vor Schreck nachhinten umfiel. Und auch jetzt wirkte die kleine Rothaarige sichtlich verunsichert – El Guapos Auftritt hatte offensichtlich seine Wirkung nicht verfehlt.

Rubén schob sich wieder zwischen die beiden und sagte zu Josep: „Lass mal, ich mach das schon." Dann wandte er sich wieder an die junge Frau: „Entschuldigen Sie, mein Kollege ist manchmal ein bisschen ungestüm und aufbrausend. Aber er hat Recht: Wir können Sie mitnehmen. … Da wir das aber alle nicht wollen, lassen Sie uns doch noch mal von vorne beginnen. … Also, wann haben sie Friederike von Lauenburg das letzte Mal gesehen?"

Candy fuhr sich nervös durch die roten Haare, dann antwortet sie wie aus der Pistole geschossen „Das war am Mittwoch vor fünf Wochen."

„Um wie viel Uhr?“

„Das war so etwa zur Mittagszeit. Ich bin zum Strand gegangen und Friederike wollte noch nach Palma.“

„Was wollte sie da?“

„Das kann ich Ihnen leider nicht sagen“, während der Antwort schaute sie nervös zu Josep herüber, der sie finster anblickte. „… wirklich nicht!“

„Und seitdem ist sie nicht wiedergekommen.“

„Nein.“

„Haben Sie sich keine Sorgen gemacht?“

„Wissen Sie, Friederike und ich sind Mitbewohnerinnen – und nicht mehr. … Wir sind nicht wirklich eng befreundet. Deswegen wissen wir auch nicht unbedingt, was die andere so macht. Wir arbeiten auch nicht zusammen. Ich arbeite an der Bar ...“

“Wo?“, fiel Rubén ihr ins Wort.

„Im ‚Oberbayern‘. … Da hat man schwierige Arbeitszeiten, das heißt, ich bin in der Regel nicht vor sechs oder sieben Uhr am Morgen zuhause und schlafe bis mittags oder frühen Nachmittag. Wenn ich dann wach werde, ist Friederike häufig nicht da, weil sie einen anderen Lebensrhythmus hat.“

„Was macht Frau von Lauenburg beruflich?“

„Mal dies mal das. Eine Zeitlang hat sie mit mir an der Theke gearbeitet, die Arbeitszeiten waren aber nicht so ihr Ding. Dann hat sie tagsüber und am frühen Abend Werbezettel am Strand und auf der Straße verteilt, um die Touristen in Bars zu lotsen. Da war sie aber nicht wirklich erfolgreich. Wenn ich mich recht erinnere, hat sie zuletzt in einer Boutique in Palma als Verkäuferin gejobbt.“

„Wie ist der Name der Boutique?“

„Das, … das kann ich Ihnen leider nicht sagen.“

„Okay, Frau Borchart. Vielen Dank bis dahin. … Sollte Frau von Lauenburg wieder auftauchen oder sollte Ihnen noch etwas einfallen, so rufen Sie mich bitte unter der Nummer an.“ Während er das sagte, reichte Rubén Candy seine Visitenkarte von der Kriminalpolizei herüber.

„Und Mädchen, du solltest anrufen. … Und rechne immer damit, dass wir noch mal vorbeikommen“, bellte El Guapo sie zum Abschied an, während Rubén sie freundlich anlächelte. Dann verließen die beiden Polizisten die Wohnung und zogen die Tür hinter sich zu.

Als sie im Erdgeschoss angekommen und durch die Haustür nach draußen getreten waren, fischte Josep sich umgehend eine Zigarette aus seiner Hemdtasche und steckte sich diese an. Während er den Rauch tief inhalierte, stiegen sie die Stufen zu ihrem Wagen hinunter.

„Glaubst du ihr?“ fragte El Guapo seinen Kollegen, als sie vor dem Wagen standen.

„Gute Frage. … Ich bin mir nicht sicher. … Ich bin mir nicht sicher, ob sie wirklich so wenig über die Lauenburg weiß oder ob sie uns etwas verschwiegen hat.“

„Wir hätten sie mitnehmen sollen.“

„Mit welcher Begründung?"

„Uns wär schon was eingefallen", entgegnete Josep, während er den Rauch aus seinen Lungen blies.

Rubén verdrehte die Augen. Er war in bestimmten Fällen auch schon mal für eine härtere Gangart, aber in diesem Fall hätte er es für übertrieben gehalten.

Während die beiden Kommissare schweigend auf dem Bürgersteig standen und über das Geschehene nachdachten, fuhr eine schwarze Mercedes-Limousine im Schritttempo an ihnen vorbei und hielt vor ihrem Fahrzeug. Aus dem Wagen stiegen zwei Männer in eleganten auf Maß geschneiderten Anzügen. Während der eine seine Frisur einfach zurückgegelt hatte, trug der andere seine längeren Haare zu einem Pferdeschwanz zusammengebunden. Beide trugen Sonnenbrillen und Rubén konnte unter ihren Sakkos auf Brusthöhe auffällige Wölbungen erkennen – sie hatten eindeutig Waffen bei sich.

Die Männer musterten sich misstrauisch und während die Neuangekommenen die Stufen zum Eingang hochstiegen, ließen sie sich die vier nicht aus den Augen. An der Haustür angekommen, drückte der Langhaarige eine der Klingeln. Augenblicklich erklang der Türöffner und die Männer verschwanden im Treppenhaus. Rubén und Josep schauten sich kurz an, dann sagte El Guapo: „Was waren das denn für Typen?"

„Die Frage habe ich mir auch gerade gestellt. Und hast du die Beulen unter ihren Sakkos gesehen?"

Josep nickte.

„Wir können ja mal schauen, ob wir rausbekommen, zu wem die gehören.“ Während Rubén das sagte, ging er um sein Fahrzeug herum und machte mit seinem Handy ein Foto vom Nummernschild des Mercedes. Anschließend stiegen die beiden Polizisten in ihren Wagen und machten sich wieder auf den Weg nach Palma.

*

Nachdem die beiden Polizisten ihre Wohnung verlassen hatten, atmete Candy erst einmal tief durch. Auch wenn sie normalerweise nicht rauchte, brauchte sie jetzt erst einmal eine Zigarette. Sie wusste, irgendwo im Küchenschrank mussten welche von Friederike sein. Während sie den Wohnraum durchschritt, um in den Gang in Richtung Küche abzubiegen, klingelte es erneut an ihrer Tür.

„Scheiße, was wollen die Bullen denn noch? Die sollen mich in Ruhe lassen“, dachte sie bei sich. Kurz betätigte sie den Türöffner und verschwand dann in der Küche. Nachdem sie einige Minuten gesucht hatte, fand sie in einem der Schubfächer eine halbvolle Schachtel Zigaretten und ein Feuerzeug. Während sie zurückging, versuchte sie schnell Feuerzeug und Schachtel in ihrer Hosentasche verschwinden zu lassen. Die Polizisten sollten nicht mitbekommen, dass sie nervös war und zur Beruhigung eine Zigarette brauchte. Als sie den Wohnraum erreichte, konnte sie durch die halbgeöffnete Wohnungstür bereits die Schritte im Flur hören. Candy stellt sich mit dem Gesicht zur Tür, als wenn nichts geschehen war. Sie war erleichtert, dass sie kurz, bevor die Polizisten ihre Wohnung erreichten, die Zigaretten hatte verschwinden lassen können.

Die Tür öffnete sich und Candy war überrascht, dass zwei fremde Männer den Raum betraten. Während der eine hinter sich die Tür schloss, ging der andere zielstrebig auf sie zu. Noch bevor sie reagieren konnte, packte er mit der linken Hand ihren Hals und griff mit der rechten in ihren Schritt. Sie spürte, wie sie hochgehoben wurde und ihre Füße den Kontakt zum Boden verloren. Noch bevor sie sich an dem Mann festklammern konnte, flog sie durch die Luft. Keine Sekunde später krachte sie mit voller Wucht auf den Glastisch. Sie spürte einen dumpfen heftigen Schmerz an ihrem Rücken, dann gab der Tisch nach, zerbrach in Scherben und sie fiel mit den Einzelteilen auf den Boden. Candy war überrascht und wollte um Hilfe schreien, doch der Schmerz nahm ihr die Luft. Für einen Moment hatte sie das Gefühl, dass sie ohnmächtig werden würde. Sie schloss die Augen und versuchte tief einzuatmen und so gegen den Schmerz an zu kämpfen. Doch noch bevor dieser abebbte, wurde sie erneut gepackt und hochgehoben.

Ihre Füße berührten gerade wieder den Boden, da wurde sie auch schon in Richtung des anderen Mannes geschleudert. Sie stolperte, fiel erneut und schlug hin. Noch bevor der neue Schmerz ihr reizüberflutetes Hirn erreichte, griff der zweite Mann in ihre Haare. Er zog Candy an diesen hoch, bis sie aufrecht vor ihm kniete, dann hielt er einen Moment inne. Wenige Sekunden später riss er erneut heftig an ihren Haaren. Candys Kopfhaut schmerzte und sie hatte das Gefühl, dass der Mann ihr alle Haare gleichzeitig herausreißen würde. Um den Schmerz zu lindern, gab sie nach und legte den Kopf in den Nacken.

Darauf hatte der Mann offensichtlich gewartet: Augenblicklich legte er seine Hand unter Candys Kinn und um ihren Hals, dann drehte er den Kopf und damit auch ihren Körper in Richtung des Anderen. Anschließend fixierte er sie so. Candy weinte vor Angst und Schmerz und durch den Vorhang aus Tränen konnte sie den Mann erkennen, der sie als erster gepackt und durch den Raum geworfen hatte. Dieser richtete seinen Anzug und rückte seinen Pferdeschwanz gerade; dann schaute er sie an und lächelte. Einen Moment geschah nichts.

Candy atmete hektisch ein und aus. Offensichtlich gefiel es dem Mann, sie tränenüberströmt und in dieser hilflosen Lage zu sehen. Sie hatte das Gefühl, dass er den Anblick genoss. Langsam schritt er zu ihr herüber und hockt sich vor ihr hin, sodass sein Gesicht ganz nah bei ihrem war. Sie konnte seinen Atem riechen und den süßlich herben Duft seines Eau de Toilette.

Candy konnte in ihrer Lage nicht anders, als ihn anzusehen und war überrascht: Der Mann hatte ein auffällig hübsches Gesicht mit perfekten Proportionen und feingeschnittenen Gesichtszügen. Sie fragte sich, wie ein so attraktiver Mann so brutal sein konnte. Der Fremde lächelte sie an – es war ein kaltes Lächeln, das keine Empathie und keine Wärme verströmte. Was sie aber am meisten irritierte waren seine Augen – sie waren eiskalt und passten nicht zu dem engelsgleichen Gesicht.

„Was wollten die Bullen von dir?“, fragte der eiskalte Engel. Um dem Nachdruck zu verleihen, drückte der hinter ihr stehende Mann ihren Hals leicht zu und zog erneut ihren Kopf an den Haaren nach oben. Instinktiv versuchte sich Candy aus der Situation zu befreien, doch bei jeder Bewegung griff der Mann noch brutaler und unnachgiebiger zu. Abermals trieb der Schmerz ihr die Tränen in die Augen.

„Sie haben mich nach Friederike gefragt“, presste Candy hervor.

Der eiskalte Engel hatte vermutet, dass die beiden Männer vor der Tür Polizisten gewesen waren. Aber die Frage, dass sie bei ihr gewesen waren, war ein reiner Schuss ins Blaue. Die Antwort gab ihm Recht und zufrieden stellte er fest, dass er wieder den richtigen Instinkt gehabt hatte.

„Nach was für einer Friederike?“

„Nach meiner Mitbewohnerin Friederike von Lauenburg.“

„Und was wollten sie über sie wissen?“

„Ob ich weiß, wo sie ist und wann ich sie das letzte Mal gesehen habe. Was sie so macht.“

„Und was hast du gesagt?“

„Nichts.“

„He?“, während der eiskalte Engel das sagte, zog der zweite Schläger erneut an ihren Haaren.

„Ich habe wirklich nichts gesagt, … weil ich nichts weiß“, stammelte Candy. Schnell fuhr sie fort: „Ich habe wirklich keine Ahnung, wo Friederike ist. … Ich habe sie seit fünf

Wochen nicht gesehen. Sie ist einfach verschwunden und hat mir nicht gesagt, wo sie hin ist."

„Okay, dabei solltest du auch bleiben. Du solltest auch in Zukunft nichts wissen. Und vor allem solltest du den Bullen dazu nichts sagen. … Verstanden?" Diesmal drückte der zweite Schläger Candys Hals so fest zu, dass sie kaum noch Luft bekam. Eine gefühlte Ewigkeit hielt er sie in diesem Griff fest. Candy hatte Angst zu ersticken und begann zu zappeln. Nur mit Mühe brachte sie ein röchelndes ‚Ja' hervor.

Der eiskalte Engel signalisierte seinem Kompagnon abzulassen. Als sich dessen Griff löste, sackte Candy umgehend in sich zusammen. Nur die Atemnot verhinderte, dass sie laut zu schluchzen begann. Ihr Körper lechzte nach Sauerstoff und sie sog verzweifelt Luft in die Lungen. Aus den Augenwinkeln konnte sie sehen, dass der eiskalte Engel sie dabei betrachtete. Es schien erneut so, dass ihm der Anblick gefiel. Als sich ihr Atem wieder etwas beruhigt hatte, signalisierte er ihr mit einer Handbewegung, dass sie sich wieder aufrichten solle. Sie tat wie geheißen und kniete vor dem Fremden, den Kopf vornüber gebeugt, während ihr das kupferrote Haar ins Gesicht hing. Candy wollte ihren Peiniger nicht länger anschauen.

Der eiskalte Engel ging einen Schritt auf sie zu und verharrte einen Moment, dann trat er ihr mit voller Wucht in den Magen. Obwohl Candy die ganze Zeit misshandelt worden war, traf sie der neuerliche Angriff komplett unvorbereitet. Der dumpfe Schmerz drückte ihr die Luft aus den Lungen und sie brach zusammen. Kaum nahm sie die

Stimme ihres Peinigers wahr, der ihr sanft ins Ohr flüsterte: „Das war nur zur Sicherheit, damit du immer daran denkst, was wir besprochen haben."

Candy hörte wie Schritte den Raum durchquerten und wie die Wohnungstür zunächst geöffnet wurde und anschließend krachend ins Schloss fiel. Dann war es ruhig. Laut begann sie zu schluchzen und stammelte dabei immer wieder: „Was wollt ihr denn alle von mir? … Was wollt ihr denn alle von mir?"

## Dienstag, 20. Mai, 22:00 Uhr

Nach dem erfolglosen Besuch in El Arenal waren Jan und Rolf mehr oder weniger schweigend zurück nach Port d'Andratx gefahren. Rolf hatte sich maßlos über den Verlauf des Gesprächs und Candys mangelnde Kooperationsbereitschaft geärgert, schließlich hatte er Lauenburg versprochen, dass er sich um Friederike kümmern würde und war nun schon beim ersten Versuch, etwas herauszubekommen, gescheitert. Als sie in Port d'Andratx angekommen waren, hatten sie sich ohne viele Worte voneinander getrennt. Seitdem herrschte Funkstille zwischen den benachbarten Booten.

In den vergangenen dreieinhalb Tagen hatte Rolf viel darüber nachgedacht, warum das Gespräch schief gelaufen war und wie er nun weiter vorgehen sollte. Auch wenn es im widerstrebte, irgendwann hatte er sich eingestehen müssen, dass es vielleicht hilfreich sein könnte, nochmals mit Jan zu sprechen. Also schenkte Rolf sich ein Glas Weißwein ein, nahm seinen Klappstuhl und ging erneut zu der Stelle, von der aus er am besten mit seinem neuen Nachbarn sprechen konnte. Er machte es sich bequem, dann sagte er: „Und, gefällt es Ihnen hier?"

Jan, der an Deck saß und ein Buch las, schaute auf und lächelte. „Ja, das ist wirklich ein Traum hier! … Ich glaube, ich habe den besten Platz im ganzen Yachtclub. Zumindest den mit der besten Aussicht."

„Wo haben Sie denn vorher gelebt?"

„In Cala Rajada."

„Aha. … Na, da ist mehr los, oder? Vermissen Sie das nicht?"

„Na ja, ich bin ja gerade erst hier angekommen. Und für mich war die Entscheidung für das Boot auch eine Entscheidung für ein neues ruhigeres Leben."

„Ruhe haben Sie hier."

Beide Männer schwiegen eine Weile, dann sagte Rolf zerknirscht: „Ich glaube, das Gespräch mit dieser Candy ist nicht ganz so gut gelaufen."

„Das kann man so sehen." Während Jan das sagte, konnte er sich ein Grinsen nicht verkneifen. „Ist aber auch die Frage, was Sie erreichen wollten. Wenn Sie etwas über den Verbleib dieser Friederike erfahren wollten, dann ist es nicht nur schlecht, sondern katastrophal gelaufen."

Das Gesicht des Anderen verfinsterte sich, während er unwirsch antwortete: „Ja natürlich wollte ich wissen, was mit Friederike ist. Deswegen waren wir ja da. Was meinen Sie, warum ich danach gefragt habe. … Aber diese Candy hat uns ja so gar nicht weitergeholfen."

„Erzählen Sie mir doch ein bisschen über Friederike und warum Sie sie unbedingt finden wollen."

Rolf schwieg einen Moment und dachte darüber nach, ob er das tun sollte. Letztlich kam er zu dem Ergebnis, dass es ihm vielleicht helfen konnte, wenn sein Nachbar mehr wissen würde. Er begann zu erzählen – von dem Besuch seines Freundes und davon, dass dieser sich um seine Tochter sorgte, weil er seit einigen Wochen nichts mehr von ihr gehört hatte. Rolf schloss seinen Bericht damit, dass er sich seinem Freund verpflichtet fühlte und diesem sein Wort gegeben hatte, Friederike zu finden.

Während des Berichts hatte Jan geschwiegen, dann sagte er: „Ich kann sehr gut verstehen, dass Sie Ihrem Freund helfen wollen. Und das ehrt Sie. … Glauben Sie, dass Candy mehr weiß, als Sie uns erzählt hat?“

„Ich weiß es nicht. … Was meinen Sie?“

„Es würde mich wundern, wenn sie nicht mehr weiß. Selbst wenn sie nur Mitbewohnerinnen sind, dann tauscht man sich doch ab und zu mal aus, was man so macht. Und wenn die andere auf einmal für Wochen verschwindet, dann weiß man entweder, wo sie ist oder man macht sich doch zumindest Gedanken darüber …“ Jan hielt einen Moment inne, dann richtete er sich auf und fuhr fort: „Oder man will es nicht wissen.“

Rolf schaute ihn fragend an. Jan sinnierte weiter: „Ist Ihnen nicht aufgefallen, dass sie sehr nervös war, als Sie ihr die Fragen gestellt haben? … Woran lag das wohl?“

„Vielleicht daran, dass sie ein schlechtes Gewissen hatte, weil jemand nach Friederike sucht und sie nicht weiß, wo sie ist.“

„Das kann sein.“

„Oder sie weiß, wo Friederike ist und will es nicht sagen.“

„Genau. … Oder sie weiß zumindest mehr über den Verbleib von Friederike, als sie sagen will“, schloss Jan.

Beide Männer schauten auf den Hafen und nippten an ihren Getränken. Dann sagte Jan: „Ich mache Ihnen einen Vorschlag: Ich fahre gleich noch mal alleine an die Platja und versuche Candy zu finden, um noch einmal mit ihr zu reden. Um ehrlich zu sein: Unsere Vorgehensweise bei dem Besuch wirkte schon ein bisschen wie ein Verhör. Vielleicht bekomme ich mehr raus, wenn ich noch mal entspannt und in Ruhe mit ihr spreche."

Rolf schaute etwas verkniffen. Er zögerte einen Moment, dann sagte er: „Gut, wenn Sie meinen, dass Sie alleine mehr erreichen … Dann sollten wir es versuchen."

Jan nickte. Nachdem sie sich verabschiedet hatten, stand er auf, holte sein Waschzeug aus dem Inneren des Bootes und ging in Richtung der Waschräume, um sich für den Abend und sein Treffen mit Candy zu rüsten.

Etwa anderthalb Stunden später hatte er ihre Wohnung erreicht. Jan hatte mehrmals geklingelt, es hatte aber keine Reaktion gegeben. Für ihn war klar, dass sie entweder ausgegangen war oder, noch wahrscheinlicher, dass sie gerade in einer der zahlreichen Bars und Diskotheken arbeitete. Warum sollte Candy sonst in El Arenal wohnen.

Jan wusste, dass es die Suche nach der Nadel im Heuhaufen werden konnte und hatte sich dafür entschieden, systematisch vorzugehen und sich zunächst in den gängigsten Touristen-Kneipen umzusehen. Er war mit dem Auto zur so genannten ‚Schinkenstraße' gefahren und schob sich nun mit zahlreichen feierwütigen Touristen durch diese.

Inzwischen war es kurz vor Mitternacht und die Bars und Kneipen waren reichlich voll – was auch für den Großteil ihrer Besucher galt. Während er die Amüsiermeile entlangging, schaute er immer wieder in die Kneipen und beobachtete deren Mitarbeiter.

Nach einiger Zeit erreichte er den ‚Bierkönig', als eine der größten Kneipen an der Platja aus seiner Sicht sicherlich auch einer der größten Arbeitgeber. Von außen ließ er zunächst seine Augen über die Tische streifen und versuchte dabei jede Person und insbesondere alle Kellnerin und Kellner zu erfassen. Dann betrat er das Lokal. Jan passierte die Würstchenbude, an der auf verschiedenen Schildern Bratwurst, Pommes, Pizza, Currywurst oder Schaschlik angepriesen wurden. Selbst für ihn, der dem Treiben an der Platja durchaus offen gegenüber stand, war das ein bisschen zu viel ‚deutsches Kulturgut'. Schnell betrat er die große, mit Segeltuch überspannte Halle, in der die Party in vollem Gange war. Auf verschiedenen Stehtischen standen Testosteron-geschwängerte Jünglinge und stellten ihre entblößten Oberkörper zur Schau. An anderen Tischen konnte er den einen oder anderen Junggesellenabschied erkennen, deren Teilnehmer – bereits mehr oder weniger angeschlagen – Sangria mit Strohhalmen aus Maßkrügen tranken. Die Menschenmenge bewegte sich im Takt der Musik und hatte offensichtlich viel Spaß.

Nachdem Jan die Anwesenden und insbesondere die Kellnerinnen und Kellner eine Zeitlang erfolglos in Augenschein genommen hatte, verließ er das Lokal in Richtung ‚Oberbayern'. Als er die Diskothek erreicht hatte, ging er die Treppe hinunter zum Eingang. Mit mürrischem Blick drückten ihm die beiden Türsteher eine Verzehrkarte in die Hand und wünschten ihm viel Spaß.

Jan betrat das ‚Oberbayern'. Direkt schlug ihm laute Schlagermusik entgegen und während er sich einen Weg durch die Menge suchte, fragte er sich, warum das Lokal so viele Fans hatte. Die Diskothek war im Tiefgeschoss, hatte relativ niedrige Decken und die Musik war insbesondere in dem Bereich, in dem er sich befand, schrecklich. „Hölle, Hölle, Hölle", schoss es ihm durch den Kopf. Einen Moment blieb er stehen, orientierte sich und ging zu einer der Bars, die die Form eines Pilzes hatten und in der Diskothek verteilt waren.

Auf dem Weg zum ‚Oberbayern' hatte er noch mal über seine Vorgehensweise nachgedacht. Bei der großen Zahl an Kneipen und Diskotheken an der Platja könnte die Suche sehr mühselig werden. Daher hatte er sich dafür entschieden, seine Taktik zu ändern: Geradewegs ging er auf den ersten Pilz zu und stellte sich dort an die Theke. Als einer der Kellner sich ihm zuwandte, fragte er direkt, ob eine Candy im ‚Oberbayern' arbeiten würde. „Ja, vorne am vierten Bierpilz, dem letzten vor der Bühne", war die prompte Antwort.

„Jackpot!", freute sich Jan. Aufgrund seines unglaublichen Glückstreffers musste er grinsen, während er sich den Weg durch die Menge bahnte.

Schon von weitem konnte er Candys kupferfarbene Haare und ihre schlanke Gestalt erkennen. Wie alle Kellner trug sie Lederhosen und ein rotweiß-kariertes Hemd. Jan fand, dass ihr das Outfit extrem gut stand und während er sich langsam durch die Menge auf sie zu bewegte, wurde ihm bewusst, dass er Candy sehr hübsch fand.

Als er die Theke erreichte, stellte er sich bewusst an die Seite, die von Candy betreute wurde. Dann lächelte er sie an und versuchte Augenkontakt herzustellen. Ihre Blicke trafen sich und ihr bis dahin entspanntes Gesicht versteinerte sich augenblicklich. Sie schaute in die entgegengesetzte Richtung und ignorierte ihn minutenlang, während sie die anderen Gäste um ihn herum bediente. Als sie einem etwa zwei Meter großen Schwaben neben ihm ein Bier auf die Theke stellte, fasste Jan die Gelegenheit beim Schopfe. Schnell griff er ihre Hand, schaute sie an und fragte: „Kann ich bitte auch ein Bier haben?“

Candy zog ohne ein Wort zu sagen ihre Hand weg, nahm ein fertiggezapftes Bier und stellte es vor Jan auf die Theke. Er reichte ihr die Verzehrkarte, die sie ihm einen Moment später wortlos zurückgab.

Jan griff nun ihren Arm und hielt sie fest. Dann beugte er sich zu Candy herüber und schrie gegen die laute Musik an: „Ich würde mich gerne noch mal kurz mit dir unterhalten. Friederikes Vater macht sich wirklich große Sorgen und vielleicht kannst du uns ja doch helfen.“

Candy schaute weiter an ihm vorbei, riss sich dann blitzschnell von Jan los und herrschte ihn an: „Verpiss dich, du Arschloch.“ Gleichzeitig machte sie ein Zeichen in Richtung Tür.

Jan drehte sich um und konnte sehen, wie sich die beiden Türsteher auf ihn zu bewegten. Verzweifelte schaute er

Candy an und rief ihr zu: „Es geht ja gar nicht um dich, es geht nur um Friederike. Ihr Vater macht sich Sorgen." Doch schon einen Moment später spürte er, wie ihn vier Hände an den Armen und Schultern packten. Er wurde herumgeschleudert und dann Richtung Ausgang geschoben. „Hey, was soll das", schrie er die Türsteher an, während er gleichzeitig versuchte sich loszureißen.

Doch statt den Griff zu lockern, packten die beiden Männer nur noch fester zu. Einer von beiden antwortete ruhig und bestimmt: „Das war es jetzt für dich, Freundchen. Kellnerinnen antatschen, sehen wir hier gar nicht gern."

„Aber ich habe doch nur ein paar Fragen an sie."

„Das haben wir gesehen. Ich grabsche auch immer rum, wenn ich einer Frau eine Frage stelle."

Während Jan in Richtung Ausgang bugsiert wurde, drehte er seinen Kopf und warf Candy einen verzweifelten Blick zu. Sie schaute ihm nur kurz hinterher – dann wandte sie sich ab und ging wieder an ihre Arbeit.

Wenige Sekunden später wurde Jan durch die Ausgangstür nach draußen geschoben. Während er das Bier, das er nicht einmal angerührt hatte, bezahlen musste, wurde er weiter von einem der Türsteher festgehalten. Erst als sie die Treppe hochgegangenen waren und den Bürgersteig erreichten, ließen die beiden Muskelpakete endgültig von ihm ab. Einer der beiden schaute Jan streng an, hob den Finger und sagte: „Pass auf, Typen wie dich wollen wir hier nicht. Ich will dich hier nie mehr sehen." Dann drehte er sich um und stieg gemächlich die Treppe hinab.

Jan hatte genug Erfahrung und wusste, dass es sich nicht lohnte, mit Türstehern zu diskutieren. Er drehte sich langsam um und ging.

## Mittwoch, 21. Mai, 06:30 Uhr

Nachdem Jan das ‚Oberbayern' verlassen hatte, war er noch etwas durch die Straßen geirrt. Er hatte im ‚Megapark' ein paar Bier getrunken und war dann an den Strand gegangen. Dort hatte er sich in den Sand gelegt und an eine der Strandliegen gekauert, damit er von weitem nicht gesehen werden konnte. Er wollte nicht von irgendwelchen Betrunkenen überrascht werden, zumal er auch gehört hatte, dass es immer wieder Überfälle an der Platja gab. Nach wenigen Minuten war er in einen unruhigen Schlaf gefallen.

Gegen 06:15 Uhr, als die Sonne langsam aufgegangen war, war er von der Helligkeit geweckt worden und schließlich an der Promenade entlang einige hundert Meter in Richtung El Arenal geschlendert. Dann hatte er in der Hoffnung, dass Candy nach der Arbeit auf dem Heimweg dort vorbeikommen würde, auf der Mauer der Strandpromenade Platz genommen. Jan hatte nicht lange warten müssen, nach etwa einer Viertelstunde sah er ihr kupferfarbenes Haar.

Candy und ihre Kollegen hatten, nachdem sie im ‚Oberbayern' die letzten Gäste herausgefegt hatten, noch Klarschiff gemacht. Wie immer hatte sich das in die Länge gezogen, sodass sie erst so gegen 06:15 Uhr die Disko verlassen konnten. Viele ihrer Kollegen frühstückten noch zusammen und häufig schloss sie sich ihnen an, aber nach den gestrigen Ereignissen war ihr einfach nicht danach zumute.

Immer noch spürte sie einen dumpfen Druck an der Stelle, wo der eiskalte Engel ihr in den Magen getreten hatte.

Inzwischen hatte sich dort ein großer Bluterguss gebildet, der in tiefem blau schimmerte. Je nachdem, wie sie sich bewegte oder wenn sie Husten oder Lachen musste, dann durchzuckte sie ein Schmerz und sie wurde wieder an ihre Peiniger erinnert. Der Gedanke an das Zusammentreffen mit den beiden Schlägern machte ihr nach wie vor Angst. Sie fragte sich fortlaufend, was das wohl für Typen gewesen waren. Dagegen war das Zusammentreffen mit den Polizisten harmlos gewesen. Und der alte Sack mit dem braunhaarigen Typen, der vor einigen Stunden noch mal im ‚Oberbayern' gewesen war, waren dagegen wie reine Kuschelhasen.

Müde und gedankenversunken ging sie in Richtung ihrer Wohnung. Irgendetwas ließ sie aufschauen und plötzlich sah sie den braunhaarigen Typen: Er saß auf der anderen Straßenseite auf der Mauer, welche die Promenade vom Strand trennte. Was will die Nervensäge denn noch von mir, seufzte sie innerlich. Einen kurzen Moment hatte sie die Idee, sich umzudrehen und in die andere Richtung wegzugehen. Sie verwarf den Gedanken aber wieder, weil sie wusste, dass es sinnlos wäre: Er würde hinter ihr herlaufen und er war definitiv schneller als sie. Daher entschied sich Candy dafür, ihn zu ignorieren. Sie erhöhte ihre Schrittfrequenz und damit die Geschwindigkeit ihres Gangs. Als sie fast an dem Mann vorbei war, stand dieser auf, überquerte die Straße und sprach sie an.

„Hi, ich bin Jan. Ich hatte bei unseren bisherigen Treffen ja keine Chance mich vorzustellen." Während er das sagte, lächelte er sie an.

Candy ignorierte ihn und erhöhte noch mal ihre Geschwindigkeit. Jan nahm das Tempo auf und ging schnellen Schrittes neben ihr her. Er wusste, dass sie ihn nicht abhängen konnte. Das bedeutete, er hatte noch etwa zwanzig Minuten Zeit, bis sie ihre Wohnung erreichen würden. „Warum sprichst du nicht mit mir?“, fragte er.

Schweigend ging sie weiter.

„Ich will doch gar nichts von dir. Der Vater von Friederike macht sich nur Sorgen. Kannst du das nicht nachvollziehen?“

Schweigend ging Candy weiter.

„Was ist mit Friederike? Wo ist sie? … du weißt das, oder?“ Auch darauf bekam Jan keine Antwort. Er ging etwas schneller, überholte Candy, drehte sich um und stellt sich ihr in den Weg. Dann fragte er: „Wovor hast du Angst?“

Schweigend wich sie ihm aus und ging an ihm vorbei.

Erneut rannte Jan an ihr vorbei, baute sich vor ihr auf und fragte: „Was macht dir so viel Angst, dass du nicht mit mir reden kannst?“

Candy konnte nicht mehr. Die gestrigen Ereignisse zerrten immer noch an ihren Nerven und sie war nach zehn Stunden Arbeit und viel zu wenig Schlaf einfach nur müde. Sie blieb stehen, stampfte mit einem Fuß auf den Boden und schrie Jan verzweifelt an: „Lass mich doch einfach in Ruhe.“ Dann begann sie zu schluchzen und ging erneut an Jan vorbei.

Dieser nahm die Verfolgung wieder auf und sagte sanft: „Hey, was ist denn los? … Ich will dir gar nichts tun und ich wollte dir keine Angst einjagen.“

Im Gehen drehte sich Candy um und warf ihm einen verächtlichen Blick zu. „Du doch nicht.“

Jan stutze einen Moment, dann fragte er: „Okay, wer dann? Wer oder was macht dir Angst?“

„Du hast doch keine Ahnung, was hier los ist. Erst kamt ihr, dann gestern noch die Bullen und danach irgendwelche anderen Typen“, platzte es aus ihr heraus.

„Und was wollten die von dir?“, fragte Jan neugierig.

Verzweifelt schaute Candy ihn an, während sie weiter schnellen Schrittes in Richtung ihrer Wohnung ging.

„Bitte sag es mir“, forderte er sie nochmals auf.

„Warum sollte ich das ausgerechnet dir erzählen?“

„Aber du hast doch Angst, … das merke ich doch. Vielleicht wäre es eine Hilfe, wenn du dich jemandem anvertrauen würdest?“

„Und dann ganz bestimmt dir. Ich kenne dich doch gar nicht. Warum sollte ich dir vertrauen?“

„Vielleicht weil du niemand anderen hast, mit dem du darüber sprechen und dem du vertrauen kannst? Rolf Kaltenbrenner und ich wollen ja wirklich nichts von dir, sondern nur dem Vater von Friederike einen Gefallen tun. Wenn wir das machen und Friederike finden, dann können wir damit vielleicht auch deine Probleme lösen.“

Candy setzte ihren Weg fort und ignorierte Jans Aussagen. Er spürte, dass er so nicht weiter kommen würde. Einige Meter ging er noch neben ihr her, dann blieb er stehen und rief ihr hinterher: „Okay, schlaf noch mal drüber. Kennst du das ‚Bon Vivant' in Cala Rajada? Da bin ich morgen am späten Nachmittag und warte um siebzehn Uhr auf dich. Wenn du reden möchtest und wenn du willst, dass dir jemand hilft, dann kannst du dahin kommen. … Und das ist auch weit genug von hier entfernt, da kennt dich keiner. Wir können dort in Ruhe reden."

Ungerührt ging Candy weiter. Jan schaute ihr hinterher und konnte sehen, dass sie kurze Zeit später links in eine der Gassen abbog und verschwand. Als er sich umdrehte, um in Richtung seines Autos zu gehen, fiel ihm eine schwarze Mercedes-Limousine auf, die im Schritttempo an ihm vorbei fuhr. Das Fenster auf der Fahrerseite war heruntergelassen und er konnte am Steuer einen braungebrannten Mann mit einem Pferdeschwanz erkennen. Neben diesem saß ein weiterer Mann, der die Haare zurückgegelt hatte. Beide schauten ihn intensiv an, während sie langsam an ihm vorbei fuhren. „Was sind das denn für Lackaffen?", dachte Jan, während er weiter zu seinem Auto ging.

## Donnerstag, 22. Mai, 10:30 Uhr

„Bingo“, sagte Rubén und schaute hinter dem Bildschirm seines Dienst-PCs hervor. Es war 10:30 Uhr am Morgen und Josep und er hatten vor etwa einer Stunde ihren Dienst angetreten. An einem normalen Arbeitstag ohne Bereitschaft und besondere Vorhaben trafen sie sich immer um diese Zeit in ihrem Büro. Sie tranken zunächst gemeinsam einen Kaffee und erledigten dann den verhassten Schreibkram oder recherchierten in den Datenbanken der Polizei oder im Internet.

Josep blickte Rubén an, während er gleichzeitig in ein Baguette mit rohem Schinken biss. Mit seinen Zähnen konnte er das Fleisch sowie den Speckrand nicht ganz durchtrennen und daher zog er das Brot nach unten, bis der Schinken durchriss und das obere Stück wie ein Lappen zwischen seinen Lippen hing. Mit der Zunge und nickenden Bewegungen seines Kopfes zog er das Fleisch nach und nach in den Mund. Kein schöner Anblick, wie Rubén fand, und irgendwie erinnerte ihn das, was er sah, an einen Frosch – oder vielleicht mehr an eine Kröte. In solchen Situationen wusste er, warum Josep spöttisch El Guapo genannt wurde.

„Was ist? … Wieso Bingo?“, fragte Josep kauend und mit vollem Mund. Während er sprach, flogen einige Brot-und Schinkenstücke vor ihm auf die Tastatur seines Rechners.

Rubén konnte es nicht mehr mit ansehen. Schnell wandte sich ab und schaute wieder auf seinen Bildschirm. „Weißt du, wem der Wagen gehört?“

„Welcher Wagen?“

„Den, den wir vor der Wohnung der kleinen Rothaarigen in El Arenal gesehenen haben und aus dem die beiden aalglatten Typen ausgestiegen sind.“

„Ne“, während Josep das sagte, biss er erneut in sein Baguette.

„Uns!“

„Uns?“

„Na ja, in weitestem Sinne uns. Ich habe gerade in der Datenbank nachgeschaut. Das Kennzeichen ist dem Parlament in Palma zugeordnet.“

El Guapo spitzte die Lippen, um zu pfeifen. Da er den Mund aber voller Baguette hatte, kam statt eines klaren hellen Tons ein sprudelndes Geräusch, während erneut Brotstücke durch die Luft flogen.

„Das waren also Kollegen“, sagte Rubén.

„Ich würde diese Arschlöcher nicht Kollegen nennen.“

„So wie es aussieht und wie die aussahen, sind es Personenschützer. Das erklärt auch die Auswölbungen unter ihren Sakkos. Die Typen waren bewaffnet.“

„Nur was machen die in El Arenal und in einer so trostlosen Gegend?“

„Gute Frage“, während Rubén das sagte, zuckte er mit den Schultern. „Vielleicht wohnt einer von denen da.“

„Oder vielleicht hat ein Abgeordneter seine kleine Nutte da wohnen. Unsere kleine Rothaarige beispielsweise“, antwortete Josep.

„Möglicherweise hat sich dort aber auch ein Abgeordneter konspirativ mit dem politischen Gegner getroffen.“

„Oder eine der Parteien hat dort ein geheimes Büro, in dem sie Schwarzgeld und undeklarierte Spenden verstecken.“

Rubén lächelte. „Kann alles sein“, sagte er knapp. Seine natürliche Neugierde, die ihn als guten Polizisten ausmachte, war geweckt. Und er wusste, dass er erst wieder Ruhe finden würde, wenn er diese Frage für sich geklärt hatte. „Ich werde mal schauen, ob ich herausfinden kann, wem das Kennzeichen beziehungsweise das Auto zugeordnet ist.“

„Mach das“, während Josep das sagte, drückte er die Papiertüte, in der sich sein Baguette befunden hatte, zu einem Ball zusammen und warf das Knäuel in Richtung Mülleimer. Der Ball flog in einem hohen Bogen durch den Raum, setzte auf der Kante des Eimers auf, sprang dann aber in die entgegengesetzte Richtung, bevor er auf den Boden plumpste. El Guapo ließ ihn liegen. Stattdessen fuhr er fort: „Du wirst in der Datenbank aber nicht finden, wer den Wagen oder das Kennzeichen an dem Tag hatte.“

„Ich weiß, natürlich nicht. Das ist nur die normale Zulassungsdatenbank. … Aber Juan Durán, wir beide haben damals zusammen bei der Polizei angefangen und er war in meinem Ausbildungsjahrgang, ist jetzt bei den Personenschützern. Vielleicht kann er helfen.“

„Kann sein. … Aber lass uns jetzt erst mal raus hier. Ich muss auf die Straße“, sagte Josep ungeduldig und stand auf.

„Ja! Wir müssen ja eh noch mal den Arbeitgeber im Fall der Silvia Fellegas befragen.“ Rubén sperrte seinen PC-Bildschirm. Dann erhob auch er sich, steckte seine Dienstwaffen in den Holster und die beiden Männer verließen das Büro.

## Donnerstag, 22. Mai, 17:00 Uhr

„Bon dia!“

Inés erkannte die Stimme sofort. Sie schaute auf und lächelte. „Du warst aber nicht lange weg. Sehnsucht?“, während sie das sagte, schaute sie Jan neckisch an.

„Nach dir doch immer.“ Er strahlte sie an – während Inés bemüht war, ihre Freude nicht zu sehr zu zeigen. Jan nahm vor ihr an der Theke Platz, während sie das Tablett aufnahm, auf dem sich zwei Kaffee und zwei Hierbas befanden.

„Ich bin gleich wieder da“, sagte sie und brachte die Getränke an einen der Tische. Schon einen kurzen Moment später stand sie Jan wieder gegenüber. „Und wie ist dein neues Leben? Hast du alles gut angetroffen?“, fragte sie neugierig.

„Etwas anders, als ich erwartet hatte.“

„Inwiefern etwas anders?“

„Na ja, das Boot ist nicht im besten Zustand. Aber dafür habe ich den besten Liegeplatz im ganzen Yachtclub. Wenn ich an Deck sitze, kann ich auf das gesamte Hafenbecken von Port d‘ Andratx schauen. Und dort habe ich die Abendsonne – es ist der perfekte Ort für einen Sundowner.“

„Klingt gut.“

„Es ist gut. Du solltest mal auf einen Drink vorbeikommen.“

Inés lächelte Jan an und er wusste, was dieses Lächeln zu bedeuten hatte: *Vielen Dank für die Einladung, aber du weißt doch, dass ich verheiratet bin und nicht bei dir vorbeikommen werde.* Jan seufzte, dann fragte er: „Und hier in Cala Rajada? Habe ich in den letzten Tagen etwas verpasst?"

Während Inés die nächsten Bestellungen abarbeitete, berichtete sie, dass es Gerüchte geben würde, dass einer der Diskothekenbetreiber von der Platja de Palma in Cala Rajada eine neue Bar aufmachen wolle. Jan wusste, dass es sie mit ständiger Sorge erfüllte, dass in dem verhältnismäßig kleinen Urlaubsort immer wieder neue Bars eröffnet wurden. Einige von ihnen verschwanden so schnell, wie sie gekommen waren. Andere hielten sich aber auch. Inés Sorge bestand darin, dass die Bettenkapazität und damit auch der Kuchen, der verteilt werden konnte, immer gleich groß blieben. Es kamen aber immer mehr Kneipen, Restaurants und Clubs dazu, die alle etwas von diesem Kuchen abhaben wollten. Eine Sorge, die aus Jans Sicht nachvollziehbar war.

Als sie ihren Bericht abgeschlossen hatte, fragte Inés: „Du wirkst ein bisschen abwesend und warum schaust du immer auf die Uhr? Musst du wieder los?"

„Nein, ich bin verabredet. Meine Verabredung ist aber schon 30 Minuten überfällig."

„Mann oder Frau?"

„Frau."

Inés schaute Jan argwöhnisch an, dann fragte sie: „Hübsch?"

„Geht so“, während Jan das sagte, versuchte er Inés Blick zu meiden.

„Sie ist also hübsch.“

„Wieso, ich habe doch gar nichts gesagt.“

„Musst du auch nicht. Deinem Blick kann ich entnehmen, dass sie dir gefällt. Du bist also gar nicht hierhergekommen, um mich zu sehen, sondern um eine andere Frau zu treffen.“ Während Inés das sagte, fragte sich Jan, ob aus ihren Worten echte Kränkung sprach oder ob sie diese nur spielte.

„Ich brauchte doch einen Vorwand, um dich zu sehen.“ Jan lächelte Inés versöhnlich an und auch sie konnte sich ein leichtes Grinsen nicht verkneifen. „Außerdem ist alles anders als du denkst“, schloss er an.

„Ich bring mal eben die Getränke weg und dann bin ich gespannt, was daran anders ist ...“ Nachdem Inés wieder an die Bar zurückgekehrt war, begann Jan zu erzählen: Er berichtete von seinem spießigen Bootsnachbarn, dass dieser einem Freund helfen wollte und von den Treffen mit Candy. Als Jan erzählte, dass sie eine junge Frau suchten, horchte Inés kurz auf, schwieg aber. Am Ende seines Berichts, als sie gerade zum erneuten Rundgang durch die Bar aufbrechen wollte, schaute sie auf, nickte mit ihrem Kopf in Richtung Eingang und sagte dann: „Da ist deine Freundin.“

Candy hatte etwa zwanzig Minuten im Auto gesessen und darüber nachgedacht, ob sie wirklich ins ‚Bon Vivant‘ gehen solle oder nicht. Eigentlich hatte sie das schon beschäftigt, seitdem sie gegen 13:30 Uhr aufgewacht war. Und auch schon am Vortag hatte sie darüber gegrübelt, ob sie sich wirklich jemandem anvertrauen sollte und vor allem, ob es dann dieser Jan sein sollte, der mehr oder weniger aus dem Nichts gekommen war.

Sie sorgte sich um Friederike, ohne Frage. Seitdem diese verschwunden war, hatte sie viel darüber nachgedacht und sie hatte große Angst, dass ihrer Freundin etwas zugestoßen sein könnte. Eine Zusammenarbeit mit der Polizei kam für Candy aber nicht in Frage: Sie hätte dann erklären müssen, was ihre Freundin zuvor getan hatte und mit wem sie ihrer Meinung nach zusammen war. Und offensichtlich waren die Männer, mit denen sich Friederike eingelassen hatte, zu vielem fähig – das hatte Candy beim Besuch des eiskalten Engels und seines Begleiters am eigenen Leib erfahren.

Aber sie machte sich eben auch Sorgen um Friederike und war sich nicht sicher, an wen sie sich wenden konnte – erst recht nicht, nachdem ihre Freundin so großes Interesse hervorrief. Sollte es dieser Jan sein? Sie wusste nicht, ob sie ihm und dem spießigen Typen, der ihn begleitet hatte, trauen konnte. Aber sie wollte auch, dass ihr jemand hilft und hatte das Bedürfnis, mit jemandem zu sprechen und ihre Sorgen zu teilen. Und Jan und sein Begleiter gehörten offensichtlich weder zur Polizei noch zu Friederikes dubiosen brutalen Freunden.

Auf der einstündigen Fahrt und nach ihrer Ankunft in Cala Rajada hatte Candy noch mal alle Argumente in ihrem Kopf von links nach rechts gedreht. Am Ende hatte sie sich dafür entschieden, das Wagnis einzugehen und sich jemandem anzuvertrauen.

Jan drehte sich zunächst zu Candy und dann wieder zu Inés um. Dann fragte er seine Freundin: „Woher wusstest du, dass sie das ist?“

„Ach Jan, ich kenn dich nun schon eine Weile und ich weiß, dass du auf diesen zerbrechlichen Frauentyp stehst.“ Ohne ein weiteres Wort nahm Inés das Tablett auf und ging an der anderen Frau vorbei nach draußen, ohne diese eines Blickes zu würdigen. Als Candy Jan sah, bewegte sie sich langsam auf ihn zu. Er stand auf und ging ihr einige Schritte entgegen, dann sagte er: „Ich freu mich, dass du da bist. Ich hatte schon befürchtet, dass du nicht kommst.“

„Ich weiß auch nicht, ob das richtig ist“, antwortete sie zögerlich. Dabei lächelte sie ihn zurückhaltend an. Jan führte sie zu einem Tisch in der Ecke, der ihnen die Möglichkeit gab, in Ruhe zu reden. Er fragte sie nach ihrem Getränkewunsch, holte bei Inés ein Wasser und setzte sich dann zu Candy an den Tisch. „Ich bin froh, dass du hier bist“, sagte er und lächelte sie offen an. Als sie ihn verwirrt anschaute, ergänzte er: „Ich glaube auch, dass es für dich gut ist, dass du mit jemanden darüber reden kannst.“

Candys Zurückhaltung war wie verflogen. Sie verschränkte die Arme vor der Brust, schaute ihn direkt an und fragte mit sarkastischem Unterton: „Aha, ein Frauenversteher?“

Jan ließ sich von ihrer provokativen Frage nicht aus dem Konzept bringen, entspannt antwortete er: „Darum geht es nicht. Man spürt nur, dass du vor etwas Angst hast. Und wenn dem so ist, ist es dann nicht besser, wenn man sich jemandem anvertraut.“

„Warum sollte ich das tun? Und warum gerade dir? Ich kenn dich doch gar nicht.“

„Wie ich gestern Morgen schon gesagt habe: Die Frage ist doch, mit wem du sonst darüber sprechen kannst und willst.“

„Vielleicht will ich ja gar nicht darüber sprechen.“

„Vielleicht. … Dann stellt sich aber die Frage, warum du jetzt hier bist.“ Jan lächelte sie an und trank einen Schluck von seinem Kaffee. Dann fuhr er fort: „Ich glaube dir zum Beispiel nicht, dass du so gar keine Ahnung hast, wo Friederike abgeblieben ist.“

„Und wenn das aber so ist.“

Jan zuckte mit den Schultern. „Dann müssen Rolf Kaltenbrenner und ich halt weiter suchen. Denn ihr Vater macht sich wirklich Sorgen und wir stehen bei ihm im Wort.“

„Ich kann die Scheiße nicht mehr hören“, brach es aus Candy heraus. Jan schaute sie überrascht an. „Ihr Vater macht sich solche Sorgen, pah … Der hat sich die ganze Zeit einen Dreck um Friederike gekümmert und sich auch nie bei ihr gemeldet. Wenn, dann hat seine Sekretärin angerufen und Friederike gefragt, ob es ihr gut geht oder ob sie was braucht.“

Candys Mund war trocken vor Erregung und sie nahm einen tiefen Schluck aus dem Wasserglas, dann fuhr sie etwas ruhiger fort: „Friederike hat mir außerdem erzählt, dass er sich auch früher kaum um sie gekümmert hat. Ihr Vater war nie da. Er hat immer nur gearbeitet und hat sie eigentlich immer nur mit Geld versorgt. Die Erziehung hat komplett ihre Mutter übernommen. … Er hingegen hat sich schön aus allem herausgehalten, bis sie ihr Abitur hatte. Friederike wollte danach zunächst ins Ausland gehen und dann Sprachen und Geschichte studieren. Für ihren feinen Herrn Vater war das aber nicht gut genug, er hat sie daher zu einer Bankausbildung gedrängt. So wie sie mir erzählt hat, war die Ausbildung für sie aber der totale Horror. Sie hat sowas Trockenes nie machen wollen, hat sich dann aber in ihr Schicksal gefügt. … Aber sie hat so gelitten, dass sie sich sicher war, nach der Ausbildung ins Ausland zu gehen. Und was hat der Arsch von Vater dann gemacht? Er hat Friederike die Pistole auf die Brust gesetzt. Entweder sie würde studieren und von ihm dann auch ordentlich finanziell unterstützt werden oder er würde ihr keinen Cent zahlen und sie müsste schauen wie sie alleine klar kommt. Friederike wollte aber nichts mit Wirtschaft oder Bankmanagement studieren und erst mal nach Mallorca ziehen. Und nachdem sie ihm diesen Entschluss mitgeteilt hat, hatten sie sich heftig gestritten und ihr feiner Herr Vater hat dann umgehend jede finanzielle Unterstützung eingestellt."

Jan lauschte gebannt, denn das war ein komplett anderes Bild, als das, was Kaltenbrenner gezeichnet hatte. Als Candy keine Anstalten machte, weiter zu reden, sagte er: „Jetzt wird mir einiges klar. Das ist auch der Grund, warum sich von Lauenburg an die Polizei und Rolf Kaltenbrenner gewandt und nicht bei eurer Wohnung gewartet hat."

„Genau, der hat nur eine Visitenkarte in den Briefkasten geworfen, auf der lediglich stand `Melde dich bitte, Papa´. Mich wundert nur, dass er nicht seine Sekretärin geschickt hat", während Candy das sagte, verzog sie verächtlich das Gesicht.

Nachdem Jan einen weiteren Getränkewunsch entgegen genommen hatte, holte er bei Inés für sich ein Bier und für Candy einen Aperol Spritz. Nur zu gerne brachte er ihr den Alkohol – vielleicht würde sie so noch mehr in Redefluss geraten und erzählen. Als er wieder am Tisch angelangt war und sie beide angestoßen hatten, fragte er sie: „Und wie habt ihr beide euch kennengelernt?"

„Hatte ich das nicht schon erzählt?" Sie stutzte einen Moment, dann fuhr sie fort: „Egal. Nachdem Friederike von ihrem Alten kein Geld mehr bekommen hatte, hatte sie sich überlegt, dass sie ja von irgendetwas leben müsse. Wobei das am Anfang gar nicht das Problem gewesen war, weil sie genug Geld auf dem Konto hatte. Dennoch war sie eines Abends im ‚Oberbayern' aufgetaucht und war mir zur Einarbeitung zugeteilt worden. Unser Chef hatte sie eingestellt, weil sie ihm vorgeschwindelt hatte, dass sie bereits zu Schulzeiten gekellnert hatte. Tatsächlich hatte sie aber lediglich zwei Tage die Woche nachmittags in der Schülerbar ihrer Schule Kaffee, Tee und Limo an Mitschüler ausgeschenkt." Candy grinste, während sie das sagte. „Ich hatte dann aber nach keinen fünf Minuten raus, dass sie eigentlich keine Ahnung hatte."

„Und hattest du das deinem Chef gesagt."

„Ach, wieso sollte ich? Friederike ist sehr nett und wir hatten eine Menge Spaß zusammen. Wir haben viel miteinander gelacht und ich mag sie sehr."

„Und deswegen seid ihr dann zusammengezogen."

„Ja. Ich wollte aus meiner alten Wohnung raus, das war ein Drecksloch. Und sie lebte die ganze Zeit in einer Pension – das war ja auch kein Dauerzustand. Also haben wir gemeinsam eine Wohnung gesucht und unsere jetzige gefunden. Eigentlich wollte Friederike eine Wohnung in Palma haben, das hatte sie für standesgemäßer gehalten. Aber das wäre gleich doppelt blöd gewesen: Zum einen sind die Wohnungen dort deutlich teurer und zum anderen ist es zu weit weg vom ‚Oberbayern'."

Candy machte eine kurze Pause, nahm das Glas mit dem Aperol und leerte es in einem Zug gut zur Hälfte. „Dann sind wir bei uns eingezogen. Friederike hat fast die ganze Einrichtung bezahlt. Die hat echt ein Vermögen gekostet, aber das war ihr egal. … Ich liebe Friederike, wirklich, aber sie kann nicht mit Geld umgehen. Sie hatte, glaube ich, einfach immer genug davon. Sie hat es mit vollen Händen ausgegeben und deutlich über ihre Verhältnisse gelebt. Und irgendwann war nichts mehr da. Das wurde dann echt zu einem Problem, weil sie auch aufgehört hat, bei uns im ‚Oberbayern' zu arbeiten."

„Warum?"

Candy dachte einen Moment nach, dann sagte sie: „Noch mal, ich liebe Friederike wirklich, aber sie kann nicht arbeiten. Zumindest ist diese Art Arbeit nicht ihr Ding. Das ist körperlich wirklich hart, was wir da machen."

„Ich weiß, ihr seid nonstop in Bewegung und die Arbeitszeiten bis morgens in der Früh schlauchen."

„Genau, während die anderen Party machen und sich mit Alkohol und Tanzen wach halten, müssen wir arbeiten. Auch mit den Arbeitszeiten war sie nicht wirklich klar gekommen. Sie hatte dann aufgehört."

„Und dann?"

„Bekomme ich noch einen?" Candy hielt Jan das leere Glas hin und lächelte.

„Klar!"

Nachdem Jan die Bestellung an der Theke aufgegeben hatte, sagte Inés: „Scheint ja ein angeregtes Gespräch zu sein."

Erstaunt schaute er sie an, dann fragte er grinsend: „Eifersüchtig?"

Während Inés den Mund verzog, fuhr er fort: „Das ist echt super, sie erzählt mir gerade alles, was ich wissen will."

„Du bist halt ein Frauenversteher", antwortete Inés mit ironischem Unterton.

„Das habe vorhin schon mal gehört und das war genauso ernst gemeint wie von dir." Jan griff sich die Gläser und ging er wieder zurück zu Candy. Dort angekommen fragte sie ihn: „Ist das deine Freundin?" Ihr Blick fiel auf Inés.

Jan lächelte. „Ja, das ist eine Freundin. Aber auch nur eine Freundin. Wir sind kein Paar, wenn du das meinst." Candy schwieg und trank von ihrem Aperol Spritz, während Jan Inés bei der Arbeit zuschaute. Wie beiläufig fragte er: „Und dann? Dann hat Friederike ihre Mutter angepumpt?"

„Nein, die Mutter hat ja selber nichts. Der Vater ist echt ein Arsch. Er hatte sich irgendwann scheiden lassen und ihre Mutter hat damals nur eine kleine Abfindung erhalten. Das hatten sie im Ehevertrag so festgelegt. Weißt du, er hat Millionen auf dem Konto und seine Exfrau bekommt nur ein paar Kröten." Verächtlich verzog sie den Mund. „Und daher muss Friederikes Mutter selber sehen, wie sie über die Runden kommt."

„Und Friederike?"

„Nachdem sie im ‚Oberbayern' aufgehört hat, hat sie noch eine Zeitlang Werbezettel und ähnliches verteilt und versucht, die Touris zum Besuch einer Bar zu überreden. Aber das war auch nicht ihr Ding. Und so hatte sie auf einem Mal nichts mehr. Kein Geld, keinen Job."

Jan war überrascht. Neugierig fragte er: „Und dann?"

Plötzlich verfinsterte sich Candys Blick und ihre Augen zogen sich zu schmalen Schlitzen zusammen. Sie schaute ihn an und in ihrem Gesicht konnte er ihren Zorn erkennen. Wütend zischte sie in an: „Du bist ja vielleicht ein Arschloch! Machst hier einen auf nett und in Wirklichkeit arbeitest du für die Bullen."

Blitzschnell raffte Candy ihre Sachen zusammen und noch bevor er reagieren konnte, war sie aufgesprungen und stürmte davon. Jan blieb verwirrt zurück. Doch als er ihr mit seinem Blick folgte, konnte er den Grund für ihre Aufregung erkennen. Im Eingang des ‚Bon Vivant' stand Rubén und schaute sie beide entgeistert an. Ohne diesen weiter zu beachten, rauschte Candy an dem Polizisten vorbei und verließ die Bar.

Nachdem Jan sich gesammelt hatte, sprang auch er auf und rannte hinter ihr her. Als er gerade an Rubén vorbei laufen wollte, stellte dieser sich ihm in den Weg, hielt ihn an der Schulter fest und fragte: „Was hat das zu bedeuten?“

„Hey, lass mich los“, antwortete Jan barsch und versuchte sich loszureißen.

„Ich habe dich gefragt, was das zu bedeuten hat. Woher kennst du das Mädchen?“

„Geht dich nichts an.“

„Geht mich doch was an.“

„Aha?“

„Wir ermitteln in einem Fall, bei dem es sich möglicherweise um ein Gewaltverbrechen handelt. Und sie gehört zum Kreis der Beteiligten, vielleicht sogar zu den Verdächtigen. ... Damit geht mich das was an.“

Jan schwieg und schaute den Polizisten durchdringend an. Dann löste er mit einer ruhigen, aber energischen Bewegung Rubéns Griff und schob sich langsam an diesem vorbei. Doch es war zu spät, als Jan vor die Tür trat, konnte er Candy nicht mehr sehen.

Er sah auch nicht die schwarze Limousine mit den beiden Männern, die das Geschehen beobachteten. „Was meinst du, sollen wir hinter ihr her?“, fragte der Mann mit dem zurückgegelten Haaren, der am Steuer saß.

„Nein, wir wissen ja, wo wir sie finden“, antwortete der eiskalte Engel. „Mich interessiert mehr, wer der Typ ist. Das ist doch derselbe, der sie gestern Morgen an der Platja angesprochen hatte.“

„Vielleicht ist es ihr Lover.“

„Vielleicht. Wir werden es herausbekommen.“

## Donnerstag, 22. Mai, 19:00 Uhr

Das Klingeln seines neuen Smartphones ließ ihn aufschrecken. Er hatte sich noch nicht an den Ton gewöhnt und auch noch nicht herausbekommen, wie er diesen leiser stellen konnte. Während er seinen Wagen lenkte, warf er einen kurzen Blick auf das Telefon, das neben ihm auf dem Beifahrersitz lag. Er konnte sehen, dass ‚er' es war. Einen kurzen Moment dachte er darüber nach, ob er den Anruf entgegen nehmen sollte oder nicht. Nachdem der Anrufer ihn bei ihrem letzten Treffen in der Kathedrale hatte einfach sitzen lassen, würde er ein Zeichen setzen, wenn er diesen nun zappeln lassen und das Gespräch nicht annehmen würde. Auf der anderen Seite dürfte der Mann einen guten Grund haben, ihn anzurufen, sonst würde er es nicht tun.

Er drückte auf das Annehmen-Symbol, nahm das Gerät in die Hand und hielt es an sein Ohr. Dann sagte er wie beiläufig: „Ja!"

„Ich bin es."

„Hab ich gesehen."

„Kann sein, dass wir ein weiteres Problem haben."

„Warum?"

„Meine Leute haben mir berichtet, dass es einen jungen Mann gibt, der sich auffällig für die Mitbewohnerin von Friederike von Lauenburg interessiert. Und offensichtlich war die Polizei auch bereits bei ihr."

„Das ist ihr Problem."

„Das ist unser Problem.“

„Nein! Wir haben gesagt, dass ich mich um Xavier de Góngora kümmere und Sie sich um die Mitbewohnerin.

Dann ist deren Freund auch Ihr Problem. Genauso wie die Polizei. … Kümmern Sie sich.“ Noch bevor der Anrufer antworten konnte, legte er auf.

Obwohl er mit dem Wagen fuhr, schloss er kurz die Augen. Es machte ihm Angst, dass sich offensichtlich mehr und mehr Menschen für sie interessierten. Auf der anderen Seite: Vielleicht war es ein Zeichen und vielleicht sollte alles so sein. Wahrscheinlich wollte die große Göttin es so. Alles lag in ihrer Hand. Es war ihr Wille und er war bereit ihn zu erfüllen.

## Montag, 26. Mai, 12:00 Uhr

Jan wurde wach. Er schlug die Augen auf und dehnte und streckte genüsslich seinen Körper. Dann setzte er sich langsam auf und schaute sich im Raum um, bis er den Wecker auf dem Nachttisch fand. Es war kurz nach zwölf Uhr mittags.

Er fühlte sich gut. Normalerweise wäre er sofort aufgestanden, stattdessen drehte er seinen Kopf zur Seite und betrachtete sie. Sie lag auf dem Rücken und ihr Körper war gerade mal bis zur Hüfte mit einem Laken bedeckt, das in etwa dort endete, wo die Behaarung ihrer Scham hätte beginnen müssen. Seine Augen wanderten über ihren flachen Bauch und an ihrer schmalen Taille entlang nach oben. Er schaute auf ihre runden weichen Brüste, die leicht zur Seite gerutscht waren – ein Anblick, der ihm gefiel.

Bewundernd betrachtete er ihre alabasterfarbene Haut, die dünn und fein wie Porzellan war, sodass hier und da ihre Venen bläulich durchschimmerten. Sein Blick wanderte weiter nach oben und obwohl sie ihren Kopf zur anderen Seite gedreht hatte, konnte er ihr hübsches Gesicht sehen, das von den kupferroten Haaren eingefasst war. Jan wurde bewusst, dass Inés recht gehabt hatte. Candy berührte etwas in ihm. Mit ihrem schlanken Körper, den feinen Gliedern und dem Kontrast zwischen den roten Haaren und der feinen hellen Haut sah sie zerbrechlich aus. Jan lächelte. Er legte sich auf die Seite, schlang einen Arm um Candy und genoss ihre Nähe.

Seit ihrem Treffen bei Inés im ‚Bon Vivant' waren vier Tage vergangen. Jan hatte nicht aufgeben wollen und war mehrmals ins ‚Oberbayern' gefahren. Er hatte Glück gehabt, dass ihn die Türsteher nicht wiedererkannt hatten. Allerdings hatte er bei seinem erneuten Besuch zu seinem Bedauern feststellen müssen, dass Candy nicht da war. Sie hatte sich krank gemeldet. Das war auch in den beiden Tagen danach so gewesen. Jedes Mal hatte er einer ihrer Kollegeninnen oder einem Kollegen seine Handynummer gegeben und darum gebeten, dass sie ihr ausrichteten, dass sie ihn anrufen möge. Das hatte nicht gefruchtet. Einmal hatte er sogar gesehen, dass eine der Kellnerinnen den Bierdeckel mit seiner Nummer direkt in den Müll geworfen hatte.

Jan war entspannt gewesen, er war sich sicher, dass Candy irgendwann wieder auftauchen würde. Gestern hatte er sich dann den Wecker auf fünf Uhr morgens gestellt. Nachdem dieser klingelt hatte, hatte er sich schnell frisch gemacht und war anschließend nach El Arenal gefahren. Diesmal hatte er sich vor ihrem Haus auf die Stufen gesetzt und dort auf Candy gewartet.

Und Jan hatte Glück: Es hatte keine dreißig Minuten gedauert, bis er sehen konnte, wie Candy die Straße entlang ging und auf ihn zukam. Erst als sie die Treppe zu ihrer Haustür betreten hatte, hatte sie ihn gesehen. Zunächst hatte sie ihn ignoriert und als sie schon an ihm vorbei gegangen war, war er aufgestanden und hatte Candy erklärt, dass er Rubén nicht gerufen hatte und dass dieser mehr oder weniger zufällig ins ‚Bon Vivant' gekommen war. Jan hatte ihr weiter erklärt, dass Rubén Inés' Mann war und dass sie sich beide nicht besonders leiden konnten.

Der letzte Satz hatte offensichtlich ein Umdenken bewirkt: Candy hatte die Haustür aufgeschlossen, sich umgedreht und mit ihrem Gesäß die Tür halb aufgedrückt. Sie hatte ihn angeschaut und nur ‚Kaffee?' gefragt. Dann hatte sie die Tür weiter aufgestoßen und war im Hauseingang verschwunden. Schnell war Jan hinter ihr her gelaufen. Gerade noch rechtzeitig, bevor die Tür ins Schloss fallen konnte, hatte er diese erreicht.

In der Wohnung angekommen hatte Candy Kaffee gekocht und beide hatten sich eine Weile stehend in der Küche unterhalten. Irgendwann war sie zu ihm herübergekommen und hatte ihm einen kurzen Kuss auf den Mund gegeben. Danach hatte sie ihn herausfordernd angeschaut. Als Jan nicht reagiert hatte, waren die Küsse zwei, drei und vier gefolgt, die sukzessive länger und intensiver wurden. Jan hatte sich zunächst zurückgehalten, schließlich war Candy Teil seines ‚Falls'. Irgendwann hatte er dann aber seinen schwindenden Widerstand ganz aufgegeben. Er hatte die Küsse erwidert und sie in den Arm genommen. Sie hatten gleich in der Küche begonnen sich zu lieben und das anschließend leidenschaftlich im Bett fortgesetzt.

Jan spürte, wie Candy sich bewegte und umdrehte. Sie öffnete die Augen, schaute ihn an und lächelte sanft. „Guten Morgen", flüsterte sie.

„Guten Morgen Schönheit. … Oder vielmehr Guten Tag."

„Wie spät haben wir es?"

„Kurz nach zwölf."

Candy lächelte, ihre Hand glitt über seinen Körper und streichelte zärtlich sein Gesicht. Dann lagen sie einfach nur da.

Etwa eine Stunde später, in der sie sich fast ausschließlich angeschaut und sanft berührt hatten, saßen sie sich in der Küche gegenüber und frühstückten. Jan schenkte beiden Kaffee ein, goss dann in seinen etwas Milch und kippte noch einiges an Zucker darauf. Dazu gab es Toasts mit Marmelade und beide langten hungrig zu.

Mit vollem Mund begann Jan zu sprechen: „Darf ich dich mal was fragen?"

„Klar", antwortete Candy kauend.

„Es geht um Friederike. … Was ich aber nicht möchte, ist, dass bei dir der Eindruck entsteht, dass ich nur mit dir geschlafen habe, um etwas über sie herauszufinden."

Candy schaute ihn ernst an. Nach einem kurzen Zögern sagte sie: „Du tust wirklich alles, um an Informationen über sie heran zu kommen." Einen Moment wusste Jan nicht, wie er ihre Antwort deuten sollte. Doch als er sah, dass sie mit dem Lachen kämpfen musste, entspannte er sich wieder. „Ja, ich tue alles – ich setze sogar meinen Körper ein."

„Du verkaufst dich."

„Ich weiß. Wenn es mich weiter bringt, ist mir jedes Mittel recht. … Meine Emotionen waren auch nur vorgetäuscht."

„Genau wie dein Orgasmus."

Jan nickte.

„Das habe ich gemerkt. Du solltest da an deiner Performance arbeiten."

Beide mussten grinsen und Candy biss herzhaft in ihren Toast. Dann sagte sie: „Okay, was möchtest du noch wissen?"

„Das letzte Mal hast du mir erzählt, dass Friederike irgendwann ohne Job und Geld dastand."

„Ja."

„Was hat sie dann gemacht?"

„Sie hat dann noch als Anwerberin gearbeitet und Leute angesprochen, damit diese in die Kneipen gingen, für die Friederike gearbeitet hat. Aber da war sie nicht wirklich gut drin. Also hat sie damit wieder aufgehört. … Gleichzeitig hat sie aber deutlich über ihre Verhältnisse gelebt und entsprechend hat sie dann irgendwann finanzielle Probleme bekommen."

„Und dann?"

Candy zögerte. Sie trank einen Schluck Kaffee und schaute im Raum hin und her, um Jans Blick auszuweichen – dann sagte sie zögerlich: „Sie ist nach Portals Nous gefahren."

Jan schaute sie unwissend an. „Ja und?"

„In Portals Nous gibt es eine Bar. Da treffen reiche alte Männer junge schöne Frauen."

„Ist das eine Bar oder ein Puff?"

„Nein, quatsch. Das ist eine normale Bar. Die Typen sind in der Regel nur steinreich. Die haben ihre dicken Yachten da liegen und wollen Party machen: Die lassen es richtig krachen. Und die Mädchen feiern eben mit. Und anschließend feiert man auf den Yachten weiter." Candy zögerte erneut, nach einer Pause fuhr sie fort: „Und am nächsten Morgen bekommen die Mädchen ein Dankeschön oder ein Taschengeld."

„Also doch ein Puff!"

„Nein!", antwortete Candy vehement.

„Warst du auch schon da?"

„Geht dich nichts an!" Jan spürte, wie Eifersucht in ihm aufbrandete. Ein Gefühl, das er lange nicht gekannt hatte. Er schaute an Candy vorbei aus dem Fenster und dachte nach.

Beide schwiegen eine Weile, dann fuhr Candy fort: „Diese Typen haben einfach unglaublich viel Geld und sie sind damit sehr großzügig."

„Aber diese Typen könnten vom Alter her wahrscheinlich alle dein Vater sein und ist es nicht auch eine Art von Prostitution?", platzte es aus Jan heraus. Er schmeckte Bitterkeit in seinem Mund.

„Nenn es, wie du willst!", sagte Candy schnippisch.

„Dann hättest du heute Morgen besser nicht mit einem armen, jungen Typen schlafen sollen. Von mir bekommst du nämlich …"

Blitzschnell sprang Candy auf. Sie drehte sich um, ging ein paar Schritte aufs Fenster zu und schaute hinaus. Jan biss sich auf die Zunge und hörte auf zu sprechen. Er wusste, alles was er jetzt noch sagen würde, würde sie verletzen und die Situation würde weiter eskalieren. Das wollte er nicht.

Eine Weile stand Candy so da – dann drehte sie sich abrupt um, ging ohne ein Wort zusagen zum Herd und schenkte sich Kaffee nach. Anschließend setzte sie sich wieder. Längere Zeit saßen sich beide schweigend gegenüber und schauten aneinander vorbei. Plötzlich stand Candy auf und ging zu Jan herüber. Sie schob sich zwischen ihn und den Tisch und setzt sich seitlich auf seinen Schoß. Sie nahm sein Kinn mit Daumen und Zeigefinger und drehte sein Gesicht so, dass er sie anschauen musste. „Hey, kein Geld in der Welt und keine Geschenke können mir das geben, was ich heute Morgen mit dir erlebt habe. Es war wunderschön."

Jan schaute Candy in die Augen. Dann fragte er: „Und, … warst du auch da?"

Sie schüttelte den Kopf und sagte sanft: „Das geht dich nichts an. … Alles was vor dir war, geht dich nichts an. Auch ich werde dich nicht fragen, was du vor mir getan hast und mit wie vielen Frauen du geschlafen hast. Und ich erwarte auch von dir, dass du mich nicht danach fragst. Vielleicht erzähle ich dir mal irgendetwas, vielleicht aber auch nicht. Und wenn, dann tue ich das freiwillig."

Jan war überrascht, wie bestimmend diese zerbrechlich wirkende Frau sein konnte. Schweigend drückte er Candy an sich, während sie ihren Kopf an seine Schulter legte. Beide verharrten lange Zeit in dieser Position. Irgendwann hob Candy den Kopf und küsste Jan auf den Mund, dann sagte sie: „Okay, was willst du noch von Friederike wissen, ich erzähl dir alles. Oder nein … ich erzähl dir fast alles. Ich werde dir aber zumindest all das erzählen, was dir helfen kann, sie zu finden."

„Gut. Sie ist also öfter in diese Bar gefahren ..."

„Genau. Und dort hat sie dann einen älteren Geschäftsmann vom Festland kennengelernt. Mit ihm, seinen Freunden und ein paar anderen Mädchen hat sie ab und zu gefeiert. Erst in der Bar und dann in seinem Haus. Das liegt irgendwo an der Küste zwischen Portals Nous und Port d'Andratx. Und der war für sie ein Glücksgriff."

„Wieso?"

„Na ja, Friederike ist halt eine Frau – mit einem weiblichen Körperbau und weichen Rundungen."

„Sie ist dick?"

„Nein! Sie ist nicht dick. Aber es ist eben alles irgendwie runder. Weiblich eben. Die meisten der Typen in der Bar stehen aber eher auf die schmalen schlanken Mädchen."

„Also auf Frauen wie dich."

Candy ignorierte Jans Seitenhieb. „Die schlanken Mädels könnten alle ihre Töchter sein. Und Friederike sieht eben nicht so aus. Sie ist eine sehr weibliche Frau mit großen Brüsten ... um die ich sie auch ein bisschen beneide."

„Musst du nicht, ich finde deine großartig."

„Warum?"

„Warum ich deine Brüste großartig finde?"

„Ja."

„Sie haben die perfekte Form und fühlen sich wunderbar an." Candy lächelte und gab Jan einen Kuss. Als sie abließ fuhr er fort: „Und wenn du mich jetzt noch fragst, warum ich dich liebe, dann hau ich dich."

„Du liebst mich also?", fragte Candy mit einem verschmitzten Lächeln.

„Ich hau dich gleich." Jan lächelte sie an und schaute dabei in ihre strahlend blauen Augen.

Candys Lippen näherten sich erneut den seinen und sie gab Jan einen intensiven Kuss. Das Gespräch, der Kuss und ihr Körper auf seinem – Jan spürte seine steigende Erregung. Dennoch löste er sich wieder etwas von ihr und lächelte. „Lass mal, wir haben heute noch genug Zeit. … Okay, dieser Geschäftsmann steht auf Friederike."

Candy verzog ihr Gesicht, als wenn sie beleidigt wäre. Ihre Augen verrieten aber, dass sie nur Spaß machte. „Nein, der Typ stand nicht auf sie."

„Aha?"

„Er hat aber einen Freund, einen Politiker, der steht auf Friederike. Der ist total auf sie abgefahren und hat sie mit Geschenken überhäuft. Und er hat ihr jede Menge Geld geliehen. … Aber: Er hat nicht mit ihr geschlafen."

„Echt nicht? Hat er irgendeinen Fetisch? Musste sie ihn schlagen … oder sonst was?"

„Nicht, dass ich wüsste. So wie sie sagte, haben sie sich öfter getroffen. Er war großzügig, hat aber nichts von ihr gewollt." Candy hielt einen Moment inne. „Und dann ist sie vor fünf Wochen weggegangen und nicht wiedergekommen."

„Und bist du zur Polizei gegangen?"

„Nein! Was hätte ich denn der Polizei sagen sollen. Meine Freundin hat da einen Politiker kennengelernt, von dem Geld und Geschenke entgegengenommen. Die hätten doch eh nix unternommen. Erstens, weil sie denken würden, dass Friederike eine Hure ist. Und zweitens, weil da ein Politiker involviert ist."

„Hast du denn keine Angst um sie gehabt?"

„Am Anfang nicht. Als ich dann aber länger nichts von ihr gehört hatte, habe ich mir echt Sorgen gemacht. Sie geht nämlich auch nicht mehr an ihr Handy und antwortet nicht auf Messenger-Nachrichten. Ich habe mich die ganze Zeit gefragt, was aus ihr geworden ist und worauf sie sich da eingelassen hat. Und dann seid ihr aufgetaucht."

„Und haben dir Angst gemacht."

Candy gab Jan einen Kuss. „Du bist süß. … Ich habe es dir ja schon mal gesagt: So richtig furchteinflößend seid ihr beide nicht. Sorry!" Sie lächelte ihn kurz an, dann fuhr sie ernst fort: „Ihr wart nicht die Schlimmen, die kamen erst zwei Tage später, am Dienstag. … Zunächst kamen die Bullen – dein Freund Rubén und so ein hässlicher Vogel. Und als die gerade raus waren, da klingelte es erneut und ich dachte, die hätten noch was vergessen. Ich stand dann vorn an der Tür und habe auf sie gewartet. Plötzlich ging die Tür auf und zwei fremde Typen kamen rein. Ehe ich reagieren konnte, wurde ich gegriffen und durch den Raum geworfen.

Ich bin dann voll auf den Glastisch geflogen und dann mit ihm zusammen gekracht. Diese Arschlöcher waren unglaublich brutal und die haben mir wirklich Angst gemacht."

„Wer waren die?"

„Weiß ich nicht, aber die haben mir fast alle Haare rausgerissen. Einer hat mich festgehalten und der andere hat mich quasi verhört. Und zum Abschied haben sie mir dann voll in den Magen getreten. Als Warnung, damit ich mit niemandem über Friederike spreche."

Jan spürte, wie sich alles in ihm zusammenkrampfte. Sein Körper richtete sich auf und seine Muskeln spannten sich an. Es gab einen Grundsatz in seinem Leben: Frauen schlägt Mann nicht. „Was für Arschlöcher", brach es aus ihm heraus.

„Richtig."

„Das mit dem ‚mit niemandem sprechen' scheint aber ja nicht wirklich zu klappen."

„Na ja, ich spreche jetzt mit dir. Aber sonst würde ich mit niemandem darüber reden." Sie machte eine Pause, dann sagte sie: „Ich habe wirklich Angst. … Ich habe Angst um mich, aber auch um Friederike. Ich weiß nicht, worauf und auf was für Typen sie sich eingelassen hat. Ich habe die kennengelernt und das war keine angenehme Erfahrung. Und sollte deren Auftraggeber ein Politiker mit stinkreichen und einflussreichen Freunden sein, dann hilft mir auch die Polizei nicht. Die stecken doch alle unter einer Decke."

„Deswegen bist du weggerannt, als Rubén kam."

„Genau."

„Wer ist der Politiker?"

„Ich weiß es nicht. Friederike hat mir nur gesagt, dass er Geld wie Heu hat, früher im Parlament im Madrid gesessen hat und nun Mitglied des Inselparlaments in Palma ist. Er muss ziemlich einflussreich sein. Nachdem Friederike sich nicht gemeldet hat, habe ich versucht, über die Angaben herauszubekommen, wer er ist. Das ist aber echt zu wenig Information, da kommt man nicht weit."

„Ein einflussreicher Politiker mit Geld wie Heu – das klingt so, dass es genau die Art Typ ist, mit der man sich anlegen sollte", sagte Jan mit ironischem Unterton.

„Ja! …Tust du mir zwei Gefallen?"

„Welche?"

„Findest du Friederike? … Und passt du auf mich auf?" Während Candy das sagte, schaute sie Jan intensiv an. Sie wirkte wieder zart und zerbrechlich und Jan schmolz dahin.

„Mache ich – versprochen!"

## Montag, 26. Mai, 18:00 Uhr

Mit zwei Einkaufstüten in der Hand schlenderte Jan über den Pier in Richtung seines Bootes. Nachdem er sich am Nachmittag von Candy verabschiedet hatte, war er wieder nach Port d'Andratx gefahren und hatte im Supermarkt Lebensmittel für die nächsten Tage eingekauft. Die Sonne stand bereits tief und hüllte den Hafen und die am Kai liegenden Schiffe in ein besonderes Licht. Jan wurde bewusst, wie schön er sein neues Zuhause fand, die imposanten Yachten, die Atmosphäre, die Ruhe und auch die Bucht von Andratx.

Am Ende des Piers und bei seiner ‚Santa Maria' angekommen, balancierte er über die Planke an Bord seines Schiffes. Er stellte die Tüten auf den Tisch am Cockpit, beugte sich vor und wollte gerade die Kajütentür aufschließen, als er hinter sich eine Stimme hörte. „Guten Tag!" Jan drehte sich zur Seite und erblickte zuerst zwei stachelige Männerbeine in hellen Slippern. Auch wenn er die Stimme inzwischen erkannte, so gab ihm dieser unverwechselbare Anblick die Gewissheit, dass es sein Nachbar war.

Jan richtete sich auf und antwortete mit einem freundlichen ‚Hallo'.

„Wir haben uns lange nicht gesehen", sagte Rolf barsch.

„Na ja, … ein paar Tage."

„Dass wir diese Candy gemeinsam besucht haben, ist jetzt über eine Woche her. Sie wollten für mich was herausfinden und Lauenburg wartet auf eine Antwort."

„Ja", antwortete Jan knapp. Er hatte nicht vor, seinem Nachbarn zukünftig täglich über jeden Schritt Rechenschaft abzulegen. Und schon gar nicht darüber, wann er kam oder ging.

„Ich hatte eigentlich erwartet, dass sie mir kurz mitteilen, wie der Status ist. … Sind Sie weitergekommen?"

„Ja ein bisschen."

„Was heißt ein bisschen?"

Jan fasste kurz zusammen, was er bisher von Candy erfahren hatte. Er berichtete, dass er sie nach der Arbeit abgefangen hatte, dass sie sich am nächsten Tag in einer Bar in Cala Rajada getroffen hatten und dass es danach einige Tage gedauert hatte, bis sie sich wieder getroffen hatten. Und er beschrieb weiter, was Candy ihm heute beim Frühstück erzählt hatte. Dabei sparte er selbstverständlich aus, dass sie die Nacht zusammen verbracht und nun eine Beziehung hatten. Oder war es eher eine Affäre? Jan wusste es selber noch nicht. Als er davon berichtete, dass das Verhältnis Lauenburgs zu seiner Tochter nicht das Beste war, wurde Rolf hellhörig.

„Hm, ich fand es schon die ganze Zeit sonderbar, dass Carl Friedrich nur kurz an ihrer Wohnung war und danach direkt zur Polizei gegangen und anschließend zu mir gekommen ist", sagte Rolf, als er das erfuhr. „Wissen Sie denn jetzt wo Friederike ist?"

„Nein leider noch nicht. Candy weiß es auch nicht. Den einzigen Hinweis, den wir haben, ist, dass Friederike einen Politiker kennengelernt und öfter getroffen hat. Der muss sehr einflussreich sein und saß wohl früher im Parlament in Madrid. Nur Politiker gib es viele. Die Ansatzpunkte sind sehr knapp, ich komme da nicht wirklich weiter."

„Kann Ihnen ihr Freund nicht helfen? … Wie heißt er? Der Polizist."

„Rubén?" Jan grinste. „Er ist nicht mein Freund, ganz im Gegenteil. Ich kenne seine Frau ganz gut … und genau, das ist unser Problem."

„Eine Liebschaft?"

„Nein, dazu ist es nie gekommen."

„Aber Sie hätten gerne eine mit ihr?"

Jan schwieg.

„Gut, … wie dem auch sei. Dann fragen Sie doch Ihre Freundin, ob sie ihren Mann fragen kann."

„Ne, das mach ich nicht."

„Warum nicht?"

„Das ist eine Frage des Stolzes. Ich will ihn nicht um etwas bitten … und schon gar nicht über die Bande mit Inés."

„Dann fragen Sie sie doch, ob sie es inoffiziell bei Rubén herausbekommen kann."

„Nein! Das mach ich schon mal gar nicht."

„Warum nicht?"

„Weil ich Inés nicht instrumentalisieren werde."

„Hm … Schade, aber auch nachvollziehbar. Nur so kommen wir nicht weiter."

„Nein, kommen wir nicht." Jan machte eine Pause und dachte nach. Nach einiger Zeit sagte er: „Ich werde noch mal darüber nachdenken, ob ich Inés vielleicht doch frage, dass Sie Rubén um Unterstützung bittet."

„Es wäre gut, wenn Sie sich bald entscheiden würden. Mein Freund wartet jetzt schon seit über einer Woche und ich lasse ihn nur ungern so lange im Unklaren. Wenn es mit Ihnen nicht klappt, dann muss ich mir anderweitig Unterstützung suchen."

Jan ignorierte die Drohung, die in Rolfs Aussage mitklang. Vielmehr fragte er: „Was habe ich eigentlich davon?"

„Wie meinen Sie das?"

„Was bekomme ich dafür, dass ich die Tochter Ihres Freundes suche – Zeit investiere, finanziellen Aufwand habe?"

Rolf dachte einen Moment nach. „Valider Punkt. Ich bin mir sicher, dass Lauenburg sich großzügig zeigen wird, wenn Sie Friederike gefunden haben."

„Na ja, wenn ich mir die Aussagen von Candy über Ihren Freund vor Augen führe, bin ich mir nicht sicher, ob ich darauf vertrauen sollte."

Rolf schaute Jan streng an. „Gut, dann sagen Sie mir, was Sie haben möchten. Eine Erfolgsprämie? Eine Aufwandsentschädigung? Einen Stunden- oder Tagessatz?"

„Wer weiß, ob ich Friederike finden werde, daher halte ich einen Stundensatz nur für fair."

„Ist in Ordnung. Wie hoch soll der sein?"

„Fünfzig Euro?", sagte Jan, ohne weiter darüber nachgedacht zu haben.

„Vierzig."

Jan rechnete kurz im Kopf aus, was das für ein Tagessatz und bei einer Vollauslastung für ein Monatsgehalt bedeuten würde. Auch wenn er nicht davon ausging, dass er das jemals Vollzeit machen könnte, klang das erst einmal extrem gut. Er lächelte in sich hinein, dann sagte er: „Okay. Und wenn ich Friederike finden sollte, dann gibt es noch eine Prämie im mindestens vierstelligen Eurobereich. Was ihm das Finden seiner Tochter wert ist, überlasse ich Ihrem Freund." Jan machte eine kurze Pause. „Dann werden wir sehen, wie großzügig er wirklich ist", während er das sagte, grinste Jan seinen Nachbarn an.

„Gut, ich werde das mit Carl Friedrich besprechen. Dann benötige ich aber eine genaue Aufstellung über die Zeit, die Sie investieren und was Sie in dieser gemacht haben."

Jan verzog das Gesicht, als ihm bewusst wurde, dass er jetzt doch Rechenschaft ablegen musste.

„Dann schauen Sie mal, dass es voran geht. Wenn Sie nicht bald liefern, werde ich mir jemand anderen suchen. Denken Sie darüber nach, ob Sie nicht doch auf den Mann Ihrer Freundin zugehen", fuhr Rolf fort. Ohne ein weiteres Wort zu sagen oder sich zu verabschieden, drehte er sich um und verschwand in Richtung der Terrasse seiner Yacht.

## Montag, 26. Mai, 23:00 Uhr

„Mierda, wo ist er hin. Der war doch gerade noch da“, während Rubén das sagte, beschleunigte er nochmals den Wagen. Mit hundertsechzig Stundenkilometern schossen Josep und er über die Landstraße, sodass die angrenzende Landschaft im Scheinwerferlicht nur so an ihnen vorbeiflog.

Am Nachmittag hatten sich die beiden Polizisten in Palma mit ihrem Wagen unweit der Tiefgarage des Parlaments positioniert, um herauszufinden, was die beiden Personenschützer, die sie bei der Rothaarigen gesehen hatten, sonst so trieben. Rubén hatte vor ein paar Tagen versucht, über Juan Durán, dem Kollegen aus seinem Ausbildungsjahrgang, der nun beim Sicherheitsdienst des Parlaments arbeitete, etwas herauszubekommen. Der Versuch war aber gescheitert.

Juan hatte sich gefreut, mal wieder von Rubén zu hören. Aber als er dann aber nach dem Nummernschild und den Fahrern gefragt sowie herauszufinden versucht hatte, für welchen Politiker diese arbeiteten, hatte Juan Durán dicht gemacht. Unmissverständlich hatte er Rubén darauf hingewiesen, dass es ihm nicht erlaubt war, die Information weiterzugeben. Als Rubén es dann über die kollegiale Schiene versucht hatte, hatte Durán ihn nach der rechtlichen Grundlage gefragt und ob er einen richterlichen Beschluss hatte, aufgrund dessen er ihn nach einem Abgeordneten fragen durfte. Da Rubén das nicht hatte, war das Gespräch relativ schnell zu Ende gewesen.

Dennoch waren Rubén die beiden Männer nicht mehr aus dem Kopf gegangen. War es Zufall gewesen war, dass diese beiden Typen vor der Wohnung der Rothaarigen aufgetaucht waren. Er hatte bei den beiden Männern so ein bestimmtes Gefühl – und seine Gefühle trogen selten. Daher hatte er Josep vorgeschlagen, sich vor der Tiefgarage zu positionieren.

Als sie dort geparkt hatten, wussten sie, dass es ein Geduldspiel werden konnte und dass sie möglicherweise auch vergebens warten würden. Aber das waren sie gewohnt und Geduld war Teil ihres Jobs. Außerdem kamen sie gerade bei ihren anderen Fällen nicht weiter und so war es ihnen allemal lieber, sich auf der Straße zu langweilen als im Büro zu sitzen.

In den Stunden, in die sie vor der Tiefgarage verbracht hatten, hatten zahlreiche Wagen die Garage verlassen oder waren in diese hineingefahren – der Gesuchte war nicht dabei gewesen. Von den beiden Personenschützern hatten sie auch nichts gesehen.

Es war dann schon länger dunkel gewesen und Rubén und Josep hatten fast schon wieder zurück zum Präsidium fahren wollen, als sich ihre Geduld schließlich ausgezahlt hatte. Josep hatte gerade draußen seine zwölfte Zigarette seit Beginn der Observation geraucht, als das Scheinwerferlicht eines Fahrzeugs die Einfahrt hochkroch. Reflexartig hatte er sich in den Eingang eines der angrenzenden Häuser zurückgezogen, während sich Rubén im Fahrersitz möglichst klein gemacht hatte. Als der Wagen an ihnen vorbeigefahren war, hatten sie das gesuchte Nummernschild am Heck des Autos erkennen können. Im hohen Bogen hatte Josep seine Zigarette weggeworfen und war ins Fahrzeug gesprungen, während Rubén den Wagen angelassen hatte. Die ersten Meter waren sie mit ausgeschalteten Scheinwerfern gefahren und erst als sie in eine größere Straße abgebogen waren und sich einige Fahrzeuglängen hinter dem anderen Wagen in den laufenden Verkehr der Stadt eingereiht hatten, hatte Rubén das Abblendlicht eingeschaltet.

Sie waren dem schwarzen Mercedes fast eine Stunde auf der Ma-15 in Richtung Manacor und Artà gefolgt und dann auf die Ma-12 in Richtung Port d'Alcudia abgebogen. Alles war reibungslos gelaufen, bis sie gerade den Wagen aus den Augen verloren hatten.

Rubén gab weiter Gas und lenkte das Fahrzeug mit hoher Geschwindigkeit durch die Nacht. Nachdem er den Mercedes nach einer Weile immer noch nicht eingeholt hatte, bremste er wieder ab. „Mann, wo ist er hin?", fragte er seinen Partner.

„Der muss abgebogen sein. Scheiße! Am besten wendest du und dann gucken wir mal, ob da irgendwo eine Einfahrt war. Vielleicht haben wir die einfach übersehen", antwortete Josep aufgeregt.

Bei der nächsten Gelegenheit wendete Rubén den Wagen, sodass sie die Strecke wieder in entgegengesetzter Richtung zurückfuhren. Nach einigen Minuten rief Josep: „Stopp! Da, da ist die Einfahrt." Gleichzeitig hämmerte er mit dem Zeigefinger auf die Windschutzscheibe. Er zeigte auf einen Weg, der auf der gegenüberliegenden Straßenseite nahezu im rechten Winkel von der Landstraße abging. Rubén drosselte die Geschwindigkeit, sodass sie trotz der Dunkelheit ein gemauertes Portal und ein geöffnetes schmiedeeisernes Tor erkennen konnten. Keine zweihundert Meter weiter erreichten sie die nächste Grundstücksauffahrt, dessen Tor aber verschlossen war. Rubén kreuzte die Straße und fuhr in die Einfahrt. „Guck bitte mal mit deinem Smartphone bei ‚Web Maps', ob du sehen kannst, was sich auf dem anderen Grundstück befindet", sagte er zu Josep.

Sein Partner nahm sein Handy, ließ vom Kartendienst ihren Standort ermitteln und zog dann das Satellitenbild mit Daumen und Zeigefinger größer. Gemeinsam starrten sie aufs Display. Sie konnten die beiden Einfahrten erkennen sowie bei der anderen einen Weg, der sich schlangenförmig durch die Hügel nach oben windete. An dessen Ende sahen sie die schemenhaften Umrisse eines Gebäudes.

„Was ist das?", fragte Josep.

„Keine Ahnung. Sieht aus wie eine Finca. Nur, was wollen die um die Uhrzeit noch da?"

„Gute Frage. Vielleicht wohnt der Politiker oder einer von den beiden Lackaffen da. Ich finde, wir sollten mal gucken", sagte Josep voller Tatendrang.

„Ne, oder hast du Lust, jetzt den ganzen Weg hoch zur Finca zu laufen. … Außerdem ist das Hausfriedensbruch. Und wenn man uns erwischt, wird es schwer darzulegen, dass ‚Gefahr in Verzug' war und wir unbedingt aufs Grundstück mussten. Und wenn das Haus tatsächlich einem Politiker gehört, dann haben wir ein noch größeres Problem."

Mit einem Gesichtsausdruck, der deutlich seine Unzufriedenheit wiederspiegelte, schaute Josep Rubén an. Mit einem genervten Unterton in der Stimme sagte er: „Und? Was soll mir das jetzt sagen? Du willst jetzt nicht einfach wieder zurückfahren, oder?"

„Ne. Wir fahren nach Artà und schauen mal bei den Kollegen von der Guardia Civil vorbei. Vielleicht können die uns etwas über die Finca erzählen". Während Rubén seine Pläne erläuterte, wendete er den Wagen und fuhr erneut auf die Ma-12. Keine fünfzehn Minuten später erreichten sie Artà, stellten ihren Wagen vor dem Gebäude der Guardia Civil ab und betraten dieses. Nach wenigen Metern gelangten sie in einen großen Raum, in dem sich eine lange Theke befand, die den Bereich der Besucher von dem der Polizisten trennte. Dahinter standen mehrere Schreibtische und an einem von diesen saßen zwei Gardisten. Während der eine in einer Zeitung blätterte, stand der Jüngere pflichtbewusst sofort auf, als er Rubén und Josep sah. Schnellen Schrittes ging er zu ihnen herüber.

Der junge Kollege war vielleicht Anfang zwanzig. Er hatte einen kurzen bürstenartigen Haarschnitt und der akkurate Zustand seiner Uniform spiegelte seine Dienstbeflissenheit wieder. Mit einem zackigen Ton in der Stimme sagte er: „Hola, was kann ich für Sie tun?"

„Hola", begrüßte ihn Rubén. „Ich bin Inspector Tejada und das ist Inspector Yuste." Während er das sagte, hielt er dem jungen Gardisten seinen Dienstausweis hin. Der Kleine inspizierte diesen genau und nahm noch mal mehr Haltung an.

„Wir haben eine Frage und brauchen deine kollegiale Hilfe", Rubén machte eine kurze Pause und als sein Gegenüber nickte, fuhr er fort. „Wir arbeiten gerade an einem wichtigen Fall und haben einen Wagen observiert. Dieser ist auf der Ma-12 von Artà nach Port d'Alcudia irgendwann auf ein Grundstück abgebogen. Vielleicht kannst du uns helfen und weißt etwas über das Anwesen."

„Welches Grundstück ist es?", fragte der Gardist zackig.

Josep holte sein Smartphone heraus und zeigte dem Kollegen auf ‚Web Maps' das Anwesen und die angrenzenden Bereiche. Konzentriert schaute sich der junge Mann die Satellitenbilder an, dann sagte er: „Das Gehöft gehört dem Conde de Góngora."

„Aha."

„Die de Góngoras gehören zu den ältesten und angesehensten Familien in der Region. … Wir hatten zu dem Anwesen kürzlich einige Beschwerden."

„Ach?"

„Auf dem angrenzenden Grundstück befindet sich eine weitere Finca. Diese gehört einem Deutschen und der hatte sich mehrmals beschwert, dass viele Fahrzeuge auf das andere Grundstück fuhren und dort wild parkten. Durch die Motorengeräusche und das Schlagen von Autotüren mitten in der Nacht hatte er sich gestört gefühlt."

„Die Grundstücke befinden sich doch direkt an einer stark befahrenen Landstraße", merkte Josep an.

„Das ist nicht ganz richtig. Die Nachbarfinca und die Stelle, an der sich aufgrund der Reifenspuren wahrscheinlich der ‚wilde' Parkplatz befindet, sind etwa fünfzig Meter von der Straße entfernt. Auf der Karte bei ‚Web Maps' kann man das sehen. … Der Parkplatz ist in etwa auf gleicher Höhe mit der Nachbar-Finca. Er ist an der Stelle, an der der Weg zum Góngora-Gehöft einen Knick macht, bevor er dann bergauf in die Hügel geht. Wir waren dort."

„Und?", fragte Rubén neugierig. „Was habt ihr herausgefunden?"

„Nicht viel. … Nachdem der Deutsche sich mehrmals beschwert hatte, mussten wir etwas unternehmen. Wir hatten uns bereits informiert und erfahren, dass das Gehöft und das gesamte Umland den de Góngoras gehören. … Weil der Conde aber hohes Ansehen genießt, hatten wir ihn nicht direkt kontaktieren und ihn mit einer solchen Bagatelle belästigen wollen. Also sind mein Kollege und ich direkt zur Finca gefahren, um uns vor Ort umzusehen. Als wir den Parkplatz inspizierten und uns gerade auf den Weg zum Anwesen machen wollten, war uns ein Hüne von einem Mann entgegengekommen. Dieser ist der Verwalter und er hat uns informiert, dass sein Boss, Don Alfonso de Vaca, diese gepachtet hat. Dieser plant wohl auf dem Grundstück und mit der Finca ein Agro-Turismo-Hotel zu eröffnen."

„Und warum sind dann mitten in der Nacht so viele Besucher dort?"

„Die Frage hatten wir ihm auch gestellt. Der Verwalter meinte, dass Don Alfonso de Vaca häufig Gäste und Investoren zum Essen in die Finca einlade. Und da dieser Mitglied des balearischen Parlaments ist, sind wohl auch immer sehr wichtige Personen aus Politik und Wirtschaft zu Besuch. … Wir hatten es dann dabei belassen und ihm nur gesagt, dass sich ein Nachbar beschwert hat und dass sie zukünftig bitte mehr Rücksicht nehmen sollten."

Als der junge Gardist seinen Bericht abgeschlossen hatte, schaute er die beiden Polizisten unsicher an. Er entspannte sich erst wieder, als Rubén ihn anlächelte und mit versöhnlichem Ton sagte: „Das kann ich verstehen. Es gibt Menschen, bei denen man vorsichtig sein sollte. Und ein Mitglied des Parlaments, der eine Finca von der angesehensten Familie der Region gepachtet hat, gehört sicherlich zu dem Personenkreis." Rubén mache eine kurze Pause, dann sagte er: „Kollege, du hast uns sehr geholfen. Sollte im Zusammenhang mit der Finca in der kommenden Zeit etwas geschehen oder auffällig sein, wäre ich dir dankbar, wenn du mich direkt anrufen würdest. Hier sind meine Kontaktdaten". Während er das sagte, reichte Rubén dem Gardisten eine Visitenkarte herüber.

Die beiden Polizisten verabschiedeten sich und nachdem sie wieder auf der Straße standen, fragte Josep: „Und was meinst du?"

„Na ja, wir wissen jetzt zumindest, für wen die beiden Personenschützer arbeiten: Don Alfonso de Vaca."

„Das stimmt. Aber glaubst du, dass er die Finca wirklich zu einem Hotel machen möchte und deswegen abends dahin Gäste einlädt?

„Weiß nicht, das klingt auf jeden Fall komisch.“ Während Rubén das sagte, schaute er auf die Uhr. „Als wir das Fahrzeug aus den Augen verloren haben, war es kurz vor dreiundzwanzig Uhr. Eine komische Zeit, um Gäste zu empfangen.“

„Eben.“

„Wir werden es rausbekommen. Aber jetzt machen wir erst mal Feierabend.“ Die beiden Polzisten stiegen in ihren Wagen und fuhren davon.

## Montag, 26. Mai, kurz vor Mitternacht

Wieder stand er im Dunkeln vor der schweren Eichentür der Finca. Obwohl hinter der Einfahrt zum Grundstück zahlreiche Fahrzeuge parkten und offensichtlich dieses Mal deutlich mehr Personen da waren, hatte er den zwanzigminütigen Fußweg allein zurückgelegt.

Er musste an seinen letzten Besuch denken. Nachdem er am Eingang der Finca in Empfang genommen worden war, hatte man ihn in einen großen Raum geführt. Dieser war durch diverse Fackeln und Kerzen in ein gelbliches warmes Licht getaucht worden. Obwohl der Raum mit etwa sieben Mal zehn Metern die Ausmaße eines Saals hatte, war er nahezu leer gewesen. Am oberen Ende hatten an einem schweren Eichentisch zwei andere Personen gesessen. Davor hatte sich ein einfacherer Holzstuhl befunden, auf dem er hatte Platz nehmen müssen.

Die Person, die ihn in Empfang genommen hatte, hatte sich in die Mitte zwischen die beiden anderen gesetzt. Erst in diesem Moment hatte er erkannt, dass nicht nur die eine, sondern alle drei Personen Masken trugen. Während die mittlere Person eine silberne Maske aufgehabt hatte, hatte die beiden äußeren porzellanartige weiße getragen. Nicht nur deshalb hatte die Person in der Mitte offensichtlich eine besondere Rolle inne: Sie war es auch, die durch das Gespräch geführt und seine Befragung übernommen hatte. Diese hatte mehr einem Verhör als einem Gespräch geähnelt und er hatte sie als extrem unangenehm empfunden.

Nach etwa einer Stunde war dieses dann abrupt beendet worden. Die Silbermaske hatte ihm nur knapp mitgeteilt, dass man sich bei ihm melden werde, dann war er ohne ein weiteres Wort zur Tür geleitet worden. Heute dann hatte er ein anonymes Paket bekommen, das zwei Dinge enthalten hatte: Eine graue Maske und eine Art Einladungsschreiben, das folgende Anweisungen enthielt: Er solle sich pünktlich um Mitternacht an dem ihm ‚bekannten Ort' einfinden, die Maske mitbringen und an der Tür wieder um Einlass bitten.

Den restlichen Tag hatte er dann damit verbracht, darüber nachzudenken, ob er den nächsten Schritt wirklich machen sollte oder nicht. Er kam aber immer wieder zu der Erkenntnis, dass er nun schon zu weit gegangen war, als dass er noch hätte zurückrudern können. Bereits vor Monaten hatte man Kontakt zu ihm aufgenommen. Vorsichtig hatte man bei ihm vorgefühlt und er wusste auch, dass man über ihn Informationen eingeholt hatte. Zudem hatte er in den vergangen Wochen des Öfteren das Gefühl gehabt, dass seine Gesprächspartner mehr als ein normales Interesse an ihm hatten. Und nicht nur ein Mal hatte er das Gefühl gehabt, beobachtet zu werden.

Er wusste, es war ein erlauchter Kreis einflussreicher Personen, zu dem er Zugang erhielt und der seine Mitglieder sehr bewusst aussuchte. Auch wenn die Geheimnistuerei und die mysteriösen Rituale in der Nacht in einem verlassenen Gehöft nicht ganz sein Ding waren, es schweißte zusammen, denn alle hatten viel zu verlieren. Und die Zugehörigkeit zu der Gemeinschaft würde seinem Fortkommen dienen und er erhoffte sich, dass die anderen Mitglieder ihm den nächsten Schritt auf der Karriereleiter ermöglichten: ganz an die

Spitze der Polizeibehörde von Mallorca – oder noch weiter in eine Regierungsinstitution in Madrid. Seine Augen glänzten bei dem Gedanken. Ohne noch einen Moment zu zögern, hob er die Hand und schlug drei Mal mit der Faust auf die Tür. Nach kurzer Zeit hörte er von Innen eine Stimme fragen: „Wer bist du, dass du Einlass begehrst?"

„Ein Sünder, der in den Schoß der Mutter zurückkehren möchte."

„Bereust du?"

„Ich bereue zutiefst."

„Willst du dich säubern und von allen Sünden reinigen, damit du unbefleckt der Mutter entgegen treten kannst?"

„Ich möchte rein wie ein Kind sein."

„Willst du dich für immer mit der Mutter vereinigen?"

„Ich möchte zurück in ihren Schoß."

Die Tür öffnete sich und er betrat die Finca. Nachdem die Tür hinter ihm ins Schloss gefallen war, sah er wieder in das ausdruckslose Antlitz der Silbermaske. Der Mann führte ihn schweigend in den mit Fackeln und Kerzen erleuchteten Saal, in der zwei weitere maskierte Personen standen. Aufgrund deren Statur vermutete er, dass es die beiden vom letzten Mal waren. Ohne Worte reichte ihm eine von diesen eine Art Tamburin, das umgedreht war und auf dessen Innenseite ein Stück Brot lag. Mit einer Geste wurde ihm geheißen, dieses zu essen. Dann reichten sie ihm eine kleine Schale, die mit Wein gefüllt war und die er leeren musste. Und zuletzt wurde ihm ein Kultgefäß aus Terrakotta gegeben, das mit Obst und Oliven gefüllt war. Er trug dieses von einer Person zur anderen und symbolisch deutete jede an, eine Frucht aus dem Gefäß zu nehmen.

Nach diesem Eröffnungsritual sagte die Silbermaske bestimmend: „Nun zieh dich aus, damit du der Mutter so entgegentrittst, wie sie dich geboren hat.“ Erstaunt schaute er die Person an. Einen Moment dachte er daran, zu protestieren, entschied sich dann aber dafür Folge zu leisten.

Zögerlich entkleidete er sich, bis er nackt war. Schweigend zeigte eine der anderen Personen auf seine graue Maske und signalisierte ihm, dass er diese aufziehen solle. Der Mann nahm sie und verknotete die beiden Schnüre hinter seinem Kopf. Überrascht stellte er fest, wie gut sich die Maske an sein Gesicht schmiegte und wie angenehm es war, diese zu tragen.

Die Silbermaske nahm einen mannsgroßen Holzstab und signalisierte ihm, zu folgen. Bedächtigen Schrittes durchquerten sie die Eingangshalle, bis sie einen rund gemauerten Durchgang erreichten. Links und rechts davon waren brennende Fackeln an der Wand angebracht. Als der Mann einen kurzen Blick durch die Tür werfen konnte, sah er hinter der Schwelle eine alte in Stein gehauene Treppe, die in einem Bogen nach unten führte. Die Silbermaske hielt einen Moment inne: Plötzlich schlug sie mit dem Holzstab drei Mal kräftig auf den Boden und rief: „Hier ist ein Sünder, der um Aufnahme bittet.“

Der Mann hörte wie von unten eine Frauenstimme antwortete: „Ist er bereit zu bereuen?“

„Er ist!"

„So werde ich ihm vergeben."

Langsam gingen sie die Treppe hinunter und als sie an deren Fuß ankamen, betraten sie ein großes, mit Fackeln erleuchtetes und mit grob gehauenen Steinen ausgekleidetes Gewölbe. Die Silbermaske lehnte den Stab an die Wand. Dann nahm sie eine große goldene säbelartige Sichel, die mit ihrer flachen Seite auf den beiden ausgestreckten Unterarmen einer anderen Person ruhte und ihr so dargeboten wurde. Anschließend verließ die Silbermaske den Raum wieder, während sich der Mann neugierig umschaute.

Das Gewölbe war rund gebaut, hatte einen Durchmesser von etwa fünfzehn Metern und es zweigten sich davon verschiedene weitere Räume ab. Die Mauern schienen Jahrhunderte oder vielleicht sogar Jahrtausende alt zu sein. Auf der anderen Seite des Raumes standen in einem Halbkreis etwa zwanzig Personen. Alle trugen die gleichen nachtblauen Gewänder und weiße Masken. In der Mitte des von ihnen gebildeten Halbkreises stand eine nackte Frau. Sie trug lediglich eine goldene Maske, die von ihrem strahlend blonden Haar eingefasst war. Er betrachtete ihren Körper, der rund und üppig war und mit den vollen Brüsten ausgesprochen weiblich wirkte. Plötzlich wurde ihm bewusst, dass er genauso nackt wie die Frau war und legte reflexartig die Hände auf seine Scham.

Wie auf ein unsichtbares Signal begannen alles Anwesenden gleichzeitig zu sprechen: „Wer bist du, dass du Einlass wünschst?"

„Ein Sünder, der in den Schoß der Mutter zurückkehren möchte“, antwortete er zögerlich.

„Bereust du?“

„Ich bereue zutiefst.“

„Willst du dich säubern und von allen Sünden reinigen, damit du unbefleckt der Mutter entgegen treten kannst?“

„Ich möchte rein wie ein Kind sein.“

„Willst du dich für immer mit der Mutter vereinigen?“

„Mutter verzeihe meine Sünden und nehme mich auf in deinen Schoß.“

„So bekenne.“

„Aus dem Tympanon aß ich, aus der Zimbel trank ich, den Kernos trug ich umher, ich stieg ins Brautgemach hinab.“

Das Ritual wiederholte sich noch zwei weitere Male, dann sagte die Frau mit ruhiger Stimme: „So reinige dich.“ Sie nahm seine Hand und führte ihn in einen der Nachbarräume, der nur durch einen großen offenen Rundbogen vom Hauptgewölbe getrennt war. Der Raum war deutlich kleiner und nicht erleuchtet. Nachdem die blonde Frau ihn in der Mitte platziert hatte, trat sie wieder hinaus in das Hauptgewölbe, drehte sich um und schaute ihn an. Die anderen Anwesenden taten es ihr gleich und stellten sich in einem Halbkreis um den Rundbogen herum auf.

Einen Moment herrschte absolute Ruhe, dann hörte er plötzlich eine Art Schnauben und das Schlagen von Hufen. Er schaute sich um, konnte aber nicht erkennen, woher die

Geräusche kamen und um was für ein Tier es sich handelte. Erneut hörte er das Schnauben. Erst dachte er, dass es eine Kuh sei, doch die Geräusche des Tieres waren tiefer, kräftiger: Es musste ein Stier sein.

Irritiert schaute er sich um, bis er die schweren Tritte der Hufe über sich vernahm. Zunächst schlugen diese auf einen Steinboden, dann wurden die Geräusche heller, als wenn die Hufe auf Metall schlugen. Er blickte nach oben und konnte in der Decke ein großes Metallgitter erkennen. Auch wenn der darüber liegende Raum komplett dunkel war, glaubte er die Hufe und die Silhouette des Tieres erkennen zu können. Heftig bewegte es sich und es schien sich zu wehren. Vermutlich wollte es nicht in den dunklen Raum geführt werden und hatte Angst, so wie er. Er fragte sich, wenn es ein Stier war, wie viele Männer wohl nötig waren, um das Tier in den Raum zu bringen. Eine Weile waren noch die Geräusche des Widerstandes und ein lautes Schnauben zu vernehmen, dann war es plötzlich ruhig. Verunsichert schaute er sich um.

Wieder begannen die Anwesenden zu sprechen: „In Blut werden wir geboren, aus Blut sind wir geschaffen und durch Blut sollst du gereinigt werden.“ Sie hatten den Satz noch nicht ganz beendet, da hörte er wie die Kreatur über ihm aufbrüllte. Es war ein entsetztes, angst- und schmerzerfülltes Brüllen. Er hatte gerade die Geräusche vernommen, da prasselte auch schon eine warme, zähe Flüssigkeit auf ihn nieder. Er wusste sofort, was es war – es war das Blut des geopferten Tieres.

Der Strahl wurde deutlich stärker und schon bald lief ihm das Blut über den Kopf und den Körper. Er spürte, wie sich die Flüssigkeit ihren Weg hinter seine Maske suchte und sich über Augen, Nase und Lippen legte. Nur mühsam bekam er Luft und beim Einatmen gelangte das frische, warme Blut in seinen Mund. Die Konsistenz und der metallene Geschmack verursachten ihm Ekel und er musste würgen.

Entsetzen erfasste ihn und nur mühsam konnte er sich gegen seinen Drang wegzulaufen erwehren. Minutenlang strömte das Blut über seinen gesamten Körper. Dann schrie die Kreatur über ihm ein letztes Mal laut auf. Es war ein angsterfülltes Brüllen, in das der Stier seine letzte Kraft steckte. Dann verstummte das Tier für immer und der Mann hörte und spürte, wie der schwere Körper mit einem dumpfen Knall auf das Metallgitter schlug. Er konnte spüren, wie der Strom des Blutes nachließ und sich langsam zu einem Rinnsal verengte. Dann versiegte auch dieses. Der Mann atmete auf: Es war vorbei.

## Dienstag, 27. Mai, 10:00 Uhr

Jan hatte im Parkhaus an der Placa d'Espanya geparkt und dann die große Hauptstraße überquert, die sich im Zickzack rund um den traditionellen Kern Palmas zog. An ihrem geometrischen und sternartigen Verlauf ließ sich auch heute noch die Struktur der alten Festung erkennen. Jan war früh dran und daher noch ein bisschen durch die Einkaufsstraßen von Palma geschlendert. Er mochte die Stadt und ihr besonderes Flair war einer der Gründe, warum er Mallorca so liebte.

Jan hatte sich nie vorstellen können, in einer Hotelanlage zu arbeiten, um die herum nichts als Strand und Natur waren. Er brauchte Abwechslung und verschiedene Eindrücke – und das konnte er auf Mallorca reichlich haben. Die Insel war so vielseitig und bot so unglaublich viel: Partyurlaubsorte, kleine Buchten, lange Strände, ein Gebirge zum Wandern oder Radfahren, Weinregionen, pittoreske Städtchen sowie eine echte Metropole, in der es Kultur gab und in der man shoppen und gut ausgehen konnte oder durch die man sich auch einfach nur treiben lassen konnte. Insbesondere der Teil innerhalb der alten Festungsmauern, mit der Mischung aus moderner Architektur, Jungendstilgebäuden und jahrhundertealten Stadtpalästen, gefiel Jan.

Nachdem er die Placa Mayor überquert hatte, war er bei der nächsten Gelegenheit links abgebogen und etwa hundert Meter den Carrer de la Bosseria entlanggegangen, bis er die Placa Salvador Coll erreicht hatte. Dort hatte er in einem der Cafés Platz genommen.

Jan war gespannt auf das Treffen. Nach dem Gespräch vom Vortag mit seinem Nachbarn hatte er noch eine Weile hin und her überlegt, ob er über Inés ein Gespräch mit Rubén initiieren sollte. Diesen um einen Gefallen zu bitten, war Jan zutiefst zuwider. Aber egal aus welchem Winkel er die Situation und die Fakten betrachtet hatte, er war immer wieder in einer Sackgasse und bei der Erkenntnis angelangt, dass er ohne Unterstützung nicht weiterkam. So hatte er dann zögerlich zu seinem Telefon gegriffen, Inés angerufen und sie gefragt, ob sie Rubén um ein Treffen bitten würde. Sie war überrascht, hatte dann aber nur kurz gefragt, ob es um die Rothaarige und das vermisste Mädchen ginge. Als er das bejaht hatte, sicherte sie ihm zu, mit ihrem Mann zu sprechen. Etwa eine Stunde später hatte Jan eine Messenger-Nachricht von ihr auf seinem Smartphone gehabt, die nur Zeit und Ort enthalten hatte. Da saß er nun und wartete auf Rubén.

Inés‘ Mann und er hatten es irgendwie nie geschafft normal miteinander umzugehen, was er darauf zurückführte, dass Rubén eifersüchtig auf ihn war. Jan empfand das als enorm anstrengend, auch wenn er natürlich wusste, dass Rubén, zumindest was Jans Gefühle betraf, allen Grund zur Eifersucht hatte.

Als der Kellner kam und ihm einen Café con Leche und ein Wasser auf den Tisch stellte, schaute Jan kurz auf. Als er seinen Blick wieder streifen ließ, sah er auch schon Rubén um die Ecke kommen. Jan hob die Hand, um auf sich aufmerksam zu machen und als der Andere ihn sah, nickte Jan ihm freundlich zu. Wenige Sekunden später war Rubén an seinem Tisch und nahm ohne ein Wort zu sagen Platz.

Jan lächelte und begrüßte Rubén freundlich. Dieser antwortete mit einem unverständlichen Grunzen und bestellte beim Kellner umgehend einen Café Americano.

Dann wandte er sich mit ernstem Gesicht Jan zu: „Du

wolltest mit mir sprechen?“

„Ich freu mich auch dich zu sehen!“, sagte Jan ironisch.

Rubén reagierte nicht, sondern schaute Jan ausdruckslos an. „Was willst du?“

„Na ja, ich glaube, wir suchen beide dieselbe Person und kommen nicht wirklich weiter. Und vielleicht können wir uns gegenseitig ein bisschen helfen.“

Rubén verzog das Gesicht, dann beugte er sich vor und fragte eindringlich: „Was weißt du über den Verbleib von Friederike von Lauenburg?“

„Was weißt du darüber?“, antwortete Jan mit einer Gegenfrage.

„Pass mal auf “, sagte Rubén mit einem drohenden Unterton. „Es besteht die Möglichkeit, dass sie Opfer eines Gewaltverbrechens geworden ist. Du machst dich strafbar, wenn du Informationen zurückhältst.“

„Dann verhafte mich doch.“

Rubéns Augen blitzten ihn an. „Sei dir sicher, dass ich das tun werde, wenn ich nur den geringsten Anlass dafür sehe.“

Demonstrativ entspannt lehnte sich Jan zurück, verschränkte die Hände hinter dem Kopf und lächelte. Während er seinen Blick über die anderen Gäste schweifen ließ, sagte er beiläufig: „Dann bin ich gespannt, wie du das dem Staatsanwalt und deiner Frau erklärst."

Rubén schaute Jan intensiv an, dann sagte er mit so gedämpfter Stimme, dass Jan sich vorbeugen musste, um die Worte zu verstehen: „Glaube mir, wenn ich Indizien sehe, die darauf hinweisen, dass du eine Straftat begangen hast, dann werde ich dich verhaften. Und dann ist es mir egal, was Inés dazu sagt."

Beide Männer lehnten sich wieder zurück und saßen sich eine Weile schweigend gegenüber. Jan erinnerte die Situation an einen Kampf beim Sportfechten. Wie Gegner auf der Planche standen sie sich gegenüber. Sie tasteten sich mit Finten ab und wussten, dass ein Vorstoß zu einem Treffer beim Gegner oder, wenn man einen Fehler machte, bei einem selber führen konnte. Jan entschied sich dafür, einen Vorstoß zu wagen. „Pass auf Rubén, so läuft das nicht: Ich bin hier nicht in einem Verhör. Wir beide haben dasselbe Ziel, wir wollen Friederike von Lauenburg finden. Und wir sind beide in einer Sackgasse. Wenn wir unser Wissen zusammenwerfen, dann kommen wir vielleicht weiter. Aber wenn wir das tun, dann ist es ein Geben und Nehmen – klar?"

„Wieso gehst du davon aus, dass ich nicht weiterkomme?"

„Warum ist Friederike denn noch nicht wieder aufgetaucht? Und wieso sagst du mir, dass die Möglichkeit besteht, sie sei einem Gewaltverbrechen zum Opfer gefallen?

„Die Frage, die ich mir nur stelle: Warum willst du sie überhaupt finden?", entgegnete Rubén kühl.

Jan hielt einen kurzen Moment inne und entschied sich dann dafür, die Angelegenheit möglichst harmlos darzustellen, um Rubén ein Gefühl der Überlegenheit zu geben. „Das ist alles gar nicht so dramatisch: Mein neuer Nachbar ist mit dem Vater von Friederike von Lauenburg befreundet und dieser hatte ihn darum gebeten, dass er sich umhört. Und ich bin wiederum von meinem Nachbarn gebeten worden, ihm ein bisschen bei der Suche zu helfen." Jan verschwieg, dass es jetzt, nachdem er mit Candy befreundet war und wusste, dass sie von zwei brutalen Typen zusammengeschlagen worden war, für ihn auch eine persönliche Angelegenheit war.

Rubén schaute Jan an. Er mochte den Deutschen nicht und er hielt ihn für einen Verlierer ohne Lebensziel. Außerdem gefiel es ihm nicht, dass dieser ständig um Inés herumschlich und ihr den Hof machte. Er war der festen Überzeugung, dass Jan ihm ohne Skrupel Hörner aufsetzen würde, wenn sich die Gelegenheit dazu ergeben würde. Rubén spürte, wie Eifersucht und Zorn in ihm hochkrochen – wie jedes Mal, wenn er mit Jan sprach. „Und woher solltest du mehr wissen als ich?", fragte er und konnte dabei seine Wut kaum unterdrücken.

„Vielleicht habe ich ja eine Quelle, die mit euch noch nicht gesprochen hat." Natürlich wusste Jan, dass das so nicht stimmte, aber er wollte nicht, dass Rubén und sein Kollege Candy noch mal in die Mangel nahmen.

Rubén hatte immer noch Mühe, seine Eifersucht unter Kontrolle zu bringen. Er war sich aber auch bewusst, dass es im Hinblick auf den Fall besser war, einen ruhigen Kopf zu behalten. Tief atmete er durch, um sich wieder etwas zu entspannen. Warum sollte er dem Loser nicht ein paar Informationen entlocken, die für ihn nützlich sein könnten. Der Gedanke gefiel ihm und er lächelte in sich hinein. „Okay, schieß los. … Was weißt du?"

„Das heißt, wir teilen unser Wissen?" Als Rubén schweigend nickte, fuhr Jan fort: „Wie gesagt, der Vater von Friederike hat seinen alten Freund beauftragt, sie zu suchen. Mit diesem bin ich unterwegs. Wir haben daraufhin ihre Mitbewohnerin aufgesucht, wie ihr ja auch."

Rubén nickte erneut.

„Ich habe mit ihr noch mal gesprochen. Und ich wäre wahrscheinlich schon weiter, wenn du nicht ins ‚Bon Vivant' geplatzt wärst." Jan beugte sich vor und schaute Rubén intensiv an. „Und das, was ich dir jetzt sage, das musst du absolut vertraulich behandeln."

Rubén verdrehte demonstrativ die Augen. „Hey, ich bin Polizist."

„Ich mache mir Sorgen um Friederikes Mitbewohnerin." Jan hatte nicht vor, Rubén zu erzählen, dass Candy und er sich inzwischen näher gekommen waren und er hatte lange darüber nachgedacht, ob er das Thema bei Rubén überhaupt ansprechen sollte. Es beunruhigte ihn aber, dass Candy von zwei Männern zusammengeschlagen worden war. Das bedeutete, dass es hier nicht nur darum ging, dass Friederike mal ein paar Tage weg war. Es musste mehr dahinter stecken. Und offensichtlich waren es Typen, mit denen man sich besser nicht anlegte. Wenn diese wirklich gefährlich waren, dann würden Candy und er Hilfe benötigen.

Daher fuhr Jan fort: „Kurz nachdem ihr weg wart, hat Friederikes Mitbewohnerin noch einmal Besuch bekommen." Jan hatte das Gefühl, dass sich Rubéns Augen für einen Moment zu schmalen Schlitzen verengten und dieser ihn noch intensiver fixierte. Doch als er den Polizisten nochmals anschaute, um das zu überprüfen, blickte dieser ihn nur regungslos an. „Die beiden Typen haben quasi geklingelt, als ihr gerade raus wart. … Vielleicht habt ihr sie noch gesehen?"

Rubén schüttelte den Kopf.

„Wie dem auch sei, sie haben das Mädchen brutal zusammengeschlagen. Und sie haben ihr gedroht, dass sie, wenn sie mit der Polizei oder irgendjemand anderen über Friederike sprechen würde, wiederkommen."

„Was für miese Arschlöcher", dachte Rubén. Er wusste natürlich genau, wer die Männer waren. Und das schlimmste daran war, dass es sich um Kollegen handelte. Im Laufe seiner Dienstjahre hatte Rubén den Glauben daran verloren, dass Polizisten per se bessere Menschen waren. Seine Kolleginnen und Kollegen hatten Schwächen, wie alle anderen Menschen auch. Er hatte schon des Öfteren erlebt, dass Polizisten in Verhören oder Gesprächen etwas über die erlaubten Mittel hinausgingen. Auch wenn das nicht seine Methode war, so störte es ihn auch meist nicht. Genauso wie seine Kollegen wusste er, dass sie in der Regel irgendeinen Kriminellen vor sich hatten, der versuchte, sich herauszureden und irgendwelche Geschichten erzählte. Was

Rubén aber immer auf die Palme brachte, war, wenn Kollegen vorsätzlich Straftaten begingen. Und das war hier der Fall. Die beiden Typen vom Personenschutz hatten die Kleine zusammengeschlagen und sie bedroht. Aus seiner Sicht war nur die entscheidende Frage: Warum hatten sie das getan? Rubén hatte aber dennoch nicht vor, Informationen mit Jan zu teilen und schon gar nicht wollte er ihm auf die Nase binden, dass es sich um Kollegen handelte. Also stellte er sich weiter dumm und fragte: „Weißt du, wie die Männer aussahen? Hat sie die beschrieben?“

„Die beiden müssen ziemlich geleckt ausgesehen haben: mit Anzug und Krawatte.“

Unmerklich atmete Rubén tief ein: Jans Aussage war die Bestätigung dafür, dass es die beiden Kollegen waren, denen Josep und er auf der Treppe begegnet waren. Dennoch ließ er sich nichts weiter anmerken: „Die müssen gekommen sein, als wir gerade weg waren. Was hat die Kleine noch gesagt? Hat sie eine Idee, warum die bei ihr waren? Was hat Friederike getan, dass diese Männer nicht wollen, dass sie gefunden wird? … Oder im Extremfall: Was hat sie getan, dass diese Männer Friederike haben verschwinden lassen? … Wir wissen ja nicht, was mit ihr geschehen ist und ob sie überhaupt noch lebt.“

Der Gedanke, dass die junge Frau tot sein könnte, schnürte Jan die Luft ab. Er spürte ein flaues Gefühl in der Magengrube und sein Mund war trocken. Schnell nahm er sein Wasser und trank einen Schluck daraus. Wenn diese Typen wirklich gefährlich waren und Friederike tatsächlich etwas angetan hatten, dann war auch Candy in Gefahr. Er schaute

Rubén ernst an, dann sagte er: „Wenn du glaubst, dass Friederike möglicherweise etwas Schlimmeres passiert ist, dann ist auch ihre Mitbewohnerin in Gefahr. Und dann ist es sehr, sehr wichtig, dass du diskret und vorsichtig vorgehst. Ich möchte nicht, dass ihr etwas passiert."

Rubén fragte sich kurz, ob Jan wohl mehr Interesse an dem Mädchen hatte. „Es würde zu ihm passen", dachte er und antwortete dann: „Kann sein, dass die Kleine auch in Gefahr ist. Ich kann ihr aber nur helfen, wenn ich alles weiß. Wenn das Schlimmste eingetreten ist, was durchaus sein kann, dann müssen wir schauen, dass wir Friederike möglichst schnell finden: tot oder lebendig."

Rubén musste innerlich grinsen, als Jan erneut nervös zu seinem Wasser griff. Seine jahrelange Polizeierfahrung sagte ihm, dass er den anderen an der Angel hatte. Der immer so coole und smarte Jan wirkte mit einem Mal ängstlich und verletzlich. Offensichtlich machte er sich wirklich Sorgen um das Mädchen. Das war also Jans schwacher Punkt – Rubén hatte ihn erkannt und aufgedeckt. Und er war bereit, diesen gnadenlos auszunutzen. Entsprechend fuhr er fort: „Wenn wir verhindern wollen, dass der Mitbewohnerin das Gleiche passiert und sie möglicherweise auch getötet wird, dann müssen wir schauen, dass wir diese Männer möglichst schnell dingfest machen."

Er machte eine kurze Pause und genoss es, wie seine Worte Wirkung zeigten und Jan weiter verunsicherten. Dann beugte Rubén sich nach vorn, legte dem anderen eine Hand auf den Arm und schaute ihn intensiv an: „Hey, du kennst mich. Du kannst mir vertrauen. ... Ich kann euch aber nur helfen, wenn du mir alles sagst. Denn nur dann kann ich wirklich aktiv werden."

Jans Blick schweifte nervös über die anderen Gäste. Er versuchte sich zu konzentrieren, aber die Sorge um Candy nahm den gesamten Platz in seinem Kopf ein und machte es ihm nahezu unmöglich, einen klaren Gedanken zu fassen. Angst hatte sich in ihm breit gemacht – Angst um Candy. Wenn sie wirklich in Gefahr war, dann würde er sie alleine nur schwerlich schützen können. Dann würden sie Hilfe benötigen. Und wer könnte ihnen sonst helfen, wenn nicht die Polizei. Nachdem er noch mal kurz überlegt hatte, fällte er eine Entscheidung. „Okay, ich erzähl dir alles, wenn du mir dein Wort gibst, dass ihr vorsichtig vorgeht und Candy schützt, wenn es notwendig ist. … du wirst ihr helfen und sie schützen, wenn sie oder ich dich darum bitten. Okay?"

Rubén lächelte Jan milde an: „Das ist mein Job."

„Na gut. Also, Friederike und Candy hatten sich bei der Arbeit im ‚Oberbayern' kennengelernt. Wobei sich ziemlich schnell rausgestellt hatte, dass das nicht der richtige Job für Friederike war. Sie hatte daraufhin gekündigt und sich mit Gelegenheitsjobs über Wasser gehalten, von denen aber auch keiner so wirklich gepasst und ausreichend Geld eingebracht hatte. Irgendwann war sie dann pleite."

„Und was ist mit ihrem Vater? Hat er sie nicht unterstützt?"

„Nein. Er ist nicht so fürsorglich und besorgt, wie er tut. Irgendwann hat sie ihm nämlich gesagt, dass sie nicht mehr nach seine Pfeife tanzen wolle und daraufhin ist es zu einem großen Streit gekommen. Seitdem gibt er ihr keinen Cent mehr."

„Darüber haben sie sich zerstritten?"

„Ja, weil er wollte, dass sie ein Wirtschaftsstudium beginnt und sie aber etwas anderes machen wollte."

„Und dann?"

„Irgendwann ist sie nach Portals Nous gefahren. Da gibt es wohl eine bekannte Bar, wo sich junge Frauen mit alten reichen Männern treffen."

„Ja das ‚Hendriks'. Das kenn ich. … Sie hat also angeschafft?"

„Ich weiß nicht, ob man das so nennen kann oder soll."

Rubén zuckte gleichgültig die Schultern, ein Zeichen für Jan, dass er das nicht weiter thematisieren musste. „Wie dem auch sei: Sie hat dann dort einen Geschäftsmann kennengelernt und über diesen dann wiederum einen einflussreichen Abgeordneten."

„Von wem weißt du das alles?"

„Ich verrate meine Quellen nicht."

„Von Candy. Oder? … War sie mit Friederike zusammen da?"

Jan traf der Satz ins Mark, er entschied sich aber dafür, das Thema erst einmal nicht an sich heranzulassen. Er wusste aber genau, dass es ihn noch beschäftigen würde. „Wie gesagt, dazu kann ich nichts weiter sagen."

„Und wer war der Politiker?"

„Das weiß ich nicht. Meine Hoffnung ist, dass du das vielleicht schon weißt oder rausbekommen kannst."

„Puh, an Abgeordnete heranzukommen, ist echt schwierig. Wenn er Mitglied des Parlaments der Balearen ist, werden wir kaum herausbekommen können, wer er ist. Und selbst wenn wir es wissen, müsste ich als Polizist extrem vorsichtig sein, die genießen schließlich Immunität. … Ich halte das für aussichtslos und ich habe auch keine Lust, mir die Finger zu verbrennen."

Rubén ließ sich nicht anmerken, dass er wusste, wer der Politiker war. Er mochte die so genannten Volksvertreter nicht. Und wenn er sie in Palma rund um das Parlament flanieren sah, in ihren Anzügen und meist gefolgt von einer Entourage aus Assistenten, Nachwuchspolitikern, Mitarbeitern und anderen Speichelleckern, hatte er oft das Gefühl, dass ihm übel wurde. Auf Wahlkampfveranstaltungen oder wenn sie etwas von einem wollten, dann waren sie nett und freundlich. Aber im Endeffekt logen sie doch wie gedruckt, um ihre eigenen Ziele zu erreichen. Trotz eventueller Widerstände war Ruben klar: Er würde weiter ermitteln und wenn Don de Vaca sich etwas hatte zuschulden kommen lassen, dann würde er ihn ans Tor nageln.

Aber er hatte nicht vor, den Namen des Politikers oder andere Informationen mit Jan zu teilen – und er hatte dabei noch nicht einmal ein schlechtes Gewissen. Rubén fand, das war Polizeiarbeit und nichts für einen Deutschen, der aus Langeweile Detektiv spielte. Außerdem war er sich sicher, dass der andere ihn bezüglich Inés hintergehen würde, sobald sich die Gelegenheit böte. Warum sollte er also fair spielen. „Was weißt du sonst noch?“, fragt er Jan.

„Eigentlich nichts. Und du?“

„Na ja, das ist bisher für mich gar kein wirklicher Fall gewesen. Eine junge Frau ist verschwunden. Das geschieht hier auf der Insel immer wieder und irgendwann wird sie schon wieder auftauchen.“

„Hast du nicht vorhin noch gesagt, dass sie möglicherweise Opfer eines Gewaltverbrechens ist?“

„Ja, vielleicht. Nur wenn ich jetzt höre, dass sie eine Nutte ist, und auch noch ein einflussreicher Politiker involviert ist – das steigert meine Motivation, sie zu suchen, nicht besonders. Wer weiß, vielleicht hat sie einen reichen Scheich oder einen russischen Oligarchen kennengelernt und ist jetzt schon in Abu Dhabi oder Moskau.“

Er ist und bleibt ein blöder Hund, dachte Jan, verkniff sich aber jeden weiteren Kommentar. Er fühlte sich über den Tisch gezogen. Jan hatte aber keine Lust, Rubén triumphieren zu lassen, indem er das ansprach. Eine Weile saßen sich die beiden Männer noch schweigend gegenüber. Dann bestellte Rubén die Rechnung und nachdem sie bezahlt hatten, verabschiedeten sie sich mit knappen Worten und gingen ihrer Wege.

Als Rubén die Placa Salvador Coll verlassen hatte und auf dem Weg zur Polizeiwache in den Carrer de la Bosseria eingebogen war, konnte er sich ein breites Grinsen nicht mehr verkneifen. Jan hatte bei dem Spiel gut begonnen und am Anfang cool gepokert, aber dann hatte er, Rubén, die

Schwachstelle entdeckt und diese gnadenlos ausgenutzt. Er hatte auf der ganzen Linie gewonnen. „Was für ein wundervoller Tag", dachte er und ein Hochgefühl erfasste ihn.

## Dienstag, 27. Mai, 11:30 Uhr

Rubén ging langsam das Treppenhaus im Polizeipräsidium hinauf. Trotz des Hochgefühls nach dem Treffen mit Jan steckte ihm die gestrige Nacht noch in den Knochen und er fragte sich, wie lange er das noch machen wollte. Nachdem Josep und er in Artà aufgebrochen waren, war er zunächst mit ihm nach Palma ins Präsidium gefahren, um sich danach mit seinem privaten Pkw auf den Weg zurück nach Artà und dann weiter nach Cala Rajada zu machen. Das war alles nicht wirklich sinnvoll, aber wenn Josep ihn nach dem Besuch bei der Guardia Civil nachhause gefahren hätte, dann hätte Rubén heute früh kein Auto gehabt, um zum Dienst zu fahren. Die Folge war, dass er erst so gegen zwei Uhr in der Nacht zu Hause angekommen war. Inés hatte schon geschlafen, und sie hatte noch geschlafen, als er um 08:30 Uhr das Haus wieder verlassen hatte. Das letzte Mal hatten sie sich gesprochen, als sie ihn wegen des Treffens mit Jan angerufen hatte. Das war alles nicht vernünftig und er fragte sich, ob sie nicht langsam an der Zeit war, dass Inés ihr Cafe aufgab, sie Kinder bekamen und in Richtung Palma zogen.

Bei jedem Schritt auf der Treppe spürte Rubén die Müdigkeit. Als er das Stockwerk erreichte, in dem sich sein Büro befand, bog er links ab und schlich den Gang entlang. Er hatte sein Dienstzimmer fast erreicht und musste nur noch am Büro von Gámez und Giménez vorbei, als er Letzteren durch die halb geöffnete Tür rufen hörte: „Ey, Tejada!“

Rubén blieb stehen und seufzte. Auch wenn Gámez und Giménez zu ihrer Einheit gehörten, war das Miteinander alles andere als kollegial. Während es Josep und Rubén bei ihrer Arbeit hauptsächlich darum ging, ihre Fälle zu lösen, waren die beiden anderen Polizisten in erster Linie bemüht, den Vorgesetzten zu gefallen. Daher kam es immer wieder zu Auseinandersetzungen zwischen den Teams.

Rubén atmete tief durch und richtete sich auf. Energischen Schrittes ging er in das Büro und sagt mit lauter Stimme: „Hola, Giménez!“

„Hola!“ Während er das sagte, schaute Giménez demonstrativ auf die Uhr. „Fast 11:45 Uhr und Guapo ist auch noch nicht da. Haben die Herren einen Halbtagsjob?“

Rubén hob die Hand an den Mund, öffnete diesen und tat so, als wenn er gähnen würde. „Weißt du Giménez. Wer den ganzen Tag nur auf seinem Hintern im Büro oder auf dem Schoß vom Chef sitzt, der kann auch um neun Uhr kommen und um fünfzehn Uhr gehen. Echte Polizeiarbeit sieht anders aus und findet auf der Straße statt. Aber die hast du in deinen zwanzig Dienstjahren ja noch nie kennengelernt. Da müsste man ja Einsatz zeigen.“

„Hoy, hoy, hoy. Ich weiß, du und ‚Guapo‘ ihr seid echt harte Cops. Ihr seid noch aus einem anderen Holz geschnitzt“, während Giménez das sagte, umspielte seine Lippen ein ironisches Lächeln. „Apropos Chef, er war gerade da und hat dich gesucht. Du sollst sofort zu ihm kommen, wenn du denn mal endlich da bist. Er sah not amused aus.“ Der Polizist machte eine kurze Pause und suchte in Rubéns Gesicht nach einer Reaktion. Als er diese nicht fand, fuhr er fort: „Na, was habt ihr harten Cops gemacht? Verbotenerweise einer Oma die Handtasche durchsucht? Oder bei einem Schulmädchen eine Leibesvisitation durchgeführt? Da wart ihr bestimmt auch wieder ganz schön hart."

Rubén schaute seinen Kollegen mit einem verächtlichen Blick an. „Giménez, du bist und bleibst einfach ein Idiot." Ohne eine Reaktion abzuwarten, drehte sich Rubén auf dem Absatz um und verließ das Dienstzimmer. Einen Moment später betrat er das Büro, das er sich mit Josep teilte. Da dieser noch nicht da war, legte Rubén nur kurz seine Sachen ab und machte sich anschließend auf dem Weg zu seinem Chef. Als er dessen Büro erreicht hatte, das einzige Zimmer mit geschlossener Tür, nahm Rubén Haltung an und klopfte. Es dauerte keine Sekunde, da vernahm er auch schon ein zackiges ‚Herein'. Er betrat den Raum und sah seinen Chef hinter einem großen Schreibtisch sitzen. „Guten Morgen, Comisario Principal!", begrüßte Rubén diesen freundlich.

„Ah Tejada! Kommen Sie rein und nehmen Sie Platz."

„Sie wollten mich sprechen?" Während er das sagte, schloss er die Tür hinter sich, ging zum Schreibtisch und setzte sich auf den Stuhl gegenüber von seinem Chef.

„Ja. … Wie geht es Ihnen?"

Rubén war überrascht. Er respektierte Comisario Principal Ruiz, auch wenn dieser aus seiner Sicht drei Schwächen hatte: Zuviel Ehrgeiz, dazu war er ein Speichellecker und umgab sich auch mit solchen. Ansonsten hielt Rubén ihn für einen sehr guten Polizisten, der sich durch Intelligenz, strukturiertes Vorgehen, kriminalistischen Instinkt und die nötige Härte auszeichnete. Und was er an Ruiz schätzte: Dieser war sehr direkt und sprach Dinge ohne Umschweife und ohne lange herumzureden an. Daher fragte ihn der Comisario auch eigentlich nie, wie es ihm ginge, sondern kam direkt auf den Punkt. Entsprechend erstaunt schaute Rubén seinen Chef an. Dieser schien den Blick zu bemerken und schob schnell nach: „Was machen Ihre Fälle? Was macht der Fall Silvia Fellegas?“

„Wir haben vorgestern nochmal ihren Chef und ihre Kollegen befragt. Das hat allerdings keine neuen Erkenntnisse gebracht. Aktuell warten wir noch auf die finalen Ergebnisse der Kriminaltechnik. Und wir planen als nächstes, noch mal ihren Weg, den wir bereits weitestgehend rekonstruieren konnten, Schritt für Schritt abzugehen. Bei den beiden anderen Fällen gibt es keine Neuigkeiten, als die, die Josep und ich in der letzten Teambesprechung präsentiert haben.“

„Gut, sehr gut.“ Ruiz machte eine kurze Pause, dann fuhr er fort. „Tejada, ich habe eine Beschwerde über Sie.“

„Aha?“ Rubén schaute seinen Chef erstaunt an.

„Sie haben sich über zwei Kollegen vom Sicherheitsdienst des Parlaments der Balearen erkundigt?“

„Aha, daher weht der Wind“, dachte Rubén. Juan Durán, sein Kollege aus der Ausbildungszeit, hatte offensichtlich seinen Anruf gemeldet. Rubén schaute seinen Chef betont unschuldig an.

„Sie haben außerdem versucht herauszufinden, für welches Parlamentsmitglied diese arbeiten? Und sie wollten Erkundigungen über dieses einholen?“

Rubén konnte spüren, wie seine Gelassenheit Ruiz zunehmend reizte, er entschied sich aber dafür, weiter zu schweigen.

„Stimmt das?“, fragte der Comisario.

Mit ruhiger Stimme antwortete Rubén: „Wenn das derjenige sagt, der sich bei Ihnen beschwert hat, dann wird es wohl stimmen.“

Ruiz konnte seinen Ärger kaum noch zügeln. Seine Unterlippe bebte, als er fortfuhr: „Sind Sie eigentlich wahnsinnig? Sie können doch nicht ohne richterlichen Beschluss und Abstimmung mit Ihren Vorgesetzten gegen ein Mitglied des Parlaments ermitteln.“

„Ich habe nicht ermittelt, ich habe nur Erkundigungen eingeholt“, antwortete Rubén weiterhin betont gelassen.

Ruiz schien zu explodieren. Wütend sprang er auf und schrie: „Das macht es nicht besser!“ Sein Gesicht war inzwischen rot angelaufen und aufgebracht rannte der Comisario hinter seinem Schreibtisch auf und ab. „Sie bringen sich und auch mich in Teufelsküche. Um welchen Fall handelt es sich überhaupt?“

„Das ist bisher noch nicht wirklich ein Fall. Es geht um eine junge Deutsche, die verschwunden ist. Ihr Vater, ein einflussreicher Banker aus Frankfurt, hatte sie bei uns als vermisst gemeldet.“

Ruiz riss sich zusammen und setzte sich wieder an seinen Schreibtisch. Mit betont ruhiger Stimme antwortete er: „Tejada, bei uns verschwinden jedes Jahr Dutzende junge

Touristen, die dann irgendwann wieder auftauchen. Ist das nun ein Fall oder nicht?"

„Das kann ich noch nicht sagen …"

„Sie wissen noch nicht, ob das ein Fall ist und ermitteln gegen einen Abgeordneten und seine Personenschützer?"

„Ich habe Erkundigungen eingeholt."

„Tejada …", schrie ihn sein Chef erneut an. „Und was hat der Herr Abgeordnete mit dem Fall oder eben ‚Nicht-Fall' zu tun?"

„Das weiß ich nicht. Ich habe da so ein Gefühl, dass seine …"

Wieder sprang Ruiz auf. „Ich glaube es nicht – er hat ein Gefühl …" Wütend rannte er auf und ab. „Sie müssen total irre geworden sein. Sie können doch nicht aufgrund eines Gefühls gegen einen Abgeordneten des Parlaments und seine Personenschützer ermitteln."

„Erkundigungen einholen …"

Ruiz unterbrach Rubén und schrie ihn erneut an: „Das ist doch egal, Mann. Verstehen Sie nicht? Sie bringen uns in Verruf. Sie dürfen das nicht. Uns beiden drohen Disziplinarverfahren. Ich verspreche Ihnen, ich werde keines bekommen. Damit das klar ist: Wenn Sie das noch mal machen, werde ich ein Disziplinarverfahren gegen Sie einleiten. … Ich werde Sie suspendieren, wenn ich noch einmal etwas in der Art höre. Und ich werde dafür sorgen, dass Sie wieder Streife fahren. … Ist das klar? Ist das angekommen?"

Rubén schwieg.

„Ob das angekommen ist, habe ich gefragt."

„Ja", antwortete Rubén knapp. Dann fragte er: „Darf ich noch wissen, wer sich beschwert hat?"

„Die Beschwerde kam von ganz oben – von ganz, ganz oben", sagte der Comisario etwas ruhiger. „Das war es, Sie können gehen."

Rubén erhob sich und nach einer knappen Verabschiedung verließ er den Raum.

## Dienstag, 27. Mai, 20:00 Uhr

Jan saß an Deck seines Bootes. Er hatte sich im Supermarkt frische Scampi gekauft und diese kurz angebraten. Zusammen mit Aioli, Salat und Baguette war es ein einfaches, aus seiner Sicht aber köstliches Mahl. Genüsslich tunkte er den Schwanz des Schalentiers in die Mayonnaise und schob beides in den Mund. Das Zusammenspiel des Knoblauchs mit der feinen Süße der Scampi war für ihn immer wieder ein Genuss.

Nachdem er sich den ganzen Tag über Rubén und vor allem seine eigene Naivität geärgert hatte, fühlte er sich nun wieder deutlich entspannter. Erneut legte er sich einen Scampo in den Mund, dann lehnte er sich zurück, blickte auf das Hafenbecken und schaute dem Treiben zu.

Jan hatte eine Weile dagesessen, als er auf dem Nachbarschiff Schritte hörte. Im nächsten Augenblick vernahm er schon Rolf Kaltenbrenners Stimme: „Guten Abend!"

„Guten Abend!", antwortet Jan, drehte sich um und erblickte seinen Nachbarn, der auf seinem Klappstuhl saß und an einem Glas Wasser nippte. „Heute kein Wein?", fragte er Rolf.

„Nein, heute nicht. … Und bei Ihnen? Heute kein Bier?"

„Nein, heute nicht." Während Jan das sagte, setzte er sich auf die gegenüberliegende Bank, um seinen Nachbarn beim Gespräch direkt anzuschauen. „Möchten Sie Scampi oder etwas Brot?"

„Nein, danke“, Rolf winkte ab. „Und … haben Sie Ihre Freundin um Hilfe gebeten?“, kam dieser direkt auf den Punkt.

„Ja, habe ich …“

Nachdem Jan eine Weile nichts weiter sagte, fragte Rolf ungeduldig: „Und? … Wollen Sie es für sich behalten?“

Jan seufzte. „Ich habe Inés gestern angefunkt. … Und ich habe mich auch heute Morgen gleich mit ihrem Mann getroffen …“ Wieder stockte er.

„Ja und? Jetzt lassen Sie sich nicht jedes Wort aus der Nase ziehen.“ Rolfs Stimme ließ seine Erregung erkennen.

„Nichts.“

„Wie nichts?“

„Ich habe mich mit Rubén getroffen. … Er hat mich aber auflaufen lassen.“ Als Jan es aussprach, machte sich erneut Bitterkeit über seine Naivität in ihm breit. „Ich habe ihm erzählt, was wir wissen. Er hat die Information gerne mitgenommen, mir aber eigentlich gar nichts gesagt.“

„Waaas? … Sie haben unsere Informationen mit ihm geteilt, aber von ihm nicht einen Hinweis erhalten?“, entgeistert schaute Rolf Jan an. „Wie kann man sich denn so über den Tisch ziehen lassen? Was sind Sie bloß für ein Amateur!“, brach es aus ihm heraus.

„Moment …“, ging Jan dazwischen. „Es war etwas anderes vereinbart. Aber der Mistkerl hat sich nicht dran gehalten.“ Jan berichtete ausführlich von seinem Treffen mit Rubén. Als er geendet hatte, atmete Rolf tief ein und sagte frustriert:

„Da hat Ihr Freund offensichtlich besser gepokert als Sie. Wir sind jetzt also genauso schlau wie vorher. … Und wie machen wir weiter?“

„Ehrlich gesagt: keine Ahnung.“

Verbittert starrten beide vor sich hin und schwiegen. Nach einer Weile stand Rolf auf. „Gut – oder auch nicht. Dann melden Sie sich, wenn Sie eine Idee haben.“ Er klappte seinen Stuhl zusammen und machte sich wieder auf den Weg in Richtung der Terrasse.

Jan schaute ihm hinterher. Dann griff er sich frustriert einen Scampo, tunkte diesen in Aioli und schob ihn sich ganz in den Mund. Während er noch kaute, zückte er sein Smartphone und checkte seine Messenger-Nachrichten. Plötzlich weiteten sich seine Augen. Er konnte kaum glauben, was er da sah. Schnell sprang er auf, machte eine paar Schritte hinter Rolf her bis zur Reling und rief: „Stopp! Stopp! Stopp!“

Sein Nachbar blieb stehen und blickte Jan verwundert an. Er kaute schneller, dann sagte er mit halbvollem Mund: „Wir sind wieder im Rennen!“ Dabei winkte er mit seinem Smartphone.

## Mittwoch, 28. Mai, 11:00 Uhr

Der ‚italienische Sportwagen' jaulte laut auf, als Jan einen Gang herunterschaltete. Auch wenn es ihm in der Seele wehtat, sein Auto so zu quälen, drückte er das Gaspedal ganz durch, um die Steigung zu nehmen. In solchen Momenten waren dem Fahrzeug dann doch seine dreizehn Jahre anzumerken. Dennoch gab Jan weiter Gas. Sie hatten einen Termin und Rolf hatte gesagt, dass ihre Gastgeberin sehr viel Wert auf Pünktlichkeit legte. Zudem freute Jan sich einfach, dass sie auf der Suche nach Friederike endlich wieder weiterkamen.

Am Vorabend hatten sie zunächst noch frustriert festgestellt, dass sie sich in einer Sackgasse befanden, bis Jan dann eine Nachricht von Inés erhalten hatte. Viel hatte nicht drin gestanden: „Rubén lässt dir ausrichten, der Politiker heiß Don Alfonso de Vaca. Er hat ein Gehöft bei Artà an der Ma-12 zwischen Kilometer drei und vier gepachtet."

Mit dem Hinweis auf das Gehöft konnten Jan und Rolf zwar nichts anfangen, aber sie hatten über Don Alfonso de Vaca gesprochen und ihn im Internet gesucht. Es gab zahlreiche Artikel über ihn, seine politische Arbeit, seine Aktivitäten und auch über Veranstaltungen, die er besucht hatte. Auf den Fotos schüttelte der Abgeordnete fortwährend anderen Menschen die Hand und blickte jovial in die Kamera. Offensichtlich war Alfonso de Vaca ein erfahrener Politiker, eben ein Profi. Als sie sich dessen Vita auf der Website des Parlaments angeschaut hatten, hatten sie auch erfahren warum: Seit seiner frühen Jugend engagierte sich Don

Alfonso de Vaca in der Politik. Bereits mit Anfang zwanzig war er als jüngster Abgeordneter in der Geschichte des Parlaments der Balearen in dieses eingezogen. Wenige Jahre später war er bereits Minister. Nach zwei Legislaturperioden war er dann von diesem Amt zurückgetreten, um sich mehr der Parteiarbeit zu widmen und seinen Weg ins spanische Abgeordnetenhaus in Madrid vorzubereiten. Das war ihm offensichtlich gelungen – über zwei Jahrzehnte war er Mitglied des ‚Congreso de los Diputados' und hatte landesweit in Spanien eine führende Rolle in seiner Partei gespielt. Vor gut zwei Jahren war er dann wieder nach Mallorca zurückgekehrt, um bei den Wahlen wenige Monate später direkt wieder ins Parlament der Balearen einzuziehen und eine führende Rolle in der Lokalpolitik einzunehmen.

Nachdem Jan die Vita für Rolf ins Deutsche übersetzt und vorgelesen hatte, legte er sein Handy frustriert zur Seite. „Wenn das der Politiker ist, den Friederike kennengelernt hat, dann herzlichen Glückwunsch."

„Wie meinen Sie das?", hatte Rolf ihn erstaunt gefragt.

„Na ja, Don Alfonso de Vaca kommt aus einer der ältesten Familien der Insel und ist einer der einflussreichsten Politiker auf Mallorca. Es gibt hier kaum ein größeres Tier, mit dem man sich anlegen könnte", hatte Jan geantwortet.

„Und? … Ich hatte noch nie Angst vor großen Namen. Herr de Vaca wird seine Stärken haben, und vielleicht auch mehr als manch anderer, aber er wird genauso wie Sie und ich auch seine Schwächen haben. … Man darf sich nicht durch die Selbstsicherheit solcher Menschen verunsichern lassen. Ich habe in meinem Berufsleben viele dieser Scheinriesen kennengelernt. Wenn man das aus einem oft übersteigerten Ego erwachsene Scheinbild beiseiteschiebt und hinter den Vorhang schaut, ist man teilweise überrascht und manchmal erschrocken, was man zu sehen bekommt."

„Mag sein …"

„Jahrzehntelange Erfahrung! Und ich habe nicht vor, mich von einem Namen oder einer Position abhalten zu lassen. Ich habe auch schon eine Idee, wie wir vielleicht mehr über ihn erfahren und an ihn herankommen können. Ich werde morgen früh gleich einmal telefonieren." Bei den letzten Sätzen hatte Rolf wie aufgedreht gewirkt. Offensichtlich gab es ihm Auftrieb, mehr über Don Alfonso de Vaca zu erfahren. Und es hatte auf Jan auch den Anschein gemacht, dass Rolf der Gedanke gefiel, sich mit dem Abgeordneten zu messen. Gut gelaunt hatte sich Rolf verabschiedet und ihm eine gute Nacht gewünscht.

Vor etwa einer Stunde dann, Jan hatte noch in seiner Koje gelegen, hatte sein Nachbar mehrmals seinen Namen gerufen. Als Jan endlich verschlafen seinen Kopf aus der Luke des Niedergangs gestreckt hatte, stand Rolf an der Reling. Aufgedreht hatte dieser ihm zugerufen, dass er sich fertig machen solle, da sie in einer Stunde einen Termin auf dem ‚Hügel' hätten, wie die Ansiedlung luxuriöser Anwesen oberhalb von Port d'Andratx gerne genannt wurde. Zudem hatte Rolf betont, dass ihre Gastgeberin sehr großen Wert auf Pünktlichkeit legte. Jan hatte daraufhin schnell geduscht und keine fünfundvierzig Minuten später saßen sie im Auto.

Jan quälte seinen alten Punto weiter den Berg hinauf. Auf ein Signal von Rolf setzte er den Blinker und bog links ab.

Es schloss sich eine langgezogene Kurve an, in der die Steigung deutlich abflachte. „Wo fahren wir überhaupt hin?", fragte Jan und blickte seinen Beifahrer an.

„Zu Margarete Dornseiff."

„Aha." Er blickte seinen Beifahrer fragend an. Dieser hatte offensichtlich die Ironie in der Stimme nicht erkannt und reagierte nicht. Daher schob Jan nach: „Und wer ist diese Margarete Dornseiff?"

„Sie kennen sie nicht? Margarete ist die Galionsfigur der deutschen Mallorca-Szene. Ich glaube, sie lebt seit über dreißig Jahren auf der Insel. Damals hatte sie das Dornseiff-Imperium geerbt und dieses für ein Vermögen an einen Investor veräußert. Seitdem lebt sie hier."

„Okay, und was war das für ein Imperium?"

„Sie kennen Dornseiff nicht? Dornseiff aus Krefeld?"

Jan schaut seinen Nachbarn fragend an und schüttelte den Kopf.

„Dornseiff ist ein Traditionsunternehmen aus Krefeld. Die haben zunächst ihr Vermögen als Seidenweber gemacht und stellen seit fast einhundert Jahren exklusive Seidenkrawatten, -schals und -tücher her." Rolf schaute Jan an, dann blickte er wieder nach vorne und fuhr fort: „Na ja, kein Wunder, dass Sie sie nicht kennen. Ich geh mal davon aus, dass Sie noch nie in ihrem Leben eine Krawatte getragen haben, geschweige denn ein Einstecktuch. Dieses hier ist von Dornseiff." Während er das sagte, zeigte er auf das strahlend gelbe Tuch, das in der Brusttasche seines dunkelblauen, mit Goldknöpfen besetzten Sakkos steckte.

„Sie werden es nicht glauben, aber auch ich weiß mich bei bestimmten Anlässen adäquat zu kleiden und kann sogar eine Krawatte binden“, entgegnete Jan genervt. „Wo müssen wir denn überhaupt lang?“

„Einfach der Straße folgen. Das Anwesen kommt dann irgendwann auf der linken Seite, Hausnummer 253. Sie können in die Einfahrt fahren.“

Keine Minute später erreichten sie diese und Jan lenkte sein Auto den schmalen Weg hinunter. Dieser war auf der einen Seite von einer Bruchsteinmauer eingefasst, in die in regelmäßigen Abständen schmale mannshohe Leuchten eingelassen waren. Auf der anderen Seite befand sich eine etwa drei Meter hohe dichte Hecke, die nach etwa dreißig Metern in ein flaches Gebäude überging. Auch wenn das Haus auf den ersten Blick nicht übermäßig repräsentativ wirkte, so spiegelten die Einfahrt und die gesamte Anlage einen exquisiten Geschmack und Wohlstand wider. Als Jan den Wagen abgestellt hatte, blickte Rolf ihn an, dann sagte er knapp: „Das Reden überlassen Sie mir. Klar?“ Jan nickte nur kurz und beide stiegen aus.

Rolf schloss sein Sakko, strich es glatt und richtete sein Einstecktuch, dann drückte er die Klingel. Einen kurzen Moment später vernahmen die beiden Männer das Bellen zweier Hunde. Die Stimmen hatten nicht viel Volumen, sodass Jan davon ausging, dass die beiden Tiere nicht sehr groß waren. Die Vermutung bestätigte sich, als sich die Tür öffnete: Zwei kleine Möpse stürzten ihnen asthmatisch schnaufend und schwanzwedelnd entgegen und sprangen an ihnen hoch.

„Donatella und Gianni, lasst unsere Gäste in Ruhe. Ab!" Die Hunde ließen augenblicklich ab, sprangen aber weiter, mal kläffend, mal röchelnd, um die beiden Männer herum. Jan blickte auf und konnte im Halbdunkel des Hauseingangs eine hellblonde Frau erkennen. Sie trug ihr langes Haar offen und hatte ihre Lippen knallrot geschminkt. Eine ausladende schwarze Sonnenbrille, deren Fassung mit glitzernden Kristallen besetzt war, verdeckte ihre Augenpartie, während ihr cremefarbenes durchsichtiges Oberteil auch im Halbschatten des Hauses mehr preisgab, als es verdeckte. Dazu trug sie einen kurzen hellen Rock mit Leopardenmuster und schwarze High-Heels-Sandalen mit goldenen Fesselriemchen. Jan fand ihren Kleidungsstil etwas exzentrisch, wer aber seinen Hunden solche Namen gab, musste einen besonderen Modegeschmack haben.

Wie auch immer: Margarete Dornseiff schien eine Frau zu sein, die viel Wert auf ihre Erscheinung legte.

Rolf streckte seine Hände aus, nahm die ihren und betrachtete die Gastgeberin demonstrativ. „Margarete, Sie sehen wieder umwerfend aus. Ich bin mir sicher, dass andere Frauen vor Neid erblassen, wenn sie Sie sehen." Er drehte sich zu seinem Begleiter um und sagte: „Jan, Sie müssen wissen, wenn Margarete bei einer Gesellschaft den Raum betritt, dann haben die Männer nur noch Augen für sie."

„Rolf, Sie sind wie immer ein unglaublicher Charmeur", antwortete die Gastgeberin geschmeichelt. Dann schaute sie Jan an und musterte ihn von oben bis unten. „Und wen haben wir hier?"

„Das ist mein Bootsnachbar, von dem ich Ihnen am Telefon erzählt habe", sprang Rolf ein.

„Sie hatten mir aber nicht erzählt, wie attraktiv er ist", während sie das sagte, schaut sie Jan intensiv über den Rand ihrer Brille an und hielt ihm mit einer übertriebenen Geste die Hand hin. „Margarete Dornseiff."

Jan setzte sein strahlendstes Lächeln auf. „Hallo, ich bin Jan Deitermann. Es ist mir ein besonderes Vergnügen."

„Ganz meinerseits. Aber jetzt kommen Sie beide bitte erst einmal herein. Bei der Hitze müssen Sie durstig sein. Wie wäre es mit frischgepresstem Orangensaft?"

Sie betraten das Haus, gingen einige Stufen hinab und gelangten dann in einen großen mit weißem Marmor ausgelegten Wohnraum. Das Haus war in den Hang gebaut, sodass es wesentlich großzügiger war als es von außen den Eindruck machte. Entgegen des extravaganten Kleidungsstils der Hausherrin, war der Wohnraum sehr schlicht und stilvoll eingerichtet. Eine seiner Längsseiten war komplett offen und ging fast nahtlos in eine große Terrasse über. Ein Blick auf den Boden ließ Jan vermuten, dass die Scheiben komplett in diesen versenkt werden konnten. Als sie nach draußen traten, eröffnete sich ihnen ein traumhafter Blick auf die Bucht von Port d'Andratx und auf das dahinter liegende Meer.

Jan war von dem Gebäude und der Aussicht überwältigt. Er hatte noch nie ein so luxuriöses Haus betreten. Nicht nur das Innere war extrem großzügig, sondern auch der Außenbereich. An der einen Seite befand sich ein großer Pool, der komplett in den mit Teakbohlen bedeckten Boden eingelassen war. Um diesen herum standen mehrere Liegen, die so ausgerichtet waren, dass man von ihnen aus die Aussicht aufs Meer genießen konnte. Auf der anderen Seite des Grundstücks erstreckte sich eine Terrasse über die ganze Breite des Gebäudes, sodass man aus allen Räumen direkt nach draußen treten konnte.

Margarete Dornseiff führte sie zu einer Sitzgruppe, die im Schatten eines großen Sonnenschirms stand, und bat sie, Platz zu nehmen. Ein Hausmädchen brachte den Saft und schenkte ihnen ein.

Während Rolf und Margarete sich über einige Bekannte und den neuesten Klatsch von Port d'Andratx austauschten, betrachtete Jan die Gastgeberin neugierig. Am Hauseingang hatte er sich noch gefragt, wie die Erbschaft vor dreißig Jahren und der Umzug nach Mallorca mit ihrem Alter zusammengehen konnten. Jetzt konnte er aber sehen, dass Margarete mehr erlebt hatte, als es aufgrund ihres Kleidungsstils und der langen blonden Haare auf den ersten Blick schien. Es war schwer, ihr genaues Alter zu schätzen, da offensichtlich schon mal ein Chirurg Hand angelegt hatte. Aufgrund ihrer Hände und ihres Dekolletés hielt Jan es für möglich, dass sie die siebzig erreicht hatte. Margarete lächelte ihn an. Scheinbar hatte sie seinen intensiven Blick bemerkt und fühlte sich geschmeichelt. Sie strahlte Jan an. „Rolf, jetzt ist aber genug von Klatsch und Tratsch. Jan, Sie müssen sich ja langweilen. Rolf hatte mir erzählt, dass Sie sich geschäftlich engagieren wollen?“

Jan hob an zu antworten, doch bevor er etwas sagen konnte, sprang Rolf ein: „Jan hat eine tolle Geschäftsidee und ich bin so etwas wie sein Business Angel, der ihn mit Rat und Tat und gegebenenfalls mit finanziellen Mitteln unterstützt."

„Aha", sagte Margarete knapp. Der Ton ihrer Stimme und ihr Gesichtsausdruck signalisierten deutlich, dass sie über die Unterbrechung durch Rolf verärgert war.

Ungerührt fuhr dieser fort: „Er hat die Idee eine Aloe-Vera-Farm zu eröffnen. Keine wirkliches neues Konzept, aber eines, das aus meiner Sicht Potenzial hat. Jan hat mir einen Business-Plan vorgelegt, der mich wirklich beeindruckt hat. In diesem hat er die Mitbewerber analysiert und auch das Marktpotenzial aufgezeigt. Aber es fehlt unter anderem noch an Kapital."

Margarete lächelte Jan erneut an; sanft sagte sie: „Und Sie möchten, dass ich mich finanziell engagiere?"

„Wo denken Sie hin", sprang Rolf erneut ein. „Wir würden Sie doch nie um finanzielle Mittel bitten. Teil des Business-Plans ist auch die Wahl des besten Standorts. Aufgrund des Bodens und der klimatischen Bedingungen ist der Südosten Mallorcas ideal. Und Jan hat auch schon die perfekte Lage eruiert. … Und da kommen Sie ins Spiel."

„Aha? Wie kann ich Ihnen helfen?", während sie das sagte, schaute sie Jan weiterhin an.

„Als idealer Standort in Bezug auf Klima und Boden stellt sich eine Finca im Nordosten dar", fuhr Rolf fort. „Diese hat derzeit aber Don Alfonso de Vaca gepachtet. … Kennen Sie ihn?"

„Natürlich kenne ich Don Alfonso. Ein Mann mit einer unglaublichen Ausstrahlung und einer sehr gewinnenden Art. Extrem erfolgreich und extrem umtriebig. Ich habe ihn vor Jahren bei einer Benefizgala zur Unterstützung seiner Partei kennengelernt."

„Das klingt nach einem faszinierenden Mann."

„Oh ja, das ist er. Und extrem gut aussehend", während Margarete das sagt, lächelte sie. „Ich kenne ihn ganz gut."

„Großartig", sagte Rolf. „Könnten Sie uns vielleicht einen Gefallen tun? Wir würden gerne mit ihm über die Finca und den Standort sprechen. Wir können aber natürlich nicht einfach in sein Büro gehen oder ihn anrufen. Daher wären wir Ihnen sehr dankbar, wenn Sie einen Kontakt für uns herstellen könnten."

„Liebend gerne. Wenn es Ihnen hilft, Jan", während sie das sagte, legte sie ihre Hand auf seinen Arm.

„Margarete, aber bitte sagen Sie Don Alfonso nicht, was wir vorhaben. Es wäre schön, wenn Sie ihm nur sagen würden, dass wir mit ihm über die Finca sprechen möchten. Es ist Jans Geschäftsidee und wir wollen diese nicht überall publik machen. Und wir wollen auch nicht, dass sich Don Alfonso möglicherweise schon vorab Gedanken über Geld und Entschädigungen macht. Sie wissen ja, Jan hat kaum finanzielle Mittel."

„Nein, selbstverständlich nicht. Seien Sie unbesorgt. Ich werde ihm nur sagen, dass Sie gute Freunde von mir sind und mit ihm über eine Geschäftsidee sprechen wollen. Nebenbei, er spricht auch sehr gut Deutsch. Ich werde ihn nachher anrufen und dann gebe ich Ihnen Bescheid, ob sie mit seinem Büro einen Termin vereinbaren können."

„Margarete, Sie sind wie immer wundervoll." Rolf nahm ihre Hand und deutete einen Kuss an.

Nachdem sie noch eine Weile Konversation über die Insel und die traumhafte Lage des Hauses geführt hatten, verabschiedeten sich Jan und Rolf. Margarete Dornseiff führte sie noch zur Haustür. Als Rolf, der vorging, bereits hinausgetreten war, hakte sich Margarete schnell bei Jan unter und hielt ihn einen Moment zurück. „Geht Ihnen das eigentlich nicht auf die Nerven, dass Rolf für Sie spricht und ständig sagt, dass Sie kein Geld haben?"

Jan musste lächeln. „Och nein, das geht schon. So ist er halt."

„Wenn Sie wirklich einen so faszinierenden Business-Plan entwickelt haben, woran ich bei Ihnen keinen Moment zweifle, dann müssen Sie nicht Ihr Licht unter den Scheffel stellen. Sie haben ganz offensichtlich Intelligenz, Geschäftssinn, Charme und ein gutes Aussehen – das ist eine unschlagbare Kombination." Sie zog Jan noch näher an sich heran, dann sagte sie leise: „Einem Mann wie Ihnen kann die Welt zu Füßen liegen. Glauben Sie mir, ich kenn mich aus." Margarete hielt einen Moment inne, dann lockerte sie ihren Griff und fuhr fort: „Wenn Ihnen derzeit die finanziellen Mittel fehlen: Suchen Sie vielleicht einen Job?"

„Vielleicht. Haben Sie einen für mich?"

„Ich bräuchte noch jemanden, der mir bei allem zur Hand geht." Während sie das sagte, schaute sie ihn verschmitzt an.

„Jemand, der sich um das Haus kümmert – und natürlich um mich. … Ich könnte Sie mir da sehr gut vorstellen."

Jan lächelte Margarete an. „Ich möchte nicht unhöflich sein, aber ich befürchte, ich bin nicht der Richtige dafür. Ich habe diesbezüglich viel zu wenig Erfahrung."

„Jan, das nehme ich Ihnen nicht ab. Sie sind zu bescheiden. Wie dem auch sei: Es sollte finanziell nicht Ihr Schaden sein."

„Das glaube ich Ihnen gern, aber ich bin dennoch wohl eher nicht der Richtige. Ich denke aber gerne noch mal darüber nach. Herzlichen Dank!"

„Ja bitte, denken Sie in Ruhe darüber nach und wenn Sie es sich anders überlegt haben, rufen Sie mich einfach an."

„Das werde ich tun." Jan lächelte Margarete Dornseiff ein letztes Mal an, dann drehte er sich um und verließ das Haus.

## Mittwoch, 28. Mai, 15:00 Uhr

Xavier ging in seinem Zimmer auf und ab. Die Vorkommnisse auf dem Gehöft des alten Albiol waren ihm auch in der letzten Woche einfach nicht aus dem Kopf gegangen – obwohl er es sich fest vorgenommen hatte.

Das Schlimmste an der Woche Hausarrest war für ihn allerdings, dass er Letizia nur tagsüber in der Schule hatte sehen können. Er war zwar mehrmals kurz davor, sich trotz der Anweisung seines Vaters nachts aus dem Haus zu schleichen, hatte sich am Ende aber dann noch nicht getraut. Er kannte seinen Vater: Wenn dieser ihn unter normalen Umständen nachts abfangen würde, das wäre schon schlimm genug. Sollte er ihn aber in der Zeit des Hausarrests erwischen, dann wäre noch größerer Ärger vorprogrammiert.

Einer der Erziehungsgrundsätze des Conde war Konsequenz. Während es Xavier immer wieder gelang, seine Mutter um den Finger zu wickeln und sie von ihren gefassten Entscheidungen abzubringen, hatte er es bei seinem Vater noch nie geschafft. Dieser hatte mal zu ihm gesagt: „Beständigkeit hat das Haus de Gongora über die Jahrhunderte getragen. Beständigkeit und dass die Menschen immer darauf vertrauen konnten, dass das von einem de Gongora gegebene Wort immer eingehalten wird.“ Diese Grundsätze hatte der Conde tief verinnerlicht und lebte sie sowohl im Beruf als im Privaten. Er versuchte sie auch stets seinem Sohn zu vermitteln.

Dennoch hatten die Predigten seines Vaters ihn noch nie davon abgehalten, gegen dessen Vorgaben zu verstoßen. Xavier wollte sich nicht immer fügen und hatte es sich quasi zum Sport gemacht, die Regeln zu umgehen ohne erwischt zu werden.

Doch dieses Mal war es anders: So ernst und streng wie der Conde im Hinblick auf das Gehöft des alten Albiol und auf Don de Vaca reagierte, hatte Xavier seinen Vater noch nie erlebt. Entsprechend hatte er sich dieses Mal gefügt, auch um zu vermeiden, dass er, sollte er erwischt werden, bis zu seinem achtzehnten Geburtstag Hausarrest bekommt. Zudem wollte er seinem Vater keinen Anlass geben, ihn auf ein Internat zu schicken, was dieser schließlich immer wieder angedroht hatte, wenn Xavier entweder zu aufmüpfig oder zu sehr Muttersöhnchen gewesen war. Doch weg von Leticia, das wollte er auf keinen Fall.

Nach den Strafpredigten seins Vaters und dem Hausarrest war er fest entschlossen gewesen, nicht mehr über die Finca nachzudenken. Doch als er ganze Nachmittage alleine in seinem Zimmer verbracht und sich gelangweilt hatte, hatten seine Gedanken wieder unentwegt um die Geschehnisse gekreist. Immer wieder hatte er sich gefragt, was er gesehen hatte, warum der Hüne so aggressiv war und was Don Alfonso de Vaca mit alledem zu tun hatte. Dass dieser etwas wissen musste, war Xavier spätestens klargeworden, als er die Geschehnisse noch einmal in seinem Kopf chronologisch sortiert hatte: Er hatte nachts die Prozession gesehen, einen Tag später war er vor dem Gebäude von dem Hünen erwischt worden und nur zwei Tage danach war Don Alfonso bei ihnen vorbeigekommen – und noch am Abend hatte ihm sein Vater Hausarrest erteilt. Xavier war sich sicher: Don de Vaca wusste, was auf dem Gehöft vor sich ging und wollte verhindern, dass er sich weiter dafür interessierte.

Und eine weitere Frage hatte ihn umgetrieben: Hatte sein Vater auch etwas damit zu tun? Xavier konnte und wollte es sich nicht vorstellen, aber ein Rest Zweifel blieb. Aufgrund dessen konnte und wollte er nicht mit ihm über das Geschehene sprechen. Auf der anderen Seite hatte er aber das Bedürfnis, mit jemandem seine Gedanken zu teilen und sich gefragt, wem er sich anvertrauen konnte. Sein erster Gedanke hatte seiner Mutter gegolten, doch diese tat am Ende immer nur das, was sein Vater wollte. Zudem hatte sie Xavier erklärt, wie wichtig Don Alfonso für seinen Vater und die Familie war: Sie hätte ihn nur ausgeschimpft und darauf verwiesen, was sein Vater gesagt hatte.

Bei seinen Überlegungen war er wieder auf Padre Enrique gekommen. Xavier hatte noch ein paar Tage darüber nachgedacht, warum er dem Pfarrer bei ihrem letzten Treffen nicht einfach berichtete hatte, was er bei der Finca gesehen und erlebt hatte. Und er hatte sich gefragt, ob er sich Padre Enrique offenbaren sollte, denn der Pfarrer war derjenige, dem er neben seinen Eltern am meisten vertraute.

Xavier nahm sein Handy, zögerte noch einmal kurz und wählte dann entschlossen die Nummer des Pfarrers. Nach nur zwei Mal klingeln meldete sich dieser mit einem freundlichen ‚Digame'.

„Hola Padre Enrique!", grüßte Xavier zurück.

„Hola Xavier, wie geht es dir?“

„Gut geht es mir, danke! Und Ihnen?“

„Das freut mich zu hören, mir geht es auch gut. Was macht die Schule?“

„Alles in Ordnung soweit. Kommen Sie bezüglich des Gemeindefests voran?“

„Es nimmt langsam alles Formen an. Du wolltest mir aber doch helfen.“

„Ja, ich bin mit den anderen in Kontakt. … Und was macht Ihr Garten?“

„Es sind gerade die ersten Rosenblüten aufgegangen, wunderschön! Du weißt ja, er ist meine Leidenschaft.“

„Hatten Sie denn heute schon Zeit, sich um ihn zu kümmern?“

„Ja, diese Zeit nehme ich mir ja immer gern. … Aber du hast mich ja sicherlich nicht angerufen, um mit mir über meine Pflanzen zu sprechen. Was ist los?“

„Also …“ Xavier zögerte immer noch.

„Na komm, rück raus mit der Sprache. Ich merke doch, dass du etwas auf dem Herzen hast.“

Xavier überlegte kurz: Er wollte Padre Enrique nicht am Telefon mitteilen, dass er ihn bezüglich der Göttin und des Referats für den Geschichtsunterricht angelogen hatte. Er wollte es ihm lieber in einem persönlichen Gespräch gestehen, wenn sie sich das nächste Mal sahen. Daher antwortete er ausweichend: „Wir hatten doch bei meinem letzten Besuch über diese Göttin gesprochen."

„Ich erinnere mich, im Zusammenhang mit deinem Referat für den Geschichtsunterricht bei Pacheco."

„Ja, so in etwa. … Das Thema lässt mich nicht los und ich habe noch mal recherchiert: Es ist Demeter oder Kybele – die große Göttin. … Ich würde gerne noch mal mit Ihnen darüber reden."

„Klar, gerne. Du weißt, ich freue mich, wenn ich dir helfen kann, auch wenn ich mir nicht sicher bin, ob ich es kann. Du musst mir aber genau sagen, worum es geht."

„Vielen Dank, Sie können mir bestimmt helfen. Ich erkläre es Ihnen, wenn wir uns sehen." Xavier hielt einen Moment inne und überlegte, ob er die Frage stellen sollte, kam dann aber zu der Erkenntnis, dass er es ohne weiteres tun konnte. „Kennen Sie eigentlich Don Alfonso de Vaca?"

Einen Moment herrschte Stille am anderen Ende der Leitung, dann sagte Padre Enrique: „Ich glaube schon. Ich meine, ich habe ihn ein zwei Mal bei einem Empfang beim Bischof in Palma gesehen. Ein unangenehmer Mensch."

„Ja, nicht wahr? Finde ich auch", sprudelte es aus Xavier hervor. Er freute sich, dass Padre Enrique den Politiker genauso wenig mochte, wie er.

„Ach, du kennst ihn auch?"

„Ja, er war vergangene Woche bei uns und hat meinen Vater besucht."

„Aha, … aber warum fragst du?"

„Das ist eine lange Geschichte, die ich Ihnen dann erzählen werde, wenn wir uns treffen.“

„Gern. Wir beide müssen doch sowieso noch die Details für das Gemeindefest besprechen. Das können wir doch prima miteinander verbinden. Wie sieht es bei dir denn morgen aus? Donnerstagnachmittags geht Senyoreta Maria immer zu ihrer Schwester – das heißt, wir können ungestört reden.“

Xavier freute sich, dass sie sich schon am nächsten Tag treffen konnten: „Sehr gern, ich komme dann wieder nach der Schule vorbei.“

„Perfekt. Lass uns das so machen. Bis morgen.“

„Bis morgen.“

Nachdem sie das Gespräch beendet hatten, schaute Xavier aus dem Fenster. Er war erleichtert darüber, dass er das Thema bei Padre Enrique angesprochen hatte. Dieser würde ihm dabei helfen, dem Geheimnis auf den Grund zu gehen, da war er sich sicher.

## Mittwoch, 28. Mai, 20:00 Uhr

Nach dem morgendlichen Besuch bei Margarete Dornseiff hatte Jan seinen Nachbarn am Yachtclub abgesetzt und sich auf den Weg zu Candy gemacht. Auf der Fahrt hatte er noch mal den Termin Revue passieren lassen und sich gefragt, wie Rolf ausgerechnet auf eine Aloe-Vera-Farm gekommen war. Jan hatte sich vorgenommen, seinen Nachbarn bei Gelegenheit danach zu fragen.

In El Arenal angekommen, hatte er Croissants gekauft und anschließend Candy geweckt. Noch vor dem Frühstück hatten sie sich leidenschaftlich geliebt und waren dann noch einmal eng umschlungen eingeschlafen. Später waren sie an den Strand gegangen und hatten einen entspannten Nachmittag am Meer verbracht. Candy hatte sich von der Arbeit der vergangenen Nacht erholt und Jan hatte einfach ihre Nähe und den Tag genossen.

Am Abend, als die Sonne langsam im Westen unterging, waren sie noch etwas essen gegangen. Candy hatte ihm angeboten, dass er in ihrem Appartement bleiben oder sie ins ‚Oberbayern' begleiten könne. Er wollte aber weder den Abend allein in ihrer Wohnung noch die Nacht an der Theke im ‚Oberbayern' verbringen. Ganz offensichtlich war Candy enttäuscht und hatte ihn das auch eine Weile spüren lassen. Als sie sich so gegen einundzwanzig Uhr verabschiedet hatten, hatte sie einen weiteren Versuch gestartet, aber erneut hatte er sich dagegen entschieden und war zurück nach Port d'Andratx gefahren.

Entspannt schlenderte Jan den Pier entlang. Er grüßte andere Bootseigner, die ihm entgegen kamen, und betrachtete dabei die nur noch vereinzelten Aktivitäten auf dem Wasser und an Land. Aufgrund der Uhrzeit und der Dunkelheit kam der Hafen zunehmend zur Ruhe. Als er die ‚Prinzessin' passierte, konnte er Rolf und dessen Frau auf ihrer Terrasse sehen. Sie saßen an einem mit einer weißen Decke eingehüllten Tisch, auf dem, soweit es im Dunkeln zu erkennen war, zwei Kerzen, eine Wasserkaraffe, eine Flasche Wein und Teller mit Essen standen. Offensichtlich aßen sie zu Abend.

Jan blieb vor dem Yacht stehen und grüßte: „Hallo, guten Abend."

„Guten Abend", antwortete Rolf knapp, während Magda Jan anlächelte und freundlich zurückgrüßte.

„Hallo Frau Kaltenbrenner, schön, dass wir uns auch mal kennenlernen. Ich bin Jan, Ihr Nachbar. Ihr Mann hat das wahrscheinlich schon erzählt."

„Ja, hat er. Ich freue mich auch. Kommen Sie vom Strand?". Während sie das sagte, zeigte sie auf das Handtuch, das Jan aufgerollt unter dem Arm trug.

„Ja, ich war an der Platja."

„Aha. Haben Sie unsere gemeinsam Freundin getroffen?", fragte Rolf.

Einen Moment zögerte Jan, dann antwortete er: „Ja, habe ich. Ich hatte noch ein paar Fragen und vor allem habe ich ein Foto von Friederike besorgt. Das können wir dann Don de Vaca zeigen."

„Das ist gut. Ich habe vorhin nämlich schon einen Anruf von seinem Büro bekommen. Wir haben morgen Mittag einen Termin mit ihm. Wir treffen ihn um vierzehn Uhr in einem Restaurant – im ‚Menjador'."

„Cool! Ich bin echt gespannt auf ihn. Möchten Sie das Foto von Friederike sehen?"

„Das können Sie mir gleich zeigen. Ich komme nach dem Essen noch mal bei Ihnen vorbei." Nachdem Rolf das gesagt hatte, wandte er sich wieder demonstrativ seiner Frau zu und sprach mit ihr mit gedämpfter Stimme, sodass Jan kein Wort verstehen konnte. Er verstand den Hinweis und hatte auch keine Lust, wie ein Lakai vor der ‚Prinzessin' zu stehen. Mit einem kurzen ‚Tschüss' verabschiedete er sich und ging zu seinem Boot.

Etwas später saß Jan an Deck und betrachtete die funkelnden Lichter auf der anderen Seite der Bucht. Hin und wieder trug der Wind Stimmen, Musik und andere Geräusche von den Restaurants zu ihm herüber.

„Das ist schon besser als Cala Rajada, oder?", hörte Jan Rolf hinter sich sagen und drehte sich um. Er konnte sehen, dass sein Bootsnachbar mit einem Glas Wein in der Hand hinter ihm auf seinem Klappstuhl saß. „Hi! Ich habe Sie gar nicht kommen hören. Zu Ende gegessen?", während er das fragte, setzte sich Jan wieder auf die gegenüberliegende Bank, um den Anderen besser sehen zu können.

„Ja. Sagen Sie mal: Was haben Sie eigentlich heute Vormittag noch mit Margarete besprochen?"

„Wann?“, fragte Jan, obwohl er genau wusste, was Rolf meinte.

„Als Sie noch einen Moment im Haus geblieben sind.“

„Ach so, Frau Dornseiff hat mir einen Job angeboten.“

„Aha. Als was?“

„Hm. Ich würde sagen, das klang so ein bisschen nach ‚Junge für alles‘.“

„ … Und?“

„Ich habe abgelehnt. Ich habe keine Erfahrung mit solchen Dingen. Außerdem habe ich ja einen Job? Oder?“

Fragend schaute Rolf ihn an, dann verstand er, worauf Jan hinaus wollte. „Absolut. Selbstverständlich haben Sie einen Job.“

„Das freut mich zu hören. Haben Sie denn schon mit Herrn von Lauenburg über die Konditionen gesprochen?“

„Ja natürlich.“

Als Jan das hörte, ärgerte er sich. Wenn Rolf schon mit seinem Freund gesprochen hatte, warum hatte er ihn nicht informiert. Genervt fragte er: „Gut. Und was hat er gesagt?“

Betont gelangweilt antwortete Rolf: „Es geht klar.“

„Was geht klar? Werde ich nach Aufwand bezahlt?“

„Ja.“

„Und gibt es eine Provision?“

„Ja.“

„Seit wann wissen Sie es?“

„Keine Ahnung, … seit gestern Morgen.“

„Warum haben Sie mir das nicht gesagt?“

„Sie haben mich nicht danach gefragt. … Außerdem waren die Ermittlungen ins Stocken geraten, Sie hatten Null Fortschritte gemacht. Sie hatten sich ja auch von dem Mann Ihrer Freundin über den Tisch ziehen lassen. Wir werden Sie nicht bezahlen, wenn Sie keine Leistung erbringen.“

Jan spürte wie Ärger in ihm aufwallte, doch bevor er etwas sagen konnte, fuhr sein Nachbar fort: „Es ist alles so, wie wir besprochen hatten. Sie bekommen Ihr Geld am Ende eines Monats auf Basis eines Stundenzettels, den Sie mir geben werden. … Sie sagten, Sie hätten ein Foto von Friederike?“

„Ja.“ Jan stand auf, tippte auf den Bildschirm seines Smartphones und hielt dieses anschließend Rolf entgegen.

„Was soll ich mit Ihrem Handy?“, fragte der Ältere unwirsch. „Ich würde gerne das Foto sehen.“

Jan rollte mit den Augen. „Da ist das Foto drauf. Willkommen im 21. Jahrhundert“, antwortete er ironisch.

Rolf blickte seinen Nachbarn verärgert an, dann beugte er sich herunter und nahm das Smartphone in die Hand. Das Foto zeigte eine junge blonde Frau, die an einem Tisch in einem Straßenkaffee saß und in die Kamera lächelte. Ihr Gesicht war etwas rundlich, ohne dick zu sein. Sie trug ein hautenges weiße Oberteil, das ihre üppige Oberweite betonte und einen kleinen Bauchansatz erkennen ließ. „Das ist

Friederike?“, fragte Rolf. „Ich habe sie irgendwie anders in Erinnerung.“

„Wann haben Sie sie das letzte Mal gesehen?“

„Ich würde sagen, das ist zehn Jahre her.“

Jan nahm sein Smartphone wieder an sich. „Und ich würde sagen: Zehn Jahre sind genug Zeit, um sich zu verändern – insbesondere, wenn die Person vor zehn Jahren noch ein Teenager war.“ Während er das sagte, setzte er sich wieder hin.

„Das ist wahr. Das ist alles schon lange her.“ Rolf nahm einen tiefen Schluck aus seinem Glas und starrte vor sich auf die Lichter am anderen Ufer.

„Wann sagten Sie, treffen wir morgen Don de Vaca?“

„Um vierzehn Uhr, das heißt, wir müssen um dreizehn Uhr los. Alles Weitere besprechen wir auf der Fahrt.“

Jan hatte das Gefühl, dass sein Nachbar ein wenig lallte, als er das sagte. Auch seine Bewegungen schienen fast etwas ungelenk, als er aufstand und seinen Stuhl zusammenklappte. Scheinbar hatte er dem Wein zu sehr zugesprochen. „Ich wünsche Ihnen einen gute Nacht“, sagte Rolf, drehte sich um und ging in Richtung seiner Terrasse.

„Wünsche ich Ihnen auch“, sagte Jan, legte sich auf den Rücken und schaute in den Sternenhimmel.

## Donnerstag, 29. Mai, 14:00 Uhr

Das ‚Menjador' lag in einer Seitengasse unweit vom Parlament in Palma. Die große Glasfront und die verglaste Eingangstüre waren mannshoch mit Stoff bespannt, sodass Vorbeigehende von außen nicht hineinschauen konnten. Aufgrund dessen und da das Restaurant im toten Winkel der Besucherströme lag, fanden nur wenige Touristen den Weg dorthin.

Als Rolf und Jan das Lokal betraten, waren sie überrascht, wie groß es war. Der Raum erstreckte sich tief ins Gebäude hinein und ging dann in einem rechten Winkel nach rechts ab. Einfallendes Licht ließ vermuten, dass der Raum sich dort zu einem Innenhof oder Garten hin öffnete.

Das gesamte Interieur des Restaurants strahlte Gediegenheit aus. Die etwa vier Meter hohe Decke wurde von metallenen Jugendstilsäulen gestützt, während der Boden mit weißen und schwarzen Steinkacheln ausgelegt war. An der linken Wand befand sich eine große Theke aus Eichenholz, deren Flächen mit aufwendigen Schnitzereien verziert waren. In der Rückwand hinter der Bar war ein riesiger Spiegel eingelassen.

Die im Raum verteilten Tische waren mit weißem Tuch, Besteck für mehrere Gänge sowie Gläsern für Wasser, Rot- und Weißwein eingedeckt. An ihnen saßen nur vereinzelt Gäste, die sich mit gedämpften Stimmen unterhielten. Rolf und Jan waren überrascht, dass mitten in der Stadt unweit vom Trubel und Lärm der Touristenpfade ein solches Refugium der Stille zu finden war.

Während sie sich umschauten, kam ein Kellner auf sie zu. „Herzlich Willkommen! Darf ich Ihnen einen Tisch anbieten?“, sprach er sie auf Spanisch an.

„Vielen Dank, wir sind verabredet und vermutlich ist unsere Verabredung bereits hier“, antwortete Rolf auf Deutsch und gestikulierte dabei mit seinen Händen, um sicher zu gehen, dass sein Gegenüber ihn verstand.

Blitzschnell und ohne Probleme wechselte der Kellner ins Deutsche. „Wenn Sie mir den Namen des Gastes nennen, dann kann ich Ihnen vielleicht sagen, ob er bereits da ist. Oder ich kann Sie an den Tisch führen, der für Sie reserviert ist.

„Danke, wir sind mit Don de Vaca verabredet.“

„Selbstverständlich, der Herr Abgeordnete ist bereits da. Bitte folgen Sie mir.“

Der Kellner führte sie durch das Restaurant in die hintere Ecke, in der zwei Tische besetzt waren. An dem einen saßen zwei Männer in dunklen Anzügen. Der eine, ein auffällig gutaussehender Mann, wie Rolf feststellte, hatte seine Haare zu einem Pferdeschwanz gebunden, während der andere die Haare streng zurückgegelt hatte. Beide musterten Jan und Rolf aufmerksam. Der Kellner ignorierte die Männer und ging zielstrebig auf den Nachbartisch zu. Dort angekommen hielt er einen Moment inne, dann sagte er: „Herr Abgeordneter, … Ihre Gäste sind da.“

Don Alfonso de Vaca schaute von seinem Smartphone auf und blickte schweigend von einem zum anderen. Dann nickte er nur kurz in Richtung des Kellners und signalisierte Jan und Rolf mit einer einfachen Handbewegung, dass sie sich hinsetzen sollten. Beide nahmen Platz, während ein weiterer Kellner Schälchen mit Brot, Oliven sowie Aioli brachte und ihnen nach kurzer Nachfrage Wasser einschenkte.

Rolf lächelte sein Gegenüber an und sagte freundlich: „Herr Abgeordneter, Mein Name ist Rolf Kaltenbrenner und das ist Jan Deitermann. Es ist uns eine Ehre und Freude, Sie kennenzulernen. Vielen Dank, dass Sie sich Zeit für uns nehmen."

Ohne ein Wort zu sagen, nahm sich Don Alfonso ein Stück Brot tunkte dieses in das Aioli und steckte es in den Mund. Während er kaute, betrachtete er Rolf und Jan eindringlich. Schweigend schaute er von einem zum anderen. Nach einem Moment der Stille begann de Vaca zu sprechen und kam direkt auf den Punkt: „Gut, … unsere gemeinsame Freundin sagte, dass Sie eine Geschäftsidee und Interesse an einem Gehöft haben, das ich vermeintlich gepachtet habe."

„Ja genau. Mein Freund hier hat einen Business-Plan für eine Aloe-Vera-Plantage entwickelt. Und das Gehöft, das Sie in der Nähe von Artà gepachtet haben, bietet die idealen Voraussetzungen dafür."

„Wie kommen Sie darauf, dass ich ein Gehöft gepachtete habe?"

„Haben Sie nicht?"

„Vielleicht.“ Don de Vaca nahm sich erneut ein Stück Brot mit Aioli und legte sich dieses in den Mund. Nachdem er in Ruhe aufgekaut hatte, fuhr er fort: „Mich würde aber interessieren, wie Sie darauf kommen.“

„Das ist eine lange Geschichte …“

„Ich bin ein guter Zuhörer.“

„Einer Ihrer dortigen Nachbarn hatte es uns erzählt.“

„Welcher?“

„Das kann ich Ihnen nicht sagen, ich kenne seinen Namen nicht. Wir haben uns an der Finca umgeschaut und da kam er vorbeigefahren.“

Jan beobachtete das Gespräch zwischen den beiden Männern interessiert. Er fand es extrem spannend, wie sie agierten und reagierten. Dabei war er überrascht, wie barsch und direkt Don Alfonso war. Vom dem freundlich dreinblickenden und in die Kamera lächelnden Politiker der Fotos im Internet war nichts zu sehen. Vielmehr wirkte der Politiker eiskalt und zeigte keinerlei Gefühlsregungen. Nur jetzt, als Rolf berichtete, dass sie sich an der Finca umgeschaut hatten, meinte Jan zu sehen, dass Don Alfonso die Augen etwas zusammenkniff.

Der Abgeordnete nahm sein Wasserglas. Während er einen tiefen Zug nahm und die Wangen füllte, betrachtete er weiter intensiv seine beiden Gesprächspartner. Viele Sekunden, die Jan wie Minuten erschienen, sagte niemand ein Wort – dann wandte sich Don Alfonso an Rolf: „Herr Kaltenbrenner, ich habe das Gefühl, dass Sie beide nicht aufrichtig sind. Ich führe keine Gespräche mit Menschen, die versuchen, mich zu hintergehen. … Ich wünsche Ihnen einen schönen Tag."

Jan war überrascht, das Gespräch hatte einen Verlauf genommen, den er nicht erwartet hatte. Neugierig schaute er zu Rolf hinüber, der keine Reaktion zeigte. Dann richtete sich dieser auf, verschränkte die Arme vor der Brust, beugte sich etwas vor und blickte den Abgeordneten finster an. „Gut, Don de Vaca, lassen wir die Spiele. Wir sind auf der Suche nach einer Frau. Ihr Name ist Friederike von Lauenburg. Kennen Sie sie?"

Mit einer ruhigen Bewegung führte der Politiker erneut sein Wasserglas an den Mund und trank etwas. Dann stellte er es wieder auf den Tisch. „Nein, noch nie von ihr gehört."

„Friederike von Lauenburg ist verschwunden und es gibt Indizien dafür, dass Sie sie kennen", fiel Jan ein. Da er aber auch mit diesem Satz keine Reaktion erzielte, holte er sein Smartphone heraus, öffnete das Foto und hielt Don Alfonso das Gerät entgegen.

Der Politiker schaute demonstrativ an diesem vorbei in Rolfs Richtung, ohne das Bild zu betrachten sagte er: „Wenn ich Ihnen sage, dass ich die junge Dame nicht kenne, dann kenne ich sie nicht. Ich weiß nicht, wovon Sie sprechen. Das Gespräch ist beendet."

„Aber ich habe weitere Fragen …"

Noch bevor Rolf den Satz beenden konnte, fiel ihm Don Alfonso ins Wort. „Wie ich gesagt habe, das Gespräch ist beendet. Erst tischen Sie mir eine Lügengeschichte auf, dann unterstellen Sie mir auch noch, dass ich etwas mit dem

Verschwinden dieser jungen Dame zu tun habe, obwohl ich sie gar nicht kenne."

„Wir unterstellen Ihnen gar nichts, aber …"

Don Alfonso wandte sich dem Nachbartisch zu. Erst jetzt bemerkte Jan, dass die beiden anderen Männer das Gespräch intensiv verfolgten. Beide saßen auf den vorderen Enden der Stühle und jeder Muskel ihrer Körper schien unter Spannung zu stehen. Sie wirkten wie Raubkatzen vor dem Sprung, bereit über ihre Beute herzufallen und diese niederzureißen, sobald Don de Vaca das Signal dazu geben würde. „Marcos, Deto, würden Sie die Herren bitte zur Tür begleiten." Blitzschnell sprangen die beiden Männer auf und keine Sekunde später stand sie neben den Gesprächspartnern ihres Chefs am Tisch.

Jan war überrascht, wie gelassen Rolf blieb. Ruhig schaute dieser zu dem Mann mit dem engelsgleichen Gesicht auf, dann blickte er wieder zu Don Alfonso. „Vielen Dank für die Mühe, aber wir finden alleine raus."

„Und ich gehe davon aus, dass wir uns wiedersehen", drohte Jan.

„Es wird mir ein Vergnügen sein. Guten Tag", sagte der Politiker kalt.

Während Jan und Rolf sich von den Stühlen erhoben, schauten die beiden Bodyguards sie mit finsterer Miene an. Nur langsam, Zentimeter für Zentimeter, bewegten sie sich zur Seite und gaben den Weg frei.

Ohne eine weitere Verabschiedung verließen Jan und Rolf das Restaurant. Während sie langsam in Richtung ihres Wagens gingen, fragte Rolf: „Und wie fanden Sie das Gespräch?“

„Na ja, ist nicht gerade so gelaufen, wie ich es erwartet habe.“

„Warum? Was haben Sie erwartet? Dass er uns alles erzählt und uns zu Friederike führt, nur weil wir danach fragen?“

„Nein, natürlich nicht. Aber das wir wenigstens ein bisschen mehr aus ihm herausbekommen. … Es gibt aber zwei Erkenntnisse.“

„Ach? Und welche?“

„Er hat etwas zu verbergen, sonst wäre er nicht so aggressiv und abweisend gewesen.“

„Ja, denke ich auch. Und was noch?“

„Er kennt Friederike.“

Rolf schaute Jan neugierig an. „Wie kommen Sie darauf?“

„Er hat demonstrativ nicht auf ihr Foto geschaut, wusste aber, dass es sich bei ihr um eine junge Frau handelt. Er hat zweimal gesagt, dass er die junge Dame nicht kennt. Und noch etwas: Don de Vaca war extrem cool und hat kaum Reaktionen gezeigt. Aber ich meine, als Sie gesagt haben, dass wir uns an der Finca umgeschaut haben, hatte er seine Augen zusammengekniffen.“

„Ja, … ich glaube auch, dass er mehr weiß, als er zugibt.“

*

Don Alfonso de Vaca ließ die Fahrzeuge passieren. Er wartete, bis sich eine Lücke im starken Verkehr auftat, dann ging er zügig zur anderen Straßenseite hinüber, wo seine Limousine stand. Als er fast bei dieser angekommen war, öffnete sich die Beifahrertür und einer seine Personenschützer stieg aus. Dieser wartete bis Don Alfonso das Fahrzeug erreicht hatte, dann öffnete er die hintere Tür und hielt diese auf, sodass der Abgeordnete im Fond Platz nehmen konnte. Nachdem der Bodyguard ebenfalls eingestiegen war, setzte sich der Wagen langsam in Bewegung und reihte sich in den Verkehr ein.

Don Alfonso de Vaca schloss die Augen und atmete tief durch. Die Entwicklung gefiel ihm nicht. Am Vortag hatte er einen Anruf von Margarete Dornseiff erhalten. Als er ihren Namen auf dem Display seines Handys gesehen hatte, war er freudig ans Telefon gegangen. Zum einen mochte er die Deutsche und zum anderen spendete sie ihm und seiner Partei regelmäßig Geld oder unterstützte seine Projekte über Charity-Events, die sie veranstaltete. Und wie immer war es ein sehr angenehmes Gespräch mit ihr – bis Margarete erwähnt hatte, dass zwei Bekannte von ihr Interesse an seiner Finca hätten. Sofort hatten bei ihm alle Alarmglocken geschrillt. Nur wenige Menschen wussten, dass er die Finca gepachtet hatte. Und er glaubte nicht, dass diese darüber sprechen würden – und falls doch, dann wäre auch das sehr beunruhigend.

Zudem hatte sein Verwalter ihm vor einigen Tagen berichtet, dass die Guardia Civil der Finca wegen nächtlicher Ruhestörung einen Besuch abgestattet hatte. Der Verwalter hatte den Beamten daraufhin erklärt, dass der Abgeordnete de Vaca das Grundstück gepachtet hatte. Aus Don Alfonsos Sicht war das keine optimale Antwort, er hatte dem aber zu diesem Zeitpunkt keine weitere Bedeutung beigemessen.

Sollten die Bekannten von Margarete Dornseiff die Informationen allerdings von der Polizei bekommen haben, so war das sehr beunruhigend. Daher hatte er dem Treffen mit den beiden Männern, das er vor etwa einer Stunde stattgefunden hatte, direkt zugestimmt.

Eigentlich hatte er mehr von den beiden erfahren wollen und er ärgerte sich darüber, dass das Gespräch einen komplett anderen Verlauf genommen hatte, als er sich das gedacht hatte. Sein Plan war, die beiden Männer durch seine Persönlichkeit und mit einem distanzierten und unhöflichen Auftreten einzuschüchtern. Er hatte es im Raum stehen lassen wollen, ob er das Gehöft gepachtet hatte, um selber in den Fragemodus zu kommen und den beiden zu entlocken, woher sie wussten, dass er der Pächter ist. Die Taktik, sein Gegenüber einzuschüchtern, alles offen zu lassen und im Gespräch die Position des Fragenden oder manchmal auch Anklagenden einzunehmen, hatte er in tausenden Gesprächen umgesetzt. In der Regel funktionierte das auch – heute aber nicht.

Don Alfonso hatte gespürt, dass er den Jüngeren eingeschüchtert hatte, aber der Ältere hatte sich nicht beeindrucken lassen. Seine Taktik hätte aber noch aufgehen können, wenn ihn die beiden nicht auf Friederike von Lauenburg angesprochen hätten. Damit hatten sie ihn kalt erwischt und seine Taktik zunichte gemacht. Er fragte sich, woher die beiden wussten, dass er die junge Frau kannte.

„Don Alfonso." Jäh wurde er aus seinen Gedanken gerissen und schaute auf. Er sah, dass sich der Personenschützer mit dem engelsgleichen Gesicht zu ihm umgedreht hatte. „Was ist Marcos?"

„Äh … Deto und ich haben uns auf dem Weg zum Auto unterhalten. Wir, … wir glauben, dass wir den jüngeren der beiden Männer kennen."

Die Miene des Politikers verfinsterte sich noch mehr und seine Augen verengten sich zu schmalen Schlitzen. „Woher?", fragte er barsch.

„Das ist der Typ, den wir schon häufiger mit der Mitbewohnerin von Friederike gesehen haben. … Also der, der sich auffällig für das Mädchen interessiert."

Don Alfonso dachte einen Moment nach. „Dann wissen wir ja, woher die beiden zumindest einen Teil der Informationen haben. Ich dachte, ihr hättet sie so bearbeitet, dass sie nicht redet."

„Haben wir eigentlich auch. … Ähm … Und wir sind uns nicht sicher, ob wir das schon gesagt haben, … als die Kleine den Typen in Cala Rajada getroffen hat, war auch der Polizist in dem Café. Also der, den wir vorher vor ihrer Haustür gesehen hatten."

„Mierda! Habe ich es hier nur mit Dilettanten zu tun?", schrie der Abgeordnete die beiden anderen Männer an.

„Wir, … wir … Sie ist direkt gegangen, als der Polizist kam", antwortete der eiskalte Engel mit gedämpfter Stimme. „Sollen wir noch mal zu der Kleinen fahren und sie bearbeiten?"

Don Alfonso atmete schwer, er rang mit seiner Fassung. Es dauerte einen Moment, bis er sich wieder im Griff hatte und klar denken konnte. Finster blickte er Marcos an, der sich ihm immer noch zugewandt hatte und ihn verunsichert anschaute. Dann antwortet der Abgeordnete ruhig: „Nein, das ist jetzt zu spät."

Don Alfonso drehte sich zur Seite und schaute aus dem Fenster, während der Wagen seinen Weg durch Palma suchte. Aus seiner Sicht klang das alles nicht gut – es beunruhigte ihn. Zwei Männer, die mehr wussten, als sie wissen sollten. Von denen vermutlich der jüngere eine Verbindung zu einem Polizisten hatte. Dieser Polizist war wahrscheinlich derselbe, der beim Sicherheitsdienst Erkundigungen zu ihm und seinen Männern eingeholt hatte. Und ganz offensichtlich stellten sie alle eine Verbindung zwischen ihm, der Finca und Friederike von Lauenburg her. Das alles gefiel ihm gar nicht. Er fand es sehr, sehr beunruhigend. Sollten diese nun ihre Gemeinschaft auffliegen lassen?

Carlos Fangi, ein Gemeindepfarrer aus Palma, und er hatten diese vor etwa zehn Jahren gegründet. Ihr Ziel war es, Gleichgesinnte aus den unterschiedlichsten Parteien, gesellschaftlichen Gruppen, aus Behörden, aus Unternehmen oder auch engagierte Ärzte, Apotheker, Rechtsanwälte zusammenzubringen, damit diese sich gegenseitig unterstützen. Und man hatte Mitglieder an die Schaltstellen der Macht bringen wollen, um Einfluss auszuüben und politische Interessen durchzusetzen. Fangi hatte damals die Idee gehabt, der Gemeinschaft einen religiösen Mantel zu geben und aus dieser eine Art Geheimgesellschaft zu machen. Zum einen hatte er dem Kreis damit Exklusivität verleihen wollen, weil er gewusst hatte, dass das die Menschen anzieht. Zum anderen war ihm bewusst gewesen, dass sich die Mitglieder aufgrund dieses religiösen, sektenartigen Ansatzes noch mal mehr zur Verschwiegenheit verpflichtet fühlen würden. Fangi hatte damals die Rolle des Hohepriesters übernommen und kurz vor seinem Tod, vor etwa einem Jahr, seinen Wunschnachfolger in dieser Rolle eingeführt. Dieser hatte die Gemeinschaft jedoch noch stärker religiös ausgerichtet, was Don Alfonso zwar immer kritisch betrachtet hatte, gegen das er aber bisher nicht wirklich vorgegangen war.

Er war sich bewusst, dass sie alle – die Mitglieder ihrer Gemeinschaft und er selbst – viel zu verlieren hatten. Die meisten waren hochstehende Persönlichkeiten und wenn die Zugehörigkeit zu ihrer Gemeinschaft ans Tageslicht käme, dann wären sie im katholischen Spanien ruiniert. Don Alfonso sah schon die Überschriften der Tageszeitungen vor seinem geistigen Auge: *„Blutkult aufgedeckt – Mallorcas Elite involviert"* oder *„Parteifreunde fordern Rücktritt von Hexenmeister de Vaca"*. Sollte die Zugehörigkeit zur Gemeinschaft ans Tageslicht kommen, so würde das sein Lebenswerk, all das, was er sich in den vergangenen fünfunddreißig Jahren erarbeitet hatte, mit einem Schlag zunichtemachen. Selbst wenn sie erklären würden, dass ihre Zugehörigkeit weniger mit Religion zu tun hatte, sondern vielmehr dem Netzwerken diente – was bei den meisten von ihnen auch tatsächlich der Fall war – so würde ihnen keiner glauben.

Mitglied einer Sekte zu sein, war das Eine. Wenn die Medien aber noch herausbekommen würden, dass das Interesse auch ein politisches war, dann wäre es wahrscheinlich nur noch eine Frage der Zeit, bis sie eine Parallele zur Freimaurerloge P2 in Italien herstellen würden, die zur Tarnung einer politischen Geheimorganisation zweckentfremdet worden war. Auch das würde ihren gesellschaftlichen Tod bedeuten.

Don Alfonso de Vaca dachte noch einen Moment nach, dann griff er zu seinem Mobiltelefon und wählte die ihm inzwischen vertraute Nummer. Nachdem es ein paar Mal geklingelt hatte, ging der Angerufene ans Telefon. „Ja, was wollen Sie?"

„Wir müssen sprechen", sagte der Politiker ruhig.

„Warum?"

„Es ist vorbei."

„Was ist vorbei?"

„Alles ist vorbei. Wir werden die Gemeinschaft der großen Göttin umgehend auflösen. Ab sofort wird es keine Treffen mehr geben."

„Nein!", schrie der Mann ins Telefon und Don Alfonso vernahm, wie sein Gesprächspartner vor Erregung schwer zu atmen begann. Nach einer kurzen Pause fuhr dieser fort. „Sind Sie verrückt geworden? Warum sollten wir alles beenden? Das werden wir nicht tun."

„Doch, genau das werden wir tun. Ich hatte heute Besuch von zwei Männern. Diese wussten, dass ich das Gehöft gepachtet habe. Und die haben mich auch nach Friederike gefragt."

„Woher kennen die unseren Tempel? Und warum fragen die Sie nach dem Medium?“, fiel ihm der Mann ins Wort.

„Das kann ich Ihnen nicht sagen.“

„Wir müssen Verräter in unseren Reihen haben. Wer ist es? … Das ist Ihre Schuld, Sie haben die meisten Mitglieder ausgewählt.“

Don Alfonso schüttelte genervt den Kopf, zwang sich aber ruhig zu bleiben. „Einer der beiden Männer kennt den Polizisten, der ebenfalls nach Friederike sucht. Vermutlich wissen sie das über ihn. Und dieser Polizist hat sich auch bereits nach mir erkundigt.“

„Das ist Ihr Problem. Sorgen Sie dafür, dass diese Männer keine Fragen mehr stellen. Und sorgen Sie dafür, dass sich der Polizist nicht mehr um uns kümmert.“

„Um letzteres habe ich mich schon gekümmert …“, antwortete Don de Vaca mit schneidender Stimme. „Aber verstehen Sie nicht? Wenn das rauskommt, dann sind wir alle geliefert – Sie, ich, die anderen.“

„Dann kümmern Sie sich jetzt auch darum, dass diese beiden Männer keine Fragen mehr stellen. Wie ist mir egal. … Unsere Gemeinschaft ist doch kein Club, dem man beitreten und aus dem man wieder austreten kann. Oder den man eröffnen oder wieder schließen kann, wenn es einem passt. Wir reden hier vom wahren Glauben. Sie und alle anderen haben ein Bekenntnis abgelegt. Sie, alle anderen und ich – wir alle sind daran gebunden.“ Während der Mann das sagte, hatte sich dessen Stimme mehrmals vor Aufregung überschlagen. Plötzlich begann er zu schreien: „Und was glauben

Sie, … was glauben Sie, was ich schon investiert und zu verlieren habe? Also tun Sie was."

Der Mann schien außer sich zu sein. Unbeeindruckt antwortete Don Alfonso ruhig: „Passen Sie auf, das ergibt ja keinen Sinn, dass wir uns hier am Telefon anschreien. Lassen Sie uns das heute Abend in Ruhe besprechen. Wir treffen uns um achtzehn Uhr da, wo wir uns immer treffen."

„Ich werde da sein. Ich kann Ihnen aber gleich sagen, dass ich niemals – verstehen Sie, niemals – von meiner Meinung abrücken werde. Wir werden die Gemeinschaft nicht auflösen. Sie und ich, wir alle haben uns bekannt und ein Gelübde abgelegt. Kümmern Sie sich um diese beiden Männer und den Polizisten, ich kümmere mich um den Jungen. Verstanden? Bis später." Die Worte waren noch nicht ganz zu Ende gesprochen, da erstarb die Leitung. Der Mann hatte aufgelegt.

Mit finsterer Miene schaute Don Alfonso aus dem Fenster, während die Landschaft Mallorcas an ihm vorbeizog. Das Gespräch hatte ihn nicht beruhigt, ganz im Gegenteil. Nicht nur, dass sich zu viele Menschen für ihn und seine Aktivitäten interessierten, er hatte auch einen Fanatiker an seiner Seite, der sich offensichtlich nicht steuern ließ. Don Alfonso hatte das Gefühl, dass dieser Mann ein weiteres Problem darstellte und womöglich, das größte von allen. Und er hatte das Gefühl, dass er sich um dieses Problem vielleicht am schnellsten kümmern musste.

## Donnerstag, 29. Mai, 16:00 Uhr

Gut gelaunt schlenderte Xavier über den Platz vor Padre Enriques Kirche, als sein Smartphone zu vibrieren begann. Er holte das Gerät aus seiner Hosentasche, schaute auf das Display und konnte sehen, dass Letizia ihm eine Nachricht geschickt hatte. Um diese in Ruhe zu lesen, setzte er sich auf eine Mauer vor der Kirche in den Schatten.

Xavier musste lächeln. Letizia hatte ihm geschrieben, wie sehr sie ihn liebe und dass sie ihn schon jetzt vermisse – dabei hatten sie sich noch vor nicht ganz dreißig Minuten gesehen. Nach der Schule hatte sie auf ihn gewartet. Als sie ihn gesehen hatte, war sie ihm entgegengestürzt, hatte ihn in den Arm genommen und leidenschaftlich geküsst. Lucas, dessen Mutter Xavier wieder mitnehmen sollte und der in ein paar Metern Abstand gewartet hatte, hatte es sich nicht verkneifen können, einen Kommentar abzugeben. Xavier hatte ihm ‚Nur keinen Neid' zugerufen und sich dann wieder Letizia gewidmet. Nach einigen Minuten hatte Lucas ihn dann aber gedrängt weiterzugehen, weil seine Mutter wartete. Xavier hatte seiner Freundin einen letzten leidenschaftlichen Kuss gegeben, dann hatten sie sich getrennt.

Er griff in seine Hosentasche und holte eine silberne Kette heraus. Letizia hatte sie ihm geschenkt, als er in der Nacht zuvor bei ihr war. Anschließend hatten sie sich geliebt und dieses Mal waren sie beide danach engumschlungen eingeschlafen. Xavier war erst wieder wach geworden, als sich bereits die ersten Sonnenstrahlen durch die halbgeöffneten Schlagläden den Weg in Letizias Zimmer gesucht hatten.

Schnell hatte er die Beine aus dem Bett geschwungen, war dann aber doch noch einen Moment auf der Kante sitzen geblieben und hatte seine Freundin betrachtet. Letizia hatte ausgestreckt auf dem Bauch gelegen und ihr Körper hatte nur ansatzweise unter einem Laken gelegen, das geradernal ein Bein und die Hälfte ihres Pos verborgen hatte. Lediglich ihr braunes Haar hatte noch ihren Hals und ihre Schultern bedeckt.

Xavier ließ die Kette zwischen seinen Händen hin und her gleiten. Vor seinem inneren Auge tauchte noch mal das Bild der schlafenden und kaum bedeckten Letizia auf und wie sie sich an ihn gedrückt hatte, als er sie zum Abschied geküsst hatte. Sie war so atemberaubend schön, und sie war seine Freundin – Xavier begann zu strahlen.

Er drehte den Kettenanhänger in Form eine Herzens so, dass er die Gravur auf der Rückseite sehen konnte. In einer leicht verspielten Schrift stand dort: *„Ich liebe dich! L.“*. Auch wenn er sich sehr über das Geschenk von Letizia gefreut hatte, war er sich nicht sicher, ob er die Kette wirklich tragen sollte. Xavier wusste genau, dass seine Freunde sich darüber lustig machen würden, wenn er die Kette an seinem Hals trüge. Er betrachtete den Anhänger und dachte dabei zärtlich an seine Freundin. Dann fällte er eine Entscheidung: Er liebte Letizia und es war ihm egal, was seine Freunde denken und sagen würden. Xavier öffnete den Verschluss, legte die Kette um seinen Hals und schloss den filigran gearbeiteten Karabinerhaken wieder. Anschließend nahm er sein Smartphone, rief erneut die Nachricht seine Freundin auf, drückte auf antworten und schrieb nur drei Worte: *Ich liebe dich!* Dann drückte er auf ‚Senden‘.

Als Xavier seinen Rucksack aufhob und von der Mauer aufstand, ging Senyoreta Maria in wenigen Metern Entfernung an ihm vorbei. Streng blickte sie ihn an. „Xavier! Beeil dich. Padre Enrique wartet schon. Er hat nicht den ganzen Tag Zeit."

„Ja, ja", antwortet Xavier genervt. Er beschleunigte seine Schritte und ging in Richtung Pfarrhaus. Als er dort angekommen war, klingelte er. Während er darauf wartete, dass Padre Enrique ihm die Tür öffnete, schaute er sich um. Er blickte über den Kirchplatz und auf die davorliegende Straße, auf der sich mäßiger Verkehr durch die engen Straßen des kleinen Ortes schlängelte. Sein Blick schweifte über das Treiben und eine Handvoll geparkter Autos. Xavier wollte sich gerade wieder der Haustür zuwenden, als er stutzte. Unter den geparkten Fahrzeugen befand sich auch ein blauer Golf 3 und er fragte sich, ob er den Wagen nicht schon mal gesehen hatte und wenn ja, wann das gewesen war. Einen Moment später riss ihn das Geräusch der sich öffnenden Tür aus seinen Gedanken und er drehte sich um.

„Hola Xavier. Wie geht es meinem Turteltäubchen."

Xavier schaute den Pfarrer verwirrt an und grüßte etwas zögerlich: „Hola Padre Enrique."

Mit einer Bewegung hieß der Hausherr seinen Gast einzutreten und schloss dann hinter ihm die Tür. Mit einem gezwungenen Lächeln sagte der Pfarrer: „Hat deine Freundin dich aufgehalten? Bist du deswegen zu spät?"

Xavier verzog das Gesicht und antwortete genervt: „Nein, die Schule hat einfach solange gedauert."

Padre Enrique rang sich erneut ein Lächeln ab. „Du weißt doch, die katholische Kirche und der Vatikan haben einen der besten Geheimdienste der Welt. Wir haben unsere Augen überall." Während er das sagte, nahm er seinem Gast den Rucksack ab und legte diesen auf den Boden. Anschließend führte er Xavier hinaus in den Garten. Als sie dort angekommen waren, sagte der Pfarrer versöhnlich: „Keine Sorge, ich mache nur Spaß. Ich habe mit Hugo aus der Jungendgruppe gesprochen. Er hat mir erzählt, dass du jetzt eine Freundin hast und wahrscheinlich aus diesem Grund nicht mehr an unseren Treffen teilnimmst. Aber bitte, setz dich. Möchtest du was trinken? ... Ich habe Wasser oder Orangensaft."

„Gerne ein Wasser."

Schnellen Schrittes verschwand der Pfarrer im Haus, um bereits einen Moment später mit einer Karaffe kaltem Wasser wieder zu erscheinen. Nachdem er ihnen mit zittriger Hand eingeschenkt hatte, setzte er sich zu seinem Gast an den Tisch. „Xavier, ich freue mich für dich, wenn du eine Freundin hast und verliebt bist." Der Junge schwieg. Padre Enrique erkannte, dass sein Gast nicht darüber reden wollte und wechselte das Thema. „Okay, deswegen bist du aber nicht hier. Wir wollten über dein Referat und die große Göttin sowie über unser Gemeindefest sprechen. Lass uns mit letzterem beginnen: Ich würde mich freuen, wenn du uns trotz Freundin helfen würdest und vielleicht möchte sie ja auch kommen."

„Ich habe ja gesagt, dass ich gern helfe", antwortete Xavier knapp.

„Sehr schön! Okay, was machen wir für die Kinder? Ich würde vorschlagen, wir machen wieder eine Tombola und Dosenwerfen. Senyor Ferrer besorgt die Hüpfburg. Betreust du wieder das Kicker-Turnier?“

„Gerne.“

„Was wollen wir als Preise ausloben? Zwei Trikots vom FC Barcelona oder vom RCD Mallorca?“

„Barca natürlich“, Xaviers Augen glänzten, während er das sagte.

„Dann müssen wir noch …“ Ein Telefon läutete und unterbrach Padre Enrique mitten im Satz. Augenblicklich verfinsterte sich die Miene des Pfarrers. Xavier fand das Geräusch schrecklich und er fragte sich, warum manche Menschen das Läuten alter Telefone als Klingelton nahmen. „Entschuldige, ich muss mal eben ans Telefon gehen“, sagte der Pfarrer, sprang auf und verschwand im Haus.

Automatisch griff Xavier an die Hosentasche, musste aber feststellen, dass er sein Smartphone im Rucksack gelassen hatte. Er beugte sich vor, um aufzustehen und sein Telefon zu holen, überlegte er sich dann aber doch anders und blieb sitzen. Xavier streckte die Beine aus, verschränkte die Arme hinter dem Kopf und betrachtete den gepflegten Garten. Er lauschte dem Zwitschern der Vögel sowie dem Rauschen des Windes in den Büschen und Bäumen. Dann hob er den Kopf und betrachtete den strahlend blauen Himmel. Was für ein wundervoller Ort der Ruhe und des Friedens, dachte er bei sich.

Während er dasaß, vernahm er leise die ersten Takte klassischer Musik. Er konnte mehrere Streicher hören, die bedacht begannen und ihre Bögen stakkatohaft über die Seiten ihrer Violinen gleiten ließen, um dann in lange gleichmäßige Striche überzugehen. Xavier lauschte den Klängen und war überrascht, wie sehr ihm das Musikstück gefiel. Die gleichmäßigen Klänge berührten ihn. Just in dem Moment, als Padre Enrique wieder in den Garten trat, verstummten die Streicher und es erklangen die ersten Töne einer Querflöte, die von den erhabenen Klängen einer Harfe begleitet wurden.

„Was ist das für ein Stück?“, fragte Xavier neugierig.

„Das ist das Konzert für Flöte, Harfe und Orchester von Wolfgang Amadeus Mozart. Das Andantino daraus. … Ich liebe dieses Stück – insbesondere, wenn jetzt die Streicher, die Flöte und die Harfe das erste Mal zusammenspielen. … Diese Sequenz zieht sich durch das ganze Stück und sie rührt mich immer wieder zu Tränen.“ Padre Enrique verstummte und beide lauschten der Musik.

„Das Stück ist wirklich wunderschön“, sagte Xavier ergriffen. Er schaute zu Padre Enrique hinüber und stutzte: Der Pfarrer blickte ihn ernst an und Xavier hatte das Gefühl, dass tiefe Traurigkeit in dessen Augen lag – er glaubte sogar, Tränen in den Winkeln erkennen zu können. Padre Enrique atmete schwer, als wenn eine tonnenschwere Last auf ihm liegen würde. Dann holte dieser tief Luft: „Xavier, tust du mir bitte einen Gefallen?“

„Natürlich, gerne.“

„Schräg gegenüber von der Haustür befindet sich ja mein Arbeitszimmer. Auf dem Schreibtisch liegt ein Stapel Papiere. In diesem muss sich auch der Ausdruck des Stationsplans für das Gemeindesfest befinden. Kannst du mir diesen bitte mal holen."

„Sicher gerne." Xavier sprang auf, ging ins Haus und dann schnellen Schrittes den Gang entlang, bis er zu dem Raum kam, den der Pfarrer beschrieben hatte. Langsam öffnete er die Tür und betrat zögerlich das Zimmer. Die Schlagläden der Fenster waren geschlossen, sodass nur wenig Licht von außen einfiel und der Raum im Halbdunkel lag. Nachdem sich Xaviers Augen an die Lichtverhältnisse gewöhnt hatten, erkannte er in der Mitte des Raumes den Schreibtisch und ging langsam zu diesem hinüber.

Er blätterte durch den Stapel Papiere – einmal, zweimal, ein drittes Mal, aber er konnte den Plan nicht finden. Verärgert schaute Xavier auf und seufzte, um sich dann erneut dem Papierstapel zuzuwenden. Aus dem Augenwinkel sah er etwas, das seine Aufmerksamkeit auf sich zog: An der gegenüberliegenden Wand befand sich ein Altar, der von zwei etwa ein Meter hohen Kerzenständern eingefasst war. Und auf diesem stand ein Bild, das eine Frau in einer Tunika zeigte, die auf einem Thron saß und in einer Hand eine Fackel und in der anderen als Zepter eine Doppelaxt hielt.

Xavier riss erstaunt die Augen auf, er konnte nicht glauben, was er da sah. Augenblicklich erfasste ihn Panik. Langsam bewegte er sich Schritt für Schritt rückwärts in Richtung Zimmertür. Dann drehte er sich blitzartig um, er wollte nur weg und den Raum und das Pfarrhaus möglichst schnell verlassen. Er hatte allerdings noch keinen Meter zurückgelegt, als er gegen etwas prallte. Xavier schaute auf und erkannte Padre Enrique, der ihn erneut ernst und mit tieftraurigen Augen anblickte.

Für einen Moment standen sich beide schweigend gegenüber. Plötzlich und für Xavier unerwartet schnellten die Hände des Pfarrers nach oben und legten sich blitzschnell um seinen Hals – dann drückten sie zu. Xaviers Augen weiteten sich vor Schreck und er starrte Padre Enrique entsetzt an. Er griff nach oben, um die Hände des Pfarrers zu lösen. Dieser hielt den Hals aber wie in einem Schraubstock gefangen und drückte noch fester zu, sodass Xavier keine Luft mehr bekam. Panik ergriff ihn und er versuchte zu schreien und um Hilfe zu rufen, aber auch das gelang ihm nicht. Er war nicht in der Lage, auch nur einen Ton hervorzubringen.

Voller Todesangst schaute er Padre Enrique an und konnte sehen, dass diesem dicke Tränen über die Wangen rollten. Er spürte, wie er langsam in Richtung Schreibtisch geschoben wurde, gleichzeitig hörte er den Pfarrer leise sagen: „Bitte … bitte, wehr dich nicht. … Es ist gleich vorbei. … Ich liebe dich, wie meinen Sohn. … Aber es muss sein.“

Als sie den Tisch erreichten, bemerkte Xavier dessen Platte an seinem Gesäß und spürte, wie er auf diese gedrückt wurde. Verzweifelt löste er eine Hand von seinem Hals, um sich abzustützen und dem Druck des Pfarrers entgegenzustemmen. Als er diese hektisch nach unten nahm, verfing sie sich in Letizias Kette, sodass sie riss und neben ihm auf den Tisch fiel. Endlich erreichte seine Hand die Tischplatte und Xavier versuchte sich mit ganzer Kraft seinem Gegner entgegen zu stemmen. Enrique spürte den Widerstand und drückte noch fester zu, während er versuchte, den Jungen mit seinem ganzen Gewicht auf die Tischplatte zu drücken.

Xavier fühlte seine Lungen brennen und spürte, wie sich sein ganzer Körper verzweifelt gegen den Sauerstoffmangel aufbäumte. Mit letzter Kraft suchte seine Hand hektisch nach etwas Scharfem oder Schwerem auf dem Schreibtisch. Ruhelos tastete er diesen ab und stieß dabei zahllose Papiere herunter. Xavier griff um sich, aber er konnte einfach nichts finden.

Plötzlich spürte er etwas an seiner Hand. Er griff zu und konnte Letizias Kette und den Herzanhänger fühlen. Augenblicklich erschien seine Freundin vor seinem geistigen Auge. Sie lächelte ihn an, warf ihre braunen Haare in den Nacken und winkte ihm zu. Xavier hatte das Gefühl, dass die letzte Kraft aus seinem Körper wich. Einen kurzen Moment fragte er sich, ob er noch lebte oder bereits tot war. Dann sah er erneut Letizia, die ihm lächelnd zuwinkte, und er spürte, wie sein Körper seinen Widerstand aufgab. Xavier ließ es geschehen. Er hörte die zarten Klänge der Querflöte und betrachtete seine Freundin. Ein letztes Mal lächelte er Letizia an, während ihr Bild nach und nach erlosch. Dann wurde es schwarz um ihn und alle Geräusche verstummten.

## Donnerstag, 29. Mai, 18:00 Uhr

Don Alfonso de Vaca ging in die Reihe mit den hölzernen Kirchenbänken. Er faltete die Hände, beugte den Kopf nach vorne und hielt im Gebet inne. Dann bekreuzigte er sich und nahm Platz. Langsam ließ er seinen Blick durch die Kathedrale schweifen. Auch wenn sie um diese Uhrzeit nicht mehr stark besucht war, wandelten noch einige Touristen durch das Gotteshaus – beeindruckt von seiner Größe und Schönheit.

Sein Blick fiel auf den Mann, den er erwartete. Dieser durchschritt in einiger Entfernung die Kathedrale und bewegte sich zügig in seine Richtung. Zu Don Alfonsos Überraschung trug der Mann einen dunkelblauen Sonnenhut und eine Sonnenbrille. Dennoch erkannte er ihn sofort am Gang und an der Körperstatur, die auf Don Alfonso allerdings etwas gebeugter als sonst wirkte. Schon einen kurzen Moment später hatte der Mann seinen Weg durch die Besucher und Kirchenbänke gefunden und setzte sich neben den Politiker auf die Bank. Don Alfonso betrachtete ihn. Mit fahrigen Bewegungen nahm der andere die Sonnenbrille und den Sonnenhut ab und strich sich anschließend durch sein dunkles Haar. Dann drehte er sich abrupt um und funkelte Don Alfonso an. Ohne Begrüßung brach es aus ihm heraus: „Was haben Sie da gerade gemacht?“

„Was soll ich denn gemacht haben?“, fragte der Politiker irritiert.

„Ich habe es von weitem gesehen. Sie haben zu dem Götzen gebetet."

Don Alfonso schwieg einen Moment, dann sagte er ruhig: „Wie ich schon am Telefon gesagt habe – es ist vorbei."

„Nichts ist vorbei", fuhr der Mann ihn an. Er blickte mit weit aufgerissenen Augen zu ihm herüber. „Es ist vorbei, wenn ich es sage. Ich bin der Hohepriester der großen Göttin. Und wir sind erst am Beginn einer neuen Zeit."

Don Alfonso betrachtete seinen Gesprächspartner. Auf ihn wirkte der Mann wie ein gehetztes Tier und sein Blick wirkte wirr.

„Wie ich schon gesagt habe, es ist vorbei", wiederholte der Politiker betont ruhig. „Die beiden Männer, die ich heute getroffen habe, haben mich nach dem Gehöft und nach Friederike gefragt. Und wenn sie die Informationen von der Polizei erhalten haben, heißt das, diese interessiert sich immer noch für uns. … Wenn unsere Gemeinschaft und wer alles mit dazu gehört publik werden, dann sind wir erledigt. Alle Mitglieder – auch Sie und ich. Sie werden dann nicht mehr als Priester arbeiten können."

„Das werde ich eh nicht mehr können." Während der Mann das sagte, wirkte er plötzlich wieder ruhig und starrte wie abwesend auf die Rückenlehne der Bank vor sich. Abrupt drehte er den Kopf und wandte sich wieder Don Alfonso zu: „Sie haben ein Gelübde abgelegt. … Und die anderen auch. Wir sind verpflichtet, die große Göttin zu schützen." Der Mann richtete sich auf und blickte Don Alfonso mit seinen wirren Augen an, dann sagte er schneidend: „Wozu sind Sie bereit? Was werden Sie unternehmen, um Ihren Glauben und die große Göttin zu schützen? Ich bin bereit, alles zu tun."

Die Stimmungsschwankungen des Mannes irritierten Don Alfonso und er fragte sich, ob der andere nicht den Verstand verloren hatte. Doch noch bevor er den Gedanken zu Ende bringen konnte, fuhr der Mann fort: „Ich bin inzwischen tatsächlich bereit, alles zu tun." Während er das sagte, öffnete er seine Jacke und zeigte auf den Griff einer Pistole, die in seinem Hosenbund steckte.

Innerlich zuckte Don Alfonso zusammen. Er hatte so etwas nicht erwartet. Auch war das in der aktuellen Situation das Letzte, was er brauchte – einen verrückten, nicht steuerbaren und bewaffneten Fanatiker. Dennoch riss sich der Politiker zusammen und versuchte unaufgeregt zu wirken. „Was ist das?"

„Eine Pistole."

„Das sehe ich auch. Woher haben Sie die?"

„Aus dem Gehöft. Sie wissen doch, als wir das Kellergewölbe in unseren Tempel umgewandelt haben, sind wir auf Waffen und Sprengstoff gestoßen, die dort versteckt waren."

Don Alfonso wusste, wer diese dort versteckt hatte. Er hatte nach dem Fund Conde de Góngora darauf angesprochen. Dessen Großvater hatte in der Zeit des Faschismus eine unrühmliche Rolle gespielt. Wenn Don Alfonso die Andeutungen richtig verstanden hatte, so hatten die Falangisten damals im Kellergewölbe der Finca politische

Gegner verhört, gefoltert und manche möglicherweise sogar getötet. Offensichtlich stammten die Waffen und der Sprengstoff aus dieser Zeit. Der Conde wollte natürlich nicht, dass das an die Öffentlichkeit gelangte und war froh, als Don Alfonso angeboten hatte, sich um die Waffen und den Sprengstoff zu kümmern. Jetzt zeigte sich aber, dass es ein Fehler war, dass er nach dem Fund nicht direkt Deto und Marcos den Auftrag erteilt hatte, alles zu entsorgen.

Jäh wurde Don Alfonso aus seinen Gedanken gerissen. „Ich habe die Pistole damals an mich genommen und bin bereit sie einzusetzen." Während der Mann das sagte, versuchte er die Waffe aus dem Hosenbund zu ziehen. Mit einer schnellen Bewegung gelang es Don Alfonso gerade noch rechtzeitig, seine Hand auf die des anderen zu legen und diese festzuhalten. „Mann, lassen Sie das. Wir sind hier in einer Kirche", zischte der Abgeordnete.

Mit wirrem Blick schaute der andere ihn an und stammelte: „Ich bin bereit. Ich bin endlich bereit. … Ich würde die sofort abknallen, wenn es sein muss". Während er das sagte, blickte der Mann in Richtung zweier Priester, die auf dem Weg in den Altarraum waren.

Beunruhigt schaute Don Alfonso den anderen an. Er machte sich zunehmend Gedanken, über dessen Geisteszustand. Und dass der andere eine Waffe hatte, bereitete ihm noch mehr Sorgen. Ruhig sprach er auf den Mann ein: „Jetzt beruhigen Sie sich doch bitte. Sie können nicht unschuldige Menschen angreifen. Die Priester haben Ihnen nichts getan."

„Das sind alles Ungläubige", herrschte der Mann ihn an. „Und sagen Sie mir nicht, dass Priester mir nichts getan haben. Sie haben doch keine Ahnung. … Ich bin in einem Waisenhaus aufgewachsen. Jeden Abend, wenn Padre Joaquin Dienst hatte, hat er sich einen von uns Jungs geholt. … Man hat mit ihm in sein Zimmer gehen und ihn dann massieren müssen. … Zunächst seine Füße, dann die Waden und die Oberschenkel und dann am Ende nahm er die Hand von einem und legte sie auf sein Glied. … Gleichzeitig fummelte er an einem rum. … Und wenn man dann größer war, musste man sich vornüber beugen und er ist in einen eingedrungen." Der Mann machte eine kurze Pause. Aufgewühlt blickte er Don Alfonso an, dann fragte er verächtlich: „Wissen Sie, was das für ein Gefühl ist, wenn sie sich als Zwölfjähriger nicht wehren können und so ein alter perverser Sack sie vergewaltigt? Nein, das wissen Sie natürlich nicht. Sie sind ja schön behütet aufgewachsen. Und bei Ihnen hätten diese Ratten auch Respekt gehabt und Angst vor Ihrer Familie. Aber um uns Waisen hatte sich keiner geschert. Wir waren nur lästiger Ballast. … Und alle haben davon gewusst – die anderen Priester, die Leitung des Waisenhauses, das Kuratorium der Einrichtung. … Alle haben gewusst, was da passierte. Aber alle haben sich blind und taub gestellt und sich einen Dreck um uns geschert. Wenn man es wagte, das bei den anderen Padres anzusprechen, dann wurde man verdroschen. Zusätzlich wurde einem der Mund mit Kernseife eingerieben, damit man nicht mehr solche schmutzigen Lügen erzählte. … Mit der Zeit lernt man zu schweigen, aber es sind viele daran zerbrochen."

Erneut blickte der Mann Don Alfonso an. „Und da soll ich Rücksicht auf die katholische Kirche und ihre Priester nehmen? Wenn ich Joaquin jetzt treffen könnte, ich würde ihm die Pistole an den Kopf setzen und abdrücken. Aber das Schwein hat sich seiner gerechten Strafe entzogen. Er lebt nicht mehr." Während er das hervorstieß, funkelte Hass aus seinen Augen.

Der Mann wandte sich ab und starrte einen Moment vor sich hin, dann sagte er mit verzweifelter Stimme: „Aber was konnte ich damals schon machen, ich hatte doch keine Alternative. Ich konnte nirgendwo hingehen. Die Kirche war doch meine Familie, ich hatte sonst niemanden. Und auch später hatte ich nicht die Kraft wegzugehen und etwas anderes zu machen."

Don Alfonso befürchtete, dass der Mann jeden Moment aufschluchzen und zu weinen beginnen würde. Doch er sammelte sich wieder und fuhr fort: „Mein Leben änderte sich erst, als ich die Lehren der großen Göttin kennengelernt habe. Als ich erkannt habe, wie liebevoll sie ist. Mit ihr als Herrscherin wäre mir und meinen Freunden das alles nicht passiert. Dann würde es den ganzen Missbrauch nicht geben." Erneut hielt der Mann inne, beugte sich vor und starrte auf den Rücken der Bank vor sich. Dann drehte er den Kopf in Richtung des Abgeordneten und sagte leise: „Ich habe den Jungen getötet."

Don de Vaca erstarrte. Der Mann hatte leise gesprochen, sodass der Politiker sich nicht sicher war, ob er richtig gehört hatte. Schnell fragte er: „Was haben Sie?"

„Der Junge … ich habe ihn getötet."

Entsetzen machte sich in Don Alfonso breit, während sich gleichzeitig alles in ihm weigerte, die Worte zu begreifen. „Was haben Sie gemacht? Welchen Jungen?"

„Xavier de Góngora … er kann uns nicht mehr gefährlich werden."

Don de Vaca spürte, wie sich sein Magen zusammenzog und sein Mund trocken wurde. „Sind Sie wahnsinnig?", brachte er mit Mühe hervor.

Enrique starrte wieder vor sich auf die Bank. „Was sollte ich denn machen? Er hat doch keine Ruhe gegeben und er war nah dran, unser Geheimnis zu lüften." Die Härte und der Hass waren komplett aus der Stimme des Priesters gewichen. Sie klang brüchig und schien sich komplett aufzulösen. Enrique wandte sein Gesicht wieder dem Politiker zu. Don Alfonso schaute ihn weiter entsetzt an und konnte sehen, wie dicke Tränen über die Wagen des Priesters rannen.

„Was sollte ich denn machen? Ich habe ihn geliebt wie meinen Sohn. Aber er hätte uns alle verraten." Enrique schluchzte laut auf, sammelte sich aber schnell wieder. „Unsere Sache ist größer als ein einzelnes Leben." Er richtete sich auf, zog die Nase hoch und wischte sich mit den Handballen die Tränen aus dem Gesicht. „Warum hat er auch nicht aufgehört herumzuschnüffeln. Sie haben ihn durch seinen Vater gewarnt. Und ich habe ihm gesagt, dass das alles Quatsch ist, was er sich zusammengereimt hat."

Bei Don Alfonso war der erste Schock gewichen. In seinem Kopf begann er die Situation und mögliche Folgen abzuschätzen und nach Lösungen zu suchen. Ruhig fragte er: „Was haben Sie mit der Leiche gemacht?"

„Ich habe sie in meinem Arbeitszimmer liegen lassen."

„Und wer hat Zugang zu ihrem Haus?"

„Meine Haushälterin."

„Wo hält die sich gerade auf?"

„Sie war am Nachmittag einkaufen und wollte dann zu ihrer Schwester. Sie müsste aber jeden Moment wieder zurückkommen."

Don Alfonso strich gedanklich die Option, seine Männer zum Pfarrhaus zu schicken, um die Leiche zu holen. Die Gefahr war zu groß, dass Deto und Marcos von der Haushälterin gesehen wurden. Und Don Alfonso wollte nicht noch eine Tote. „Dann ist es nur noch eine Frage der Zeit, bis der Junge entdeckt wird. Warum haben Sie ihn nicht entsorgt?", fragte er vorwurfsvoll.

„Das wollte ich ja. … Ich wollte ihn zum Schweigen bringen, damit er keine Fragen mehr stellt und nicht weiter herumschnüffelt. Dann wollte ich ihn so verschwinden lassen, dass ihn keiner mehr findet und wir endlich wieder ungestört unserem Glauben nachgehen können. … Aber ich habe es nicht übers Herz gebracht. Er lag so friedlich da, ich konnte ihn nicht irgendwo verscharren. … Ich habe ihn geliebt. Und er hat es nicht verdient, irgendwo verscharrt zu werden, er ist …" Enrique stockte und nur mit Mühe brachte er flüsternd hervor: „… er war ein guter Junge."

„Was machen Sie jetzt?

„Ich weiß es nicht", sagte der Enrique tonlos.

„Gut, ich überlege mir etwas. Sie müssen jetzt erst einmal untertauchen. Am besten fahren Sie direkt zur Finca und verstecken sich dort. Ich werde heute Abend auch dahin kommen, und dann besprechen wir, wie es weiter geht."

„Was ist mit Friederike?" Enrique hatte sich etwas gefangen und seine Stimme war wieder fester.

„Was soll mit ihr sein?"

„Wo ist sie?"

„Sie befindet sich weiterhin auf meinem Anwesen bei Santa Margalida."

„Wir müssen sie schützen."

„Wovor?", fragte Don Alfonso genervt, schließlich hatte der Wahn von Enrique sie erst in diese Situation gebracht.

„Vor Verfolgung durch die Polizei und diese beiden Männer. Sie ist die Hohepriesterin, wir müssen sie beschützen."

„Ach hören Sie doch auf ", fuhr Don de Vaca sein Gegenüber an. „Sie ist bei Gott keine Heilige. Das Mädchen war verzweifelt und hatte kein Geld – und das haben wir ausgenutzt, indem ich ihr zunächst ein kleines Vermögen geliehen und sie anschließend unter Druck gesetzt habe. Sie war zum richtigen Zeitpunkt da, als wir eine Frau für die Aufnahmezeremonie benötigten, die üppig ist und unschuldig aussieht. Wir haben Sie zur Teilnahme gezwungen. Sie hat lediglich eine Rolle gespielt, aber auch nicht mehr."

„Hören Sie auf! Das ist Blasphemie!“, schrie Enrique Don Alfonso in einer Lautstärke an, dass einige Besucher aufgeschreckt wurden und sie argwöhnisch beäugten. Don Alfonso riss sich zusammen und schwieg. Er wollte nicht noch mehr Aufsehen erregen.

Enrique blickte ihn misstrauisch an: „Vielleicht sind Sie ja der Verräter.“

Don Alfonso verzog das Gesicht. „Mann, denken Sie nach. Was sollte ich für ein Interesse daran haben, dass alles auffliegt? Ich versuche gerade, genau das zu verhindern.“

„Dann tun Sie das, was nötig ist. Ich habe mich an meinen Teil der Abmachung gehalten, jetzt sind Sie dran. Kümmern Sie sich um den Polizisten und die beiden Schnüffler.“

Don Alfonso schwieg einen Moment, dann sagte er: „Gut, ich habe verstanden. Fahren Sie jetzt zur Finca, bevor Sie zur Fahndung ausgeschrieben und irgendwo identifiziert und festgenommen werden. Ich komme später, wenn es dunkel ist, auch dahin. Und ich werde Friederike mitbringen. Dann werden wir gemeinsam überlegen, was weiter zu tun ist und wie wir vorgehen.“

„Gut, das machen wir.“ Enrique schien erleichtert. „Bis später.“

„Bis später.“

Enrique erhob sich, setzte Hut und Sonnenbrille auf und verließ dann schnellen Schrittes die Kathedrale, während der Politiker ihm hinterher blickte. Enrique hatte Recht, es musste etwas geschehen. Don Alfonso de Vaca fällte eine Entscheidung.

## Donnerstag, 29. Mai, 23:00 Uhr

Im Schritttempo lenkte Deto die schwarze Limousine den schmalen Weg entlang. Die zahlreichen Schlaglöcher, die trotz der Schweinwerfer im Dunkel der Nacht nur schwer zu erkennen waren, ließen den Wagen und dessen Insassen hin und her schaukeln. Auch wenn er aufgrund des schlechten Zustands des Feldwegs innerlich fluchte, verkniff er es sich, laut zu schimpfen und so die angespannte Ruhe im Auto zu stören. Seit dem frühen Nachmittag und dem Besuch der beiden Fremden wirkte Don de Vaca extrem angespannt und Deto hatte keine Lust, in dieser Situation den Unmut seines Chefs auf sich zu ziehen.

Endlich nahm der Wagen die letzte Steigung und er lenkte das Fahrzeug um eine sanfte Kurve herum auf eine Ebene, an deren Ende sich das Gehöft befand. Zu diesem hatten sie Don de Vaca in der letzten Zeit häufiger gebracht. Einige Male war dieser auch alleine gefahren, aber meist hatte er sich von Marcos oder ihm chauffieren lassen. Wenn das abends oder nachts gewesen war, dann hatten die beiden Personenschützer aber nie das Gebäude betreten dürfen, sondern im Auto warten müssen. Deto wusste, dass das heute anders sein würde.

Er parkte den Wagen neben dem grünen Land Rover des Gutsverwalters, der ihn mit seiner hünenhaften Gestalt immer wieder beeindruckte. Deto schaltete den Motor aus. Das war das Zeichen für Marcos, der blitzschnell aus dem Wagen sprang und die Tür zum Fond öffnete. Als der Fahrgastraum durch die kleinen Deckenlampen im Wageninneren beleuchtet wurde, konnte Deto im Rückspiegel sehen, wie sich sein Chef der blonden Frau neben sich zuwandte.

„Friederike, tust du mir bitte einen Gefallen und nimmst die Flasche Rotwein mit ins Haus. Unser Padre ist ein bisschen nervös und ich hoffe, dass sich die Situation etwas entspannt, wenn wir alle ein Glas getrunken haben." Don Alfonso zeigte auf die Flasche, die zwischen ihnen beiden auf der Rückbank lag. Ohne ihre Antwort abzuwarten, stieg der Politiker aus dem Wagen und ging ruhigen Schrittes in Richtung des Gebäudes. Friederike nahm den Wein und folgte Don Alfonso in einigen Metern Entfernung. Als dieser das Gehöft erreicht hatte, hielt er einen Moment inne, bis seine drei Begleiter zu ihm aufgeschlossen hatten, dann holte er einen Schlüssel aus seiner Anzughose und schloss die schwere Eichentür auf.

Sie betraten das Gebäude und konnten im großen Saal Enrique und den Gutsverwalter sehen, die sich an dem langen Tisch gegenübersaßen. Sobald die beiden Männer sie erblickten, sprang der Hüne auf und kam schnellen Schrittes zu ihnen herüber. In einigen Metern Entfernung blieb er stehen, senkte kurz seinen Kopf und sagte mit ehrerbietender Stimme: „Guten Abend Don de Vaca."

„Guten Abend." Begrüßte der Abgeordnete knapp. Dann trat er an den Mann heran und fragte mit gedämpfter Stimme: „Wie geht es ihm?"

„Er redet nicht viel, aber das, was er sagt, klingt auf mich irgendwie wirr", antwortete der Gutsverwalter flüsternd.

Don Alfonso nickte kurz und betrat dann, gefolgt von den anderen, den Saal. „Guten Abend Padre Enrique."

„Nennen Sie mich nicht Padre!", fuhr der Mann ihn an. „Das ist vorbei. Es gibt keinen Padre Enrique mehr."

„Gut", sagte der Abgeordnete ruhig. „Enrique, wie geht es Ihnen? Haben Sie den ersten Schock überwunden?" Don Alfonso nahm auf dem Stuhl Platz, auf dem vorher der Gutsverwalter gesessen hatte, während dieser und die beiden Bodyguards in einigen Metern Abstand stehen blieben. Beunruhigt schaute Enrique von einem zum anderen. Als Don Alfonso das bemerkte, drehte er sich zu seinen Männern kurz um, dann wandte er sich wieder seinem Gesprächspartner zu und lächelte sanft. „Wir können ganz offen reden. Meine Männer wissen Bescheid. Und Friederike wird es jetzt gleich erfahren. Schließlich wollen wir ja darüber sprechen, wie es weitergeht."

Don Alfonso nahm den Stuhl neben sich und rückte diesen zurecht. Dann wandte er sich an die junge Frau, die mit der Flasche Wein im Arm verloren im Raum stand und sich verunsichert umschaute. „Komm Friederike, setz dich bitte zu uns." Nachdem die junge Frau Platz genommen hatte, schaute Don Alfonso sie kurz an und sagte wie beiläufig: „Weißt du, unser Freund hier hat nämlich heute Nachmittag einen Mord begangen."

Verstört blickte die junge Frau die beiden Männer an. Sie war sich nicht sicher, ob Don de Vaca das ernst meinte oder einen schlechten Scherz machte.

Ruhig fuhr der Politiker fort: „Padre Enrique …“ Er hielt kurz inne und schaute den anderen Mann spöttisch an. „Entschuldigung, Enrique …“ Dann wandte er sich wieder Friederike zu: „… unser Freund hier hat heute Nachmittag einen sechzehnjährigen Jungen getötet, um unsere Gemeinschaft zu schützen. Enrique hat ein junges Leben ausgelöscht, um dich und uns alle zu schützen. Er hat einen unschuldigen Jungen, der das ganze Leben noch vor sich hatte, getötet, nur weil dieser eventuell hätte herausfinden können, dass wir uns hier regelmäßig treffen.“

„Hören Sie auf!“, schrie Enrique auf.

Ungerührt fuhr der Politiker fort: „Und ich kannte den Jungen. Es war ein sehr, sehr netter Junge: freundlich, sympathisch, intelligent. Ein junger Mensch, dem die ganze Welt offenstand.“

„Hören Sie auf!“, schrie Enrique erneut. Dabei kniff er die Augen etwas zusammen und hielt sich die Ohren zu. Mit einem Ausdruck zwischen Verzweiflung und Wahnsinn, schaute er die Frau an. Dann stammelte er flehend: „Ich, … ich konnte nicht anders. … Ich habe ihn geliebt wie einen Sohn. … Er war uns aber auf die Spur gekommen und ich musste die Gemeinschaft, … dich … uns schützen.“

Mit weit geöffneten Augen, in denen sich ihr Entsetzen widerspiegelte, schaute Friederike den Mann an, der leise zu schluchzen begann.

Beruhigend legte Don de Vaca seine Hand auf ihren Arm und sagte sanft: „Ich bin genauso entsetzt wie du. Aber wir müssen nach vorn schauen und jetzt darüber nachdenken, wie wir weitermachen.“ Er machte eine kurze Pause und schaute in Richtung eines großen Schranks, der in einer Ecke des Raumes stand. „Bitte Friederike, in dem Buffet dort vorne befinden sich Weingläser und ein Korkenzieher. Kannst du uns bitte drei Weingläser und den Öffner holen.“ Versöhnlich blickte er zu Enrique herüber. „Ich glaube, auf den Schreck sollten wir alle erst mal ein Glas trinken. Das beruhigt die Nerven. Und dann überlegen wir drei, wie es weitergehen soll.“ Nachdem er das gesagt hatte, lehnt er sich entspannt zurück, zückte sein Smartphone und schaute seine E-Mails an.

Zögerlich erhob sich Friederike, stellte den Wein auf den Tisch und ging wie ferngesteuert in Richtung Schrank. Sie fühlte sich wie benommen und war sich immer noch unsicher, ob Don Alfonso wirklich die Wahrheit gesagt hatte. Auf der einen Seite schien die Reaktion von Padre Enrique die Aussage zu bestätigen. Auf der anderen Seite war es so absurd und jenseits jeder Vorstellung, dass sie es nicht glauben konnte.

Als sie die Gläser neben die Flasche auf den Tisch gestellt hatte, schaute sie Don de Vaca fragend an. Dieser blickt kurz auf. „Friederike, öffne doch schnell die Flasche und schenke uns dreien bitte ein. Ich muss mich noch um ein paar E-Mails kümmern und ich glaube, unser Freund ist nicht in der Lage, uns einzuschenken.“ Dabei schaute er zu Enrique hinüber, der sich zwar etwas gefangen hatte, aber mit einem verzweifelten Blick vor sich hin starrte.

Nachdem Friederike eingeschenkt hatte, nahm Don de Vaca sein Glas, hob es in die Luft und hielt es seinen beiden Gesprächspartnern entgegen. „Kommen Sie Enrique, lassen Sie uns anstoßen. Wir finden schon eine Lösung“, sagte er versöhnlich und lächelte den anderen Mann an. „Auf die Zukunft, wie sie auch immer aussehen mag.“

Enrique lächelte gequält, als er sein Glas hob und zunächst mit Don de Vaca und anschließend mit Friederike anstieß. Dann wandte sich der Politiker der jungen Frau zu, um auch ihr zuzuprosten. Sie hielt ihm das Weinglas, doch er stieß mit so großer Wucht dagegen, dass es zerbarst. Scherben und Splitter flogen durch die Luft und schon im nächsten Moment ergoss sich der Wein zu großen Teilen auf Friederikes Hose. Reflexartig sprang sie auf, um das Schlimmste zu verhindern, aber es war zu spät.

„Oh nein, verzeihen Sie. Wie ungeschickt von mir“, sagte Don Alfonso entschuldigend, während er sich ebenfalls zügig erhob. „Das tut mir jetzt aber leid. War wohl auch für mich heute etwas viel.“ Er wandte sich dem anderen Mann zu und lächelte diesen gewinnend an. „Entschuldigen Sie, Enrique. Ich bin ein Tölpel. Bitte trinken Sie aber schon. Es wird einen Moment dauern, bis wir mein Missgeschick hier behoben haben. Und ein Schluck wird Ihnen gut tun.“

Der andere Mann nickte und leerte sein Glas in einem Zug. Er schaute zu Friederike, die mit ihrer vor Wein triefenden Hose vor dem Tisch stand und mit einer Serviette versuchte dagegen anzugehen. Anschließend blickte er zu Don de Vaca, der regungslos neben ihr stand und ihn anschaute.

Enrique wollte gerade wieder wegsehen, als er stutzte. Erneut blickte er den Politiker an und stellte fest, dass dieser ihn prüfend anschaute. Er fragte sich gerade, warum Don

Alfonso ihn musterte und warum dieser regungslos da stand und sich nicht um Friederike kümmerte, als sich plötzlich sein Magen mit einem heftigen Krampf zusammenzog. Enrique verspürte einen Schmerz, wie er ihn noch nie erlebt hatte. Wieder krampfte sich sein Magen zusammen und er begann sich zu erbrechen. Gleichzeitig spürte er, wie sich sein Hals schloss und er keine Luft mehr bekam. Hilfesuchend schaute er Don Alfonso an, hatte aber den Eindruck, dass sich dessen Blick von Neugier hin zu Genugtuung verändert hatte. Augenblicklich wurde ihm klar, was gerade geschah: Don de Vaca hatte ihn vergiftet.

Verzweifelt rang Enrique nach Luft. Mit letzter Kraft erhob er sich von seinem Stuhl, stütze sich mit einer Hand auf die Tischplatte, während er mit der anderen versuchte, die Pistole aus seinem Hosenbund zu ziehen. Doch ein neuer starker Krampf erschütterte seinen gesamten Körper, sodass er sich nicht mehr aufrecht halten konnte und auf den Steinboden fiel. Enrique spürte das heftige Zucken seines gesamten Leibes und wie der Sauerstoffmangel sein Hirn langsam benebelte. Um ihn wurde es dunkel. Das Letzte, was Padre Enrique von der Welt wahrnahm, war Friederikes gellender entsetzter Schrei, dann verdunkelten sich seine Gedanken endgültig und er schied dahin.

„Hör sofort auf zu schreien!“, herrschte Don de Vaca die junge Frau an. Entsetzen stand in ihren Augen und als wenn sie seine Worte nicht vernommen hätte, schrie sie weiter. Don de Vaca holte aus und schlug ihr zwei Mal heftig mit der flachen Hand ins Gesicht, bis sie verstummte und ihn entgeistert anschaute.

Als der Politiker sich sicher war, dass sie ihn wahrnahm, sagte er ruhig aber bestimmt: „Jetzt halt die Klappe und hör mit gut zu. Und setz dich.“ Während Friederike langsam an der Rückenlehne entlang auf ihren Stuhl niedersank, nahm Marcos mit einer behandschuhten Hand die Flasche Wein, verkorkte diese und ließ sie in eine Plastiktüte gleiten. Anschließend nahm er das Glas von Enrique und legte dieses in eine weitere Tüte.

„Friederike, …“ Don Alfonso wartete einen Moment bis sie ihn anschaute und er sich erneut ihrer Aufmerksamkeit sicher sein konnte, dann fuhr er mit ruhiger Stimme fort: „Du hast gerade Padre Enrique getötet.“

Fassungslos schaute sie ihn an. Noch bevor sie etwas entgegnen konnte, fuhr Don Alfonso fort: „Auf den Gläsern und auf der Flasche sind deine Fingerabdrücke – und nur deine Fingerabdrücke. Solltest du nicht tun, was ich dir jetzt sage, werden wir die Beweisstücke der Polizei übergeben. Wir werden sagen, dass Padre Enrique dich sexuell genötigt hat und dass du ihn deshalb umgebracht hast. Dass ein katholischer Würdenträger von einer Ausländerin getötet wurde, wird hohe Wellen schlagen.“ Don Alfonso hielt einen Moment inne – er ließ seine Worte wirken und betrachtete dabei Friederike. Dann fragte er barsch: „Hast du mich verstanden?“

Ausdruckslos schaute sie ihn an, wandte sich ab und blickte auf den am Boden liegenden Enrique.

„Ich habe dich gefragt, ob du mich verstanden hast?“

Nach kurzem Zögern nickte Friederike geistesabwesend.

Don Alfonso rückte mit seinem Stuhl vor, griff mit seiner rechten Hand das Kinn der jungen Frau und drehte es mit einem kräftigen Ruck in seine Richtung. „Schau mich an!", herrschte er sie an. Als sie ihn verängstigt anblickte und er sich sicher war, dass sie ihm zuhörte, ließ er sie los, blickte ihr aber weiter intensiv in die Augen. Ruhig fuhr er fort: „Enrique musste sterben, weil er uns alle in Gefahr gebracht hat. Er war ein religiöser Fanatiker. Der Wahnsinnige hat heute einen sechzehnjährigen Jungen umgebracht, weil er sich eingebildet hat, dass dieser unsere Gemeinschaft bedroht. Und er hat gewollt, dass ich weitere Menschen umbringe. Er war nicht davon abzubringen. Ich konnte ihn aber auch nicht einfach der Polizei übergeben, er hätte uns alle – dich, mich und die anderen Mitglieder unserer Gemeinschaft – mit hineingezogen. … Er hätte alles erzählt und alle Namen preisgegeben. Ich hatte ihm gesagt, dass alles vorbei ist und wir unsere Gemeinschaft auflösen. Er war aber nicht bereit loszulassen. Ich befürchte, das hat ihn sogar weiter radikalisiert."

Der Politiker atmete tief durch. Erneut suchte er Augenkontakt, um sich so ihrer Aufmerksamkeit sicher zu sein, dann fuhr er fort: „Friederike, ich mag dich, ich mag dich wirklich. … Ich möchte, dass du mir jetzt genau zuhörst und dann genau das tust, was ich dir sage. Wenn du das machst, dann wird alles gut. Hast du mich verstanden?" Als die junge Frau nickte, fuhr er fort: „Wir hatten eine gute Zeit zusammen. Aber solltest du irgendwann irgendjemand auch nur ein Sterbenswörtchen über das, was du heute hier erlebt hast oder über unsere Gemeinschaft verraten, dann werde ich die Gläser und den Wein der Polizei übergeben."

Während sich ihre Augen mit Tränen füllten, sprach er weiter: „Ich möchte, dass du die Insel sofort verlässt. Du ziehst gleich eine andere Hose an, diese hier nehmen wir mit. Dann werden dich Deto und Marcos zu Fähre bringen. Du wirst morgen früh das erste Schiff zum Festland nehmen. Dann wirst du mit dem Schnellbus und dem Zug nach Frankfurt fahren – du brauchst von Barcelona aus etwa siebzehn Stunden. Du wirst gleich dein Handy wieder zurückbekommen. Das lässt du aber aus, bis du in Frankfurt bist. Erst dort wirst du wieder den Akku und die SIM-Karte einlegen, die wir herausgenommen haben. Und wir werden dir Geld mitgeben. Du wirst alles bar und nichts mit Kreditkarte bezahlen, damit du keine Spuren hinterlässt. … Klar?"

Friederike nickte unter Tränen.

„Du wirst dann in Frankfurt wieder ein ganz normales Leben führen. Aber du darfst nie wieder nach Mallorca zurückkommen. Sollte dich jemand fragen, was du in den letzten Wochen getan hast, wirst du erzählen, dass du noch ein bisschen auf der Insel warst und dann durch Europa gereist bist. Klar?"

Friederike nickte erneut.

„Egal, was man dich fragen wird, du wirst nie darüber sprechen, was du in den letzten Wochen erlebt hast. Denk an die anderen Mitglieder unserer Gemeinschaft, für die du als Hohepriesterin eine Verantwortung hast. Und denk an Padre Enrique, die Weinflasche und daran, dass ich nicht nur auf Mallorca, sondern in ganz Europa viele mächtige Freunde habe."

Friederike schluckte, während ihr erneut die Tränen die Wangen hinunterliefen. Sie hatte die Drohung verstanden.

„Gut. Die Reisetasche mit den Sachen, die du in meinem Anwesen hattest, ist im Auto. Hast du damit alles?“

„Ich glaube. … Oh nein: Mein Personalausweis ist noch in meinem Appartement in El Arenal.“ Don Alfonso verzog das Gesicht, daher schloss sie schluchzend: „Ich konnte ja nicht ahnen, dass ich so schnell weg muss.“

„Gut, dann werden dich Deto und Marcos da kurz vorbeifahren. … Friederike und Deto, ihr kommt mit mir. Und ihr beide …“, während er das sagte, blickte er Marcos und den Gutsverwalter an, „Ihr wisst, was ihr zu tun habt. Wir treffen uns in einer Stunde auf dem Parkplatz am Kreisverkehr beim Restaurant ‚El Cruce‘. “

Augenblicklich begannen sich die Männer in Bewegung zu setzen. Nachdem Friederike ihre Hose ausgezogen und diese Marcos übergeben hatte, wurde sie von Deto nach draußen zu der schwarzen Limousine geführt, in der Don de Vaca bereits auf sie wartete. Als sie sich in den Wagen setzte, sah sie, wie der Gutsverwalter die Tür der Finca schloss, um sie dann im nächsten Moment von außen mit einer Brechstange zu bearbeiten und mit Gewalt aufzubrechen. Deto schmiss ihr eine frische Hose auf den Schoß. Dann setzte er sich in den Wagen, startete diesen und lenkte ihn anschließend im Schritttempo auf dem Feldweg in Richtung Grundstücksausfahrt. Gerade als sie auf die Landstraße in Richtung Artà abgebogen waren, erschütterte eine ohrenbetäubende Explosion die Nacht. Friederike blickte in die Richtung des Knalls und konnte gerade noch über den Hügeln, dort wo das Gehöft stand, die Ausläufer eines leuchtenden Feuerballs erkennen, der schon im nächsten Moment in sich zusammenfiel.

*

„Willst du nicht doch mitkommen?“, während sie das fragte, drehte Candy ihren Kopf in Jans Richtung und lächelte ihn verschmitzt an. Beide saßen auf dem Sofa und sie hatte ihren Oberkörper seitlich auf seine Beine gelegt, während sie fernsahen.

Es war später Abend und Jan war mehrmals fast eingeschlafen. Müde lächelte er zurück. „Nein, was soll ich denn da. Du hast doch eh keine Zeit für mich und so alleine an der Theke zu stehen ist auch nicht gerade spannend.“ Candy richtete sich auf und setzte sich rittlings auf seinen Schoß. Bei der Bewegung fielen einige lange Strähnen ihres roten Haares in ihr Gesicht, was sie für Jan noch attraktiver erscheinen ließ. „Und was machst du, wenn mich einer der Gäste anmacht und versucht, mich abzuschleppen?“, während sie das sagte, schaute sie ihn herausfordernd an. „Dann vertraue ich darauf, dass du ihn so abblitzen lässt, wie mich bei meinem ersten Besuch im ‚Oberbayern‘, weil du weißt, dass ich hier sehnsüchtig auf dich warte.“

„Oh ja, das ist meine Spezialität.“ Candy lächelte und drückte ihre Lippen auf Jans. Während sich beide intensiv küssten und umarmten, nahm Candy plötzlich ein Geräusch wahr. Augenblicklich löste sie sich etwas von Jan, hielt in der Bewegung inne und lauschte. Jan wollte gerade etwas sagen, als

Candy ihm die Hand sanft auf den Mund legte. Dann hörte auch er das Geräusch – jemand war an der Tür. Schon einen Moment später wurde ein Schlüssel ins Schloss eingeführt und dieses aufgesperrt. Jan und Candy blickten sich erstaunt an und keine Sekunde später sahen sie, wie sich die Tür öffnete.

„Friederike …“, entfuhr es Candy.

Die junge Frau schaute sie erschrocken an, während sie die Wohnung betrat und hinter sich die Tür schloss. „Oh, … ich dachte, du bist arbeiten.“

„Noch nicht. Ich muss gleich los. Ich hab heut Spätschicht ab Mitternacht.“ Candy löste sich endgültig von Jan, stand auf und ging zu ihrer Mitbewohnerin hinüber. „Mensch, wo warst du die ganze Zeit?“ Herzlich nahm Sie Friederike in den Arm. „Wir haben dich alle gesucht – dein Vater, ich und sogar die Polizei.“ Während sie wie ein Wasserfall redete, fiel Jan auf, dass Friederike keinerlei Gefühlsregung zeigte. Sie erwiderte Candys Umarmung nicht, vielmehr hingen ihre Arme regungslos an ihrem Körper herunter. „Wir haben uns solche Sorgen gemacht. Wie geht es dir? … Ach entschuldige, komm erst mal richtig an. Möchtest du dich setzten? Kann ich dir was zu trinken holen?“

„Danke, ich muss gleich weiter.“ Hecktisch schaute sich Friederike um. „Ich will nur schnell meinen Personalausweis holen.“

Verblüfft schauten die beiden anderen sie an. „Wo willst du denn hin?“, fragte Candy zögerlich. „Bleib doch erst mal hier. Du siehst müde aus und kannst bestimmt etwas Schlaf gebrauchen."

„Bist du meine Mutter?", herrschte Friederike ihre Mitbewohnerin an.

Überrascht schaute Candy sie an. „Sorry, aber ich dachte nur … du musst doch irgendwo hin. Was hast du denn jetzt vor?"

„Ich fahr zurück nach Deutschland."

„Mitten in der Nacht? Wann geht denn dein Flug?"

„Gleich."

„Mitten in der Nacht?""

„Ja", antwortete Friederike kurz angebunden.

„Sorry, ich will dich ja nicht nerven, … aber du bist wochenlang nicht hier. Die ganze Insel hat dich gesucht und ich habe mir echt Sorgen um dich gemacht. Meinst du nicht, dass ich ein Recht habe, zu erfahren, wo du die ganze Zeit warst."

„Nein, hast du nicht. Und ja, du nervst." Friederike ging an ihrer Mitbewohnerin vorbei und verschwand in ihrem Zimmer. Einen Moment später erschien sie wieder. Ohne die beiden anderen weiter anzuschauen, durchschritt sie den Raum in Richtung Tür. Als sie diese fast erreicht hatte, schlängelte sich Candy an ihr vorbei und stellte sich ihr in den Weg. „Wie, das war es jetzt? … du schneist hier aus heiterem Himmel rein und sagst mir, dass du nur schnell was holen möchtest, um dann mitten in der Nacht wieder zu verschwinden?"

Wortlos versuchte sich Friederike mehrmals an Candy vorbeizuschieben, doch diese verstellte ihr immer wieder den Weg, dann hielt die andere sie fest. „Ich lass dich jetzt hier nicht durch, wenn du mir nicht sagst, wo du hin willst. Jetzt mitten in der Nacht geht kein Flug."

Friederike riss sich los und ging zwei Schritte zurück. „Lass mich sofort hier durch!"

„Nein … ich mache mir Sorgen um dich."

„Bitte, … bitte, … lass mich einfach gehen." Verzweifelt schaute Friederike Candy an. Sie spürte, dass sie zunehmend die Kraft verlor, Widerstand zu leisten.

„Erst möchte ich wissen, wo du jetzt hingehst. Um die Uhrzeit geht kein Flugzeug mehr. Die starten erst morgen Früh wieder."

„Bitte lass mich einfach durch", flehte Friederike.

„Nein!"

„Ich, … ich nehme morgen früh die erste Fähre." Friederike hatte keine Kraft mehr. Das Erlebte und die Auseinandersetzung mit Candy waren zu viel für sie. Tränen rannen ihr Gesicht herunter und sie begann zu schluchzen.

„Warum nimmst du denn die Fähre?", fragte Candy erstaunt.

„Bitte frag nicht. … Bitte, ich will einfach nur nach Hause", flehte Friederike.

Candy blickte ihre Freundin an, ging auf sie zu und nahm sie erneut in den Arm.

Friederike blieb weiter wie erstarrt stehen und wischte sich mit dem Handrücken über ihre laufende Nase. Leise schluchzte sie: „Bitte lass mich durch. Ich möchte einfach nur noch nach Hause."

Langsam löste Candy ihre Umarmung und wischte ihrer Freundin zärtlich die Tränen vom Gesicht. „Okay, aber bitte versprich mir, dass du dich sofort bei mir meldest, wenn du in Frankfurt bist. Ich mache mir wirklich Sorgen."

„Ja, das verspreche ich dir."

Jan, der die Szene bisher schweigend beobachtet hatte, stand vom Sofa auf und bewegte sich auf die beiden Frauen zu. „Friederike, es ist sehr wichtig, dass du dich meldest. Die Polizei sucht dich." Er schaute sie an und meinte Angst in ihren Augen zu erkennen, als er die Polizei erwähnte. Ruhig fuhr er fort: „Ich kenne einen der Polizisten. Bitte melde dich sofort, wenn du in Deutschland bist. Ich werde die Polizei dann informieren, dass du wieder bei deinen Eltern bist. Solltest du dich binnen achtundvierzig Stunden nicht bei uns gemeldet haben, werde ich der Polizei sagen, dass du hier warst und dass wir dich vermissen. Okay?"

Friederike nickte schweigend. Dann löste sie sich von Candy, ging an dieser vorbei und verließ ohne ein weiteres Wort die Wohnung. Jan und Candy blickten ihr verstört hinterher, dann fiel die Tür ins Schloss.

# Freitag, 30. Mai, 09:30 Uhr

Rubén zog den Stuhl zurück und setze sich an den Küchentisch. Vor etwa dreißig Minuten war er aus dem Bett geschlüpft, in dem Inés immer noch lag und schlief. Anschließend hatte er geduscht und sich angezogen.

Rubén schaute auf die Uhr. Es war 09:30 Uhr und obwohl das für ihn spät war, hatte er das Gefühl, dass er noch nicht ganz wach war. Gedanken versunken nippte er an seinem zu heißen Kaffee, als das Handy in seiner Hose zu vibrieren begann. Vor Schreck hätte er beinahe die Tasse fallen lassen. Schnell stellte er sie auf den Tisch und fingerte mit hektischen Bewegungen das Telefon aus seiner Hosentasche. Als er es endlich ans Ohr hielt, meldete er sich unwirsch mit einem knappen ‚Ja'.

„Guten Morgen, hier ist Vanrell."

„Guten Morgen …"

Offensichtlich hatte der Mann am anderen Ende der Leitung gemerkt, dass Rubén ihn nicht erkannt hatte, denn dieser erklärte umgehend: „Sie wissen doch, Sie waren bei uns in der Station der Guardia Civil in Artà. Wir hatten uns über die Finca unterhalten und sie hatten mir Ihre Visitenkarte dagelassen."

Rubén erinnerte sich. Mit einem verbindlichen Ton in der Stimme sagte er: „Natürlich, das weiß ich doch." Er griff wieder zu seinem Kaffee und machte es sich bequem. „Wie geht es Ihnen?"

„Eigentlich gut. Und Ihnen?“

„Gut, danke. … Was heißt eigentlich?“

„Bei uns geht es gerade drunter und drüber. … Und Sie hatten ja gesagt, dass ich mich melden solle, wenn …“

Sofort war Rubén hellwach – er richtete sich auf. „Was ist passiert?“, unterbrach er den Anderen.

„Gestern Abend ist der Sohn des Conde de Góngora tot aufgefunden worden.“

„Conde de Góngora? Das ist der Eigentümer der Finca, oder?“

„Genau. Die Haushälterin des Pfarrers von der Kirche Església de Santa Maria hatte den Jungen so gegen zwanzig Uhr tot im Pfarrhaus gefunden. Sie war tagsüber außer Haus und hat daher nichts mitbekommen. So wie es aussieht, ist er erwürgt worden.“

„Und gibt es schon einen Tatverdächtigen?“

„Vielleicht. Der Padre ist seit gestern Nachmittag verschwunden.“

Rubén pfiff lautlos aus. „Oha! Ist er zur Fahndung ausgeschrieben?“

„Ja, seit etwa einer Stunde.“

„Warum erst seit heute Morgen?“

„Weil wir ja nicht sicher sein konnten, dass er nicht nur die Nacht außer Haus verbracht hat.“

„Hm.“

„Er ist immerhin eine angesehene Persönlichkeit“, bemühte sich der Gardist nachzuschieben. „Zumindest im Ort. Man kann nicht ohne Weiteres den örtlichen Pfarrer zur Fahndung ausschreiben.“

„Kann man schon, man will nur wahrscheinlich nicht“, antwortete Rubén lakonisch. „Wenn er was mit dem Mord zu tun hat, dann wird er jetzt wahrscheinlich schon weg sein. Er kann bereits mit einer der Fähren aufs Festland gefahren sein. Oder er hat ein Flugzeug genommen und ist schon wer weiß wo – in Rom, Buenos Aires, Santiago de Chile. Haben Sie schon die Passagierlisten der abgegangenen und noch abgehenden Flüge kontrolliert?“

„Ich glaube, man ist dran. Den Fall haben Kollegen von Ihnen aus Palma übernommen.“

„Okay. Wer?

„Ich meine, die Kommissare heißen Alfaro und López.“

„Sehr gut, die beiden Kollegen sind gut. Ich bin sicher, dass die beiden die richtigen Schritte einleiten werden.“

„Das ist aber noch nicht alles …“

„Aha?“

„Heute Nacht ist das Gehöft des Conde de Góngora in die Luft geflogen.“

Rubén hatte sich gerade wieder entspannt, doch bei der Nachricht richtete er sich augenblicklich wieder auf. Er spürte, wie ihn fiebrige Spannung erfüllte. „Was meinen Sie damit, ist die Finca explodiert?“, fragte er augenblicklich.

„Ja, sie ist mit einem riesigen Knall in die Luft geflogen – vom Keller bis zum Dach. Die Kollegen sagen, da steht kein Stein mehr auf dem anderen. … Zusätzlich hat das Gebäude danach noch eine Ewigkeit in Flammen gestanden."

„Unfall oder Fremdverschulden? Eine bewusste Sprengung?"

„Das wissen wir noch nicht. Der Gutachter kommt erst gegen elf Uhr. Und dann müssen erst einmal die Trümmer beseitigt werden. … Ich finde, es ist nur komisch und irgendwie auffällig, dass beides am selben Tag geschieht und zudem der Pfarrer verschwindet … und dass es immer eine Verbindung zum Conde de Góngora gibt."

„Ja, absolut. Es ist eine gute Frage, ob das wirklich Zufall war. Haben Sie mit Ihrem Chef darüber gesprochen?"

„Ja."

„Und was sagt er?"

„Er meint, das mit der Finca könne ja auch ein Unfall gewesen sein. Und es sei ja noch gar nicht sicher, dass der Padre den Jungen umgebracht habe. Er kenne den Padre – ich glaube, er hat die Nichte meines Chefs getraut – und er würde ihm weder das eine noch das andere zutrauen. Ich glaube, er hält es für ein Hirngespinst."

„Ich bin da anderer Ansicht. Ich glaube nicht, dass es ein Zufall ist, dass innerhalb von wenigen Stunden diese Dinge geschehen und es immer auch einen Bezug zur Familie de Góngora gibt."

„Das denke ich auch."

„Bitte halten Sie mich auf dem Laufenden. Es ist wichtig, dass Sie mir mitteilen, was der Gutachter bezüglich der Finca sagt. Vielleicht liegen wir ja falsch, es war ein Unfall und das zeitliche Zusammentreffen auch nur ein Zufall."

„Ja gern, ich melde mich, sobald ich etwas weiß."

„Vielen Dank! Und vielen Dank, dass Sie mich informiert haben."

Rubén legte sein Handy aus der Hand und nahm seine Tasse. Gedankenverloren nippte er an seinem Kaffee und dachte darüber nach, was Vanrell ihm berichtet hatte.

## Montag, 2. Juni, 10:00 Uhr

Jan griff zu seinem Smartphone und wählte die Nummer, die er von Inés bekommen hatte. Er hörte, wie jemand ans Telefon ging und schon eine Sekunde später vernahm er eine sonore Stimme. „Digame!"

„Guten Morgen Rubén, Jan hier."

Der Mann am anderen Ende der Leitung zögerte kurz, dann sagte er knapp: „Hola Jan."

„Wie geht es dir?"

„Gut …"

Jan wartete ab, ob sein Gesprächspartner noch ein paar Höflichkeitsfloskeln hinterher schob – als das nicht der Fall war, fuhr er fort: „Ich rufe wegen Friederike von Lauenburg an."

Rubén hielt einen Moment inne, dann sagte er betont unbeteiligt: „Aha, gibt es was Neues?"

Jan wusste, dass sein Gegenüber die Gleichgültigkeit nur vorgab, aber er hatte keine Lust auf Spiele. Und er hatte eigentlich auch keine Lust, überhaupt mit Rubén zu sprechen, daher sagte er knapp: „Ja. Sie ist wieder da."

„Seit wann?" Jan konnte durchs Telefon förmlich spüren, wie Rubén unter Spannung geriet und alle seiner Sinne geschärft waren.

„Seit gestern."

„Wo ist sie?"

„In Frankfurt."

„Sie ist wo?"

„Zurück in Deutschland, … in Frankfurt."

„Woher weißt du das?"

„Sie hat Candy eine Messenger-Nachricht geschickt."

„Und seit wann ist sie in Frankfurt?"

Ohne zu zögern antwortete Jan: „Das kann ich dir nicht sagen. Weiß ich nicht."

Für einen Moment war die Leitung ruhig, dann hob Rubén wieder an: „Gut. Du weißt, wenn du mir etwas verheimlichst, kannst du dich strafbar machen."

„Ja? Wie denn? Sie ist wieder da – es gibt keine Straftat. Deine Drohungen langweilen mich. Ich wünsche dir einen schönen Tag. Adéu", antwortete Jan genervt.

„Adéu."

Jan beendet das Gespräch. Eine Weile stand er noch da und starrte auf sein Smartphone. Er dachte darüber nach, ob er Rubén die ganze Wahrheit hätte erzählen sollen und ob er ihm hätte berichten müssen, dass er Friederike persönlich selber noch vor zweieinhalb Tagen getroffen hatte. Seit dem Candy die Nachricht erhalten hatte, hatte er überlegt, was er Rubén erzählen sollte. Auch wenn er diesen nicht mochte, so war er immer noch der ermittelnde Polizist. Auf der anderen Seite war Friederike wieder da und darum ging es ja in erster Linie. Noch dazu hatte sie, als sie in der Wohnung war, schrecklich und verzweifelt ausgesehen und er wollte ihr nicht noch mehr Schwierigkeiten bereiten. Jan schob die Gedanken beiseite. Dann legte er das Gerät auf den Tisch, nahm sich eine Flasche Wasser und ging die Stufen hoch an Deck.

*

Rolf drückte auf die Taste ‚Cappuccino', sein Kaffeevollautomat begann augenblicklich die Kaffeebohnen in feines Mehl zu mahlen, während das Gerät gleichzeitig unter lautem Gurgeln Milch aufschäumte und in die Tasse blies. Rolf trat einen Schritt zur Seite und nahm sein Handy vom Esstisch. Nachdem der Espresso in den heißen Milchschaum geflossen war und er den ersten Schluck genossen hatte, wählte er die Nummer von Carl Friedrich von Lauenburg.

Es dauerte nur einen kurzen Moment, bis dieser sich meldete. „Hallo Rolf!"

„Guten Morgen Carl Friedrich, wie geht es dir?"

„Blendend! Und dir?"

„Mir geht es auch gut. Wie immer scheint die Sonne auf der Insel und ich lasse es mir gutgehen."

„Klingt beneidenswert."

„Absolut, du solltest mal wieder vorbeikommen. Und dann für mehr Tage. Du kannst auch gerne bei uns an Bord übernachten. Wir haben immer eine Kajüte für dich."

„Ja, sollte ich." Carl Friedrich hielt einen kurzen Moment inne, dann fuhr er fort: „Was kann ich für dich tun?"

„Mein Bootsnachbar, also unser Privatdetektiv, hat mir mitgeteilt, dass Friederike wieder da ist."

„Ja! Ich habe mich sehr gefreut, das zu hören. Meine Exfrau hat mich gestern Abend angerufen. Friederike wirkte wohl ein bisschen verstört, sonst geht es ihr aber gut."

„Das ist schön, das freut mich zu hören."

„Ja, freut mich auch, absolut."

„Weißt du, wo sie die ganze Zeit war?"

„Kann ich dir nicht sagen. Meine Exfrau hat sie das wohl auch gefragt, sie rückt aber nicht mit der Sprache raus. Am Ende ist es mir aber auch gleich: Hauptsache, sie ist wieder da."

„Das stimmt wohl. Ich bin auch erleichtert."

„Rolf, sei mir nicht böse, aber ich muss zum nächsten Termin. Ich melde mich, wenn ich das nächste Mal auf Mallorca bin. Ich wünsche dir einen schönen Tag …"

„Halt, stopp", unterbrach Rolf ihn. „Was machen wir mit der Bezahlung unseres Privatdetektivs?"

„Was sollen wir machen? Nichts", stieß Carl Friedrich hervor. „Da gibt es nicht zu tun. Friederike ist wieder da. Er hat sie ja nicht gefunden, sondern sie ist von allein wieder zurückgekehrt."

Rolf runzelte die Stirn. Er war sich nicht sicher, ob er das Gesagte richtig verstanden und ob sein Studienfreund das ernst gemeint hatte. Ungläubig sagte er: „Jan Deitermann hat viel Zeit und Aufwand in die Ermittlungen investiert und wir hatten gesagt, dass wir die Stunden und den Aufwand zahlen. Zudem gehen er und ich davon aus, dass Friederike nur wieder da ist, weil wir uns umgehört und ermittelt haben. Wir denken, dass wir so den Druck auf manche Leute erhöht haben. Das hat dazu geführt, dass sie Friederike nahegelegt haben, wieder nach Hause zu fahren."

Carl Friedrich ignorierte Rolfs Einwand und fuhr ungerührt fort: „Mag sein. Wir hatten aber gesagt, dass er Friederike finden soll. Das hat er nicht, denn Friederike ist von allein wieder nach Frankfurt zurückgekehrt."

Rolf empfand die Argumente seines Freundes als Unverschämtheit und er spürte, wie Ärger in ihm hochkroch. „Das mag deine Sicht auf die Dinge sein. Ich sehe das anders. … Wie dem auch sei, was machen wir mit der Bezahlung? Er hat Aufwand gehabt und Zeit investiert. Ich stehe bei ihm im Wort."

„Das kann ich nicht beurteilen, ich weiß nicht, was du mit ihm abgemacht hast. Faktum ist: Sein Auftrag war, er solle Friederike finden. Das hat er nicht, damit ist auch keine Bezahlung fällig."

„Carl Friedrich, das ist nicht anständig", herrschte Rolf seinen Freund an.

„Noch mal, er hat seinen Auftrag nicht erfüllt. Das hat nichts mit Anstand zu tun."

„Doch, es hat etwas damit zu tun. Und es hat auch damit was zu tun, dass ich ihm mein Wort gegeben habe. Dann werde ich ihn selber bezahlen."

„Tue, was du nicht lassen kannst."

„Ich wünsche dir alles Gute!", sagte Rolf knapp und noch bevor Carl Friedrich antworten konnte, legte er wütend auf. Fassungslos und wütend rührte er hektisch in seinem Cappuccino. Jan nicht zu bezahlen, war einfach nicht anständig – und das insbesondere vor dem Hintergrund, dass Carl Friedrich in Geld schwamm. So ein Verhalten war nicht mit Rolfs Vorstellungen und Werten vereinbar und so kleingeistig kannte er seinen Studienfreund nicht. Rolf entschied sich dafür, Carl Friedrich von Lauenburg in Erinnerung zu behalten, wie er ihn kennengelernt hatte, als freundlichen, anständigen und großzügigen Menschen. Darüber hinaus würde er ihn zukünftig aus seinem Leben streichen.

## Dienstag, 3. Juni, 12:00 Uhr

Rubén schritt den Gang entlang in Richtung des Büros seines Chefs. Seit Jan ihn gestern Morgen informiert hatte, dass Friederike von Lauenburg wieder aufgetaucht war, hatte er noch mal alle Fakten zusammengefasst. Er hatte ein komplettes Bild der Lage erstellt, Schlüsse gezogen und ermittlungstaktische Maßnahmen entwickelt.

Als er das Büro von Comisario Principal Ruiz erreichte, konnte er sehen, dass die Tür einen Spalt offen stand. Rubén klopfte an und streckte gleichzeitig den Kopf in den Raum. Sein Chef schaute auf, blickte ihn gut gelaunt an und winkte ihm zu. „Guten Morgen Tejada, kommen Sie ruhig rein." Noch während Rubén den Raum betrat fragte sein Chef: „Wie geht es Ihnen?"

„Danke gut, und Ihnen?"

„Prächtig, nehmen Sie Platz. Was machen unsere Fälle? Was macht der Fall Silvia Fellegas?" Während Ruiz das fragte, lehnte er sich in seinem großen ledernen Schreibtischstuhl entspannt zurück.

„Die Dinge gehen voran …"

„Das ist schön. Wäre gut, wenn wir da bald einen Erfolg vorweisen könnten?"

„Wir arbeiten dran …"

„Gut."

„Ich bin aber nicht wegen des Falls Fellegas hier."

„Aha. Sondern?“

„Am Donnerstagabend ist doch das Gehöft in der Nähe von Artà explodiert.“

Die Entspannung wich aus Ruiz´ Körper und er schaute Rubén argwöhnisch an. „Ja, und?“

„Unter den Trümmern wurde auch eine bis zur Unkenntlichkeit verbrannte Leiche gefunden. Inzwischen wurde die Person anhand der DNA als der vermisste Padre Enrique, Pfarrer der Kirche Església de Santa Maria, identifiziert. Dieser hat aller Wahrscheinlichkeit nach Xavier de Góngora, den Sohn des Eigentümers des Gehöfts, getötet.“

„Und?“

„Der Gutachter sagt, dass das Gebäude nicht von alleine in die Luft geflogen sei, sondern dass in einem größeren Umfang Explosivstoffe genutzt worden seien. Für einen Unfall seien die Zerstörungen zu massiv. Zudem haben die Kollegen Reste eines Sprengstoffs identifiziert. Conde de Góngora, der durch den Tod seines Sohnes nicht in der Lage ist, uns zu unterstützen, meinte nur, dass es eventuell sein könnte, dass sein Großvater dort Sprengstoff versteckt hatte. Der alte Conde war wohl ein Falangist. Die Kollegen der Spurensicherung sagen, dass das gut sein kann, weil der verwendete Explosivstoff wahrscheinlich ein Typ ist, der seit vielen Jahren nicht mehr produziert wird. Bezüglich des genauen Ergebnisses müssen wir aber noch die endgültigen chemischen Untersuchungen abwarten.“

„Perfekt, gut zusammengefasst Tejada – auch wenn das nicht Ihr Fall ist. … Aber dann ist ja alles klar: Der Padre bringt den Jungen um und weil er ein schlechtes Gewissen hat, nimmt er sich das Leben, indem er sich mit der Finca in die Luft sprengt."

„Aber wo ist das Motiv? Warum hat er den Jungen umgebracht? Und warum war er in der Finca?", wandte Rubén ein.

„Was weiß ich, vielleicht hat er sich an dem Jungen vergangen und der Kleine hat damit gedroht, das seinem Vater zu erzählen. Da ist dem Padre die Sicherung durchgebrannt und hat den Jungen getötet."

Rubén schaute seinen Chef argwöhnisch an. Das dieser so schnell mit seinen Schlussfolgerungen war, war ungewöhnlich – insbesondere, weil das reine Mutmaßungen waren. Skeptisch entgegnete Rubén: „Auffällig ist nur, dass das Gehöft eigentlich Don de Vaca gepachtet hatte. Und auf dem Grundstück war in den letzten Wochen gerade in den Abendstunden immer viel Verkehr und Unruhe. Dass nun unsere vermisste Friederike von Lauenburg genau jetzt wieder aufgetaucht ist, nachdem …"

Comisario Principal Ruiz unterbrach ihn mitten im Satz: „Ach, sie ist wieder da?

„Ja."

„Das ist ja perfekt, dann können wir die Akte auch schließen – gut für unsere Statistik. Dann haben wir alles, oder?"

„Fast", Rubén bemühte sich seinen Satz schnell fortzuführen. „Auffällig ist doch, dass sie knapp drei Tage nach dem Mord an Xavier de Góngora und der Sprengung der Finca wieder auftaucht. Und offen ist auch noch, warum der

Padre sich ausgerechnet in dem Gehöft in die Luft gejagt hat, das Don de Vaca gepachtet hat. Aus meiner Sicht ist der Abgeordnete tiefer in den Fall verstrickt, als es auf den ersten Blick scheint und er uns weißmachen möchte."

„Ach Rubén, hören Sie doch bitte endlich mit dem Abgeordneten de Vaca auf ", platzte Ruiz heraus. „Ich weiß nicht, was sie für ein Problem mit dem Mann haben. Und ich habe Sie bereits gewarnt, dass Sie ihn in Ruhe lassen sollen."

„Ich habe gar kein Problem mit ihm, aber mein Instinkt …"

„Ach, hören Sie mir auf mit Instinkt", unterbrach Ruiz ihn aufgebracht. „Rubén, Sie verrennen sich da in etwas. Und noch mal, das ist nicht Ihr Fall. Das ist der Fall von Alfaro und López und ich möchte nicht, dass Sie sich einmischen. Und schon gar nicht möchte ich, dass Sie weiter gegen Don de Vaca ermitteln. Ich habe Ihretwegen schongenug Ärger mit ganz oben bekommen. Meine Ansage vom letzten Mal steht immer noch: Sollten Sie gegen den Abgeordneten de Vaca weiter vorgehen, werde ich Sie wieder auf Streife schicken lassen. Haben Sie mich verstanden?"

Rubén spürte, wie Ärger in ihm hochkroch. Die Ignoranz und der offensichtliche Unwillen seines Chefs, die richtigen Schlüsse zu ziehen machten ihn wütend.

„Haben Sie mich verstanden?", fragte Ruiz entschieden.

Rubén blickte seinen Chef wütend an, dann nickte er leicht mit dem Kopf.

„Sehr gut. Kann ich noch was für Sie tun?"

Rubén schüttelte wortlos den Kopf.

„Dann können Sie sich jetzt ja wieder um Ihre eigentliche Arbeit kümmern." Nachdem Comisario Principal Ruiz das gesagt hatte, wandte er sich demonstrativ ab und schaute auf den Bildschirm seines Rechners. Rubén stand auf und ging wortlos in Richtung Bürotür. Als er diese fast erreicht hatte, sprach ihn sein Chef noch mal an: „Ach ja Tejada, ich veranstalte übrigens am Freitag um vierzehn Uhr einen kleinen Umtrunk. Sie und Yuste sind selbstverständlich eingeladen. Es gibt etwas zu feiern – ich bin befördert worden." Während Ruiz das sagte, strahlte er ihn stolz an.

„Gratuliere", sagte Rubén knapp, drehte sich um und trat auf den Gang hinaus. Wütend marschierte er diesen entlang und betrat sein Büro. Als er die Tür hinter sich ins Schloss knallen ließ, schaute ihn Josep erstaunt an. „Oh, da hat jemand aber schlechte Laune. … Ruiz hat wohl nicht zugestimmt, gegen de Vaca zu ermitteln, oder?"

Rubén blickte seinen Partner wütend an. Dann sagte er knapp: „Komm, wir haben eine Verabredung im ‚Menjador'." Während er das sagte, holte er seine Waffe aus seinem Schreibtisch, nahm seine Jacke und verließ schnellen Schritte das Büro. El Guapo sprang auf, griff sich ebenfalls seine Jacke und rannte hinter seinem Partner her.

*

Als Rubén und Josep das ‚Menjador' betraten, war das Restaurant mäßig gefüllt. Nur wenige Tische waren besetzt, sodass sich die beiden Polizisten schnell einen Überblick verschaffen konnten. Sofort hatten sie Don Alfonso de Vaca in der hinteren linken Ecke des Raumes entdeckt. Er saß allein an einem Tisch, während seine Personenschützer an dem daneben im Gespräch vertieft waren. Gelassen blickte er ihnen entgegen, offensichtlich hatte er sie bereits gesehen, als sie das Restaurant betreten hatten.

Rubén und Josep gingen direkt auf den Abgeordneten zu. Sie ließen sich auch nicht durch den Kellner aufhalten, der ihnen den Weg weisen wollte. Rubén ignorierte den Mann und schob sich schweigend an ihm vorbei, während Josep nur knapp erklärte, dass sie einen Freund besuchten und diesen schon gesehen hätten.

Schnellen Schrittes durchmaßen die beiden Polizisten den Raum. Als sie nur noch einige Meter von Don de Vaca entfernt waren, entdeckten die beiden Personenschützer sie. Zügig standen die Männer auf. Rubén beobachtete, wie der Mann mit dem Pferdeschwanz und dem hübschen Gesicht mit ruhigen selbstsicheren Bewegungen sein Sakko schloss und sich zwischen ihm und dem Politiker positionierte. Nur einen Moment später stand er vor Marcos, der die Arme hob, um ihn aufzuhalten. Amateur dachte Rubén. Ansatzlos und für sein Gegenüber absolut überraschend schlug er zu. Seine Faust traf Marcos mit solcher Wucht im Gesicht, dass dieser von den Beinen gerissen wurde, auf einen der weiß eingedeckten Tische flog, über diesen rutschte, um dann auf einige Stühle und anschließend auf den Boden zu stürzen.

Blitzschnell glitt Detos Hand in sein Sakko und in Richtung des Schulterholsters, in dem sich seine Waffe befand. Auch Josep, der das sah, griff reflexartig an die Pistole an seinem

Gürtel. Gerade wollte er die Waffe ziehen, als eine donnernde Stimme `Stopp´ rief. Beide Männer erstarrten in ihren Bewegungen und blickten in Richtung Don de Vaca. Der Politiker war aufgestanden und signalisierte seinen Männern, dass diese sich wieder beruhigen sollten. Während Marcos aufstand und seinen Pferdeschwanz sowie die Kleidung wieder herrichtete, erklärte der Abgeordnete dem herbeigeeilten Kellner, dass es sich um ein Missverständnis gehandelt habe und die beiden hinzugekommen Männer seine Gäste wären.

Dann wandte er sich an Rubén und Josep: „Bitte meine Herren, nehmen Sie doch Platz." Nachdem die beiden Polizisten und er sich hingesetzt hatten, fuhr er fort: „Darf ich Ihnen etwas anbieten?" Während Rubén den Politiker kalt musterte und nur leicht den Kopf schüttelte, griff Josep sich einen Teller, goss Olivenöl darauf und tunkte anschließend ein Stück Weißbrot hinein. Einen Moment später verschwand dieses komplett in seinem Mund und sein Schmatzen verriet, dass er zufrieden war.

„Don de Vaca, wie fühlt es sich an, für den Tod zweier Menschen verantwortlich zu sein?", fragte Rubén abrupt.

Der Abgeordnete schaute ihn gelassen und ohne merkliche Reaktion an, dann antwortete er ruhig: „Das kann ich Ihnen nicht sagen."

„Ich kann Ihnen ja mal sagen, was passiert ist: Padre Enrique hat Xavier de Góngora erwürgt. Dafür haben Sie den Padre in die von Ihnen gepachtete Finca gelockt und ihn dann dort getötet. Anschließend haben Sie das Gebäude in die Luft gejagt, um die Spuren zu verwischen."

„Warum sollte ich das getan haben?"

„Um von etwas anderem abzulenken und das zu vertuschen. Ich weiß noch nicht, was es war, aber ich kann Ihnen versprechen, wir werden es herausfinden."

Don Alfonso lehnte sich entspannt zurück und schaute Ruben mitleidig an. Gleichzeitig griff er mit einer ruhigen Handbewegung sein Wasserglas und nahm einen tiefen Schluck. Nachdem er es wieder abgesetzt hatte, sagte er gleichmütig: „Das ist doch absurd. Warum sollte ich das alles tun. Meine Herren, bevor sie solche Anschuldigungen erheben, sollten Sie Beweise sammeln. Ansonsten verschonen Sie mich mit solchen Fantasien."

Rubén beugte sich langsam vor. Er schaute Don de Vaca intensiv an, dann sagte er: „Glauben Sie mir, wir werden alles herausfinden. Sie haben jetzt Freunde fürs Leben."

Don Alfonso hielt dem Blick stand und antwortete kalt: „Rubén Tejada, drohen Sie mir nicht. Ich verspreche Ihnen, das wird Ihnen schlecht bekommen. Ich hatte schon Feinde, die hatten ein ganz anderes Format als zwei kleine Polizisten wie Sie."

Ruben beugte sich noch ein Stück weiter vor und sagte dann mit gedämpfter, aber schneidender Stimme: „Und ich verspreche Ihnen, dass mein Partner und ich an Ihrem Arsch dran bleiben werden. Und das werden wir, auch wenn Ihre Freunde in der Politik und der Polizei versuchen, das zu verhindern. Und ich verspreche Ihnen, wenn wir genug Beweise gegen Sie haben, werden wir sie ans Tor nageln."

Ohne eine Antwort abzuwarten, standen die beiden Polizisten auf. Während Rubén direkt auf dem Absatz kehrt machte, nahm sich Josep grinsend noch ein Stück Brot, tunkte dieses in das Öl und schob es sich genüsslich in den Mund. Dann drehte auch er sich um und folgte seinem Partner, während Don Alfonso de Vaca ihnen mit einem finsteren Blick hinterher schaute.

## Donnerstag, 5. Juni, 16:00 Uhr

Jan saß mit geschlossenen Augen an Deck seines Bootes. Er spürte die wärmenden Strahlen der Sonne auf seiner Haut und hing seinen Gedanken nach. Abrupt wurden diese unterbrochen, als er eine ihm inzwischen bekannte Stimme hörte. „Darf ich an Bord kommen?"

Jan richtete sich auf und schaute in Richtung der Gangway, die sein Boot mit dem Kai verband. Als er seinen Nachbarn sah, antwortete er umgehend: „Selbstverständlich, kommen Sie rüber."

Mit geübten Schritten balancierte Rolf über die schmale Planke. Als er das Deck erreicht hatte, stand Jan auf und bot seinem Nachbarn den Platz mit Blick auf die Bucht von Port d'Andratx an. Während sie sich hinsetzten, sagt er: „Möchten Sie etwas trinken? … Ich kann Ihnen ein Wasser oder Kaffee anbieten."

„Nein danke! Haben Sie das schon gesehen?" Mit einer schwungvollen Bewegung warf Rolf eine Zeitung auf den Tisch. Auf der Titelseite stand in großen Lettern „Conde de Góngora tot aufgefunden".

Neugierig nahm Jan das Blatt in die Hand und las den Artikel. Die Zeitung berichtete, dass der Conde am Tag zuvor von seinen Mitarbeitern tot aufgefunden worden war. Diese hatten ihn auf Anweisung der Condesa gesucht, als er morgens auf seinem Anwesen nicht zu finden war. Gefunden hatten sie ihn an einer Terrasse, von der man aus auf die Ebene und auf die Ausläufer des Tramontana-Gebirges schauen konnte – nach Angaben der Mitarbeiter der Lieblingsplatz des Conde. Dort hatten sie ihn und seinen irischen Wolfshund in ihrem Blut liegend gefunden. Conde de Góngora hatte offensichtlich zunächst den Hund getötet und sich danach in den Kopf geschossen. In dem Artikel kamen sowohl ein Polizist und der ermittelnde Staatsanwaltschaft zu Wort. Beide erklärten, dass es keine Anzeichen für Fremdverschulden gebe und dass der Conde, so wie es aussah, den Freitod gesucht hatte. Es wurde vermutet, dass der Adlige den Tod seines Sohnes nicht verwunden hatte, der vor wenigen Tagen im Pfarrhaus der Kirche Església de Santa Maria erdrosselt aufgefunden worden war.

In einem weiteren Zitat führte der Staatsanwalt aus, dass alle Anzeichen darauf hindeuteten, dass der junge Xavier de Góngora von dem Pfarrer der Kirche umgebracht worden war, der sich daraufhin in einem Gehöft der Familie de Góngora in die Luft gesprengt und so Selbstmord begangen hatte. Der Jurist führte weiter aus, dass der Fall des toten Jungen für die Staatsanwaltschaft gelöst sei und sie die Akte bald schließen werde. Der Artikel schloss damit, dass die Condesa einen Nervenzusammenbruch erlitten hatte und sich seit dem in der geschlossenen psychiatrischen Abteilung des Universitätskrankenhaus Espases befinde.

Jan legte die Zeitung beiseite. Entgeistert starrte er seinen Nachbar an, dann sagte er verstört: „Was für ein tragisches Schicksal für die Familie de Góngora."

„Ja, absolut", antwortete der andere betroffen. Beide Männer saßen einen Moment da und schwiegen.

Plötzlich unterbrach Rolf die Stille: „Ich bin eigentlich aber nur kurz hier, um Ihnen Ihr Geld zu bringen.“ Einen Moment hielt er inne und schaute an Jan vorbei aufs Wasser und die Bucht von Port d’Andratx. Dann fuhr er fort, ohne seinen Gesprächspartner anzuschauen: „Ich soll Ihnen einen schönen Gruß von Carl Friedrich von Lauenburg bestellen. Er freut sich sehr, dass seine Tochter wieder da ist und er dankt Ihnen ganz herzlich für Ihre hervorragende Arbeit. Er hat mich gebeten, Ihnen Ihr Geld als Entschädigung für Ihren Aufwand zu geben und dazu noch eine Erfolgsprovision, weil Friederike wieder da ist.“ Nachdem er geendet hatte, griff Rolf an die Brusttasche seines Hemdes und nahm sich den darin befinden Umschlag und legte diesen auf den Tisch.

Ohne eine Miene zu verziehen, nahm Jan das Kuvert, schaute kurz hinein und zählte das Geld. Anschließend nickte er anerkennend und konnte sich ein Grinsen nicht verkneifen – es war mehr, als er erwartet hatte. „Vielen Dank! Bestellen Sie ihrem Freund auch schöne Grüße von mir und richten Sie ihm bitte meinen Dank aus.“

„Das werde ich bei nächster Gelegenheit tun“, sagte Rolf knapp und blickte wieder aufs Wasser. Plötzlich sagte er: „Die Bucht hier und die ganze Insel sind schon ein gesegneter Flecken Erde. Wenn man hier ist, dann gibt es nur wenige Dinge, die einem aus Deutschland fehlen.“

Jan drehte sich um und schaute ebenfalls auf die Bucht. „Stimmt. … Gibt es etwas, was Sie vermissen?“

„Ach wissen Sie, … eigentlich nicht. Es sind vielleicht Kleinigkeiten. Wir hatten im Garten unseres Familiensitzes eine

Bank unter einer großen Linde. Das Anwesen ist seit vier Generationen in unserem Besitz und auf der Bank habe ich schon als Kind gesessen – oft mit meinem Großvater zusammen. Der Baum strahlt eine unglaubliche Ruhe und Beständigkeit aus. Er war schon da, als ich klein war und er wird auch noch da sein, wenn ich schon lange nicht mehr bin. … Als Erwachsener habe ich im Sommer oft abends nach einem anstrengenden Arbeitstag auf der Bank gesessen, um mich zu entspannen. Wenn der Wind durch die Blätter fuhr – das Rauschen war unglaublich beruhigend. Und wenn man dann hochschaute und sah, wie das einfallende Sonnenlicht durch die sich bewegenden Blätter gebrochen wurde – das war wunderschön. … Das fehlt mir. Da kommt auch das Rauschen des Meeres nicht mit. Das Geräusch, das Lichtspiel – das ist für mich Heimat. … Und meine Familie fehlt mit ein bisschen."

Jan schaute Rolf überrascht an. Über seine Familie hatte dieser bisher nicht gesprochen. Sein Bootsnachbar starrte weiter vor sich hin und wirkte etwas traurig. „Ja, das kann ich mir vorstellen, dass sie Ihnen fehlt. Kommt denn niemand mal vorbei?", fragte Jan mitfühlend.

Rolf schaute auf und blickte ihn entgeistert an, als wäre er gerade aus einem Traum erwacht. Er stand er auf und antwortete knapp: „Nein. … Ich muss wieder rüber. Ich wünsche Ihnen noch einen schönen Tag." Ohne ein weiteres Wort drehte er sich um und ging in Richtung Gangway. Als er diese erreicht hatte, wandte er sich noch mal Jan zu: „Ach so, jetzt, da wir den Fall gelöst haben und Sie Ihr Geld bekommen haben, können Sie sich ja endlich um Ihr Boot und den umgefallenen Mast kümmern. Das sieht hier wirklich wie im Saustall aus." Wieder drehte er sich um und ohne auf eine Antwort zu warten, balancierte über die Gangway, um dann einen Moment später auf seiner Yacht zu verschwinden.

Jan schaute ihm verwirrt nach. Dann musste er grinsen, während er sich wieder auf die Bank mit dem Blick auf die Bucht setzte. Die Nachmittagssonne tauchte das Wasser, das Land und die Gebäude in ein besonderes Licht. Jan wurde sich bewusst, wie schön er alles fand – die Atmosphäre, die Ruhe und sogar die Bucht von Andratx. Rolf hatte Recht: Es war ein gesegneter Flecken Erde. Jan spürte, dass er angekommen war. Er lehnte sich zurück und lächelte.

Druck:
Customized Business Services GmbH
im Auftrag der KNV-Gruppe
Ferdinand-Jühlke-Str. 7
99095 Erfurt